Knaur.

Über die Autorin:

Judith Merchant, geb. 1976, Germanistin und Dozentin für Literatur, lebt mit ihrer Familie in Königswinter am Rhein. 2008 erhielt sie für ihre Kurzgeschichte *Monopoly* den Friedrich-Glauser-Preis. *Nibelungenmord* ist Judith Merchants Romandebüt, das im sagenumwobenen Siebengebirge spielt.

Judith Merchant

NIBELUNGEN MORD

Kriminalroman

Knaur Taschenbuch Verlag

Jede vermeintliche Ähnlichkeit der Figuren
des Buches mit lebenden oder verstorbenen Personen
wäre rein zufällig und nicht beabsichtigt.
Die Übersetzungen des *Nibelungenliedes*
stammen von der Autorin.

Besuchen Sie uns im Internet:
www.knaur.de

FSC
www.fsc.org
MIX
Papier aus verantwortungsvollen Quellen
FSC® C083411

Originalausgabe Mai 2011

Dieses Werk wurde vermittelt durch die
Verlagsagentur von Dobschütz, München.
Redaktion: Maria Hochsieder
Umschlaggestaltung: ZERO Werbeagentur, München
Umschlagabbildung: Trevillion Images / Lorand Ercsei
Satz: Adobe InDesign im Verlag
Druck und Bindung: CPI – Clausen & Bosse, Leck
Printed in Germany
ISBN 978-3-426-50863-3

2 4 5 3

Für Käthe Happe und Edith Freidank
in dankbarer Erinnerung

Prolog

Als sie wieder zu sich kam, war es dunkel. Nässe kroch ungehindert durch ihr wollenes Kostüm, und kurz dachte sie an die Reinigung und daran, was sie wieder einmal kosten würde. Sie konnte nicht wissen, dass ihr der Ärger darüber erspart bleiben würde.

Der Boden, auf dem sie lag, war hart und sandig, aber draußen befand sie sich nicht, denn das Prasseln des Regens klang gedämpft. Und da war noch etwas. Sie lauschte. Plätscherndes Wasser. Das Gurgeln eines Baches.

Sie versuchte, etwas zu sagen. Ein gutturales Stöhnen hallte durch den kleinen Raum, vielfach zurückgeworfen. Es klang so fremdartig, dass es unmöglich von ihr stammen konnte. Plötzlich zuckte eine Erinnerung durch das Dunkel wie ein Blitz, und sie wusste, wo sie war.

Die Drachenhöhle. Sie war hier gefangen, ein ungerufener, fremder Fötus im steinernen Bauch dieses bösen alten Berges.

Die Höhle maß vielleicht sechs mal vier Meter, man konnte aufrecht darin stehen, und die Wände waren hart und rauh. Das wusste sie, weil sie schon einmal hier gewesen war. Damals war sie staunend ringsum gegangen

und hatte einen zweiten Ausgang, eine Spalte, irgendetwas gesucht, aber da war nichts gewesen außer der undurchdringlichen Wand aus Tuffgestein, jahrtausendealt, geformt aus der erstarrten Asche längst erloschener Vulkane.
Jetzt konnte sie nicht mehr ringsum gehen, denn ihre Schädeldecke war zerschmettert, aber das ahnte sie nicht, denn sie spürte keinen Schmerz.
Sie versuchte, sich zu konzentrieren. Da war etwas gewesen, etwas, das sie nicht vergessen durfte. Sie suchte jemanden, nur wen? Hier in der Höhle war niemand. Oder doch?
Sie horchte.
Da war etwas.
Ein dumpfes Grollen, das den Boden vibrieren ließ, noch ehe es auf ihr Trommelfell traf.
Der Drache. Das musste der Drache sein.
Natürlich, dachte die Frau und roch das Blut. Die Pfütze, in der sie lag, war Blut, ihr eigenes, und der Geruch, süß und metallisch, musste dem Drachen in die Nase gestiegen sein. Er war aus seinem tausendjährigen Totenschlaf erwacht und hatte seine Schlafstätte tief unter dem Berg verlassen, um nach ihr zu suchen.
In ihr war keine Angst, als er näher kam. Seine Kälte ging ihm voraus, drang durch die felsigen Wände und ließ die Frau frösteln.
Vermutlich sind Drachen Reptilien, überlegte sie. Wechselwarm. Er bringt die Kälte mit, die tief unter dem Berg herrscht, bald werde auch ich so kalt sein.
Etwas in ihr wehrte sich, ein vages Erinnern ließ sie gegen den Tod aufbegehren. Es gab irgendjemanden, den sie vor diesem Drachen schützen musste, doch wer war es?

Kaum tauchte die Frage im warmen Nebel ihres Bewusstseins auf, erschienen weitere. Wie war sie in diese Höhle gelangt? Wen hatte sie gesucht? Und was hatte sie gefunden?
Drache, bitte tu mir nichts, dachte sie, und ihre Hände schlossen sich wie zu einem Gebet. Konnte sie überhaupt etwas sehen, hier, in dieser dunklen Höhle?
Sie konnte.
Ihr Blick, der vorher nur Hell und Dunkel unterschieden hatte, wurde plötzlich klar.
Etwas näherte sich ihr, groß und gewaltig.
Und erst als ihr Herz einen letzten schweren Schlag tat, erkannte sie, dass es der Drache war.
Er war da.
Und er war wunderschön.

Der erste Tag

Noch weiz ich an im mêre daz mir ist bekant:
einen lintrachen den sluoc des heldes hant.
er bádete sich ín dem bluote; sîn hût wart húrnîn.
des snîdet in kein wâfen. daz ist dicke worden schîn.

Ich weiß noch mehr von Siegfried zu berichten:
Nämlich, dass er mit eigener Hand einen Drachen erschlug.
Er badete in seinem Blute, seine Haut wurde zu Horn,
nun kann keine Waffe ihn mehr verletzen.
nun kann keine Waffe ihn mehr verletzen.

Irgendwo hinter der grünlackierten Tür im Inneren des Hauses erklang ein melodischer Klingelton.

Janina Scholz wartete. Sie war es gewohnt zu warten. Bei den meisten alten Leuten dauerte es eine Weile, ehe sie an die Tür kamen. Sie nestelte ihre Perlenkette zurecht – Perlen versprachen Ehrlichkeit und Verlässlichkeit, und das war genau der Eindruck, den sie hinterlassen wollte – und fuhr sich noch einmal durch den silberblonden Pagenkopf.

»Ja bitte?« Die Stimme klang dünn und zittrig. Eine echte Oma-Stimme.

Janina näherte ihren Mund der Gegensprechanlage und setzte ein gewinnendes Lächeln auf. Sie wusste, dass man ihrer Stimme anhörte, wenn sie lächelte. Sie hatte sich coachen lassen müssen, ehe sie anspruchsvolle Fälle wie diesen übernehmen durfte. »Scholz ist mein Name, vom Gerlinde-Bauer-Haus, wir hatten telefoniert. Kann ich kurz hochkommen?«

Statt einer Antwort das Schnarren des Türöffners. Auch gut, dachte Janina und trat ein. Ein bisschen leichtsinnig, die Dame.

Im Inneren des Treppenhauses war es dunkel. Sie hielt sich am geschnitzten Geländer fest, als sie die polierten Holzstufen hochstieg. Schönes Haus, dachte sie, Jahrhundertwende. Kein Wunder, dass unsere Kundin ihre Mutter hier raushaben will, der Marktwert ist bestimmt ganz anständig, und wenn man vermietet ... Hier wohnen doch mindestens drei Parteien drin. Das macht an Kaltmiete ...

Vor ihr öffnete sich eine Wohnungstür, und eine alte Dame steckte ihren Kopf heraus. In der Hand hielt sie ein Taschenbuch, den Zeigefinger hatte sie als Lesezeichen zwischen die Seiten geklemmt. »Könnte ich bitte Ihren Ausweis sehen?«, fragte sie anstelle einer Begrüßung geschäftsmäßig.

Janina setzte ihr süßestes Lächeln auf. So kann man sich täuschen, dachte sie und wühlte in ihrer Handtasche. Doch nicht so arglos, die gute Frau.

Die alte Dame betrachtete den Ausweis argwöhnisch, warf Janina einen forschenden Blick zu und nickte. »Kommen Sie doch herein«, sagte sie und ging mit wackeligen Schritten voran. Das Buch in ihrer Hand schwang dabei hin und her.

In der Wohnung war es warm und stickig. Ein grünes Sofa stand unter dem zweiflügligen Fenster. Auf dem mächtigen Ohrensessel lag eine Wolldecke. Vermutlich hatte Edith Herzberger gerade ein Nickerchen gemacht.

»Möchten Sie Tee? Ich habe mir gerade eine Kanne gekocht.«

»Ja, gerne.« Janina nahm auf dem Sofa Platz und sah sich unauffällig um, während die Alte in hektische Betriebsamkeit ausbrach, Tasse, Untertasse und Löffel holte, die in ihren zittrigen Händen in lautes Geklapper verfielen.

»Schön haben Sie es hier.« Das gehörte zu ihren Standardsätzen. So etwas musste man sagen, wenn man das Vertrauen alter Damen gewinnen wollte. Ebenso wie die Fragen nach Enkeln und Urenkeln, das stundenlange Betrachten von Familienfotos und der Verzehr von staubtrockenem Gebäck, das lange in der Speisekammer darauf gelauert hatte, dass endlich, endlich ein Gast kam und es aß. Und weil die Kinder und Enkel und Urenkel nicht kamen, mussten bezahlte Besucher wie Janina alles aufessen. Brrrr.

Edith Herzberger war jedoch weit davon entfernt, ihrem Gast Gebäck anzubieten. »Darf ich fragen, was Sie zu mir führt? Ich kann mich nämlich gar nicht erinnern, dass wir telefoniert haben«, sagte sie, sobald sie sich in den Sessel hatte sinken lassen. Ihr liebreizendes Alte-Damen-Gesicht nahm der Frage ein wenig an Schärfe.

Janina schickte ein trillerndes Lachen in den Raum. »Man erinnert sich ja nicht an alles. Das geht selbst mir so, muss ich Ihnen ganz ehrlich gestehen.«

Edith Herzberger musterte sie, als schätze sie ihr Alter. »Ich vergesse viel. Deswegen notiere ich mir Telefonate immer ganz besonders sorgfältig. Und mit Ihnen habe ich nicht telefoniert.«

Na, du bist ja eine ganz Schlaue, dachte Janina. Haben wir auch nicht. Das ist nur ein Spruch, der bei den meisten alten Leuten gut ankommt. Und wenn sie denken, sie hätten ein Telefonat vergessen, habe ich schon einen Fuß in der Tür, denn dann muss ich sie nicht mehr davon überzeugen, dass sie bald dement werden.

Sie räusperte sich. »Ich komme vom Gerlinde-Bauer-Haus in Oberkassel. Ich bin Außendienstmitarbeiterin, das bedeutet, ich sehe bei den Seniorinnen in der Gegend von Zeit zu Zeit nach dem Rechten. Wir wollen uns vergewissern, dass es ihnen gutgeht.«

Der Blick der alten Dame wurde wachsam. »Ist das ein Altenheim?«

»Aber nein! Wir bieten alle möglichen Dienstleistungen für Senioren an, von Freizeitaktivitäten über betreute Busreisen bis hin zu Mahlzeiten auf Rädern, wenn Ihnen das etwas sagt.«

Die alte Dame nickte und trank einen winzigen Schluck von ihrem Tee. Sie sah aus, als warte sie auf etwas.

»Ich habe Ihnen hier«, Janina zog mit einer fließenden Bewegung mehrere Hochglanzbilder aus der Handtasche und verteilte sie routiniert wie ein Croupier auf dem Couchtisch, »einige Bilder mitgebracht, damit Sie sich einen Eindruck machen können.«

»Von Ihrem …« Die alte Dame blickte in ihre Tasse und lächelte still, als habe sie etwas verstanden.

»Von unserem Seniorenzentrum, ja.« Janina visualisierte einen Schalter, wie sie es im Coaching gelernt hatte. Ein Regler, der ihre Stimme noch ein wenig werbender klingen ließ. Sie drehte ihn ganz nach oben. Dies war der kritische Moment. Sie nahm den zweiten Packen Bilder in die Hand und gab sich selbst die Stichwörter.

»Sehen Sie, unsere Wellness-Oase.« Knallblaues Wasser, fröhliche Seniorengesichter, Palmen im Hintergrund, die extra für dieses Bild in großen Kübeln ins Schwimmbad gerollt worden waren.

»Unsere Zimmer.« Kirschholzmöbel, Blumensträuße auf dem Tisch. Hoffentlich traf sie damit den Geschmack von Edith Herzberger, es war manchmal schwierig, das richtige Bild auszuwählen. Manche Leute bevorzugten Eichenfurnier, andere dagegen helle, moderne Möbel.

Selbstverständlich durften die Bewohner ihre eigenen Sachen mitbringen, aber in dieser sensiblen Phase der Anwerbung ging es darum, den potenziellen Kunden einen spontanen Anreiz zu vermitteln, den optimalen Eindruck, ein »Hier-will-ich-Leben«.

Janina Scholz war gut in ihrem Job. Sie wurde auf die schwierigen Fälle angesetzt. Bei vielversprechenden Kandidaten, die sich hartnäckig weigerten, ihr Zuhause zu verlassen, und deren Angehörige einen Batzen Geld auf den Tisch legten, damit jemand alle Register zog. Na ja, fast alle. Wobei sie vorerst ja noch beim angenehmen Teil war. Natürlich gelang es nicht immer, den Auftrag auszuführen. Aber der Versuch lohnte sich. Zusätzlich zu ihrem Stundenhonorar winkte bei erfolgreicher Vermittlung eine fette Prämie, da sie, anders als sie behauptete, an keine Institution gebunden war. Scherzhaft nannten ihre Freunde sie eine Kopfgeldjägerin der Altenheime. Was soll's?, dachte Janina. Das ist freie Marktwirtschaft. Unglaublich, worauf sich Angehörige einließen, um ihre alten Verwandten loszuwerden.

Hier würde es jedenfalls schwierig werden. Man sah, dass die alte Dame sich wohl fühlte. Das Wohnzimmer wirkte gemütlich, zahlreiche golden gerahmte Bilder nahmen die Fläche über dem Esstisch ein, dunkle Regale zogen sich bis über die Tür, vollgestopft mit Büchern.

Stimmt, überlegte Janina, Edith Herzberger war Buchhändlerin gewesen, das stand in den Unterlagen. Und offenbar war sie nicht so technikfeindlich wie viele Menschen ihres Alters, denn an einer Wand hing ein moderner Flachbildschirm.

Janina stockte. Ein Flachbildschirm? Ihr Blick wanderte durch den Raum, und plötzlich sah sie einige Details, die

ihr längst hätten auffallen müssen. Ein zusammengeklappter Laptop auf dem Esstisch. Eine Lederjacke, die über einem Stuhl hing.
Hier wohnte noch jemand. Ein Mann. Vermutlich kein Mann in Edith Herzbergers Alter, denn die besaßen meist weder Laptop noch Lederjacke.
»Dürfte ich jetzt erfahren, was Sie von mir wissen möchten?«, fragte die alte Dame.
Janina setzte routiniert ihr strahlendstes Gesicht auf und trank, um ihre Verwirrung zu überspielen, von dem Tee. Unauffällig musterte sie ihr Gegenüber. Schneeweiße Haare, porzellanblaue Augen, rosige Wangen. Und ein süßes Lächeln, das sie nun nicht mehr täuschen konnte. Diese Dame hatte es faustdick hinter den Ohren. Ließ ihre Tochter nicht in die Wohnung und hielt stattdessen einen Mann aus. Wie alt mochte er sein? Was lief wohl zwischen den beiden? Und vor allem: War sie verpflichtet, ihre Kundin darüber zu informieren?
Während sie nachdachte, flossen die Worte wie von selbst über ihre sorgfältig geschminkten Lippen. »Natürlich möchten wir vom Gerlinde-Bauer-Haus Sie gerne für uns gewinnen, liebe Frau Herzberger. Und deswegen habe ich Ihnen eine ganz besondere Überraschung mitgebracht.« Sie zog den Umschlag mit der Satinschleife aus ihrer Handtasche. »Unser Geschenk für Sie: ein Gutschein für ein Gratis-Wochenende in unserem Haus! Lassen Sie sich doch einmal so richtig verwöhnen!« Die schon so oft gesprochenen Sätze halfen ihr, die Fassung wiederzufinden. Auch wenn es ihr schwerfiel. Ein Mann! Und diese alte Frau! Das war ja pervers!
Die alte Dame indes verzog keine Miene. »Ich gehe nicht in ein Altenheim«, sagte sie.

»Aber Frau Herzberger! So können Sie unser schönes Haus wirklich nicht bezeichnen.« Es gehörte zu den Kunstfertigkeiten der Gesprächsführung, das Wort »Altenheim« zu vermeiden, und diese Strategie war Janina im Laufe der Jahre so in Fleisch und Blut übergegangen, dass sie automatisch zusammenzuckte, wenn jemand das Wort in den Mund nahm.
Es war, als hätte sie gar nichts gesagt. Die andere ignorierte ihren Einwand einfach.
»Hat meine Tochter Sie geschickt?«
Alarmglocken schrillten in Janinas Kopf. Niemals den Auftraggeber preisgeben!, lautete die oberste Parole. Wir treten auf als freundliche Mitmenschen der Gemeinde, am besten erwecken wir den Eindruck, wir seien von der Kirche.
»Aber, aber!« Sie zeigte ihre weißen Zähne und spürte dabei genau, dass ihr das Lächeln heute besondere Mühe bereitete. Ihrer Chefin würde sie einiges zu erzählen haben. Normalerweise wurden diese sensiblen Gespräche nur mit Kandidaten geführt, bei denen eine gewisse Aussicht auf Erfolg bestand. Also solche, die für Suggestion empfänglich waren. Die Kunden wurden ausdrücklich darauf hingewiesen, dass es nicht zweckmäßig war, das hohe Honorar für ein Gespräch mit Kandidaten zu bezahlen, die, nun, intellektuell noch in Form waren.
»Sie können meiner Tochter ausrichten, dass ich um nichts in der Welt ausziehe. Da muss sie mich schon selbst raustragen. War das alles, weswegen Sie gekommen sind? Ich soll für ein Wochenende bei Ihnen zur Probe wohnen?«
Es war Zeit, andere Geschütze aufzufahren. Das tat Janina nicht gerne, aber sie machte sich an dieser Stelle immer klar, dass das, was sie vorhatte, im Sinne der alten

Leute war. Alte Menschen sollten unter ihresgleichen wohnen. »Liebe Frau Herzberger, ist Ihnen denn bewusst, was Ihnen hier alles Mögliche passieren kann, so ganz allein? Was, wenn Sie stürzen und niemand Sie rufen hört?« Falsches Stichwort, dachte sie im selben Moment. Für jemanden mit jugendlichem Lover dürfte das ein schwaches Argument sein.

»Mir passiert schon nichts«, sagte die alte Dame halsstarrig.

Janina verzog die Lippen zu einem schmalen, überlegenen Grinsen. Dann beugte sie sich vor, bis ihre Nase nur noch Zentimeter vom Gesicht der alten Dame entfernt war.

»Und was«, zischte sie, »wenn eines Tages ein Verbrecher hier hereinspaziert, so wie ich eben? Er muss noch nicht einmal klingeln. Er könnte im Hausflur gewartet haben und dann …«

Sie brach ab, als sie spürte, wie sich etwas Kaltes in ihre Rippen bohrte. Was war das?

»Er soll nur kommen«, sagte die alte Dame mit vor Erregung bebender Stimme und lehnte sich zurück in ihren Ohrensessel. In der Hand hielt sie eine glänzende Pistole. »In meinem Alter ist man für jede Abwechslung dankbar.«

Janina brach der Schweiß aus.

Die Mündung zeigte genau auf sie.

*

Alle Typen in der Klasse 10a standen auf Lara, echt alle. Selbst der coole Paul aus der Elf bekam Stielaugen, wenn sie über den Schulhof ging. Sie war eindeutig das hüb-

scheste Mädchen der Klasse, mindestens. Wenn nicht das hübscheste Mädchen der ganzen Schule. Für ihn war sie das schönste Mädchen der Welt.
Es musste, überlegte Sven, während er rechts in Richtung Rhein abbog, irgendwas mit ihrer Haut sein. Die strahlte so. Sie glänzte nicht wie von Make-up oder Puder oder was auch immer sich all die anderen Tussen an Glitzer draufschmierten. In Laras Gesicht leuchtete es. Von innen.
Und ihre Augen, die waren echt der totale Wahnsinn. Ganz blau, hellblau, und so klar, als ob man ins Wasser guckte. Und in der Iris waren dann so ein paar dunkelblaue Punkte, da wurde einem schwindelig, wenn man da reinschaute, in diese Wahnsinnsaugen.
Sven bremste scharf, als zwei Mütter mit Buggys den Radweg überquerten, ohne nach links und rechts zu sehen. Die breite Promenade, die sich von Niederdollendorf bis nach Königswinter zog, schien den Spaziergängern nicht zu genügen, ständig liefen sie unvermittelt auf den Radweg. Irgendwann würde er einfach weiterfahren, ganz egal, wer ihm im Weg stand. Wumm!
Er stieg ab, während die Mütter ihm missbilligende Blicke zuwarfen und ihren Weg wieder aufnahmen.
Lara war noch nicht da. Inzwischen hatte er sie so oft von der Fähre abgeholt, dass ihm die Bank vertraut vorkam. Heute saßen keine Touristen darauf, die ihn in seiner Vorfreude stören konnten. Er schloss sorgfältig sein Rad ab. Einmal hatten sie es ihm schon geklaut. Beim zweiten Mal hatte er es selbst vertickt, fünf Hunderter hatte er dafür bekommen, dabei hatte es locker das Doppelte gekostet. Diesmal hatte die Versicherung nicht gezahlt, aber sein Vater hatte ihm, ohne mit der Wimper zu zucken,

ein neues gekauft. Er würde ihm bestimmt auch noch ein weiteres bezahlen, doch Sven hatte keinen Bock mehr auf den Stress, und deswegen achtete er jetzt auf sein Rad. Die Leute filzten echt wie verrückt. So war halt das Leben. Tat er ja auch.
Sven hatte ein megacooles Rad. Sein Vater hatte beim Neukauf sogar ein bisschen was draufgelegt für einen besseren Rahmen. Einen *noch* besseren. Freust du dich, hatte er gesagt. Er fragte nicht, sondern sagte das einfach vor sich hin, es klang wie eine Bitte, fast weinerlich. Sven hasste es, wenn sein Vater diese Stimme hatte. Deswegen hatte er auch nicht geantwortet, und sein Vater hatte natürlich wieder nicht nachgehakt, sondern stumpf vor sich hin auf den Boden geglotzt, wie er es immer tat.
Eigentlich wäre es cool gewesen, wenn er ihm mal geantwortet hätte. Ja klar, Alter, hätte er sagen sollen. Ich freu mich zu Tode. Ich flipp gleich aus. Du kriegst gleich fünf Punkte mehr auf der Wer-ist-der-beste-Vater-Skala, das wolltest du doch. Also lach mal, Alter, und freu DU dich darüber, dass du mir ein neues Rad gekauft hast. Los, freu dich! Freu dich endlich mal! Sonst muss ich dir noch was Dope in den Kaffee tun, damit du mal besser draufkommst.
Aber Sven wusste, er würde nie etwas sagen. Das war wie mit den Hunden. Seine Biolehrerin hatte das mal erzählt. Wenn Hunde echt fertig sind, dann legen sie sich auf den Boden und bieten dem Feind ihre Kehle dar. Das bedeutete dann, hey, guck mal, wie fertig ich bin, du kannst mich ruhig umbringen! Aber der Witz war eben, dass die anderen Hunde das dann nicht taten. Denn wer will schon jemanden umbringen, der nur darauf wartet? Und genau so war das mit seinem Vater. Ganz genau so.

Ganz schön bescheuert von ihm, jetzt an seinen Vater zu denken, während er hier auf Lara wartete. Da es doch nichts Schöneres gab, als auf Lara zu warten. Das klang schon so geil: auf Lara warten. Sie verabredeten sich immer hier, denn Lara wohnte auf der anderen Rheinseite. Noch vor zwei Monaten hätte er nicht im Traum daran gedacht, dass er mal hier am Rhein sitzen und auf sie warten würde. Ausgerechnet er, der Freak mit den abgebissenen Fingernägeln, der letztes Jahr mit Karacho sitzengeblieben war und nur deswegen auf der Schule hatte bleiben können, weil irgendwelche Scheißlehrer auf der Konferenz einen von schwierigen Familienverhältnissen gefaselt hatten.

Auf ihn war sie zugekommen. Sie hatte sich die blonden Haare aus dem Gesicht gepustet, so wie sie das immer machte, voll süß, und hatte gefragt, ob sie zusammen für Mathe lernen wollten. Einfach so.

Er hatte garantiert einen total roten Kopf bekommen und blöde rumgestottert. Hätten die anderen ihn gesehen, wäre er wochenlang damit aufgezogen worden, aber Lara hatte ihn abgepasst, als er in der großen Pause mutterseelenallein in der Nische zwischen Fahrradständer und Sportplatz hockte. Das war nämlich echt ätzend, auf den Raucherschulhof durfte er nicht, weil er ja erst in der Mittelstufe war, und so musste er hierhin, wo man meist vor den Blicken der Pausenaufsicht sicher war. Manchmal waren auch andere hier, meist aber saß er allein da. Auch an dem Tag, als Lara kam. Er hatte dagesessen wie immer, geraucht und auf den Boden gespuckt. Richtige Rotzinseln hatte er um sich herum verteilt, die reinsten Tretminen, und eigentlich fand er das cool, doch als Lara dann plötzlich vor ihm stand, hatte er tierische Angst bekommen, dass sie

das sehen und sich ekeln würde, so wie Mädchen eben alles eklig fanden. Aber sie hatte gar nicht auf den Boden geguckt. Die ganze Zeit hatte sie ihm direkt ins Gesicht gesehen mit diesen Wahnsinnsaugen, und dann hatte sie noch gesagt, »Okay, wir sehen uns also morgen«, und war gegangen, einfach so, und er hatte ihr wie ein Idiot hinterhergestarrt, wie sie wieder zu ihren Freundinnen ging. Ihre Haare hatten gewippt und dieser komische rosa Rucksack mit dem Frosch auch. Echt süß. Selbst den komischen Rucksack fand er süß.
So war das gewesen, vor zwei Monaten. Und jetzt waren sie so was wie Freunde, und er wartete auf sie.
Die Fähre legte an, aber sie war nicht unter den Passagieren. Komisch. Sonst war sie immer pünktlich.
Sein Handy klingelte, doch die Nummer im Display war nicht Laras Nummer. Schon wieder sein Vater. Sven drückte den Anruf weg, wie er es mit allen Anrufen seines Vaters getan hatte. Sechs waren es gewesen seit heute Mittag.
Soll er doch Angst haben, dachte er. Soll er sich selber fragen, was seine Frau macht. Und warum sein Sohn nicht mit ihm sprechen will, heute, wo sie das Haus voller Gäste haben, um wieder so einen scheißverlogenen Trubel zu veranstalten. Eine Geburtstagsfeier mit Kapelle und haufenweise Essen auf silbernen Platten.
Es war besser, nicht an seine Eltern zu denken und daran, warum aus der Party heute wohl nichts werden würde. Er würde ab jetzt gar nicht mehr an seine Eltern denken. Nur noch an Lara.
Sein Herz hüpfte, als er hinter sich eine Fahrradklingel hörte. Sie klingelte immer, wenn sie ankam, wie ein aufgeregtes kleines Mädchen.

Als er sich nach ihr umdrehte, versuchte er, sein glückliches Grinsen auf ein akzeptables Maß zu reduzieren.
»Hallo«, sagte er. »Warst du gerade auf der Fähre? Hab dich gar nicht gesehen.«
»Sorry«, sagte sie und lächelte ihn zur Begrüßung an, dass ihm ganz warm wurde. »Wartest du schon lange? Ich war noch gar nicht zu Hause. Ich habe in der Bahn Paul getroffen und mich ein bisschen verquatscht.«
Paul? Nun erst sah er die Gestalt hinter ihr. Stachelig gegelte Haare, ein blauer Kapuzenpulli.
»Hallo«, sagte Sven nur. Paul! Wie konnte sie ausgerechnet Paul mitbringen?
Paul sah an ihm vorbei und verzog den Mundwinkel zu etwas, das beim besten Willen nicht als Lächeln durchgehen konnte.
Lara bemerkte nichts, oder sie tat zumindest so. »Ich hätte gerne ein Spaghettieis beim Venezia. Habt ihr Lust?«
»Klar«, sagte Sven. Und betete, dass Paul nach Hause fahren oder sich in Luft auflösen würde.
»Klar«, sagte Paul. »Total.« Und er warf Sven einen Seitenblick zu, der fies war. Richtig fies.

*

Der Regen hatte aufgehört. Vier Stunden lang waren gleichmäßige Schauer auf das Siebengebirge niedergegangen und hatten den Tatort systematisch in ein Matschfeld verwandelt. Irgendjemandem hatte der Regen einen unschätzbaren Gefallen getan. Jemandem, dessen Fußabdrücke jetzt verwischt und dessen Spuren in den Boden gespült worden waren, einen Boden, der locker und krümelig war von verrotteten Buchenblättern.

»Schlimmer hätte es nicht kommen können«, sagte Markus Reimann. Der Name Markus war im Dezernat inflationär verbreitet, so dass ihn jeder beim Nachnamen nannte. Er saß im Polizeibus und qualmte. Er tat es mit Konzentration und Hochgenuss, wohl deswegen, weil er es nirgends sonst mehr durfte. »Die von der KTU sind schon an der Arbeit. Ich rauch hier noch fertig, geh du ruhig schon mal vor, Jan.«

Von der Bundesstraße war der Fußweg, der am Mennesbach entlang ins Nachtigallental führte, kaum zu sehen. Da das Tal unter Naturschutz stand, hatte man den Polizeibus auf der asphaltierten Straße abgestellt.

Typisch, dachte Jan, dessen Mini direkt dahinter parkte. Was sollte dieser Kniefall vor dem Naturschutz? Polizeiliche Ermittlungen hatte immer Vorrang, besonders bei Mord.

Jan Seidel war ein wenig zu spät. Das lag an der verdammten Lederjacke, die er sich am Wochenende gekauft hatte. Ein Kriminalhauptkommissar musste einfach eine Lederjacke tragen, hatte er gedacht. Und als er heute im Präsidium angekommen war und sich in den spiegelnden Scheiben gesehen hatte, war ihm aufgegangen, wie lächerlich das war.

Er war kein Typ für Lederjacken. Seine eher schmale Gestalt, die in gut geschnittenen Jacketts adrett aussah, verschwand in der neuen Jacke. Und so hatte er auf dem Weg zum Tatort einen Umweg gemacht und sich schnell umgezogen.

Albern, klar. Aber wenigstens fühlte er sich jetzt wieder wie er selbst. Und das war wichtig, denn noch nie war ihm bei der Arbeit so unwohl gewesen wie jetzt.

»Auch schon da, Herr Kollege?«, fragte Elena Vogt, und

wenn dies ein Vorwurf war, so verbarg sie ihn gut hinter dem scherzhaften Ton. »Komm mit, ich zeige dir den Weg.«

Er schloss sich ihr an, obwohl er lieber allein gegangen wäre oder mit Reimann. Er hasste es, neben Elena zu gehen. Sie war einfach viel zu groß. Sie war größer als jede andere Frau, und ihn überragte sie um eine Hauptesänge. Keine Frau sollte so groß sein, vor allem nicht, wenn sie mit ihm zusammenarbeitete.

»Ach, Jan …«

»Ja?«

»Wie war es denn eigentlich?«

»Wie war was?«

»Die Hochzeit.«

»Gut. Danke, danke.«

Elena grinste wissend. »Meinen Glückwunsch noch mal. Dann grüß mal deine Frau von mir.«

»Klar.« Jan versuchte, den Schritt nicht allzu sehr zu beschleunigen. Es sollte nicht nach der Flucht aussehen, die es war.

Elena war schon die Vierte, die fragte. Und es würden noch mehr kommen. Das hatten Hochzeiten so an sich. Jeder interessierte sich dafür, vor allem natürlich die, die ein Geschenk geschickt hatten. Und dabei gab es auf der ganzen Welt nichts, an das er weniger denken wollte als an diese Hochzeit, die nicht stattgefunden hatte. Aber wie sagte man das den Kollegen, die man erst ein knappes Jahr kannte und die für ein Fondueset aus Edelstahl zusammengelegt hatten? Unmöglich, ohne Fragen zu provozieren. Und auf Fragen hatte er verständlicherweise keine Lust.

Zum Glück gab es die Leiche, über die man sprechen konnte.

»Was haben wir denn?«, fragte er.
»Eine weibliche Leiche«, klärte Elena ihn auf, während sie mit langen Schritten neben ihm über den weichen Waldweg schritt. Eigentlich war es eher eine Schlucht als ein Tal. Steil aufragende Hänge, die immer höher in den Himmel zu wachsen schienen, je tiefer die beiden Polizisten vordrangen. Die Bäume hatten ihr Laub längst abgegeben, es lag auf dem Boden wie ein dicker rotbrauner Teppich, aus dem hin und wieder Efeu oder ein paar einsame Farnwedel herausragten.
»Sie lag in einer der kleinen Höhlen. So wie es aussieht, ist sie an Ort und Stelle mit einem stumpfen Gegenstand erschlagen worden, vielleicht mit einem der Steinbrocken.«
»Eine Touristin?«
»Sie sieht nicht wie eine typische Touristin aus.«
»Wie sieht denn eine typische Touristin aus?«
»Holländisch, du weißt schon. Mit Hut, festen Schuhen und Steppweste.« Sie schwiegen beide. In den Sommermonaten und im Frühherbst war Königswinter regelrecht besetzt von Touristen. Nicht nur aus Holland kamen sie, um mit sommerlichen Strohhüten und zahlreichen Plastiktüten in der Hand die Hauptstraße auf und ab zu laufen, in einem der zahlreichen Souvenirshops billige Mitbringsel zu erstehen oder aber den Weg zum Drachenfels einzuschlagen, wo sie sich dann entweder mit der ächzenden Zahnradbahn oder von Eseln hinauf zur Ruine schaffen ließen. Meist waren es Gruppen, bevorzugt Rentner, deren laute, fröhliche Zurufe durch die Straßen schallten und die Anwohner seufzen und das Ende der Saison herbeisehnen ließen.
Jetzt war Spätherbst. Darum war es unwahrscheinlich, dass eine Touristin sich ins Tal verirrt hatte. Das Nachtigal-

lental war vor allem bei Läufern und Hundebesitzern beliebt, und natürlich bei den Kindern, für die die verträumte Schlucht ein Paradies war mit ihren Kletterbäumen und dem mehrfach gestauten Bach. Und den Höhlen.
Er erinnerte sich noch gut an die Höhlen, auch wenn es lange her war. »Wer hat sie gefunden?«
»Jimmi.«
»Jimmi. Und weiter?«
»Nichts weiter. Jimmi ist ein Labrador. Sein Herrchen ist sicher, dass der Hund nicht an der Leiche dran war. Wuttke ist mit ihm ins Präsidium gefahren, weil ihm so kalt war.«
»Wem, Hund oder Herrchen?«
Offenbar hatte Elena das Frage-und-Antwort-Spiel satt, denn sie blieb stehen, bohrte die Fäuste in die Taschen ihres braunen Filzmantels und sah Jan forschend an. »Warum kommst du eigentlich jetzt erst?«
»Ich hatte noch was zu erledigen.«
»Aha. Na, dann kann ich ja froh sein, dass du damit fertig bist.«
»Kannst du.«
»Gut. Eigentlich ist es richtig hübsch hier, oder?«
»Geht so.« Jan legte den Kopf in den Nacken. Im Sommer mochte es idyllisch sein, wenn das Licht durch die Buchenblätter fiel, aber jetzt war es bedrohlich und kalt. Hübsch war auf jeden Fall das falsche Wort. Schön war es vielleicht. Mystisch. Wild.
»Ist das da unsere Höhle?« Auf der anderen Seite des Bachs klaffte ein Loch in der Felswand. Eine knorrige Wurzel verbarg es, die so dick war wie ein Baumstamm.
»Nein, wir müssen noch ein Stück höher, bis zum Ostermann-Denkmal. In dieser hier haben die Kollegen immerhin eine Windel gefunden, die jemand einfach rein-

geworfen hat. Unfassbar, dass die Leute so ein schönes Tal verschmutzen.« Ihre Bemerkung umfasste auch die Leiche, die jemand hier hatte liegen lassen und die jetzt den Frieden dieses verzauberten Ortes störte.

Schon von weitem signalisierte das rot-weiße, flatternde Absperrband den Tatort. Mit wenigen Schritten kletterte Jan zum Eingang der Höhle. Sie war grell ausgeleuchtet vom Schein der Baulampen, die die Leute von der Spurensicherung aufgestellt hatten. Jan zögerte unwillkürlich, dann trat er näher. Das musste er. Das war sein Job.

Die Frau lag in einer Blutlache, das Gesicht nach unten. Verklebtes Haar hing ihr wirr um den Kopf, das in gewaschenem Zustand vermutlich blond war.

Er war froh, dass er ihr Gesicht nicht sehen konnte. Wenigstens diese Leiche würde keine Gelegenheit bekommen, unerwünschte Bilder heraufzubeschwören. Er starrte auf den zertrümmerten Hinterkopf und war erleichtert, dass nichts ihn daran hindern würde, heute seine Arbeit zu tun. Ein befreiender Gedanke.

»Sind die Kollegen fertig?«, vergewisserte er sich, ehe er Handschuhe überstreifte, nach dem Arm der Toten griff und den Ärmel hochschob. Die Totenflecken ließen sich wegdrücken, und es gab noch keine Anzeichen von Starre. Die Kälte mochte dazu beigetragen haben, aber selbst wenn man das berücksichtigte, war die Frau erst seit kurzem tot, wahrscheinlich erst wenige Stunden. Genaueres würde der Rechtsmediziner Georg Frenze garantiert auch nicht sagen, er tat sich mit klaren Zeitangaben sehr schwer. Nie wollte er sich festlegen.

Jan taxierte den dunkelroten Hosenanzug, die eleganten schwarzen Stiefel. Die Frau war auffallend gut gekleidet.

Für die Arbeit, vielleicht auch für einen Besuch, aber ganz sicher nicht für einen Spaziergang auf Waldboden.

»Wo ist ihre Handtasche?«

»Fehlanzeige. Entweder sie hatte keine dabei, oder der Täter hat sie verschwinden lassen.«

»Handy, Papiere? Wissen wir, wer sie ist?«

»Nichts. Einen Ehering trägt sie, aber da müssen wir auf Frenze warten, der kann ihn abmachen.«

»Sie ist ein bisschen dünn angezogen, findest du nicht? Hatte sie keinen Mantel dabei?«

»Anscheinend nicht.«

Es musste an den Felswänden liegen, die Kälte speicherten wie ein Kühlakku. Hier im Tal war es um einiges kälter als auf den Straßen. Ohne triftigen Anlass würde niemand so dünn bekleidet ins Tal spazieren. Vielleicht war die Frau verabredet gewesen und hatte ihr Auto auf der Asphaltstraße stehen gelassen in dem Glauben, gleich zurück zu sein. Oder sie hatte nur rasch etwas holen wollen und keinen Mantel dabeigehabt. Oder der Täter hatte den Mantel verschwinden lassen, weil er irgendetwas verriet. Wenn er Handy und Papiere mitgenommen hatte, lag ihm offenbar daran, dass die Leiche nicht gleich zu identifizieren war. Vielleicht hatte der Mantel ein Monogramm gehabt.

Elena beobachtete ihn, das Gesicht halb unter ihrem Strickschal verborgen, und er hätte schwören können, dass sie sich fragte, wo seine schicke Lederjacke geblieben war.

»Wo bleibt Frenze denn?« Vielleicht konnte der sich einmal nützlich machen und ihnen wenigstens sagen, ob jemand dem Opfer den Mantel ausgezogen hatte.

»Er steckt im Stau. Mir ist kalt. Gehen wir zurück in den Bus?«

Ihm war auch kalt. Es fühlte sich an, als quöllen Schwaden von Eiseskälte aus der Höhle und breiteten sich im gesamten Tal aus. Der Tag war doch mild gewesen. Oder? Wortlos überließen sie den Tatort den Kollegen von der Spurensicherung und gingen zurück. Gern hätte Jan das bedrückte Schweigen vertrieben, aber wie immer nach dem Anblick einer Leiche war sein Kopf wie leergefegt. Als habe der tote Körper alle frohen Gedanken, alle flotten Sprüche absorbiert.

Mühsam rang er sich zu ein paar sachlichen Bemerkungen durch.

»Haben wir eine Vermisstenmeldung?«

»Bisher nicht. Die Frau ist ja noch nicht lange tot, kann sein, dass sie noch gar nicht vermisst wird. Ich habe im Präsidium Bescheid gegeben, dass die sofort anrufen, wenn eine Meldung eingeht.«

»Okay.«

»Der Chef will, dass wir ins Präsidium fahren und warten, dass die Mordkommission einberufen wird.«

»Okay.«

»Und, Jan? Willst du dich vorher noch mal umziehen?«

»Ha, ha.«

Er schnitt ihr eine Grimasse und ließ sie vorangehen, während er sein Handy aufklappte. Da war jemand, den er jetzt sprechen wollte, von dem er wissen wollte, dass alles in Ordnung war. Er führte seine Fürsorglichkeit auf den Anblick der Leiche zurück.

Es klingelte dreimal, ehe jemand abnahm. »Ja bitte?«

»Ich bin es. Wie geht es dir, Edith?« Er hatte sich angewöhnt, seine Großmutter beim Vornamen zu nennen. Das fiel ihm nicht leicht. Es klang in seinen Ohren beinahe respektlos, aber es schützte ihn ein wenig vor dem Spott der Zuhörer. Die meisten Menschen fanden es eigenartig genug, wenn ein Kriminalkommissar von dreißig Jahren in einer Wohngemeinschaft mit seiner Großmutter lebte. In einer vorübergehenden Wohngemeinschaft, korrigierte er sich, denn irgendwann würde seine Wohnung ja wohl fertig renoviert sein.

»Jan! Mir geht es gut, so weit.«

Ihre Stimme klang unsicher, als überlege sie, wie viel sie am Telefon erzählen sollte.

»Ist etwas passiert?«

»Eine Frau war da, aber ich bin sie wieder losgeworden.«

»Was denn für eine Frau?«

»Deine Mutter hat sie geschickt. Eine Frau von einem Altenheim. Sie hat mir erzählt, was mir alles zustoßen kann, so ganz allein.«

»Und was hat Henny damit zu tun?«

»Nun ja.« Er hörte sie hüsteln. »Ich erzähle dir das später. Wann kommst du denn nach Hause?«

»Wahrscheinlich spät. Wir haben hier eine tote Frau, die erst noch identifiziert werden muss. Sie hat keine Papiere und so, das kann dauern.«

»Oh.« Ihrer Stimme war die Faszination anzuhören. Sie las zu viele Krimis, und immer wieder musste Jan sie darauf hinweisen, dass es in seiner Arbeit anders ablief als an den Sonntagabenden im Fernsehen.

»Tschüss dann, Edith.«

»Warte, Jan! Du hast deine Dienstwaffe hier vergessen.«

»Ich habe was?«

»Sie vergessen. Tschüss!«

Er klappte das Handy zu und runzelte die Stirn. Nach einem raschen Blick auf Elena griff er unter seine Jacke.

Tatsächlich. Er hatte beim Umziehen seine Dienstwaffe abgelegt und im Wohnzimmer liegen gelassen, griffbereit für seine Großmutter. Das war vermutlich schlimmer, als wenn er sie direkt vor eine Schule gelegt hätte.
Na super, dachte er. Noch ein Umweg.
»Elena? Ich muss noch mal nach Hause. Fahr schon mal vor.«
»War mir klar«, sagte sie. »Mach dich hübsch für den Chef. Und grüß deine liebe Frau von mir, unbekannterweise.«
Das hat sie schon mal gesagt, dachte Jan. Elenas wissendes Grinsen folgte ihm noch, als er in den Wagen stieg.

*

Die Torte war ein Meisterwerk. Vier Etagen saftiger Mandelsplitterbiskuit, mit Orangenlikör getränkt und umhüllt von einer lockeren Vanillecreme. Zarte Tuffs aus Baiser, leicht gebräunt und mit silbernen Zuckerperlen garniert, verliehen ihr einen Hauch von barocker Eleganz. Gekrönt wurde dieses Wunder der Konditorkunst von einer kandierten Rosenblüte, die von Zuckerkristallen glitzerte.
Cecilia Thomas hielt unwillkürlich den Atem an, als der Lieferant der Konditorei Dix, in der das Kunstwerk bestellt worden war, die Torte vorsichtig auf der Mitte der leinengedeckten Tafel absetzte. Man hätte sie für eine Hochzeitstorte halten können, wären da nicht die Geburtstagskerzen gewesen, die rundum auf den Etagen verteilt waren. Schmale, apricotfarbene Kerzen. Es war unmöglich, ihre exakte Zahl zu erfassen, wenn man nicht unhöflich den Finger zu Hilfe nahm und nachzählte. Und

das, dachte Cecilia, war sicher Absicht, denn welche Frau machte bei einer Party schon ihr Alter zum Thema? Immerhin feierte Margit Sippmeyer heute ihren vierzigsten Geburtstag, und das war für jede Frau hart. Vor allem für die, die reich und schön waren. Cecilia selbst hatte ihren vierzigsten Geburtstag in der Großküche verbracht, in der sie damals noch gearbeitet hatte, und abends war sie so müde, und ihre Füße waren so schwer gewesen, dass sie vor dem Fernseher eingeschlafen war. Auch wenn sie ohne Gesellschaft gewesen war und kaum Zeit zum Nachdenken gehabt hatte, hatte sie wehmütig registriert, dass irgendetwas zu Ende ging.
Nun, Margit Sippmeyer würde heute jedenfalls nicht einsam vor dem Fernseher einschlafen. Die Einladungen für die Party waren seit beinahe zwei Monaten verschickt, und der gigantische Nachmittagskaffee würde nur den Auftakt bilden für eine Party mit Live-Musik, kaltem Büfett und einer Gartenbeleuchtung, die vermutlich den Partyschiffen auf dem Rhein Konkurrenz machte. Ganz buchstäbliche Konkurrenz übrigens, denn vom Pavillon aus hatte man einen wunderbaren Blick auf den Rhein, und umgekehrt könnten die Schiffsreisenden die Tausenden bunten Lämpchen bewundern, die bei Einbruch der Dunkelheit den riesigen Garten in ein Lichtermeer verwandeln würden.
Cecilia sah zum hundertsten Mal an diesem Tag auf die Uhr. Fast zwei. Es war nicht mehr viel Zeit. Gegen drei würden die Gäste erscheinen. Komisch, dass die Hausherrin noch nicht aufgetaucht war. Heute Vormittag hatte sie Termine beim Friseur und bei der Kosmetikerin gehabt, so etwas zog sich natürlich oft hin, aber inzwischen hätte sie doch eintreffen und einen letzten Blick auf die gedeckten Tische werfen sollen.

Nun, eigentlich war nichts mehr zu tun, alles war perfekt vorbereitet. Mehr um sich abzulenken, zählte Cecilia die Sektgläser, die spiegelblank poliert auf den Tabletts auf der Anrichte warteten. Zweiundneunzig waren es, das müsste reichen. Zur Not musste sie zwischendurch spülen. Aber würden die Likörgläschen ausreichen? Likör tranken doch eigentlich nur die älteren Herrschaften. Oder?

Wo waren weitere Likörgläschen? Cecilia erhob sich. Sie war sicher, in einem der Schränke im Gästezimmer kürzlich beim Aufräumen noch einen Karton gesehen zu haben. Leise ächzend stieg sie die Treppe hinauf. Das Gästezimmer lag im zweiten Stock.

Nach kurzem Suchen hatte sie den Karton mit den Gläsern gefunden. Er stand hinter einer umfangreichen Sammlung von Pfeffer-und-Salz-Streuern. Unglaublich, wie viel Geschirr diese Familie besaß! Das machten die vielen Verwandten von Margit. Im vergangenen Jahr waren zwei ihrer Tanten gestorben. Niemand hatte sich die Mühe machen wollen, den Nachlass zu regeln, und so hatte Margit die vollständigen Tafelservice verkauft und die Einzelteile mit nach Hause genommen. Nun, heute profitierten sie davon. Wie sonst sollte man ausreichend Geschirr für nahezu siebzig Gäste bereitstellen? Margit Sippmeyer lieh nicht gern Geschirr, denn das war meistens spülmaschinentauglich und hatte nicht die Qualität, die sie gewohnt war. Und schließlich wollte man gerade dann, wenn Gäste da waren, nicht schlechter speisen als sonst.

Als Cecilia, den Karton unter dem Arm, die Treppe wieder hinunterging, fiel ihr Blick auf die Tür zu Margits Zimmer im ersten Stock. Einen Moment zögerte sie. Was, wenn sie eingeschlafen war? Das war nicht wahrschein-

lich, aber ebenso ungewöhnlich war es, dass sich ihre Arbeitgeberin nicht endlich blicken ließ. Was, wenn sie plötzlich krank geworden war?
Cecilia klopfte einmal, zweimal. Drückte langsam die Klinke hinunter und öffnete zögernd die Tür.
Und erstarrte. Das Fenster stand weit offen, kalte Novemberluft strömte herein, und die hellen Vorhänge blähten sich im Wind. Der Stuhl lag umgestürzt auf dem Boden, und das Bett war unberührt. Es sah ganz so aus, als habe Margit heute Nacht gar nicht darin geschlafen.
Mit wenigen Schritten war Cecilia beim Telefon. Beinahe jedes Zimmer des weiträumigen Hauses hatte einen eigenen Apparat. Kaum hatte sie Margit Sippmeyers Handynummer gewählt, klingelte es neben ihr. Tatsächlich, dort stand Margits Handtasche. Cecilia legte auf. Wann war Margit jemals ohne Handtasche aus dem Haus gegangen?
Erst als sie mit lautem Zischen die Luft ausstieß, wurde ihr bewusst, dass sie den Atem angehalten hatte. Vor Schreck. In ängstlicher Vorahnung. Die Ahnung, dass etwas Furchtbares geschehen würde. Oder bereits geschehen war. Und während sie die Handynummer des Hausherren wählte und sich fragte, warum der an einem Tag wie diesem eigentlich auf sich warten ließ, geriet der Karton unter ihrem Arm in Schieflage, entglitt ihren Händen, und die Likörgläser zerschellten, eines nach dem anderen, auf den eleganten Steinfliesen.

*

»Wer von euch Pappnasen hat eigentlich was von einer Drachenhöhle gesagt?«, fragte Elena und biss krachend in ihr Brötchen.

»Was?«
»Im Bericht steht Drachenhöhle. Ich will wissen, warum.«
Jan war es gewesen, der den Bericht geschrieben hatte. Er schrieb immer die Berichte. Manchmal kam es ihm so vor, als sei es das Einzige, was er richtig gut konnte. Und jetzt wurde auch daran gemäkelt.
»Drachenhöhle ist nicht ganz der richtige Terminus«, sagte er und trat zum Kaffeepadautomaten, um Zeit zu gewinnen.
»Ach nein?«, fragte Elena ironisch und hielt inne, ihr Brötchen vorm Mund. Krümel und irgendwelche vollwertigen Körner rieselten durch die Luft. »Was ist denn der richtige Terminus?«
Jan unterdrückte ein Seufzen. »Streng genommen ist es nicht die Drachenhöhle. Das, was im Touristeninfo als Drachenhöhle verkauft wird, ist was anderes.«
»Schade, dass unsere Leiche nicht da gefunden wurde, dann wäre der Bericht ja zutreffend«, sagte Elena. Heute war sie noch schlimmer als sonst.
»Im Nachtigallental sind viele Höhlen, in denen früher Basalt abgebaut wurde und die teilweise vertieft oder verbreitert wurden, entweder, um sie als Weinkeller zu nutzen, oder weil sie im Zweiten Weltkrieg als Luftschutzkeller dienten. Die Anwohner nennen diese Höhlen aber trotzdem Drachenhöhlen, um auf die Sage von Siegfried dem Drachentöter anzuspielen.«
»Oha.«
»Den Kindern hier in der Gegend wird die Geschichte von Siegfried, der den bösen Drachen tötet, in seinem Blut badet und in der Drachenhöhle den Schatz findet, so oft erzählt, dass sie wahrscheinlich bei jeder Höhle auto-

matisch an Drachen denken. Vor allem, weil Königswinter praktisch mit Drachen gepflastert ist.«
»Ich dachte, du kommst aus Frankfurt«, sagte Elena und musterte ihn neugierig mit ihren hellen Augen. Sie selbst wohnte in Köln und mied das Rentnerparadies Königswinter, wie sie es nannte, so gut sie konnte.
»Stimmt«, sagte Jan einsilbig. Er war in den ersten fünfundzwanzig Lebensjahren so oft umgezogen, dass er selbst nicht hätte sagen können, woher er kam.
»Dafür kennst du dich aber gut aus. Wie ein echter Einheimischer.«
»Ich wohne erst seit ein paar Wochen hier. Das war reine Recherche«, sagte Jan und spürte, wie kühl seine Stimme klang. Er sagte nicht, wie genau er sich an die Besuche bei seiner Großmutter erinnerte, an krümeligen Sandkuchen, den sie ihm zuliebe mit einer dicken Schicht Schokoladenglasur und bunten Streuseln verziert hatte, an die Nächte, die er neben ihr auf der Bettseite seines längst verstorbenen Großvaters gelegen hatte, an das viel zu dicke Kopfkissen, das seinen Kopf unbequem in die Höhe zwang, und an die Spaziergänge, die sie unternommen hatten, obwohl er lieber vor dem Fernseher geblieben wäre und das Ferienprogramm geguckt hätte. An regenfeuchte Waldwege, den stechenden Geruch im dämmrigen Reptilienzoo und dessen schwüle Wärme. Und an die Höhlen.
»Ob wir wohl heute den Drachen finden?«, hatte sie ihm ins Ohr geflüstert, und der lange schneeweiße Zopf, den sie damals noch trug, hatte ihm dabei im Nacken gekitzelt. Und schlotternd vor Angst, war er in den dunklen Eingang der Höhle getreten, einen Stock in der Hand, und hatte »Buh!« gerufen, bereit, jedem Drachen eins

überzuziehen, der es wagen sollte, ihn und seine Großmutter anzugreifen.
Zum Glück war der Drache nicht erschienen, nie. Seine Großmutter musste den Stein plumpsen gehört haben, der ihm vor Erleichterung darüber, dass der Drache wieder einmal ausgeflogen war, vom Herzen gefallen war. Und während sie ihm etwas über die Farne und Pilze erzählte, waren seine Gedanken zu dem zu Hause wartenden Sandkuchen mit Schokolade und Streuseln gewandert und dem milchigen Kakao, den sie ihm dazu kochen würde.
Sie hatte ihn immer aufgenommen, wenn seine Mutter wieder einmal in die Welt gezogen war. Kein Wunder, dass er auch jetzt bei ihr untergekrochen war. Sie half ihm auch heute noch, wo sie über achtzig war und um beinahe die Hälfte geschrumpft, wie es ihm schien.
»Die von der KTU haben noch nichts für uns.« Reimann trat zu ihnen und hob die leeren Hände wie zum Beweis.
»Und Frenze?«
»Frühestens morgen Mittag, sagt er. Ansonsten nur das, was wir schon wussten: Die Frau wurde wahrscheinlich erschlagen und war noch nicht lange tot. Fundort gleich Tatort, beziehungsweise wurde sie am Eingang der Höhle niedergeschlagen und hat sich dann wohl hineingeschleppt. Über ihre Identität haben wir noch nichts.«
»Wir werden natürlich sämtliche Wirte vom Drachenfels befragen, ebenso die Mädchen, die an dem Tag die Touren mit den Eseln unternommen haben. Und dann habe ich einen Trupp geordert, der die Umgebung absucht. Vielleicht liegen Handy und Handtasche ja doch irgendwo herum«, sagte Elena.
Jan dachte an den Ehering der Toten, aber er schwieg. Warum, hätte er nicht sagen können.

Der Rauch einer brennenden Zigarette stieg ihm in die Nase, und im gleichen Moment kreischte Elena los.
»Geht's noch, Reimann? Mach das Ding aus, sofort!«
»Ich hab doch das Fenster aufgemacht.«
»Aus damit!«
»Reg dich ab. Früher war das doch auch kein Problem.«
»Früher hatten wir auch noch kein Rauchverbot im Präsidium.«
»Man darf echt nirgendwo mehr rauchen!«
»Dann bleib halt zu Hause.«
»Da darf ich auch nicht mehr.«
Etwas geschah. Elena hielt in der Bewegung inne, warf Reimann einen ungläubigen Blick zu, der senkte seinen. Sekundenlang hing etwas zwischen ihnen in der Luft, greifbarer als die dünne graue Rauchschlange, die sich bereits verzog, dann fauchte Elena »Verstehe!« und tauchte unter ihren Schreibtisch.
Reimann hob die Achseln, betrachtete seine ausgedrückte Zigarette und warf Jan einen Blick zu. Frauen!, besagte dieser Blick.
Ja, Frauen, dachte Jan.
Er konnte gerade noch verhindern, dass ihm ein Seufzer entschlüpfte.

*

Körpersprache verriet manchmal viel. Viel zu viel, dachte Sven, als er Pauls lässig aufgestützte Ellbogen mit seinen eigenen schlaksigen Armen verglich, die immer wieder wie von selbst den Weg unter den Tisch fanden und dort unruhig herumzuckten.
Hier im Eiscafé war es wie auf dem Schulhof. Man konn-

te auf einen Blick erkennen, wer auf der Gewinner- und wer auf der Verliererseite stand. Und er gehörte leider zu Letzterer.

Paul war das Selbstbewusstsein in Person. Er hatte eine richtig coole Frisur, bunt gestreifte Stacheln, die vom Kopf abstanden. Er trug lässige Markenjeans, offene Sneakers und einen Kapuzenpulli. Sven hingegen hatte wie ein gehorsames Kind auf das Wetter geachtet und seine Jacke angezogen. Natürlich war es eine gute Jacke, sie war richtig teuer gewesen, aus so einem Laden für Trekkingmode. Sven hatte an den Nähten rumgefummelt, damit sie ein bisschen abgerissen aussah, aber cool? Nee, neben Paul sah sie nicht cool aus. Schwarz gekleidet, unfrisiert und schmuddelig, das war Svens Stil. Und Ohrlöcher, haufenweise. Nichts, was Mädchen gut fanden, das wurde ihm in diesem Moment bewusst.

Bisher war es ihm egal gewesen, ob er cool war oder nicht. Hauptsache, er hatte seine Ruhe. Doch bisher hatte er auch nie neben Paul an einem Tisch gesessen und Lara dabei zugeschaut, wie sie begeistert einen Eisbecher aufaß. Wenigstens hatte er genug Geld dabei, um sie einzuladen.

Er könnte gleich morgen losrennen und sich neue, richtig coole Klamotten zulegen. Und einen anständigen Haarschnitt verpassen lassen. Oder war es peinlich, wenn man sich von einem Tag auf den anderen neu einkleidete? Zu offensichtlich? Als wäre man Gast in so einer dämlichen Styling-Sendung gewesen?

Cool wurde man nicht von einem Tag auf den anderen. Es war echt zu blöd. Er hatte sein ganzes Geld in Musik, Computerspiele und DVDs investiert und das Klamottenkaufen seiner Mutter überlassen, unter der Bedingung,

dass es schwarze Sachen waren. Das Einzige, was er selbst bestellt hatte, waren seine Metal-Shirts.
»Wollt ihr echt nichts abhaben?«, fragte Lara und betrachtete versonnen die zusammengeschmolzenen Reste ihres Eisbechers.
»Nee«, sagte Sven.
»Nee danke«, sagte Paul. Die beiden tauschten einen stummen Blick.
Fall tot um, dachte Sven. Fall tot um oder löse dich von mir aus in Luft auf, aber verschwinde. Hör auf, Lara deine tollen Geschichten zu erzählen von irgendwelchen Discos und Partys und dem ganzen Kram, mit dem man Mädchen beeindruckt, die noch nicht sechzehn sind. Lara interessiert sich nicht für so was.
Das war nämlich das Besondere an Lara. Sie war nicht so oberflächlich wie die Mädchen, die immer nur an ihr Aussehen dachten und an Serien und *Germany's Next Topmodel.* Sie hatte echt was im Kopf. Sie machte sich Gedanken.
Ihr hatte er sogar von der blöden Sache mit seinen Eltern erzählen können, ohne dass es peinlich wurde. Sie hatte einfach zugehört, und manchmal hatte sie eine Frage gestellt. Und er hatte genau gewusst, dass sie ihn verstand. Sie hatte sich die Haare aus der Stirn gepustet und …
Lautes Gelächter unterbrach seine Gedanken, und er musste sich zusammenreißen, um sich zurechtzufinden. So lief das oft. Das war das Blöde am Kiffen. Man blieb ständig auf seinen eigenen Gedanken sitzen.
»Ich glaub's nicht«, kicherte Lara.
»Doch, ich schwöre! Pass auf …« Paul beugte sich vor und hob einen Zeigefinger. Er würde gleich die nächste superwitzige Geschichte aus dem Ärmel ziehen, und

dann noch eine, und dann ... Sven merkte, dass seine Hände zitterten.
»Wann lernen wir denn wieder Mathe, Lara?«, fragte er, und als ihm die beiden ihre Gesichter zuwandten, hatte er das unangenehme Gefühl, sie zu stören.
Allmählich machte sich die vergangene Nacht bemerkbar. Ihm ging es nicht gut. Gar nicht. Er hatte kaum geschlafen und zu viel gekifft, und ein bisschen Pep hatte er auch gezogen. Dann war da noch der ganze Mist, an den er im Moment nicht denken wollte, und sein Vater, der ständig anrief ...
»Bis nach Weihnachten haben wir ja jetzt Ruhe, schätze ich«, sagte Lara. »Heute war nämlich die wichtige Arbeit«, setzte sie mit einem erklärenden Blick zu Paul hinterher.
»Aber wir können ja trotzdem lernen«, sagte Sven. Seine Stimme kam ihm ganz leise vor. Hörte man ihn überhaupt?
»Was ist los mit dir?«, fragte Lara. Sie musterte ihn aufmerksam, und er wünschte, er könnte die Augen schließen in der Gewissheit, dass sie da sitzen bleiben würde, ihm gegenüber.
»Du siehst echt beschissen aus«, sagte Paul. »Geh doch nach Hause und leg dich ins Bett.«
»Geht schon.«
»Soll ich dich nach Hause bringen?« Lara klang besorgt.
»Geht schon«, wiederholte er. Er setzte sich aufrecht hin und legte seine Hände nebeneinander auf den Tisch. Sie zuckten.
Paul sah ihn an, und in seinem Blick war so viel Verachtung, dass sie sogar den Nebel in Svens Kopf durchdrang.
»Hör doch endlich auf mit dieser Mitleidsmasche, die zieht nicht mehr.«

»Mit welcher Mitleidsmasche?«
»Halt die Klappe, Paul«, sagte Lara, und ihre Stimme klang sehr scharf.
»Mit welcher Mitleidsmasche?«, äffte Paul ihn nach. »Guck dich doch an, du jammerst rum, du bist schlecht drauf, und weil nette Mädchen wie Lara eine soziale Ader haben, gehst du ihnen auf den Keks.«
»Ich geh niemandem auf den Keks«, sagte Sven. Ihm war richtig übel plötzlich. Kotzschlecht.
»Nein?«, fragte Paul gedehnt und knackte mit den Fingergelenken. »Meinst du etwa, Lara ist scharf darauf, den Babysitter für dich zu spielen?«
»Das reicht jetzt, Paul«, sagte Lara und stand auf. Sie griff nach ihrem rosa Rucksack, wühlte hastig in ihrer Hosentasche nach Geld und knallte einen Fünf-Euro-Schein auf den Tisch.
»Wir sind Freunde«, sagte Sven. Er sah zu Lara hin, aber sie wich seinem Blick aus und hielt Ausschau nach dem Kellner.
»Freunde?«, höhnte Paul. »Frag sie doch! Ein Sozialfall bist du! Und wenn Laras Mutter nicht Lehrerin bei euch wäre, müsste sie sich nicht mit dir abgeben! Sie redet nur mit dir, um ihrer Mutter einen Gefallen zu tun!«
Manchmal wünschte Sven, sein Leben wäre ein Computerspiel. Dann müsste er jetzt nicht um Worte ringen, sondern könnte Paul einfach in seine dumme Visage ballern, mitten rein, und dann wäre er ihn los.
Das wäre leichter, als sein wattiges Hirn nach einer passenden Antwort zu durchsuchen und dabei Lara zu beobachten, die peinlich berührt in ihrem Rucksack kramte.
Und plötzlich wusste Sven, dass es stimmte. Schon allein, weil Lara sonst widersprochen hätte. Sie hätte et-

was gesagt, um die Sache zu erklären, sie hätte Paul zurechtgewiesen, irgendetwas hätte sie getan, statt sich die Haare ins Gesicht fallen zu lassen, damit sie ihn nicht ansehen musste.

Er nahm seinen Rucksack und ging einfach raus. Nichts wie weg von hier. Die Italiener, die am Ausgang Spalier standen, wünschten ihm einen schönen Tag und guckten etwas erstaunt, wahrscheinlich überlegten sie, wer seine Cola wohl bezahlen würde.

Draußen war es kalt. Als sein Handy klingelte, war er fast erleichtert. Für den Fall, dass die anderen ihm hinterhersahen, tat es gut, einen Anruf entgegenzunehmen, beschäftigt zu sein, Ablenkung zu haben.

Doch ein Blick aufs Display verriet ihm, dass der Anrufer wieder nur sein Vater war. Sven drückte ihn weg. Wenn er doch alles so leicht wegdrücken könnte wie die Anrufe seines Vaters … Paul zum Beispiel. Wenn Paul ein Anruf wäre …

Oder wenn Paul ein Ork wäre, das wäre noch besser. Dann könnte er ihm einfach in die Fresse ballern, und weg wäre er.

Sven atmete tief durch. Es tat gut, an Orks zu denken. Bei denen wusste man wenigstens, was man machen musste, um sie loszuwerden.

*

Edith, wie schön du es hast! Da leben, wo andere Urlaub machen!, sagten die einen und warfen bewundernde Blicke auf die malerische Burgruine auf dem Drachenfels und den Rhein mit seinen Ausflugsschiffen.

Die anderen, und zu denen gehörte ihre Tochter Henny,

fragten: Wie kannst du es in diesem Kaff nur aushalten? Sie schüttelten ungläubig den Kopf und ließen ihre Blicke vielsagend durch die schmale Hauptstraße schweifen, in der ein einsamer Teeladen und zwei Drogeriemärkte mit etlichen Touristenläden um die Gunst der Besucher buhlten.
Keines dieser Urteile bedeutete Edith etwas. Sie lebte einfach dort, wo ihr Johann sie hingepflanzt hatte. Johann war eine Jugendliebe gewesen, nur war er dann als einer der Letzten an die Front verschwunden. Als er endlich aus der Kriegsgefangenschaft zurückkehrte, stellte sie fest, dass ihm der Krieg das Bein und offenbar auch alle Tatkraft geraubt hatte. Sie heiratete ihn trotzdem. Fortan saß Johann stundenlang gedankenverloren in der Buchhandlung, die Edith gemeinsam mit ihrer Schwiegermutter wieder aufbaute. Er trank unzählige Tassen Kaffee und starrte Löcher in die Luft. Edith bekam erst Henny und dann Gudrun, verkaufte Bücher und versorgte den Haushalt. Als sie eines Abends den Laden abschließen wollte und Johann von seinem Platz im Hinterzimmer aufscheuchte, stand er mühsam mit Hilfe seiner Krücken auf, lächelte sie zärtlich an und fiel tot um.
So war das gewesen, damals. Die Buchhandlung hatte sie längst verkauft, aber in Johanns Elternhaus lebte sie immer noch, auch wenn sie das oberste und das untere Stockwerk vermietet hatte.
Edith schrak zusammen, als die Verkäuferin sie ansprach.
»Guten Tag, Frau Herzberger!«
»Guten Tag, Frau ...« Es war die freundliche Blonde, doch der Name wollte ihr heute nicht einfallen, und so wandte sich Edith der Auslage zu und musterte die Torten.

Es war ein Triumph gewesen, die Frau von dem Altenheim aus der Wohnung flüchten zu sehen. Edith fühlte sich erfrischt und hatte beschlossen, sich zur Feier des Tages ein Stück Kuchen zu gönnen, und zwar von dem guten bei der Konditorei Dix.

Noch vor einem Jahr hätte sie einen strammen Fußmarsch nach Oberkassel unternommen und die Konkurrenz aufgesucht. Die Spaziergänge am Rhein hatte sie stets besonders genossen. Es war ein lauer Herbsttag, und bestimmt war die Promenade gut besucht von Spaziergängern, Müttern mit Kindern, die die Enten fütterten, und den unseligen Radfahrern, vor denen man sich so in Acht nehmen musste. Aber leider gehörten die schönen Spaziergänge der Vergangenheit an, zu unbeweglich war sie geworden.

An manchen Tagen fiel es ihr schwer, das Haus zu verlassen. Nicht jedoch heute. Heute hatte sie etwas erlebt, etwas wirklich Aufregendes, und sie brannte darauf, sich die Szene bei einem Stück Frankfurter Kranz wieder und wieder durch den Kopf gehen zu lassen. Oder vielleicht bei Floridasahne.

Der Kuchen hier, dachte sie, während sie die üppige Auslage betrachtete, war es wirklich wert, dass man sich ein wenig Zeit für die Auswahl nahm. Nicht wie das Zeug, das sie in den Ketten verkauften, wo alles gleich schmeckte. Hier gab es noch richtige Konditorware. Zwar schob sich leise die Warnung ihres Hausarztes zwischen ihren Appetit und das verlockende Tortenstück, aber Edith beschloss, diese Stimme zu ignorieren. Genau wie das böse A-Wort, das sie heute in den Mund genommen hatte.

Altenheim. Ihre Tochter Henriette hatte sie lange genug mit diesem Thema gequält. Im Moment schien sie jeder damit quälen zu wollen, nur weil sie diesen dummen kleinen Zwischenfall im Sommer gehabt hatte. Ein Schluckauf war es gewesen, nichts weiter. Auch ein Herz konnte einmal Schluckauf haben. Doch ihr Herz war ebenfalls kein gutes Thema für diesen wunderbaren Herbsttag.

»Was wünschen Sie denn, Frau Herzberger?« Die Verkäuferin hatte sicher schon einige Male gefragt, und Edith fühlte sich ertappt, als die freundliche Stimme sie aus ihren Gedanken riss. Sie straffte ihre Schultern und versuchte, möglichst gerade zu stehen. Das war wichtig. Sie wurde immer krummer.

»Ich überlege noch ein wenig.«

»Aber gerne, lassen Sie sich ruhig Zeit.« Geschäftig machte sich die Frau an dem Backofen zu schaffen, in dem die frischen Brötchen gerade fertig geworden waren. Wohlwollend sah Edith ihr zu, bewunderte das makellose Weiß ihrer Kittelschürze. Wie nett und höflich die Frau war! Und das, obwohl sie gewiss schon lange auf den Beinen war und obendrein tattrige Kundinnen bedienen musste, die dem lieben Herrgott den Tag stahlen und am Ende nur ein einziges Stück Kuchen kauften! Beschämt beschloss Edith, zwei Stücke zu kaufen. Bestimmt konnte der Junge auch eins vertragen nach seinem anstrengenden Arbeitstag, vielleicht als Nachtisch. Zufrieden wandte sie sich wieder der Auslage zu. Also zwei Stücke. Vielleicht Kirschstreusel und …

Das Klingeln der Ladentür unterbrach ihre Gedanken, und Edith drehte sich neugierig um, so schnell es ihre steifen Knochen erlaubten. Eine junge Frau im schicken Mantel, ein wolliges Hündchen an der Leine und ein feuerrotes Monstrum von Handtasche über der Schulter.

Was die jungen Leute wohl alles in ihren Handtaschen spazieren trugen? Tragbare Computer, wahrscheinlich.
»Guten Tag, Frau Winter«, grüßte die Verkäuferin.
»Guten Tag!«
»Was darf es denn heute sein?«
»Wenn ich das wüsste ...« Die schicke Dame war nicht bei der Sache, das sah Edith sofort. Ihr Blick irrte durch den Raum, nervös fuhr sie sich durch das platinblonde Haar. »Was nehme ich denn ...«, murmelte sie zerstreut.
»Unsere Schokosahne kann ich empfehlen, lockerer Biskuit mit Schokocreme und Raspelschokolade. Sie ist gerade erst geliefert worden und schon fast wieder weg. Nur noch vier Stücke sind da.«
Das klang gut! Hoffentlich nahm die Kundin nicht mehr als zwei Stücke! Besorgt musterte Edith die süße Verführung. Genau das Richtige nach dem Abenteuer mit der Frau vom Altenheim!
Die schicke Dame seufzte. »Eigentlich war ich ja zum Kaffee eingeladen bei Margit Sippmeyer ... Und ich hatte extra nichts zu Mittag gegessen. Und jetzt, da die Feier abgesagt wurde ...«
»Abgesagt?« Die Verkäuferin wischte sich die Hände an der Schürze ab, dabei war gar nichts daran. Nicht einmal Mehl. »Aber unser Fahrer hat doch eben noch fünf Torten geliefert, stellen Sie sich vor, fünf! Und eine davon war eine riesige Geburtstagstorte. Und zweimal unsere Schokosahne.«
Drei Augenpaare richteten sich auf die verbliebenen Tortenstücke, als könnten diese das Rätsel lösen.
Die schicke Dame beugte sich verschwörerisch vor, warf einen raschen Seitenblick auf Edith und flüsterte dann so leise, dass diese es gerade noch verstehen konnte: »Dann

hat Ihr Fahrer nichts mitbekommen? Stellen Sie sich vor – die Haushälterin hatte gerade den Tisch gedeckt … ein ganz patentes Ding ist die, so eine fehlt uns … Und wie sie Frau Sippmeyer nach Gläsern fragen will, ist die verschwunden! Das Fenster offen, der Wagen vor der Tür … Als hätte sie sich in Luft aufgelöst! Und das, wo sie so viele Leute eingeladen hat. Sie wird heute vierzig!«

Die Verkäuferin schnappte nach Luft, und Edith spitzte die Ohren, damit ihr kein Wort entging. »Vierzig? Das hätte ich nicht gedacht, sie sieht viel jünger aus!«

»Finden Sie?« Eine Spur Gehässigkeit lag im Tonfall der schicken Dame. »Jedenfalls hoffe ich, dass da nichts passiert ist. Einfach so verschwinden … Das geht doch nicht!«

»Haben die denn die Polizei gerufen?«

»Das habe ich auch sofort gefragt! Aber der Ehemann will noch warten, man weiß ja nicht, vielleicht taucht sie wieder auf. Obwohl ich mich frage, warum sie dann alles abgesagt haben.«

Die beiden schwiegen und sahen dann wie auf ein Wort zu Edith, die den Kopf einzog und interessiert die Auslage musterte.

»Was nehmen Sie denn jetzt, Frau Winter?«, fragte die Verkäuferin, als wolle sie das Thema wechseln. Die Dame seufzte erneut und betrachtete ihr Hündchen, das reglos neben ihr saß. »Ich glaube, die Aufregung schlägt mir auf den Magen. Ein süßes Brötchen. Aber ohne Rosinen. Und ein Pfund Kaffee. Aber ohne Koffein.«

Während Edith ihr Kuchenstück einpacken ließ – doch nur eins, denn wenn sie die Fakten richtig zusammenzählte, würde der Junge heute einen langen Arbeitstag haben und nicht zum Abendessen kommen –, dachte sie darüber nach, wie sie ihn erreichen konnte. Wenn eine Frau aus dem Ort verschwunden war, musste er das erfahren. Und wenn noch niemand die Polizei gerufen hatte, musste sie es eben tun.

Während sie mit wackeligen Schritten, ihr kleines Kuchenpaket balancierend, auf die Hauptstraße trat, überlegte sie fieberhaft, wie sie ihn erreichen konnte. In ihrem Portemonnaie befand sich für Notfälle seine Visitenkarte. Dies war ein Notfall. Also musste sie erstens ein Telefon finden und zweitens jemanden, der ihr half, die winzige Schrift zu entziffern, denn sie hatte ihre Lesebrille nicht dabei.

Edith blieb stehen. Es blieb ihr wohl nichts anderes übrig, als in die Bäckerei zurückzugehen und die nette Verkäuferin um Hilfe und ein Telefon zu bitten. Vielleicht sollte sie, um ihre Dankbarkeit zu zeigen, noch etwas von der Schokosahnetorte kaufen.

Drei Stücke waren ja noch da.

*

Die Villa der Sippmeyers war beeindruckend. Ein grauer, quadratischer Prachtbau am Rhein, dreistöckig, umgeben von einer parkähnlichen Grünanlage, die eine hohe Mauer vor neugierigen Blicken abschirmte.

»Ich verstehe das mit der Handtasche nicht. Sie würde niemals ohne ihre Handtasche aus dem Haus gehen.« Dr. Michael Sippmeyer hob die Schultern, eine Geste, die an ihm irgendwie aufsehenerregend wirkte. Jan hätte schwören können, dass Elena neben ihm scharf die Luft einsog.

Sippmeyer war ein umwerfend attraktiver Mann. Er war groß, größer als Elena, und wenn sich in seinem etwas zu langen Haar graue Strähnen befanden, die man bei einem Mann von etwa fünfzig erwarten konnte, so blieb genug Blond übrig, um es zu verdecken. Sein grauer Anzug wirkte ausgesucht und edel und ließ gut verteilte Muskelpakete darunter erahnen.

Der Mann passte perfekt in dieses Haus, in dem alles nach Erfolg roch. Auch das Wohnzimmer zeugte von Reichtum und Geschmack. Die geschickte Mischung aus Antiquitäten und Designklassikern verriet die Hand eines Innenarchitekten, und das Eichenparkett besaß jenen goldenen Schimmer, den nur hingebungsvolle Pflege zustande brachte. Während er in einem himmlisch bequemen Sessel versank, fragte sich Jan, ob Margit Sippmeyer wohl persönlich jeden Freitag zum Bohnerwachs gegriffen hatte.

Wie auf ein Stichwort erschien Cecilia Thomas im diskreten schwarzen Hauskleid und brachte Kaffee und Gebäck. Sie war es gewesen, die das Verschwinden ihrer Arbeitgeberin entdeckt hatte. Sie hatte sich knapp und widerwillig den Fragen der Beamten gestellt und verschanzte sich jetzt hinter ihrer Rolle.

»Danke sehr«, sagte Elena und warf Jan einen mahnenden Blick zu. Lass sie, hieß dieser Blick, ich kümmere mich später um sie.

Sippmeyer hatte sich bemüht, ihre Fragen zum Verschwinden seiner Frau so genau wie möglich zu beantworten. Trotzdem hatte man ihm deutlich angemerkt, wie besorgt er war.

Die Haushälterin habe ihn im Büro angerufen und über das Verschwinden seiner Gattin informiert. Etwa fünf-

zehn Minuten später sei er hier gewesen und habe entschieden, erst einmal die geplante Party abzusagen. Den Vormittag habe er abwechselnd im Büro und bei Mandanten verbracht, gegen elf sei er nach Hause gefahren, um seiner Frau Blumen und ihr Geschenk zu bringen. Als er sie nicht angetroffen habe, habe er angenommen, dass sie wegen der bevorstehenden Party noch beim Friseur sei, und war zurück ins Büro gefahren.
Weshalb er seine Frau nicht schon beim Frühstück beschenkt habe, fragte Jan und hing für einen Augenblick verschwommenen Erinnerungen an eine zerzauste Nicoletta im Pyjama nach, die mit vor Freude glühendem Gesicht Kerzen auf einer Tiefkühltorte auspustete.
Er habe früh ins Büro gemusst und seine Frau nicht wecken wollen, sagte der Hausherr. Seine Hand zitterte leicht, als er nach der Kaffeetasse griff.
Sie hatten dem verstörten Ehemann wohlweislich nichts vom Fund der Leiche gesagt. Solange sie noch Hoffnung hatten, waren die Befragten meist wesentlich präziser in ihren Aussagen. Allerdings war es erstaunlich, dass in einem kleinen Ort wie Königswinter die Nachricht von der Leiche noch nicht die Runde gemacht hatte.
Das Klingeln an der Haustür erklang zum wiederholten Male, und wieder zuckte Michael zusammen. Im Flur unterrichtete die Haushälterin flüsternd die Neuankömmlinge darüber, dass die Party abgesagt sei. Einige der Gäste hatte man nicht mehr erreicht, und da es eine offene Veranstaltung mit Kaffee, Kuchen und anschließendem Essen gewesen war, trudelten die Menschen erst nach und nach ein.
»Wir brauchen eine Liste mit Namen und Adressen von den Freunden Ihrer Frau.«

»Selbstverständlich.«
»Wie sieht es mit den Kollegen aus?«
Michael Sippmeyer griff erneut nach seiner Tasse. »Meine Frau ist nicht berufstätig.«
»Verstehe«, sagte Jan und ließ den Blick über den Luxus schweifen. Mindestens einer der beiden musste viel Geld mit in die Ehe gebracht haben. Die Zeiten, in denen ein einzelnes Einkommen einen derartigen Lebensstandard sichern konnte, waren lange vorbei. Oder verdiente man als Notar astronomische Summen?
»Erschien Ihre Frau Ihnen gestern irgendwie verändert?«
»Nein.« Sippmeyer ließ sich Zeit mit seiner Antwort, legte den Kopf schräg und schüttelte ihn dann. »Sie war ganz normal.«
»Was ist denn bei Ihnen normal«, fragte Elena, und ihrem spitzen, aggressiven Unterton hörte Jan an, was sie dachte: Was war daran normal, wenn eine erwachsene Frau den Tag im Haus vertrödelte und sich die Haare und die Fingernägel machen ließ, während andere Menschen arbeiteten? Dies zumindest war das Bild, das der Ehemann entworfen hatte, und es entsprach ziemlich präzise einem von Elenas zahlreichen Feindbildern.
Aus dem Flur waren laute, erregte Stimmen zu hören, offenbar ließen sich die zuletzt angekommenen Gäste nicht so leicht nach Hause schicken wie die davor. Die kompakte Silhouette von Cecilia Thomas erschien in der Tür, und auf ihr Zögern hin erhob sich Sippmeyer und trat zu ihr.
»Entschuldigen Sie mich bitte«, sagte er mit erschöpftem Gesichtsausdruck und verschwand im Flur, aus dem jetzt nur noch gedämpftes Stimmengewirr drang.
»Na, da bin ich ja mal gespannt.« Elena ließ betont forsch ihre Gelenke knacken. Das war vermutlich ihre Art zu

beweisen, dass weder der schöne Mann noch die prunkvolle Umgebung ihr Urteil trüben würden. »Was wetten wir, warum er heute früh nicht zu Hause war?«

»Elena, bitte.«

»Er hat eine Geliebte. Das rieche ich. Ein hirnloses Mäuschen unter dreißig mit wallendem Goldhaar. Und während er sich mit ihr trifft, richtet seine Frau die Püppchen auf dem Kaminsims.«

Du findest doch auch, dass er ein toller Kerl ist, wollte Jan sagen, aber er wusste, alles, was er sagte, würde nur Munition liefern für Elenas feministisches Kampfgeschrei. Also schwieg er.

»Lass uns mal nach oben gehen«, sagte Elena und erhob sich. »Wir sollten uns das Zimmer ansehen. Warum sind die von der KTV noch nicht da?«

Jan folgte ihr.

Das Schlafzimmer von Margit Sippmeyer war in Cremetönen gehalten mit dezenten Hinguckern in Gold und Apricot. Eine schmale Verbindungstür führte in ihr Bad, neben dem sich das ihres Mannes befand und dann erst dessen Schlafzimmer. Offenbar brauchten die Sippmeyers viel Raum zwischen sich, um ruhig zu schlafen, dachte Jan. Oder war es ein Versuch, die erotische Kraft dieses Mannes zu bannen?

Er streifte Einweghandschuhe über und öffnete den Badezimmerschrank. Tablettenschachteln, etwa zwanzig. Aspirin, Vitamine, Grippemittel, die kannte er. Den Rest reichte er kommentarlos an Elena weiter. Im zweiten Schrank verbargen sich Kosmetikartikel, weiße Tuben und Flaschen mit Goldrand, das meiste schien von ein und derselben Marke zu sein. Sein eigenes Badezimmer drängte sich ihm vors Auge, Nicolettas Sammelsurium

an Pflegeprodukten. Sie kaufte, was immer gerade offensiv beworben wurde oder vermeintlich im Angebot war. Dann fiel ihm ihre Schlafbrille ein.
Nein, dachte er und klappte die Schranktür zu. Das gemeinsame Badezimmer gab es nicht mehr, nur seinen Kulturbeutel zwischen den zahlreichen Kölnischwasser-Flaschen, die Edith geschenkt bekommen, nie benutzt und zu einer beeindruckenden Armee aufgereiht hatte. Bald würde dieser Beutel in sein neues Badezimmer wandern, jenes, das noch keine Fliesen hatte.
Margit Sippmeyer war offensichtlich ein anderer Einkaufstyp als Nicoletta. Eine Frau, die wusste, was sie wollte, und die es sich obendrein leisten konnte.
»Beruhigungsmittel und Antidepressiva verschiedener Hersteller«, sagte Elena, die mit Stirnrunzeln die Beipackzettel studierte. »Benzodiazepin, hartes Zeug. Wenn sie solche Medikamente zum Schlafen braucht, würde sie wohl kaum ohne sie abhauen.« Sie nickte selbstgefällig. Wahrscheinlich verglich sie sich im Geiste sowohl mit der imaginären hirnlosen Geliebten als auch mit der depressiven Ehefrau und war mit dem Ergebnis sehr zufrieden. Elena war immer mit sich zufrieden, auf eine Weise, die Jan rasend machte.
»Was machen Sie denn hier?«, unterbrach Sippmeyers Stimme seine Gedanken. Der Mann lehnte im Türrahmen, in sein schönes, kantiges Gesicht hatten sich Sorgenfalten gegraben. »Ich hätte es begrüßt, wenn Sie auf mich gewartet hätten.«
»Dies ist eine polizeiliche Ermittlung, lieber Herr Sippmeyer«, konterte Elena und schob sich an ihm vorbei. Selbstverständlich ließ sie den Doktortitel weg, das war wohl ihre Art zu zeigen, dass sie vom Hausherrn nicht

im mindesten beeindruckt war. »Wenn Sie nichts dagegen haben, spreche ich jetzt mit Ihrer Haushälterin. Wenn Sie etwas dagegen haben, allerdings auch.«
Jan hob die Hände und warf Sippmeyer einen entschuldigenden Blick zu, den dieser nicht erwiderte. Stattdessen setzte er sich auf das Bett seiner Frau und legte beinahe zärtlich die Hand auf die flauschige Tagesdecke.
»Bitte, stehen Sie auf. Die Kriminaltechnik …«
»Natürlich, entschuldigen Sie!« Sippmeyer erhob sich augenblicklich. »Es ist nur … Ich mache mir Sorgen. Und dann dieser Geburtstag, sie hat so viel Zeit in die Vorbereitung gesteckt. Er war ihr wichtig, dieser Tag. Man wird nur einmal vierzig, hat sie immer gesagt. Ich weiß gar nicht, wie sie das gemeint hat. Werden Frauen gerne vierzig? Ich hätte sie fragen sollen.« Seine Augen blieben trocken, aber die Anstrengung, die ihn das kostete, sah man dem Muskelspiel seines Kiefers an.
»Wir haben eine größere Anzahl verschreibungspflichtiger Psychopharmaka im Badezimmerschrank Ihrer Frau gefunden«, sagte Jan. »Wussten Sie davon?«
»Sie war etwas nervös, manchmal.«
»Etwas?«
»Ja. Manchmal mehr, manchmal weniger. Ich kann mir schon vorstellen, dass sie etwas dagegen genommen hat, aber gesprochen haben wir darüber nicht.«
»Können Sie mir Name und Nummer des Hausarztes geben? Ich würde gern mit ihm Rücksprache halten.«
Sippmeyer setzte sich aufrecht hin. »Aber ist das nicht vertraulich?«
»Bei allem Respekt, Herr Dr. Sippmeyer. Wir wissen nicht, was sich hier abgespielt hat, aber wir können mit dem Schlimmsten rechnen. Es mag sein, dass Ihre Frau schon

morgen wieder auftaucht, aber falls nicht, sollten wir vorbereitet sein. Lassen Sie uns unsere Arbeit tun. Wir werden alles unternehmen, um Ihre Frau schnell zu finden.«
Die Worte kamen ihm verlogen vor, wenn er an die Leiche im Nachtigallental dachte, und er schloss den Mund.

*

In der riesigen Küche herrschte heilloses Chaos. Silberne Platten, eingehüllt in Klarsichtfolie, standen auf jeder freien Fläche, und Elena beobachtete interessiert, wie die Haushälterin Häppchen aus der Folie befreite, in Plastikboxen packte und in zwei Kühlschränken verstaute, die bereits aus allen Nähten platzten. Sie hatte die Aussage aufgenommen, aber irgendetwas hielt sie davon ab, zu den Kollegen zurückzugehen.
»Können Sie das Essen nicht einfach zurückgeben?« Elena nippte an dem ausgezeichneten Kaffee, den Cecilia Thomas ihr angeboten hatte, und inspizierte unauffällig die Platte vor ihrer Nase. Winzige Rouladen, Lachstörtchen, Hackfleischbällchen …
»Schön wäre es!« Vergeblich versuchte Cecilia, Platz für eine weitere Box zu finden.
»Und wenn Sie die Sachen einfrieren?«
»Die Frikadellen vielleicht, der Rest verdirbt dabei.« Sie gab auf, schloss die Kühlschranktür und hielt Elena die Box hin. »Möchten Sie vielleicht?«
»Gern!«
Stumm saßen die beiden Frauen am Tisch und aßen, die eine mit Genuss, die andere voller Anspannung. Schließlich brach Cecilia das Schweigen. »Eine schlimme Sache.«

»Ja.« Elena kaute und schluckte.
»Und dass man gar nichts tun kann.«
»Das ist schwer, ja.« Sie wartete einfach ab. Das funktionierte immer am besten. Die meisten Leute ertrugen Gesprächspausen nicht.
»Wenn man wüsste …« Cecilia Thomas brach ab.
»Warum sagen Sie nicht einfach, was Sie sagen wollen?«
»Es ist nur eine Ergänzung, und vielleicht ist es auch gar nicht wichtig.«
Elena lächelte zufrieden und griff nach ihrem Block. »Und zwar?«
»Ich habe gestern Nacht jemanden gesehen.«
»Wann war das?«
»Ich weiß nicht, ich habe nicht auf die Uhr gesehen. So um zwei vielleicht?«
Elena schrieb mit und nickte, zum Zeichen, dass sie weiterreden sollte.
»Manchmal, wenn viel zu tun ist oder ich spätabends noch servieren soll, übernachte ich in einem der Gästezimmer im zweiten Stock. Letzte Nacht habe ich hier geschlafen, aber ich bin mehrmals aufgewacht.«
»Hat Sie etwas geweckt?«
Die Haushälterin zögerte, dann griff sie nach einem Hackfleischbällchen. Sie waren mit gehackter Minze zubereitet, was für Elenas Gaumen gewöhnungsbedürftig geschmeckt hatte. Aber Cecilia Thomas hatte ohnehin etwas anderes im Sinn, als zu essen. Sie drehte und wendete die Frikadelle, dann legte sie sie wieder weg. »Es muss wohl die Aufregung wegen der Party gewesen sein. Es hatte Ärger mit einigen Lieferanten gegeben, und es war Frau Sippmeyer sehr wichtig, dass alles reibungs-

los abläuft. Ich habe mir ein Glas Wasser geholt und aus dem Fenster gesehen, und dabei entdeckte ich jemanden zwischen den Bäumen.«

Elena schrieb aufmerksam mit. »Wo?«, fragte sie, ohne aufzublicken.

»Zwischen den Bäumen, die neben der Einfahrt stehen.«

»Nachher können Sie mir die Stelle zeigen. Haben Sie denn etwas erkennen können?«

»Ich glaube schon. Ich bin mir ziemlich sicher, dass es Romina Schleheck war. Das ist die Künstlerin hier im Ort, die diese Drachenbilder malt.«

»Kennen Sie diese Frau Schleheck näher?«

»Nein.«

Elena klappte ihren Block zu und lächelte die Haushälterin an. »Wir machen da später noch ein richtiges Protokoll draus, Frau Thomas. Aber sagen Sie mir doch einmal: Warum haben Sie das nicht vorhin schon erzählt, als mein Kollege Sie befragt hat?«

Cecilia Thomas presste die Lippen aufeinander, ganz so, als wolle sie verhindern, dass ihnen eine Lüge entschlüpfte.

*

Der Mann tat ihm leid. Und gleichzeitig fragte sich Jan, wie er selbst wohl reagiert hätte, wenn Nicoletta aus heiterem Himmel verschwunden wäre. Er hätte sie wieder und wieder auf ihrem Handy angerufen, das stand fest. Vielleicht hätte er sich bei ihrer Mutter erkundigt, aber nur vielleicht. Viel wahrscheinlicher war, dass er stocksauer auf sie gewesen wäre. Vielleicht hätte er auch be-

fürchtet, dass sie ihn sitzengelassen hatte, weil sie erkannt hatte, dass auf der Welt tollere Typen herumliefen als Jan Seidel. Insgeheim hatte Jan sich schon oft gefragt, ob Nicoletta nicht eine Nummer zu groß für ihn war.
Wenn sie verschwunden wäre, hätte er an viele Erklärungen gedacht, aber nicht an ein Verbrechen. Offenbar war ihre Beziehung auf einem weniger stabilen Fundament gebaut als die der Sippmeyers. Oder war das eine Frage der Generation?
Unfug, dachte Jan. Ein Ehepaar mit einem halbwüchsigen Sohn, das einen runden Geburtstag mit vielen geladenen Gästen feiern will, das ist einfach eine andere Lebenssituation als bei einem jungen Paar. Natürlich befürchtet der Ehemann da das Schlimmste.
Und außerdem hatte Sippmeyer gar nicht sofort die Polizei gerufen. Vielleicht sollte man sich lieber mal überlegen, warum. Immerhin schien er äußerst besorgt. Wäre es da nicht naheliegender gewesen, selbst eine Vermisstenmeldung aufzugeben, statt das den Buschtrommeln der Königswinterer Nachbarschaft zu überlassen?
»Noch einmal von vorne, Herr Dr. Sippmeyer. Gestern Abend. Bis wann waren Sie im Büro?« Jan zückte sein Notizbuch. Eigentlich brauchte er es nicht, sein Gedächtnis war gut. Die konzentrationsfördernde Wirkung bei dem Gegenüber war jedoch enorm. Kaum merkten die Leute, dass man ihre Worte aufzeichnete, wurden sie erstaunlich präzise.
»Lassen Sie den Titel ruhig weg«, sagte Sippmeyer und versuchte ein Lächeln. Es misslang. »Bis acht Uhr, vielleicht halb neun.«
»Und danach? Sind Sie da nach Hause gefahren?«
»Zuerst ja.«

»Von wann bis wann waren Sie hier?«
»Von neun bis Viertel vor zehn, ungefähr.«
»Und Ihre Frau?«
»Die war nicht hier. Aber Cecilia, ich meine, Frau Thomas, sie war noch hier und hat das Fest vorbereitet.«
»Und wo waren Sie danach?«
»In der Kneipe, hier im Ort. Im Tubak.« Sein Blick irrte unruhig hin und her, als sei er sich selbst nicht sicher.
»Von wann bis wann?«
»Hin bin ich gegen zehn. Ja, gegen zehn. Und dann ... Das war lang. Sehr lang.«
»Bis wann in etwa?«
»Tja ...« Sippmeyer presste die Lippen aufeinander und schwieg.
»Sagen Sie mir einfach eine ungefähre Zeit, wir prüfen das ohnehin nach«, sagte Jan so freundlich wie möglich.
»Eins vielleicht.«
»Okay, das war es dann vorläufig. Was ist mit der Liste? Freunde, Bekannte? Vielleicht das Adressbuch Ihrer Frau?«
»Hole ich.« Sippmeyer stand auf.
»Und das Bild«, mischte sich Elena ein, die gerade dazugekommen war. »Wir brauchen ein Bild Ihrer Frau. Ein möglichst aktuelles.«
»Ich kümmere mich darum«, sagte Sippmeyer.
»Na, das wird ja ein Spaß«, murmelte Elena, nachdem er das Wohnzimmer verlassen hatte.
»So geht das schon die ganze Zeit.«
»Komischer Kerl.« Sie trat an den Kamin, und er betrachtete etwas verschämt ihren Rücken. Elena hatte ein Kreuz wie eine Ringerin, und nicht zum ersten Mal fragte sich Jan, ob es wohl einen Mann auf der Welt gab, dem das ge-

fiel. Letztes Jahr hatte sie im Sommer plötzlich einen Rock getragen, und Reimann hatte ihm ein verschwörerisches »Geile Beine!« zugeflüstert. Jan hatte sich beinahe verschluckt vor Schreck darüber, dass jemand seine Kollegin auf diese Art ansah. Aber damals war Reimann in seiner Trennungsphase gewesen, hatte alle mit seinen Ehegeschichten genervt und in seiner Freizeit mit gierigen Blicken um sich geschossen, in der wilden Überzeugung, dass sich so eine Trennung schließlich lohnen müsse.

Inzwischen war Reimann wieder bei seiner Frau eingezogen, und das Gejammere über seine miesen Chancen auf dem Paarungsmarkt war dem Gejammere darüber gewichen, dass seine Frau das landesweite Rauchverbot nun auch in den eigenen vier Wänden durchsetzte. Manche jammerten einfach immer.

Sippmeyer sah nicht so aus, als ob er zu der jammernden Gattung Ehemann gehörte. Zu welcher Gattung hätte er selbst wohl gehört?

»Meinst du, die sind echt?« Elena betrachtete neugierig eine elegante Schale mit seltsam geformten stacheligen Früchten darin.

Jan trat neben sie, auch, um nicht weiter ihren imposanten Rücken ansehen zu müssen. »Bestimmt. Ich glaube nicht, dass es in diesem Haus irgendwelche Attrappen gibt.«

Neben der Schale stand eine hübsche Sammlung silbern gerahmter Familienbilder. Michael Sippmeyer mit Siegergesicht und eine blonde Schönheit in Hochzeitskluft, ein süßes, pausbackiges Baby auf einem Schaffell, ein Knirps auf einem Schaukelpferd, derselbe etwas älter mit Zahnlücke und Schultüte. Jan nahm das Hochzeitsbild in die Hand.

Der Brautstrauß, das weiße Kleid und der Smoking reichten als Schlüsselreize vollkommen aus, um ihn für Minuten in einen Hochzeitsalptraum zu katapultieren. Die strahlende Braut mit der Hochsteckfrisur trug eines dieser gerafften, taillierten Kleider, die beinahe jede Braut zu tragen hatte. Es war eine hübsche Braut, fröhlich und blühend, aber im Vergleich zu Nicoletta sah sie durchschnittlich aus. Nicoletta war wie gemacht für Brautfotos. Ihr wildes dunkles Haar trug sie zu einem dramatischen Knoten gebändigt. Ein milchweißer Teint, das erbsengroße Muttermal, das mit ihrer zart geschwungenen Oberlippe verschmolz. Wie hätten sie beide wohl nebeneinander ausgesehen? Was für ein Kleid hatte Nicoletta ausgesucht? Bezahlt war es, und weil Jan sich ziemlich sicher war, dass es kein Brautkleid von der Stange gewesen war, konnte sie es bestimmt nicht zurückgeben.
Und was war eigentlich mit den Eheringen? Sollte er bei der Goldschmiedin anrufen und fragen, wie man in einem solchen Fall verfuhr, oder hatte Nicoletta dies bereits getan? Und was, wenn er zuerst anrief und sie dann später erfuhr, dass er sich längst um die Entsorgung der Ringe gekümmert hatte – wie vertrug sich das mit seinen Beteuerungen, er werde auf sie warten für den unwahrscheinlichen Fall, dass sie es sich noch einmal überlegte?
Elenas Stimme riss ihn aus seinen Gedanken. »Meinst du, das ist unsere Tote?«
»Ich fürchte, ja.«
»Was machen Sie da?« Michael Sippmeyers Stimme klang schneidend, und Jan merkte erst jetzt, dass er immer noch das gerahmte Bild in den Händen hielt. Hastig stellte er es zurück an seine Stelle auf dem Kamin.

»Ist das Ihre Frau?«
»Ja, das ist sie. Ich habe Ihnen drei Fotos mitgebracht, suchen Sie sich eins aus.« Er hielt Jan einige Urlaubsbilder hin. Eine braungebrannte Margit strahlte unter ihrem Sonnenhut hervor, die Hand neckisch an der Krempe.
Jans Blick glitt noch einmal zu dem Hochzeitsbild. Die Ringe.
»Trägt Ihre Frau den Ehering links oder rechts?«
»Bitte was?«
»Auf dem Urlaubsbild trägt Ihre Frau den Ehering an der linken Hand. Tut sie das immer noch?«
»Ja, das stimmt. Sie hat sich als Kind bei einem Reitunfall zwei Finger gebrochen, so dass ihre Gelenke leicht anschwellen.«
»Ich verstehe.« Die Leiche hatte den Ehering rechts getragen, da war Jan sich sicher. Konnte es sein, dass die Tote gar nicht Margit Sippmeyer war? Bald würden sie es wissen.
Elena hob die Achseln und machte eine verständnislose Geste. Vermutlich wollte sie ihn drängen, dem armen Mann endlich reinen Wein einzuschenken.
»Wenn Sie sich bitte noch einmal setzen würden, Herr Sippmeyer«, sagte sie dann, da Jan sich nicht rührte. »Da ist noch etwas, das wir Ihnen sagen müssen.«
Michael Sippmeyer schien zu wissen, was ihn erwartete. Er griff nach dem Quittenschnaps und schenkte sich ein Glas ein.
Und während Elena ihm behutsam auseinandersetzte, dass unweit seines Hauses eine weibliche Leiche gefunden worden war, steckte Jan seine nackten Hände in die Hosentaschen. Er würde morgen zum Juwelier gehen und die Ringe abholen. Oder zumindest seinen. Denn

wenn er weiterhin ohne Ehering herumlief, würde es früher oder später zu unangenehmen Fragen kommen, die er lieber noch hinauszögern wollte. Zumindest so lange, bis er Nicoletta noch einmal gesprochen hatte.

*

»Wunderbar sind Ihre Sachen, wirklich entzückend«, sagte die Frau und betrachtete bewundernd eine Drachentasse, während ihr etwa dreijähriger Sohn das unterste Regalbrett ausräumte. Dort standen die Honiggläser, und Romina hoffte, dass diese nicht so fragil waren wie die Tassen, die letzte Woche zu Bruch gegangen waren.

Lächeln, dachte sie, einfach lächeln. Kunden sind Kunden, und die Ware ist versichert. Aber sie konnte nicht umhin, sich zu fragen, warum ständig Eltern mit entspanntem Gesichtsausdruck in ihrem Laden stöberten, ohne je mehr als eine Tasse zu erstehen, und in Kauf nahmen, dass ihre Sprösslinge unterdessen alles zertrümmerten. Warum schnallten sie die nicht einfach im Buggy fest? Dafür waren die Dinger doch da.

»Haben Sie diese Notizblöcke auch noch mit anderen Motiven?«, erkundigte sich die Frau.

»Wenn Sie einen Moment warten, schaue ich nach«, sagte Romina. Im Lager mussten noch welche mit Seepferdchen sein. Seepferdchen waren der Renner. Die Kinder sahen die Tiere im Sea-Life-Center, waren begeistert und wollten danach alles kaufen, worauf Seepferdchen abgebildet waren. Bald würde es Seepferdchenlutscher geben und Seepferdchenbrot, und der Drachenfels würde umbenannt …

Romina verschluckte sich, sie wusste nicht einmal, ob es ein Lachen oder ein Schluchzen war, das ihr die Kehle

verstopfte. Werd nicht hysterisch, dachte sie. Das sind Kunden. Sie bringen Geld.
Sie suchte Notizbücher aus dem Regal und trat zurück in den Verkaufsraum, wo der kleine Junge inzwischen dazu übergegangen war, ein Honigglas über den Boden rollen zu lassen.
»Die sind toll«, sagte die Frau, und ihre Begeisterung wirkte echt. »Ich nehme zwei, in Grün und Pink. Schade, dass Sie keine Schulsachen haben. Immer diese Diddel-Maus, das kann doch niemand mehr sehen.«
Sie kaufte auch das Honigglas und zwei Tassen, und Romina hielt ihr zum Abschied die Tür auf und sah ihr nach, wie sie mit ihrem Sohn den Laden verließ, in der Hand eine große bunte Tüte mit dem Drachen-Logo, das sie vor fünf Jahren erfunden hatte.
Dieser kleine Drache hatte ihr, finanziell gesehen, das Leben gerettet. Sie druckte ihn auf Pappe, malte ihn auf Keramik, pinselte sein freundliches Gesicht auf Briefkästen und Kindergarderoben. Und die Tagestouristen, die im Sea-Life-Center noch nicht genug Geld losgeworden waren, entdeckten beglückt ihren kleinen Laden und kauften noch ein paar Erinnerungen, ehe sie in ihre SUVs stiegen und nach Hause fuhren.
Sie musste dem kleinen Drachen dankbar sein, ebenso wie seinem Freund, dem Seepferdchen. Stattdessen hasste sie beide.
Fünf vor sechs. Längst war es dunkel geworden. Heute würde sich bestimmt niemand mehr in ihren Laden verirren. Romina schloss die Tür, drehte das Schild auf »Geschlossen« und löschte das Licht, bevor sie in den kleinen Raum neben dem Lager trat, der ihr als Teeküche diente. Ein kleines Fenster ging auf die Gasse

hinaus, die von der Hauptstraße zur Rheinpromenade führte.
Der Tee war noch heiß, aber er war bitter geworden, und sie schüttete ihn weg. Sollte sie neuen kochen? Sollte sie nach Hause fahren?
Ihr Atem flatterte. Sie wurde wieder so nervös. Erneut flog ihr Blick zum Fenster. Niemand zu sehen, dachte sie, ohne dass diese Feststellung sie beruhigte.
Und während sie den Wasserkocher füllte und anstellte, gestand sie sich ein, worauf sie wartete.
Auf die Polizei.
Längst hatte das Verschwinden von Margit Sippmeyer in Königswinter die Runde gemacht, ebenso die Leiche im Nachtigallental. Da war es nicht schwer, eins und eins zusammenzuzählen.
Ob es einen besseren Eindruck machte, wenn sie selbst zur Polizei ging und alles sagte, was es über die tote Frau zu berichten gab? Denn daran, dass Margit tot war, bestand kein Zweifel. Und bei allem Entsetzen fühlte Romina auch Erleichterung darüber, dass endlich etwas geschehen war. Dass endlich eines dieser vielen Hindernisse, die ihr die Sicht versperrten, beseitigt war.
Ob sie das der Polizei sagen würde?
Tee würde ihr guttun. Romina hängte einen Beutel in den Becher und goss kochend heißes Wasser darüber. Dann drückte sie den Knopf der kleinen Stereoanlage. Tori Amos. Leise summte sie mit.
Das Telefon stand bereit. Sie musste nur die Nummer der Polizei wählen.
Wie würde es dann weitergehen? Würde man sie verhaften? Verdient hatte sie es. Sie hatte sich schuldig gemacht. Ohne sie wäre Margit noch am Leben.

Unvermittelt musste sie an die Kundin von vorhin denken. Sie war nett gewesen, voll ehrlicher Bewunderung über Rominas Handwerk. Sie konnte nicht wissen, wie es Romina stach und pikste, wenn man ihre Sachen ständig mit Diddel und Micky Maus verglich. Sie konnte nicht wissen, dass sie etwas anderes wollte für ihr Leben. Wenn sie damals auf der Kunsthochschule gewusst hätte, dass sie mit sechsundfünfzig in Königswinter sitzen und Souvenirs verkaufen würde, hätte sie wahrscheinlich ihr Studium abgebrochen oder den Strick genommen.
Königswinter, dachte sie. Nicht davor und nicht dahinter. Das sangen die holländischen Kegelclubs, wenn sie abends durch die Straßen zogen, trunken vom Rheinwein.
Eine kleine Chance gab es, dass sich etwas ändern würde, eine winzige. Die Kuratorin hatte verhalten optimistisch geklungen, als sie am Telefon den Empfang ihrer Unterlagen bestätigt hatte. Vielleicht war das nur Höflichkeit gewesen, aber Romina hatte Hoffnung geschöpft. Vielleicht war das ein Fehler. Manchmal war Hoffnung nicht der richtige Weg. Was, wenn sie enttäuscht wurde?
Sie trank viel zu hastig und verbrannte sich prompt die Zunge.
Heute war es schlimmer als sonst. Die Unruhe und auch die Angst. Es lag etwas in der Luft, ein drohendes Unheil oder eine Veränderung, und manchmal war beides dasselbe.
Als das Telefon klingelte, schrak sie zusammen.
Es war Michael, und er klang ganz anders als sonst.
»Bist du allein?«, fragte er anstelle einer Begrüßung.
»Natürlich bin ich allein. Ich schließe gerade den Laden ab. Was ist denn los?«
»Ist die Polizei schon bei dir?«
»Die Polizei?« Eigenartig, dass sie derart zusammen-

schreckte, hatte sie doch selbst auf die Polizei gewartet. Sie stellte den Becher so hastig ab, dass der Tee über den Rand schwappte.

»Die Polizei war hier, und irgendjemand hat deinen Namen ins Spiel gebracht, ich habe keine Ahnung, wer das war. Sie werden dich fragen, wo du gestern Abend gewesen bist. Margit ist verschwunden, als ich bei dir war. Das ist auf jeden Fall der Zeitraum, den sie vermuten.«

»Was ist mit Margit?«

»Ich fahre gleich mit ihnen in die Rechtsmedizin.« Seine Stimme klang erschöpft. »Es wird bestimmt bald jemand zu dir kommen. Du darfst es ihnen nicht sagen.« Die Panik in seiner Stimme kannte sie. Sie wusste genau, wovor er sich fürchtete. Und das war nicht der Anblick seiner toten Frau, so schrecklich das war.

»Ach, Michael«, sagte sie nur und war plötzlich furchtbar müde.

»Sag einfach, du hättest geschlafen. Sei vorsichtig, Romina. Überleg dir gut, was du ihnen erzählst. Ich komme später vorbei.« Er zögerte, schien seine Worte genau abzuwägen. »Wenn Margit etwas zugestoßen ist, dann werden sie dich sofort verdächtigen, Romina.«

Warum ausgerechnet mich, warum nicht dich, wollte sie fragen, aber er hatte schon aufgelegt. Für einen Moment lauschte sie dem Tuten in der Leitung, dann legte sie den Hörer auf, warf einen letzten Blick in den dunklen Verkaufsraum und griff nach ihrer Jacke.

Die Polizei sollte sie nicht in diesem Laden antreffen, unter den Augen ihrer albernen Drachen.

Hier würden sie ihre Angst und ihre Unruhe wittern.

*

Für Rentner waren die Enten und Möwen wahrscheinlich ein Segen. Jedenfalls sahen die beiden Spaziergänger, die mit vollen Händen Brot- und Obstreste in die Luft warfen, echt glücklich aus. Wahrscheinlich ein altes Ehepaar.
Jetzt, da es kalt geworden war, hatten die Vögel ständig Hunger, und die Luft war erfüllt von den heiseren Schreien der Möwen. Jede von ihnen wollte einen Brocken erhaschen, und beim Versuch, die anderen hinter sich zu lassen, krachten die Körper aneinander, schlug ein Flügel gegen den anderen, hackten gierige harte Schnäbel nach den gefiederten Köpfen der anderen.
Die beiden Spaziergänger, die in ihren dicken Parkas am schmiedeeisernen Geländer der Rheinpromenade lehnten, störte das nicht. Sie freuten sich an dem bunten Treiben in der Luft.
Wahrscheinlich checken sie nicht, dass es ein Kampf ist, dachte Sven. Dass die Vögel sich gegenseitig weh tun. Dass sie sich die Augen aushacken würden, nur um ein bisschen mehr zu kriegen. Weil sie Hunger haben. Oder weil sie total verzweifelt sind.
Er hoffte, dass die beiden die Tränen in seinen Augen nicht bemerkten. Er heulte nicht nur wegen der Möwen, die so fies waren, obwohl sie sich doch freuen sollten über das Futter.
Er heulte, weil sein Leben eine Katastrophe war. Weil er es nicht mehr aushielt. Und das, was am meisten schmerzte, war seine Dummheit. Er hatte geglaubt, dass alles besser geworden war.
Er griff in seine Hosentasche, ohne Hoffnung, dort ein Taschentuch zu finden, und weil er recht behielt, wischte er sich das verheulte Gesicht am Ärmel ab.

Fast hätte er die schnellen Schritte, die sich näherten, nicht gehört.

»Hier bist du«, sagte Lara und setzte sich neben ihn. Sie schwieg erst einmal, und er war dankbar dafür. Wortlos nahm er das Taschentuch, das sie ihm reichte, und schneuzte sich. Dann starrte er weiter auf die Möwen, sah zu, wie sie flatterten und hackten und schluckten, und als schließlich die Vorräte der Spaziergänger aufgebraucht waren, sie die Tüten gewendet und wieder zusammengefaltet hatten, zerstreute sich der Möwenschwarm, und die Schreie verstummten. Schließlich war es an der Mole so still wie zuvor.

»Können wir reden?«, fragte Lara.

Er zuckte die Achseln.

»Es tut mir leid, was Paul gesagt hat. Und es stimmt auch nicht, wenigstens nicht direkt. Das mit meiner Mutter schon. Sie hat gesagt, ich solle mal mit dir reden. Wegen der Sachen, die damals in Mathe passiert sind. Einfach quatschen und so.«

»Ich will kein Mitleid«, sagte Sven, und er war froh, dass seine Stimme fast normal klang.

»Mitleid ist nichts Schlimmes, finde ich. Das heißt ja, dass Leute einem helfen wollen. Am Anfang war es nur deswegen.«

Sie stockte, und die Stille zitterte zwischen ihnen. Er rührte sich nicht. Sagte nichts.

»Aber jetzt mag ich dich wirklich. Echt.«

Er bewegte seine Hand und überprüfte, ob sie schweißnass war. Sie war es. Er wischte sie unauffällig an der Hose ab.

»Echt«, wiederholte sie noch einmal.

»So richtig?«, fragte er.

»Natürlich. Wir sind doch Freunde.«

»Ja klar«, sagte er. »Freunde.«

Sie sah ihn an. Ihre Augen waren so hell und klar wie immer, und er suchte die blauen Flecken darin.

In diesem Augenblick klingelte sein Handy. Zum achten Mal.

Einen Moment zögerte er, dann ging er ran. »Hallo«, sagte er.

»Die Polizei ist hier«, sagte sein Vater. Seine Stimme klang irgendwie zersprungen. »Die glauben, dass sie Mama gefunden haben. Soll ich dich irgendwo abholen?«

*

»Die Spatzen pfeifen es von den Dächern!« So erbost stellte Herta Weiler ihre Tasse ab, dass der Tee über den Porzellanrand schwappte und neben der Untertasse braune Spritzer auf der weißen Tischdecke hinterließ.

Es war ein kräftiger, dunkler Assam, der sich nicht leicht entfernen lassen würde, und für einen Augenblick ärgerte sich Edith darüber, dass ihre Besucherin derart unbeherrscht war und sich ganz ihrer Empörung hingab.

Jan war Edith für den Anruf aus der Bäckerei dankbar gewesen, und sie hatte dies erfreut zur Kenntnis genommen. Trotzdem war ihre Stimmung nicht ungetrübt gewesen, als sie mit ihrem Kuchen die Hauptstraße entlangging. Es war doch zu ärgerlich, dass sie vom weiteren Verlauf der Ereignisse ausgeschlossen war. Nichts blieb ihr übrig, als sich auf einen langen Abend gefasst zu machen, an dem sie nicht etwa zeitig ins Bett gehen und noch einige Seiten schmökern, sondern auf Jan warten würde, in gespannter Erwartung auf seinen Bericht. Und so lange, wie der Junge manchmal arbeitete, mochte es sein, dass er erst kam, wenn sie längst auf dem Sofa eingeschlafen war, und dann wäre ihr Nacken am nächsten Tag furchtbar steif.

Mit solch trüben Gedanken war Edith durch Königswinter geschlurft, als sie Herta traf. Die beiden Damen kannten sich vom Kirchenchor, und Edith hatte bei ihrem Anblick ein ganz unrühmliches Bedürfnis nach ein wenig Klatsch und Ablenkung durchzuckt. Und nachdem die andere sich zuerst angemessen geziert hatte, war sie Edith in die Wohnung gefolgt, wo Edith in aller Eile das gute Blaublüten-Geschirr aus dem Schrank geholt und einige Schokoladenplätzchen ansprechend arrangiert hatte.

»Du hast es ja so schön!« Mit Wohlgefallen sah Herta sich im Wohnzimmer um. »Es ist freilich sehr viel Platz für eine alleinstehende Frau.«

Aha, dachte Edith. Offenbar hatte die Nachricht, dass Jan bei ihr eingezogen war, bereits die Runde gemacht. Deswegen also hatte Herta sie so überschwenglich begrüßt. Da auch Edith ein konkretes Anliegen zu der Einladung bewogen hatte, störte sie diese Erkenntnis nicht. »Stell dir vor, ich wohne gerade gar nicht allein hier. Mein Enkelsohn ist vorübergehend hier eingezogen. Er bleibt nur so lange, bis seine neue Wohnung fertig renoviert ist. Er hat etwas in der Nähe des Arbeitnehmerzentrums gefunden, nett, aber in einem furchtbaren Zustand. Es kann bis Neujahr dauern, ehe alles fertig ist.«

»Direkt am Rhein, wie hübsch.« Hertas Augenbrauen schossen in die Höhe, und Edith ahnte die nächste Frage. Sie nickte und nahm noch einen Bissen von der Torte.

Hertas lauernder Blick verfolgte jede Bewegung. »Hat er nicht vor kurzem erst geheiratet? Du hast gar nichts von der Feier erzählt.«

»Leider gab es keine Feier.«

»Las Vegas?«

»Sie haben sie abgesagt.«

»Oh.«

»Er hat sich von ihr getrennt. Oder sie sich von ihm, man mag da ja nicht so nachfragen.«

»Das ist wahr. Die jungen Leute sind da heutzutage ganz anders. Man kann es nur falsch machen, wenn man fragt.«

Edith nickte und wappnete sich für die nächste Frage. Ihr Enkel würde den Übergang zu dem wirklich interessanten Thema sehr leicht machen.

»Was macht er noch ... War er nicht bei der Polizei?«

»Er ist Kriminalkommissar. Hier vor Ort, deswegen ist er auch hierher gezogen.«

»Er ist ...« Herta riss die Augen auf, hinter ihrer Stirn arbeitete es. »Hat er etwas mit dem Verschwinden von Frau Sippmeyer zu tun?«

»Zu tun, nun ja ...« Edith rührte ein wenig in ihrer Tasse. »Er darf mir natürlich nichts erzählen. Berufsgeheimnis. Aber ich denke schon, dass er damit befasst ist.«

»Ich bin mit der Familie nicht näher bekannt, deswegen war ich nicht eingeladen. Aber eine Freundin aus dem Chor arbeitet dort. Es muss sie entsetzlich mitgenommen haben.«

»Wer denn?« Edith ging jeden Mittwoch zur Chorprobe. Da ihr Sopran noch nie besonders rein gewesen war und seit einigen Jahren erheblich zitterte, gehörte sie nicht zu jenen, die regelmäßig auf Hochzeiten, Jubiläen oder in der Kirche sangen. Manchmal wurde sie als Verstärkung hinzugebeten, wenn mehrere Mitglieder ausfielen, doch eigentlich hatte sie außer dem Mittwochstermin nicht viel mit den anderen zu tun.

»Cecilia Thomas. So eine Dunkle, Mitte fünfzig.«

Edith erinnerte sich. Eine schweigsame, tüchtige Frau, die seit längerem nicht mehr zu den Mittwochsterminen erschienen war.

»Singt sie denn noch?«

»O ja. Sie ist sehr eingespannt bei den Sippmeyers und kommt deswegen nur zu den Vormittagsproben.«

»Ach so. Eine nette Frau.« Also war es Cecilia gewesen, der das Verschwinden von Margit Sippmeyer aufgefallen war.

»Ja wirklich!« Herta beugte sich vor. »Sie ist es, die die Polizei verständigt hat.«

»Eine furchtbare Sache«, sagte Edith und schüttelte traurig den Kopf.

»Schrecklich! Der arme Sohn! Und der arme Mann, natürlich.«

Ediths feine Antennen registrierten eine leichte, kaum wahrnehmbare Störung in Hertas Tonlage, als sie Margits Ehemann erwähnte.

»Der Mann, nun ja …« Sie sah Herta entschuldigend an und wartete ab. Man konnte Herta leicht aushorchen, sie wartete nur darauf, nach dem schicklichen Zögern mit allem, was sie wusste, herauszuplatzen.

»Ja, Männer sind manchmal …« Herta verstummte und betrachtete die Spitzengardinen.

»Ich habe gehört, dass der Mann …«

»Du weißt davon?« Herta beugte sich vor. »Ungeheuerlich, was manche Ehemänner sich herausnehmen. Im-

merhin hat sie ihm einen Sohn geboren. Und das ganze Geld ist auch von ihr. Und sich dann so mir nichts, dir nichts eine andere zu nehmen ...«
»Leben sie denn in Scheidung?«
»Aber wo denkst du hin? Das ist ja das Schlimme! Er behält sie beide! Die Ehefrau hält schön still, und die andere ist zufrieden mit dem, was sie bekommt. Oder tut so. Wahrscheinlich bildet sie sich ein, dass er seine Ehefrau irgendwann verlässt und sie heiratet. Das denken Geliebte immer.« Mit einem ärgerlichen Kopfschütteln lehnte Herta sich zurück, und ihrem grimmigen Gesicht war die Empörung über diese eitlen Hoffnungen anzusehen.
»Vielleicht ist sie schwanger?«, vermutete Edith, während sie im Kopf bereits verschiedene Motive durchspielte.
»Wo denkst du hin!« Entgeistert starrte Herta sie an. »Das ist es ja! Die andere ist viel älter, sogar älter als er! Fast sechzig, sagt Irma! Sie nimmt ihn aus wie eine Weihnachtsgans, und die Ehefrau steht daneben und wartet darauf, dass er sich entscheidet.«
»Wirklich?« Das wurde immer interessanter. »Bist du denn sicher, dass das alles stimmt?«
An dieser Stelle der Unterhaltung hatte Hertas Empörung ihr Höchstmaß erreicht. »Die Spatzen pfeifen es von den Dächern!«, rief sie. »Wahrscheinlich geht das schon seit Jahren, aber im Frühjahr hat Irma die beiden beim Spaziergang auf dem Ölberg gesehen, Hand in Hand!«
Und während Edith um ihre Tischdecke bangte und sich fragte, wie viele Körnchen Wahrheit in all dem Klatsch enthalten sein mochten, erging sich Herta in wilden Beschimpfungen über die Spezies Ehemann.

*

Es war eine einfache Regel, und sie ersparte dem, der sie befolgte, eine Menge Ärger. Sie vermied nämlich überflüssigen Stress am Arbeitsplatz. Und das war vor allem für die Menschen wichtig, deren Leben sich beinahe ausschließlich dort abspielte.
Niemals mit einem Kollegen.
So lautete die Regel.
Ich bin ja so blöd, dachte Elena. Ich bin so saublöd. Es hatte alles ganz einfach und klar ausgesehen, aber wann war jemals etwas so einfach und klar, wie es schien?
Sie war Single gewesen, Reimann frisch getrennt, und dann waren da als Schuldige noch aufzuzählen die langen Nächte im Büro, die aufreibenden Ermittlungen im Fall eines ermordeten Auszubildenden, und weil Elena in Köln wohnte und Reimann in Meckenheim, war ihnen eines Nachts der Heimweg zu lang erschienen, weil sie ja ohnehin in vier Stunden wieder im Präsidium hätten sein müssen. Und irgendwann zwischen der Tiefkühlpizza aus der Dezernatsküche und dem letzten Bier war es dann eben passiert. Und weil es so angenehm gewesen war und so stressfrei und weil ihr Reimanns prächtiger Brustkasten so gut gefiel, hatten sie es regelmäßig wiederholt, meist bei ihr zu Hause. Dummerweise war Reimann irgendwann zwischen dem ersten und dem letzten Mal – das war am vergangenen Donnerstag, rekapitulierte Elena und kam sich dabei kleinkariert vor –, irgendwann also war Reimann wieder bei seiner Frau eingezogen und hatte ihr nichts davon gesagt. Und jetzt war das, was so angenehm und stressfrei gewesen war, plötzlich kompliziert.
Männer, dachte Elena, alles Schweine.
»Haben Sie etwas gesagt?«, fragte Sippmeyer. Er sah blass aus, was bei seiner goldbraunen Haut einen unwirkli-

chen Effekt hatte. Vielleicht lag es aber auch an dem grellen Neonlicht der Rechtsmedizin, das seinem Gesicht das Strahlen entzog.

»Nein.« Elena folgte Frenze, dem Rechtsmediziner, durch den weißgekachelten Präparationsraum, an den Metalltischen vorbei. Sie waren leer, nur der letzte nicht.

»Sind Sie sicher, dass Sie sich das zutrauen? Wir können auch Ihren Hausarzt hinzuziehen. Der Leichnam ist durch die Gewalteinwirkung verändert, es könnte …«

»Ich will Gewissheit haben, sofort.« Sippmeyer klang erschöpft.

»Gut, dann wollen wir mal«, sagte Frenze betont sportlich und trat hinter den Tisch.

Elena hatte sich an den Anblick von Leichen gewöhnt, an ihren Geruch jedoch nicht. Diese hier roch kaum. Dafür war der Anblick, den sie bot, erschreckend. Die Verfärbungen im Gesicht der Frau, die am Tatort bereits zu erkennen gewesen waren, hatten zugenommen und sich in ein bläuliches Dunkel verwandelt.

Es war vielleicht einmal ein hübsches Gesicht gewesen. Die Leiche hatte mit dem Gesicht nach unten gelegen, so dass die weichen Partien der Schwerkraft gehorcht hatten. Die einsetzende Leichenstarre hatte diese Verzerrung teilweise fixiert. Trotzdem war die Ähnlichkeit mit der Frau vom Foto noch vorhanden. Elena hatte schon wesentlich Schlimmeres gesehen.

Aber Sippmeyer nicht, dachte sie und warf ihm einen Seitenblick zu.

Er sah aus, als ob ihm übel würde. »Woher kommen diese lila …« Ihm gingen offenbar die Worte aus, noch ehe er sie zu Ende gedacht hatte.

»Zyanose sagen wir dazu«, erklärte der Rechtsmediziner

hilfsbereit und legte den Kopf schief, als überlege er, wie das geheimnisvolle Muster am besten zu interpretieren sei. »Das Blut staut sich in der Gesichtshaut. Die Frau wurde gedrosselt. Häufig ist eine stärkere Dunsung …«

»Danke sehr«, sagte Elena energisch und machte eine ungeduldige Handbewegung, um den Mediziner zum Schweigen zu bringen. Die physiologischen Details der Verwesung waren nichts, was man Angehörigen zumuten wollte. Vor allem nicht dann, wenn man sich noch brauchbare Auskünfte von ihnen erhoffte.

Auf Sippmeyers Stirn hatte sich ein feuchter Film gelegt, und sein Gesicht wirkte jetzt grau.

Der Kreislauf, dachte Elena. Noch ein paar Minuten, und er kollabiert.

»Geht es?«, fragte sie leise, und als er ihr zunickte, versuchte er ein dankbares Lächeln.

Sie spürte, wie ihre Aversion gegen ihn schwand. Der Mann litt. Er trauerte um seine Frau, stand unter Schock. Sie müsste sich schon sehr täuschen, wenn das gespielt war.

Sie hatte mit ihrer Geschichte von dem blonden Mäuschen überreagiert, vorhin im Wohnzimmer, es war eine dumme, eine kindische Vorverurteilung gewesen, und sie wusste auch, warum. Wegen Reimann, dem Arschloch.

»Sie ist es nicht«, drang die Stimme Sippmeyers in ihre Gedanken. »Das ist nicht meine Frau.«

Die paar Meter bis zur Tür gelangen ihm noch halbwegs, dann begann er zu schwanken. Mit wenigen Schritten war sie bei ihm, griff ihm unter die Arme und zog ihn auf den Flur. Wenn er tatsächlich ohnmächtig wurde, sollte er beim

Aufwachen nicht die blendend weiße Decke des Präparationssaals über und eine fremde Leiche neben sich sehen.
»Schön durchatmen«, sagte sie. »Einfach atmen, los!«
Die Farbe kehrte langsam in Sippmeyers Gesicht zurück, und er versuchte, sich aufzurichten. Die Verlegenheit darüber, dass er lag und sie stand, verlieh ihm Antrieb, dennoch knickten seine Beine bei dem Versuch sofort wieder ein.
»Bleiben Sie einen Moment liegen«, sagte sie. »Geht es besser?«
»Danke«, sagte er. »Hätten Sie vielleicht eine Zigarette?«
»Leider nein«, lächelte sie. »Ich rauche nicht. Aber ich würde Ihnen hier auch keine erlauben.« Sie wies auf ein Verbotsschild über ihnen.
»Ich rauche auch nicht«, sagte er. »Aber jetzt wäre irgendwie der richtige Zeitpunkt dafür.« Er verzog die Lippen zu einem zaghaften Lächeln, das ansteckend wirkte, jedenfalls spürte Elena, wie sich ihre Mundwinkel gleichfalls verzogen.
»Passen Sie auf«, sagte sie. »Ich hole uns einen Kaffee aus diesem scheußlichen Automaten, und dann setzen wir uns in den Flur. Ich habe nämlich noch ein paar Fragen an Sie.«
Ehe er reagieren konnte, war sie weg. Irgendwie hatte sie es eilig, wegzukommen. Kaffee, dachte sie, wühlte in ihren Hosentaschen nach Münzen und warf sie wahllos in den Schlitz des Automaten.
Erst als der Automat mit hohlem Gepolter den Plastikbecher ausspuckte, merkte sie, dass sie atmen musste.
Hormone, dachte sie. So läuft das nun mal. Eine ganz normale physiologische Reaktion auf die Nähe eines überdurchschnittlich attraktiven Mannes. Bei Reimann kamen diese Hormone erst in Schwung, wenn sie auf seine Brust

trommelte, bei Sippmeyer eben etwas früher. Auf der Leiter der begehrten Männchen stand er zweifellos ganz oben. Scheißmänner, dachte Elena, aber ihr Urteil schmeckte taub und unecht. Das lag an dem, was mit Reimann geschehen war und ganz nebenbei ihre innerste Überzeugung gebrochen hatte.

Schlimm war nicht das, was Männer Frauen antaten, das taten sie schließlich seit Jahrtausenden, und offenkundig lag das an unglücklichen Steuerungsdefekten im Zusammenspiel von Hirn und Hormonen.

Schlimm war, wenn Frauen, die analytisch denken und entsprechend handeln konnten, wenn diese Frauen mitzogen. Sie durfte Reimann vögeln, bis ihm die Bettfedern um die Ohren flogen, das war okay. Nicht okay war, wenn sie im Sperrgebiet einer Geschlechtsgenossin vögelte, und genau das hatte sie getan. Unwissentlich. Sie war schuldig geworden, nur weil Reimann, dieses Arschloch …

»Bitte schön, der Kaffee«, sagte sie und hielt Sippmeyer den Becher hin. Er nahm ihn entgegen, trank und verzog das Gesicht.

»Ich habe extra viel Zucker hineingetan, damit Sie auf die Beine kommen.«

Kurz zögerte sie, ließ sich dann aber doch auf einem der Plastikstühle nieder, mit einem Stuhl Abstand zu ihm.

»Für Sie keinen Kaffee?«, fragte Sippmeyer. Er saß zurückgelehnt und hatte die Augen geschlossen.

»Ich weiß ja, wie er schmeckt.« Sie nahm die Wasserflasche aus ihrem Rucksack, schraubte sie auf und trank. Viel trinken, drei Liter täglich. Das half gegen fast alles. Ob es gegen Hormone half? Den Ärger mit Reimann hätte sie nicht, wenn sie eine Flasche Wasser getrunken hätte, statt ihn … Egal.

»Sie sollten dringend in eine neue Kaffeemaschine investieren, sonst bleiben Ihnen bald die Besucher aus.«
Sippmeyer hielt die Augen immer noch geschlossen, aber das Leben war in sein Gesicht zurückgekehrt.
»Ich entschuldige mich im Namen der Rechtsmedizin für die schlechte Bewirtung. Es wird Sie vielleicht verwundern, doch wir sind hier nicht auf Besucher eingestellt. Normalerweise lassen wir keine Angehörigen hier rein.«
»Ich dachte, diese Identifizierung gehört zum Standardprogramm«, sagte Sippmeyer.
»Nur im Fernsehen. Wir regeln das normalerweise über die Haus- und Zahnärzte. Aber in einem Fall wie diesem, wenn wir eine Leiche ohne Papiere haben und gleichzeitig eine aktuelle Vermisstensache, dann wollen wir natürlich keine Zeit verlieren. Da Ihre Frau noch nicht gefunden wurde, müssen wir jetzt in verschiedene Richtungen ermitteln.«
»Natürlich«, sagte er. Dann öffnete er die Augen, und etwas geschah.
Hatten die Moleküle um ihn herum die Drehzahl geändert? War etwas im Kaffee gewesen? Er sah anders aus als vorher. Er war weder der besorgte, verwirrte Schönling im Wohnzimmer noch der kollabierende Patient. Er war …
Eine Epiphanie, dachte Elena. Er hatte eine Erscheinung gehabt.
Sippmeyer musste etwas erfahren haben. Er wirkte plötzlich wie erleuchtet. Wann war das geschehen? Was hatte er gesehen? Und vor allem: wo? In den spiegelglatten Kacheln des Präparationssaals? Im Totengesicht der fremden Frau? Im Kaffeesatz?
»Was ist los?«, fragte sie. Ihre Stimme klang leise und dunkel aus Angst, ihn zu stören.

»Was?«
»Woran denken Sie gerade?«
»Ich? Oh …« Er blinzelte überrascht, richtete sich auf und versuchte ein Lächeln.
»Ihr Gesichtsausdruck hat sich verändert. Ich wüsste gern, warum.«
Als er sich ihr voll zuwandte, zeigte er wieder sein Siegergesicht, dasselbe wie auf den Fotos. »Ich dachte, meine Frau sei tot, und jetzt habe ich wieder Hoffnung. Danke für den Kaffee. Bitte … Finden Sie meine Frau.« Sein Ton hatte etwas Endgültiges, Abschließendes, als wolle er das Gespräch in eine neutrale Richtung lenken.
Elena nickte. »Wir tun unser Bestes. Jetzt warten wir erst mal ab, was die Spurensicherung gefunden hat. Das dauert immer ein bisschen, die Kollegen arbeiten sehr gründlich.«
Sippmeyer nickte nur.
Elena griff nach ihrem Rucksack. »Das war es dann für heute, Herr Sippmeyer«, sagte sie und lächelte ihn an. »Wir informieren Sie, sobald wir etwas Neues wissen. Rufen Sie doch inzwischen bitte alle Bekannten und Verwandten Ihrer Frau an, vielleicht hat jemand etwas von ihr gehört.« Ihrer Stimme merkte man an, für wie unwahrscheinlich sie das hielt, aber vermutlich war jede Art der Mithilfe besser, als nur dazusitzen.
»Ach, noch etwas«, sagte sie und drehte sich noch einmal zu ihm um. »Kennen Sie eine Romina Schleheck?«
»Romina wer?«, entgegnete er. Sein Atem ging ruhig. Ganz ruhig.

*

Im Präsidium herrschte Trubel, als Jan eintraf.
»Unsere Leiche ist nicht Margit Sippmeyer«, informierte Elena ihn und rührte in ihrem blassen Tee. »Das sagt ihr Mann, der Hausarzt hat es bestätigt. Die Truppe hat in der Tatortumgebung nichts gefunden, weder Ausweis noch andere persönliche Gegenstände, die zu unserer Frau gehören. Kein Hinweis auf ihre Identität, nichts. Lohse hat eine Pressekonferenz anberaumt.«
Jan trat zum Kaffeeautomaten und stellte seine Tasse darunter. Als er die Dose mit den Kaffeepads öffnete, war sie leer. »Pressekonferenz ist gut. Jetzt, da wir wissen, dass die Tote nicht Margit Sippmeyer ist, brauchen wir die Presse, und zwar überregional. Wenn wir morgen in allen Zeitungen stehen, erfahren wir am schnellsten, wer unsere Frau ist. Habt ihr ein Foto?«
»Fehlanzeige«, sagte Elena. »Das Gesicht ist zu stark verändert für ein Foto. Frenze sagt, sie ist erst gewürgt und dann erschlagen worden, Näheres weiß er erst nach der Obduktion. Tatwaffe fehlt, ebenso das Tuch, mit dem sie gedrosselt wurde.«
»Und was geben wir der Presse?«
»Wir haben ihre Kleidung fotografiert. Sie ist etwa eins siebzig, blond, um die vierzig, das muss doch reichen.«
Reimann zuckte die Achseln. »Wenn sie bisher nicht vermisst wurde, nicht unbedingt.«
Elena ignorierte ihn. »Wir werfen der Presse gleichzeitig das Verschwinden von Margit Sippmeyer zum Fraß vor, das wird sie freuen. Eine hübsche Story ist das. Die eine Blondine verschwindet, die andere taucht auf. So können wir uns der überregionalen Aufmerksamkeit sicher sein, auch ohne Bild.«
»Sehr gut«, pflichtete ihnen eine Stimme von der Tür

bei, und sie fuhren herum. Dezernatsleiter Gerd Lohse stand in der Tür und strich sich gedankenverloren die dünnen Haare aus der hohen Stirn. »Du weißt, wie man mit der Presse umgeht, Elena. Mach du die Konferenz. Ich muss leider noch mal weg.«

Elena öffnete den Mund zum stummen Protest und schloss ihn gleich wieder. »Klar.«

»Vielleicht zusammen mit Frenze? Die Presse liebt Rechtsmediziner. Wegen dieser Fernsehserien.«

»Er hat noch gar nicht obduziert, er wollte gerade beginnen.«

»Egal, egal, Details werden wir ohnehin nicht rausgeben. Wir brauchen Frenze hier.«

»Aber …« Wieder bremste sich Elena. »Und die Obduktion?«, fragte sie nur.

»Soll er morgen machen.«

Elena nickte. Der Staatsanwalt würde nicht erfreut sein, aber das war nicht ihr Problem.

»Ist der ganze Scheiß wirklich nötig?«, fragte Reimann leise, nachdem Lohse wieder abgetaucht war. »Ich hasse diese Kooperation mit der Presse. Das kann nach hinten losgehen.«

»Wir müssen«, sagte Elena. »Niemand hat etwas gesehen, wir haben nichts gefunden, und falls Touristen unterwegs waren, sind sie möglicherweise längst zurück in Holland oder an der Mosel oder wo auch immer.«

Jan nickte. Elena hatte recht, die meisten Besucher in Königswinter waren Tagestouristen.

»Ich hab die Telefonliste von Margit Sippmeyer abtelefoniert, bisher nichts. Alle waren aufgeregt, dass die große Feier abgesagt wurde. Einige haben ihre Verwunderung darüber geäußert, dass so etwas ausgerechnet Margit passiert, sie scheint nicht gerade bekannt dafür zu sein, dass sie Aufregung verursacht. Offenbar verhält sie sich sonst ziemlich berechenbar. Das klang so durch. Ich hatte den Eindruck, bei ihrem Ehemann hätte es niemanden gewundert, wenn er mal kurz verschwinden würde.«

Elena seufzte. »Wir haben nichts, gar nichts. Und der Ehering ist noch bei Frenze.«

»Moment«, sagte Jan. »Da war noch was in der Jackentasche, hat der Polizeifotograf gesagt.« Er trat hinter seinen Schreibtisch und hob ein Plastiktütchen hoch. »Ein Stift. Zwar kein Monogramm, aber immerhin kein Einwegkuli. Er steckte in der Innentasche, der Täter muss ihn übersehen haben, ebenso wie die Beamten vor Ort.« Er verstummte, als ihm einfiel, dass er selbst einer der Beamten vor Ort gewesen war.

»Zeig mal.« Nachdenklich nahm Elena ihm die Tüte aus der Hand. Es war ein alufarbener Tintenroller, einer von der teuren Sorte, die man wieder auffüllen konnte. Sie nahm ihn aus der Hülle und kritzelte.

»Hey, was machst du da?«

»Fällt dir nichts auf?«

»Doch. Du versaust deine Unterlage und vernichtest Fingerabdrücke.«

Elena zuckte die Achseln und starrte auf ihre Unterlage. »Die Tinte.«

»Rote Tinte. Und?«

»Warum rote Tinte?«

»Liebesbriefe?«, fragte Reimann. Seine Stimme klang dumpf, und er sah sie nicht an.

»Schulhefte.« Sie sah auf die Uhr. »Ich wette, unsere Tote ist Lehrerin. Jetzt ist in den Schulen niemand mehr.

Wir warten ab, was die Zeitungsartikel uns bringen. Vielleicht wissen wir danach mehr. Wer fährt zu Romina Schleheck? Reimann? Oder wolltest du Liebesbriefe schreiben?«

»Ich fahre«, sagte Jan schnell. »Ich guck mal, wer noch mitkommt.«

Ehe er ging, warf er noch einen Blick zurück. Elena starrte aus dem Fenster, Reimann sah in die andere Richtung. Er kam Jan noch unruhiger vor als sonst, aber vielleicht war er nur wieder einmal auf Entzug. Raucher waren ja irgendwie einfach gestrickte Wesen.

*

Jans schwarzer Mini stand vor dem Präsidium. »Das ist doch kein Auto für einen Mann«, hatte seine Schwester Clara gemeckert, aber ihm gefiel der Wagen. Auch Nicoletta hatte ihn gemocht, sie waren übereingekommen, dass sie ja ohnehin einen neuen würden anschaffen müssen, wenn sie einmal ein Baby bekamen, und bis dahin passte dieser bestens. Sie waren beide eher klein.

Ein Baby. So weit hatten sie schon gedacht.

Als er starten wollte, klopfte jemand ans Fenster. Es war Elena. Sie musste ihm nachgelaufen sein.

»Nimmst du mich ein Stück mit?«, fragte sie, nachdem er widerwillig die Beifahrertür geöffnet hatte.

»Du musst doch zur Pressekonferenz.«

»Erst in einer Stunde.«

Er zögerte, dann bedeutete er ihr einzusteigen. »Wohin musst du denn?«, fragte er.

»In die nächste Kneipe, ich will nämlich mit dir reden«, sagte sie. Ihr Kopf stieß beinahe an die Wagendecke, und

ihre Beine waren unnatürlich angewinkelt. Sie passte nicht in dieses Auto. Sie sollte besser aussteigen.
»Ich habe keine Zeit.«
Elena grinste wissend und zeigte dabei ihre Pferdezähne. »Glaube ich dir. Trotzdem gibt es da etwas, das wir besprechen sollten.«
»Warum hast du dann nicht früher damit angefangen?« Jan warf einen Blick auf die Uhr. Es war fast sieben. Wenn er noch zu Romina Schleheck fuhr, blieb wenig Zeit für das Abendessen mit Edith. Eigentlich hatte er vorgehabt, beim Dalmatija-Grill in Niederdollendorf anzuhalten, seine Bestellung aufzugeben und dann schnell in seiner zukünftigen Wohnung nach dem Rechten zu sehen, ehe er das Essen abholte. Aber dieser Zeitplan war auch ohne Elenas Überfall unrealistisch. Es würde ihm nichts anderes übrigbleiben, als etwas beim Drachengrill zu holen, das ging wenigstens schnell.
Elena sah ihn unverwandt an. Sie hatte einen so dramatischen Gesichtsausdruck aufgesetzt, dass er kurzfristig befürchtete, sie würde verliebt über ihn herfallen. Zum Glück griff sie stattdessen nach ihrer unvermeidlichen Wasserflasche und schraubte sie langsam auf. »Das, was ich mit dir besprechen will, geht die anderen nichts an.«
»Dann schieß los.«
»Es fällt inzwischen allen auf, Jan.«
»Was fällt auf?«
»Dass du dich vor Obduktionen drückst. Frenze hat heute schon wieder eine Bemerkung fallengelassen. Und mir ist dabei noch etwas eingefallen. Als damals die Obdachlose in der Unterführung erfroren ist, musstest du ganz plötzlich weg, um deine Karte sperren zu lassen. Und als

die Leiche aus Koblenz angespült wurde, hast du Magen-Darm-Grippe bekommen und bist erst später im Präsidium aufgetaucht.«
»Und was sagt dir das?«
»Sag du es mir.«
Er hasste diese pädagogische Art von ihr. »Mir sagt es, dass letztes Jahr meine EC-Karte verschwunden ist und dass ich bedauerlicherweise auch mal krank werde.«
»Das dachte ich auch, bis du heute schon wieder alles getan hast, um nicht der Erste am Tatort zu sein.«
»Denk doch, was du willst.«
»Ich denke, dass du Angst vor Leichen hast.«
»Und ich denke, dass du nervst. Ist dir die Haltestelle recht?« Er hielt am Bahnhof.
Nicht eine Sekunde würde er darüber nachdenken, wie Elena zurück ins Präsidium kam. Das war ihre Sache. Sie sollte sich um ihren Kram kümmern, er sich um seinen. So machte man das, wenn man miteinander klarkommen wollte. Und er hatte wirklich genug um die Ohren. Er musste zu Romina Schleheck und dann Abendessen holen.
Elena rührte sich nicht.
»Ich dachte, ehrlich gesagt, es wäre dir lieber, wenn ich dich drauf anspreche«, sagte sie. »Jetzt bist du wenigstens vorbereitet, wenn der Chef mit dem Thema ankommt.«
Er beugte sich über sie, auch wenn es ihn Überwindung kostete, und öffnete die Beifahrertür. Ihre Pferdehaare berührten sein Gesicht, und er musste sich bemühen, nicht zusammenzuzucken. »Auf Wiedersehen, Frau Kollegin.«
»Tschüss, Jan«, sagte sie.

Er sah ihr nach, wie sie mit großen, selbstsicheren Schritten im Bahnhof verschwand.
Angst vor Leichen, dachte er. Wenn es doch so einfach wäre.

*

Kaminfeuer wirkte Wunder. Es reinigte die Luft, heilte die Wunden des Tages, vielleicht verbrannte es auch einfach alles, was nicht in dieses Häuschen gehörte.
Jetzt, da sie mit einem Teller dampfender Suppe auf dem selbstgewebten Teppich vor ihrem Kamin saß, war die Furcht von vorhin nur eine bereits verblassende Erinnerung.
Romina griff nach der Flasche mit dem Quittenschnaps und schenkte sich ein ordentliches Glas davon ein. Es gab nichts Besseres, um sie nach einem Tag wie diesem wieder aufzubauen. Ein Tag, an dem Michael wieder einmal alles unternommen hatte, um der Welt zu beweisen, dass ihn nichts mit Romina Schleheck verband. Es tat weh. Und das nicht einmal deswegen, weil es ihm offenbar egal war, dass die Polizei sie zu den Verdächtigen zählte, bloß weil irgendjemand geklatscht hatte. Sondern wegen der zahllosen Gespräche, die sie über dieses Thema bereits geführt hatten. Egal, was Michael ihr unter der Bettdecke zuflüstern mochte, vor der Polizei würde er tun, als sei sie eine Fremde.
Bei unzähligen Gelegenheiten hatten sie darüber geredet.
»Es weiß doch ohnehin jeder. Diese Stadt ist ein Dorf, Michael.«
Michael, der hartnäckig den Kopf schüttelte. »Margit würde es nicht verkraften. Sie ahnt nichts. Und sie ist so labil zurzeit. Und Sven, wenn er …«

Sven. Jedes Gespräch endete mit Sven.
Im Kamin barst mit lautem Knacken ein Holzscheit.
»Genug davon«, sagte sie zu Tomte. Der graugetigerte Kater sah sie ausdruckslos an und gähnte. Romina streckte die Hand nach ihm aus und gab einen lockenden Laut von sich. Mit einem Satz war er bei ihr, stieß seinen Kopf in ihre Handfläche und begann zu schnurren.
Kaminfeuer und eine schnurrende Katze, dachte Romina. Mehr braucht kein Mensch. Nicht hier.
Romina liebte dieses Haus. Es lag eigentlich zu weit vom Zentrum entfernt. Sie versuchte, die Strecke sooft es ging mit dem Fahrrad zurückzulegen, und auf dem Nachhauseweg, wenn sie die Steigung des Berges vor und den langen Tag hinter sich hatte, wünschte sie sich im Winter manchmal, sie hätte auf den Rat ihrer Freundin Anne gehört und sich etwas in der Nähe des Ladens gesucht. Sobald sie aber den spitzen Giebel ihres kleinen Fachwerkhäuschens zwischen den Bäumen aufblitzen sah und dann, beim Näherkommen, die einzelnen Kohlstrünke in ihrem winterlich kahlen Gemüsegarten erkannte und Tomte, der auf seinem Platz auf der Fensterbank lag und nach ihr Ausschau hielt, dann wusste sie wieder, warum sie hier lebte.
Es war eine Ironie des Schicksals, dass sie das Haus ausgerechnet ihrem Vater zu verdanken hatte. Sie hatte ihren Vater gehasst, immer schon. Vielleicht hatte das schlechte Gewissen über diese Gefühle sie bewogen, sich für seine Krankenpflege derart aufzuopfern. Sechs quälende Jahre hatten sie miteinander verbracht, in denen er ihr die ganze Verbitterung über sein unwürdiges Ende ins Gesicht spie, jeden Tag, jede Stunde, mit jedem Wort. Es war jetzt vier Jahre her, dass er gestorben war und damit den Alp-

traum für beide beendet hatte. Die Testamentseröffnung war ein Schock gewesen. Sicher, beinahe dreihunderttausend Euro waren ein Grund zur Freude, eigentlich. Aber eben nur eigentlich. Ein unverhoffter Geldsegen mochte Erben entzücken, die aus der Ferne Ansichtskarten und Wäschepakete geschickt und sich an Feiertagen hatten blicken lassen. Als Romina von dem Geld erfahren hatte, mit dem spielend ein Heer von Krankenschwestern hätte bezahlt werden können, die ihr ohne schlechtes Gewissen die Freiheit geschenkt hätten, war nichts als Wut in ihr aufgestiegen, hell und schneidend.
Doch dann hatte sie an das Häuschen mit dem »Zu verkaufen«-Schild gedacht, das ihr bei einem Wochenendausflug zum Kloster Heisterbach aufgefallen war. Das Geld hatte gerade eben für Kauf und Renovierung gereicht. Für den regelmäßigen Unterhalt hatte sie den Laden eröffnet und beschlossen, sich ihrer neuen Heimatstadt Königswinter anzupassen und sich auf Tourismus einzustellen. Meist war sie halbwegs zufrieden mit ihrem Los. Zumindest dann, wenn sie nicht an früher dachte und an die Träume, die sie einmal gehabt hatte.
Plötzlich klingelte es, und Romina schrak zusammen. Es war so weit. Sie ging zur Tür und öffnete.
Der gutgekleidete Mann, der sorgfältig seinen Regenschirm zusammenklappte, sah nicht aus wie ein Polizist.
»Jan Seidel, Mordkommission. Darf ich kurz hereinkommen?«
»Aber bitte!« Sie ging voran ins Wohnzimmer und ließ sich wieder auf ihrem Platz vor dem Kamin nieder. »Setzen Sie sich doch.«
Der Kommissar blieb stehen. Er war klein und schmal, ein beinahe südländischer Typ mit mädchenhaften Wim-

pern und zarten Händen. Wie immer erfasste Romina intuitiv die wesentlichen Details ihres Gegenübers. Kaum Muskulatur. Gute Körperspannung, wahrscheinlich joggte er. Trotzdem fehlte ihm die Präsenz, die ihn als Modell interessant gemacht hätte. Dafür wirkte er zu unruhig, zu gestresst.
»Mordkommission, sagten Sie?«, fragte Romina. Es tat gut, sich den Kommissar als Modell vorzustellen. Es lenkte sie ab, nahm ihr die Angst vor seinen Fragen.
Seidel nickte. »Im Nachtigallental ist eine Leiche gefunden worden.«
»Davon habe ich gehört.«
»Tatsächlich?« Er hatte sich auf das Sofa gesetzt. Sein Knie wippte.
»Ich habe einen Laden unten an der Hauptstraße. Es gab heute kaum ein anderes Gesprächsthema.«
»Dann haben Sie sicher auch davon gehört, dass Margit Sippmeyer verschwunden ist. Kennen Sie sich?«
»Flüchtig. Vom Sehen.«
»Wo waren Sie gestern Abend ab sieben Uhr?«
»Hier im Haus.«
»Kann das jemand bestätigen?«
»Ich lebe allein«, sagte Romina. Sie griff in Tomtes Katzenfell. Es war seidenweich und tröstlich, wie immer.
»Eine Zeugin hat ausgesagt, sie habe Sie gestern Nacht beim Haus der Sippmeyers gesehen.«
»Komisch«, sagte Romina. »Dann irrt sich Ihre Zeugin.«
Innerlich verfluchte sie Michael dafür, dass er sie in diese Situation gebracht hatte. Dieses Gespräch wäre lange nicht so unangenehm, wenn sie nicht hätte lügen müssen.
Lügen war ungesund. Es verstopfte. Es blockierte die Kreativität und bremste die Lebenskraft. Seit langem ver-

suchte sie, das Michael klarzumachen. Schlimm genug, dass er sein Leben auf Lügen aufbaute, aber jetzt begann er, auch ihres mit Lügen zu infiltrieren.

Der Kommissar warf einen Blick auf seine Armbanduhr und zuckte zusammen. Hastig stand er auf.

»Das war es dann fürs Erste, Frau Schleheck. Wo sind Sie morgen zu erreichen?«

»Hier.« Morgen hatte sie frei. An diesem Tag kam Liane, die Aushilfe, die regelmäßig im Laden verkaufte und auch die Lieferungen übernahm. Eigentlich hatte Romina einen schönen Tag geplant, ein Frühstück mit Michael und dann konzentrierte Arbeit im Atelier. Sie brauchte diesen Tag dringend. Sie musste endlich vorankommen. Wie sollte sie malen, wenn sie mit einem Ohr auf das Klingeln der Polizei lauschte?

»Dann also bis morgen.« Der Kommissar hatte es eilig. Er verschwand ohne die üblichen Höflichkeitsfloskeln im Flur. Die Haustür gab ein klapperndes Geräusch von sich. Romina sah ihm durch das Fenster nach.

Komischer Auftritt, dachte sie. Wahrscheinlich hat er noch eine wichtige Verabredung. Auch Polizisten haben schließlich ein Privatleben.

Romina griff nach der Flasche mit dem Quittenschnaps und schenkte sich noch einmal ein. Tomte schritt auf leisen Pfoten in die Küche, schnupperte am leeren Futternapf und maunzte auffordernd.

Erneut barst mit lautem Knacken ein Holzscheit.

Der Kamin brannte so hell wie zuvor, und doch hatte er seine heilende Kraft verloren.

*

Fettige Fritten mit Wurst. Und als Beilage Krautsalat und Tsatsiki. Das war das schöne Abendessen. Die durchweichten Pappschalen nahmen sich auf der gestärkten Tischdecke mit den rot-weißen Tellern von Spode ziemlich merkwürdig aus.
Wenn Edith ehrlich war, hatte sie sich den Abend etwas anders vorgestellt. Das Telefon hatte geklingelt, kaum dass Herta gegangen und der Tisch abgedeckt war. Sie hatte gleich gewusst, dass es Jan war, wer hätte es sonst sein sollen? Es war bereits das dritte Telefonat an diesem Tag mit ihm gewesen, und das fiel Edith deswegen auf, weil ihr Telefon manchmal wochenlang still blieb.
Er habe noch zu tun, aber er würde sie später gerne zum Essen einladen, auch als Dank für ihre Gastfreundschaft. Ob sie etwas empfehlen könne?
Das konnte sie nicht. Das letzte Mal, dass jemand sie zum Essen ausgeführt hatte, war in den achtziger Jahren gewesen, bevor ihre jüngere Tochter Gudrun nach Kanada ausgewandert war. Danach hatte sie niemand mehr eingeladen. Edith wurde von ihren beiden Töchtern nicht gerade mit Aufmerksamkeit überschüttet. Sie beschwerte sich nicht, es war einfach so.
»Was machen wir denn dann?«, überlegte Jan. »Wollen wir uns in der Stadt treffen und von dort aus gemeinsam etwas suchen? Wo ist denn ein guter Treffpunkt?«
»Ich weiß nicht«, sagte Edith schwach. Sie war müde, und es war regnerisch draußen. Jan war eigentlich immer unpünktlich, und bei dem Gedanken, im Dunkeln auf ihn zu warten, in der einen Hand den Regenschirm und in der anderen die Handtasche, die ihr so leicht jemand entreißen konnte …
»Pass auf«, sagte Jan kurz entschlossen. »Ich bringe uns

einfach etwas mit, und dann machen wir es uns gemütlich.«

Edith war erleichtert, obwohl auch der Gedanke reizvoll gewesen war, von ihrem gutgekleideten Enkel zum Essen ausgeführt zu werden. Ihr verstorbener Mann, Gott hab ihn selig, hatte niemals so schmuck ausgesehen.

Vielleicht ein anderes Mal. Jetzt, da Jan doch in der Nähe bleiben würde …

Sie hatte sich Mühe gegeben, eine frische, gestärkte Decke aufgelegt, die Kristallgläser poliert, Kerzen angezündet und gewartet. Und irgendwann nach acht war Jan erschienen, hatte erfreut den schönen Tisch gemustert und seine Plastiktüten daraufgestellt. Immerhin hatte er Wein besorgt. Zwei Flaschen! Wer sollte die trinken?

Ich darf nicht spießig sein, dachte Edith und tippte entschlossen eine Fritte in die glitschige Mayonnaise. Es kostete sie Überwindung, auf die Gabel zu verzichten, aber Jan machte es genauso.

Er hörte aufmerksam zu, als Edith ihm von Hertas Klatsch über die Affäre von Michael Sippmeyer berichtete.

»Es war komisch«, sagte er nachdenklich. »Der Mann schlotterte vor Angst, und ich könnte schwören, dass er Dreck am Stecken hat. Aber wenn er was mit dem Verschwinden seiner Frau zu tun hat, hätte er sich doch bestimmt eine plausible Geschichte zurechtgelegt.«

»Cecilia Thomas war bei mir im Kirchenchor«, bemerkte Edith.

»Wirklich? Sie hat behauptet, im Dunkeln jemanden erkannt zu haben. Die Künstlerin, die diese Drachenbilder malt.«

»Und?«

»Die Künstlerin behauptet, sie habe den Abend zu Hause verbracht, ihr Nachbar bestätigt das. Ich habe mir danach Cecilia Thomas noch einmal vorgeknöpft, aber sie blieb dabei. Sie war ganz empört, dass ich ihre Aussage angezweifelt habe.«
Edith betrachtete nachdenklich die erkalteten Fritten auf ihrem hübschen Spode-Teller. Ob Cecilia sie noch kannte? Was, wenn sie ihr morgen einen Besuch abstattete?
»Es ist ja ein komischer Zufall, dass die Leiche in einer Drachenhöhle gefunden wurde und die Verdächtige ausgerechnet Drachenbilder malt.«
»Ist es nicht. Immerhin leben wir hier am Fuße des Drachenfelsens. Hier wimmelt es nur so von Drachen. Es gibt sogar einen Drachengrill.« Sie wies auf das fettige Papier, in dem das Abendessen eingewickelt gewesen war.
»Aber ein Drachenmord? Warum hat jemand die Frau extra in dieses abgeschiedene Tal gelockt? So wie sie gekleidet war, ist sie dort nicht einfach mal vorbeispaziert, sie hatte etwas anderes vor als eine Wanderung, das steht fest.«
»Vielleicht wollte ihr jemand etwas zeigen?«
»Es muss schon etwas Außergewöhnliches gewesen sein, dass sie deswegen in ihren schicken Klamotten den schlammigen Hang zur Höhle hochgeklettert ist.«
»Du warst früher ganz wild auf diese Höhlen«, lächelte Edith.
»Ich kann mich dunkel erinnern. Kinder kann man mit den Drachengeschichten locken. Aber Erwachsene?« Jan hob erneut die Weinflasche, und Edith legte erschrocken die Hand auf ihr Glas.

»Nicht doch, Jan, ich habe schon ein ganzes Glas getrunken.«
»Lass mich nicht allein trinken! Ein halbes noch, ja?«
»Ein halbes, in Ordnung.« Sie sah zu, wie der rote Wein in ihr Glas gluckerte. Er schmeckte herb, anders als der Rheinwein, den sie sonst trank.
»Darf ich dich was fragen, Edith?«
»Aber sicher.«
»Was ist das eigentlich mit dir und Henny?«
Er nannte seine Mutter beim Vornamen, so wie jetzt auch sie, und Edith fragte sich, ob das richtig war. Sollte ein Junge nicht wissen, wer seine Mutter und wer seine Großmutter war? Auch erwachsene Jungen brauchten eine Mutter. Selbst wenn sie beinahe Ehemänner waren. Ehemänner hätten werden können, besser gesagt. Aber sie sollte den schönen Abend nicht mit Fragen nach Nicoletta und der geplatzten Hochzeit verderben. Dann schon eher mit Gesprächen über Henny.
Edith seufzte leise.
»Sie will das Haus. Sie hat sich in den Kopf gesetzt, es gründlich zu renovieren, das hat irgendetwas mit Steuern zu tun, die sie in Deutschland noch zahlen muss. Sie will, dass ich ihr das Haus überschreibe. Und damit ich ihr nicht im Weg bin, soll ich in ein Altenheim.« Ihre Stimme zitterte ein bisschen, aber das kam vielleicht auch vom Wein.
»Hat sie das so gesagt?«
»Gott bewahre! Natürlich schiebt sie Sorge vor, mir könnte etwas passieren. Und allein wäre ich dann auch nicht, meint sie.«
»Und stimmt das nicht?«
»Nein! Mir geht es ausgezeichnet hier. Ich habe meine

Freunde und Nachbarn und die Mieter, die ein Auge auf mich haben.« Edith trank ihr Weinglas so hastig leer, als könne sie damit ihr Wohlbefinden bezeugen.

»Und wenn es dir mal schlechter geht?«

»Solange ich meinen Kaffee noch selbst kochen kann, bleibe ich hier!«

Und wenn du das einmal nicht mehr kannst, was dann, wollte er fragen, aber er tat es nicht. Zu deutlich hatte sie jedes Eingeständnis von Schwäche verweigert.

Jan fühlte sich unbehaglich.

Er hatte seine Großmutter in den letzten Jahren nur ein-, zweimal im Jahr für einen Nachmittag gesehen, aber er konnte sich nicht erinnern, dass sie je so zerbrechlich gewirkt hatte wie jetzt. Vielleicht hatte seine Mutter das ähnlich empfunden. Er hatte lange nicht mit ihr gesprochen. Was, wenn sie sich einfach nur Sorgen macht, dachte er. Doch er sagte nichts, um den Abend nicht zu verderben.

Edith griff entschlossen zur Flasche und schenkte sich noch ein großzügig bemessenes Glas ein. Sie trank einen Schluck und strahlte ihn an, offenbar fest entschlossen, das Thema zu wechseln.

»Ich finde das großartig, es ist wie in einem Kriminalroman. Eine Dame ist verschwunden, keiner weiß, wohin, und eine andere ist ermordet worden, die von niemandem vermisst wird. Wie spannend! Und du sitzt bei mir zum Abendessen, ganz wie früher. Was für ein wunderschöner Abend, Jan!«

Und sie griff mit ihren knotigen Händen nach seiner Rechten und drückte sie fest.

Der zweite Tag

Er druhtes an daz bette, daz si vil lûte erschrê;
ir tâten sîne krefte harte grœzlîchen wê.
Dô gréif sî zir sîten, dâ si den porten vant,
unt wolte in hân gebunden. dô werte ez sô sîn hant,
daz ir diu lit erkrachten unt ouch al der lîp.
(...)
Si sprach: künec edele, du solt mich leben lân!
ez wirt vil wol versüenet, swaz ich dir hân getân.
ich gewér mich nimmer mêre der edelen minne dîn.
ich hân daz wol erfunden, daz du kanst frouwen meister sîn.

Er drückte sie an das Bett, so dass sie aufschrie,
und ein furchtbarer Schmerz durchfuhr sie.
Sie griff nach dem Gürtel, den sie um die Hüften trug,
und wollte ihn fesseln. Er aber wehrte sich,
so dass ihr Leib und Glieder krachten.
(...)
Sie sagte: »Edler König, lasst mir mein Leben!
Ich will wiedergutmachen, was ich dir angetan habe.
Niemals mehr will ich mich deiner Liebe widersetzen,
denn nun weiß ich, wie du eine Frau bezwingen kannst.«

Der nahende Tag malte die Konturen des Siebengebirges bereits mit kräftigen purpurnen Strichen ins Dunkel, als Romina erwachte. Im Zimmer war es noch stockfinster. Automatisch streckte sie die Hand aus und griff wie jeden Morgen neben sich. Sie lächelte, als sie den warmen Körper spürte. Michael würde schlafen, bis sie ihn weckte, doch bis dahin hatte sie einiges zu tun.

Seit Jahren schon hatte sie Vorhänge und Jalousien aus ihrem Schlafzimmer verbannt. Nichts sollte den Tag aussperren, nichts sie am Aufwachen hindern. Die frühen Morgenstunden gehörten ihr allein. Dann war die Konzentration am höchsten. Jahrelange Gewohnheit weckte sie meist vor Sonnenaufgang.

Früher hatte sie bei weit geöffneten Fenstern meditiert, in die schwindende Schwärze der Nacht hinein. Das war lange her. Inzwischen führte sie ein beinahe bürgerliches Leben. Sie versorgte ihren Kater. Sie hielt die Öffnungszeiten ihres Ladens ein. Sie wickelte die Einkäufe ihrer Kunden lächelnd in Seidenpapier und wünschte ihnen einen schönen Tag. Sie war alt geworden, erwachsen.

Wie jeder Hinz und Kunz. Oder wie jeder Schmitz und Pütz, wie die Leute hier im Rheinland hießen.
Die vergangene Nacht durchbrach diese Alltagsroutine. Zärtlich ließ sie ihre Hand auf Michaels muskulöser Schulter ruhen, spürte, wie sie sich gleichmäßig hob und senkte. Vorsichtig strich sie ihm durch das Haar. Sie liebte seine immer noch blonden Haare. Sie waren das Erste gewesen, was ihr ins Auge gesprungen war, damals, bei dieser Grillparty, auf die man sie eingeladen hatte. Als pflichtbewusster Hausherr hatte er ungeachtet etlicher bezahlter Helfer in dieser albernen Schürze hinter dem riesigen Grill gestanden, und die schräg einfallenden Sonnenstrahlen hatten sein etwas zu langes Haar aufleuchten lassen wie einen Glorienschein. Lächerlich jung war er ihr da erschienen, und neugierig war sie näher getreten, obwohl sie damals noch Vegetarierin war und auf dem Grill nichts brutzelte, was sie lockte. Nichts außer dem Mann dahinter.
Michael. Der Name passte. Michael, der Erzengel, der den Drachen besiegt. Ein Drachentöter wie Siegfried.
Michael Sippmeyer sah aus wie Siegfried. Das war das Erste, was ihr in den Sinn gekommen war, damals.
Ein Drachentöter, hatte sie verschwommen gedacht, einer, der den Tod besiegt. Genau dafür war nach Rominas Überzeugung die Kunst da: den Tod besiegen. Das Leben und die Dinge ihrer Vergänglichkeit und Flüchtigkeit entreißen. Das spürte sie ganz plötzlich und unvermittelt und niemals wieder so stark wie an jenem Tag, als sie Michael hinter dem Grill stehen sah, die Sonne im Haar, ein perfektes Modell.
Er war nicht ganz so jung, wie sie zuerst gedacht hatte, zum Glück, sonst hätte sie Skrupel gehabt. So hatte sie

keine. Auch nicht wegen seiner Ehefrau. Michael liebte seine Frau, das sah jeder. Dummerweise hatte Romina geglaubt, damit sei die Angelegenheit klar und sauber, damit seien sie gefeit gegen emotionale Komplikationen. Ein paar gemeinsame Nächte, getrennte Tische, getrennte Kassen, getrennte Häuser. So lautete die Garantie für bequeme Partnerschaften, die Romina seit einiger Zeit erfolgreich praktizierte. So etwas funktionierte am besten mit bestimmten Männern. Denen, die ihre Ehefrauen ernsthaft liebten und ihre Ehen nicht aufs Spiel setzen wollten, eigentlich.

Sie hatte nicht damit gerechnet, dass sie sich ineinander verlieben würden. Wie hätte sie sich nicht verlieben können – in einen Siegfried? Michael hatte sie gezähmt, ganz wie Siegfried es mit Brünhild getan hatte. Und er hatte sie mit keinem Gürtel binden müssen, sie hatte sich freiwillig ergeben.

Michael seufzte im Schlaf auf, und vorsichtig zog Romina ihre Hand zurück.

Es war erstaunlich. Trotz allem, was gestern geschehen war, behielt Michael seinen gesunden Kinderschlaf. Rührend. Tröstlich.

Oder sollte sie sich vielleicht Gedanken machen, warum Michael nach dem Verschwinden seiner Frau so ruhig schlafen konnte?

Gegen zwei Uhr, als ihr Atem allmählich wieder langsamer wurde, hatte sie ihn gefragt.

»Wir haben ausgemacht, nicht über Margit zu reden, erinnerst du dich?«, hatte er gesagt, mit ruhiger Stimme, es hatte irgendwie auswendig gelernt geklungen.

Natürlich erinnerte sie sich an diese Regel, sie selbst hatte sie aufgestellt. Es war eines der Gesetze, die halfen,

die trügerischen Sichtschutzwände zwischen der Liebe, die sie mit Michael teilte, und seiner Familie zu errichten.
Affären brauchten diese Sichtschutzwände. Wenn er bei mir ist, ist er nicht bei ihr. Wenn er bei ihr ist, ist er nicht bei mir. Manchmal, wenn er bei seiner Familie war, dachte er trotzdem an Romina, das wusste sie.
Umgekehrt auch?
Egal, dachte Romina.
Unwillkürlich schüttelte sie den Kopf, um den unliebsamen Gedanken zu verscheuchen, dann stieß sie die Decke von sich und lief barfuß die Treppe hinunter. Tomte wartete immer hungrig darauf, morgens eingelassen zu werden. So sehnsüchtig er abends maunzte, um ins Freie zu gelangen und seine Runden zu drehen, so froh war er, wenn er morgens wieder bei ihr und im Warmen war. Und bei seinem Futternapf natürlich. Denn egal, wie viele Mäuse er ihr auf die Türmatte legte, er fraß niemals eine von ihnen. Dafür schmeckte ihm sein Dosenfutter viel zu gut.
Als Romina die Haustür öffnete, schoss er wie ein geölter Blitz in den Flur und maunzte. Kalte Luft strömte herein und streifte Rominas nackte Füße. Sie schauderte. Es war eiskalt geworden. Vielleicht würde es sogar schneien, es lag etwas in der Luft.
Während sie wartete, dass ihr Teewasser heiß wurde, sah Romina aus dem Fenster. Inzwischen war die Dunkelheit einem grobflockigen Grau gewichen, in dem sie durch die schwarzen Fichten hindurch die Umrisse des Nachbarhauses erkennen konnte. Sie hatte den Wagen davor gestern gesehen, und sie wusste, was er zu bedeuten hatte. Theodor Kornbichl bekam nie Besuch. Es war die Po-

lizei gewesen, ganz bestimmt. Ihr Nachbar war ungefähr achtzig und verließ selten das Haus. Er sah oft und gern aus dem Fenster, und da hier draußen nicht viel los war, war es kein Wunder, dass er über ihr Leben genau unterrichtet war. Es machte Romina nichts aus. Ihr Nachbar grüßte sie freundlich, und manchmal hielten sie einen Plausch am Zaun, wenn das Wetter schön war und Romina im Gemüsegarten arbeitete. In den Erntemonaten hatte sie ihm manchmal eine Schüssel Bohnen oder Tomaten vorbeigebracht.
Ein einsamer Mann. Kein Wunder, wenn dieser jeden willkommen hieß, der etwas von ihm wissen wollte, und möglicherweise einen Kaffee mit ihm trank, selbst dann, wenn es Polizeibeamte waren. Romina konnte ihm nicht böse sein. Die Frage war nur, was der nette Herr Kornbichl erzählt hatte.
Es machte eigentlich keinen Unterschied. Entscheidend war nicht, was ihr Nachbar der Polizei erzählte, sondern was Michael aussagte. Um Michael ging es schließlich, er war der besorgte Ehemann, auch wenn Romina nicht genau einschätzen konnte, wie viel von seiner Rolle nur gespielt war. Vielleicht befreite ihn das plötzliche Verschwinden seiner Frau ja von seinen Sorgen? Was wog schwerer, die neuerworbene Freiheit oder die Gefahr, dass die Polizei in seinem Leben herumwühlte und seine Lebenslüge ans Licht brachte?
Wahrscheinlich Letzteres. Wie eigenartig, dass Michael nicht verstand, wie dumm diese Furcht war. Es gab kaum eine billigere, profanere Lebenslüge als ein Verhältnis, von dem die Nachbarn nichts wissen sollten. Jeder Vorabendserie wäre dieses Motiv zu dünn, aber Michael beharrte darauf.

Mit der Tasse heißen Ingwertee in der Hand stieg Romina die Treppe hinauf und schlüpfte mitsamt Pyjama in warme Sachen, eine Jogginghose, einen Strickpullover, ein altes Oberhemd zum Schutz vor Farbspritzern. Sie würde erst duschen und sich etwas Richtiges anziehen, wenn sie ihr Tagespensum erledigt hatte.
Als sie ins Atelier trat, erschrak sie erneut über die Kälte. Sie hatte so viele Oberlichter in die alte Scheune einsetzen lassen, wie der Architekt beziehungsweise das Bauamt zugelassen hatte. Es hatte sich gelohnt, auch wenn es teuer gewesen war. Bei der Dämmung hatte sie dann sparen müssen. Zum Glück war da der altersschwache Heizlüfter.
Während er warm lief, betrachtete Romina die Arbeiten der letzten Woche. Die Skizzen zu Kriemhilds und Brünhilds erstem Wiedersehen waren gut geworden. Man sah den energischen Strichen an, dass die beiden Frauen etwas verband. Ein Mann, natürlich. Siegfried, mit dem beide das Bett geteilt hatten. Viel Böses würde daraus erwachsen, viel Böses … Stoff für viele Bilder. Es war komisch, aber die bösen Stoffe boten Künstlern am meisten. Kriemhild.
Niemand verstand, dass es Kriemhild gar nicht um die Ehre ihres Mannes ging, ebenso wenig wie ihrer Konkurrentin. Es ging um etwas ganz anderes. Seit kurzem wusste Romina auch, worum. Sie wusste plötzlich viel über die Frauen des Nibelungenlieds.
Es lag an den Spaziergängen. Das Siebengebirge war durchtränkt mit den Sagen und Mythen, ganz gleich, wie sehr sich die Fachleute streiten mochten, wo Siegfrieds Kampf gegen den Drachen tatsächlich stattgefunden hatte. Die Landschaft passte. Sie vibrierte förmlich vom

Echo längst vergangener Schlachten, heroischer Taten, höfischer Ränkespiele. Konnte man sich Kriemhild, die verwöhnte Tochter, an einen besseren Ort denken als die sanften Hügel des alten Mühlentals, das jeden März von einer Flut zarter weißer Anemonen überrascht wurde? Wo sonst sollten sich Drachen und die zwergenhaften Hüter des Nibelungenschatzes verbergen, wenn nicht in den zahllosen Höhlen, die den Drachenfels durchzogen?
Kriemhild.
Romina schloss die Augen. Sie musste sich auf Kriemhild konzentrieren. Sie musste jeden Gedanken an die Polizei aus ihrem Kopf verbannen, wenn sie weiterkommen wollte. Ein Bild von Margit trieb durch ihre Gedanken wie eine Leiche durch einen See. Ja, das war gut. Romina spürte, wie die Assoziationen sie langsam mit sich fortrissen. Margit im See, die blonden Haare schwer und dunkel vor Nässe. Alle Anspannung war aus ihrem Gesicht verschwunden, die Schminke abgewaschen, ihr Mund, der so viele böse Worte ausstoßen konnte, weiß und kraftlos.
Romina öffnete die Augen. Die grundierte Leinwand gähnte sie an, weiß und nackt.
Kriemhild. Was war mit Kriemhild? Romina tastete in ihrem Inneren nach ihr, nach dem, was sie hatte malen wollen. Sie tastete auch nach Brünhild. Sie waren fort, beide.
Nichts. In ihrem Kopf war nichts, womit sie die weiße Fläche füllen konnte.
Gar nichts.
Und das war schlimm, tausendmal schlimmer als die ganzen Frauenleichen, die gedachten wie die echten.

*

Mittlerweile hätte Jan den Weg, der bald sein Heimweg sein würde, mit geschlossenen Augen fahren können. Seine zukünftige Wohnung lag im Nachbarort Dollendorf, nur wenige Gehminuten vom Rhein entfernt, und immer, wenn er diesen Weg fuhr, dachte Jan darüber nach, ob er ohne Nicoletta überhaupt hier einziehen wollte. Nun, es sah so als, als würde die satte Maklercourtage ihm die Entscheidung abnehmen. Denn kein Mensch auf der Welt würde zweitausend Euro für die Vermittlung einer Wohnung bezahlen und sie dann nicht beziehen. Nicht einmal er.

Die Renovierung schritt quälend langsam voran. Jedes Mal, wenn ihm einer der Handwerker die Tür öffnete, sah Jan hoffnungsvoll über seine Schulter in die kahle Höhle aus Plastikplanen und Rohputz und hoffte inständig, dass sein Gefühl beim nächsten Besuch ein anderes sein würde. Ein warmes. Ein heimeliges. Nach all dem Geld, das er dem Vermieter hatte drauflegen müssen, um Fliesen und Teppich seiner Wahl zu bekommen, musste er einfach zufrieden sein. Genau genommen hatte Nicoletta die meisten Entscheidungen getroffen.

Nur nicht die Wahl des Teppichs. Und der Teppich war gestern verlegt worden.

Der Teppich war beinahe schwarz. Er changierte wie das Fell einer Kartäuserkatze. Zuvor hatten sie sich einträchtig für ein bräunliches Bordeaux entschieden, ein sehr teures Modell, und der Verkäufer hatte ein zufriedenes Gesicht gemacht. Ein gutsituiertes junges Paar, das sich schnell einig war und wenig Beratungszeit in Anspruch genommen hatte.

Beim Hinausgehen hatte Jans Blick dann das kartäuserkatzenfarbene Auslegemuster gestreift, und plötzlich hat-

te er an die Katze denken müssen, kurz und bedauernd. Die Katze war beinahe das Einzige aus der Zeit in der Friedrichstraße, woran er sich erinnern konnte. Zwei Jahre hatte er mit seiner Mutter in Aachen gelebt. Das Haus war klein, und die Jungs in seiner Klasse sprachen über nichts als Fußball, aber trotzdem hatte Jan sich heimisch gefühlt, während seine Mutter sich als Lateinlehrerin an einer Privatschule versuchte, einer von den wenigen Jobs, die es für fanatische Altphilologen wie Henny gab. Die Katze hatte älteren Nachbarn gehört, die viel auf Reisen waren. Daher stand sie oft mit lautem Miau an der Straße und bettelte um Futter. Ihr Name war Isis, und sie war taub. Wenn das Licht in ihr Fell fuhr, schlug die Farbe von einem irisierenden Silber zu einem satten Anthrazit um.
Das also war die Friedrichstraße gewesen. Es hätte ein ganz normales Leben werden können, endlich einmal. Nach zwei Jahren hatte seine Mutter dann dieses wüste altgriechische Theaterprojekt in Indianapolis angenommen und war mit Clara schwanger geworden. Und wieder hatte sich ihr ganzes Leben auf links gedreht. Immerhin hatte er danach eine Schwester gehabt, seine liebenswerte, altkluge Clara, die schon als Kind so viel vernünftiger und erwachsener war als er selbst. Und als ihre Mutter sowieso. Das war nicht schwer.
Irgendwie hatte die Erinnerung an die taube Katze Isis den Wunsch in ihm geweckt, diesen Teppich zu kaufen. Nicoletta hatte erstaunt, aber verständnisvoll seiner wirren Katzengeschichte gelauscht und dann genickt. »Okay«, hatte sie gesagt. »Aber dann brauchen wir als Farbtupfer unbedingt ein neues Sofa. Ein rotes Samtsofa vielleicht, ich habe kürzlich eins im Katalog gesehen. Das war allerdings sehr teuer.«

So war Nicoletta. Und jetzt würde er dasitzen mit dem Katzenteppich in seiner und sie mit dem rotsamtenen Dreisitzer in ihrer Wohnung.
Genug von Nicoletta, dachte Jan, als er den Klingelknopf neben dem leeren Plastikschild drückte, das bald seinen Namen tragen würde.
Es war eine wunderschöne Wohnung, ganz bestimmt war sie das. Drei großzügig geschnittene Zimmer und ein modernes Bad, ein großer, quadratischer Balkon, von dem aus man zwar nicht den Rhein sehen konnte, aber dafür den Petersberg. Sie lag im ersten Stock. Auch wenn durch die großen Fenster jetzt am frühen Vormittag nur wenig trübes Novemberlicht sickerte, konnte Jan sich vorstellen, wie luftig und hell es wäre, wenn die Tage wieder länger wurden.
Die Wohnung war schön, keine Frage. Doch sie stank nach Teppichkleber und war gähnend leer. Sie weckte ein verstörendes Gefühl von Einsamkeit, und der kettenrauchende Handwerker, der ihm die Tür geöffnet hatte, konnte es beim besten Willen nicht vertreiben. Die größte Hoffnung hatte er in den Teppich gesetzt. Ein Teppich schaffte Wärme und Farbe und verband die Räume. Jetzt war er drin, doch mit den rohen Wänden, an denen noch die Reste der Tapete seines Vormieters klebten, wirkte er irgendwie deplaziert.
Pfade aus Pappe zogen sich über den Boden, und etwas ratlos folgte Jan dem Mann ins Wohnzimmer. In der Ecke unter dem großen Fenster hätte das rote Sofa stehen sollen. Der Fernseher passte genau in die Nische zwischen Wand und Balkontür. Bald würde er hier seinen Feierabend verbringen. Unvorstellbar.
Er musste aufhören, über sich selbst nachzudenken. Wenn er sich nicht bald auf seinen Job konzentrierte, würde es

Ärger geben. Lohse, der Leiter der Mordkommission, war im Moment auf mindestens einem Auge blind, umso wichtiger war es, dass der Rest des Teams funktionierte. Sein Besuch gestern bei der Künstlerin war Murks gewesen, das wusste er. Es brauchte keinen Kriminalhauptkommissar, um sich eine Zeugenaussage bestätigen zu lassen. Bei einer Leiche und einer Vermisstensache mussten sie effektiver arbeiten, sonst würde man Verstärkung anfordern, und das sähe gar nicht gut aus. Ganz und gar nicht.

Er würde im Laufe des Tages noch einmal bei Romina Schleheck vorbeifahren. Am besten ohne Elena. Denn ihren scharfen Augen würde nicht entgehen, dass er gestern kaum mehr als einen Formbesuch abgestattet hatte. Wenn stimmte, was Edith berichtet hatte, war Romina Schleheck eine dringende Tatverdächtige. Dazu die Aussage der Haushälterin …

Ein Räuspern des Handwerkers riss Jan aus seinen Gedanken. »Gibt's was Bestimmtes?«

»Nein, ich wollte nur einmal nach dem Rechten sehen.«

Ein Brummen war die Antwort.

Wahrscheinlich fühlte der Kerl sich jetzt kontrolliert, aber das konnte er auch nicht ändern. Es war ja wohl sein gutes Recht, nach seiner zukünftigen Wohnung zu sehen – wenn es nur endlich etwas zu sehen gäbe. Die Wände wirkten scheußlich ohne Farbe oder Tapete.

»Macht man nicht normalerweise zuerst die Wände?«, erkundigte er sich.

»Kommt drauf an.«

»Worauf denn?«

»Ich habe das alles mit Ihrer Frau besprochen«, sagte der

Mann und kniff argwöhnisch die Augen zusammen, während er seine Kippe in eine Dose plumpsen ließ. »Die hat gesagt, ich soll es so rum machen. Fragen Sie die doch, warum ich erst den Teppich verlegen sollte.«

»Natürlich. Ab jetzt wenden Sie sich bitte nur noch an mich. Die Nummer haben Sie ja.«

»Ich mache dann jetzt Frühstückspause. Nachher sind die Kacheln im Bad dran.«

»In Ordnung.« Frühstückspause, dachte Jan. Um halb zehn. Der hat es gut.

Als sich die Wohnungstür endlich hinter dem Mann geschlossen hatte, zog Jan seine Jacke aus und betrat in Strümpfen den neuen Teppich. Der Fernseher war zwar noch nicht da, aber hier würde er sitzen.

Der Teppich war weich. Er beugte sich vor, um zu sehen, wie das Licht sich brach, wie das Silbergrau in Anthrazit umschlug und dazwischen alle Schattierungen von Grau aufleuchten ließ.

Plötzlich erschien ihm der Effekt billig, stumpf, tot. Wie hatte er einen Teppich mit einer lebendigen, warmen Katze vergleichen können?

Vielleicht sollte er sich eine Katze zulegen. Selbst diese seltsame Künstlerin hatte eine Katze. Nicoletta hatte keine Katze gewollt, weil sie allergisch war. Jetzt spräche nichts mehr dagegen. Dann wäre er nicht so allein, hier in dieser fremden Wohnung.

Er zog sein Handy aus der Hosentasche. Zwei entgangene Anrufe von Clara, wieder mal. Kein Anruf von Nicoletta, natürlich nicht. Er hatte es auch nicht wirklich erwartet, aber jetzt und hier wünschte er, dass sie sich meldete. Sie hatte gesagt, dass sie ihn vorerst weder sehen noch sprechen wollte. Er hatte eingewilligt, sie in Ruhe zu lassen.

Es fiel ihm nicht schwer, denn was hätte er ihr sagen sollen? Dass es ihm leidtat?
Nach kurzem Zögern wählte er Claras Nummer. Seine Freude darüber, ihre Stimme zu hören, währte nur kurz, denn sie polterte gleich los.
»Endlich rufst du an, Jan, was war denn los mit dir? Ich hab es andauernd versucht! Jetzt sag mir endlich mal, was passiert ist.«
»Gar nichts ist los.«
»Erzähl keinen Scheiß! Ich dachte eh die ganze Zeit, ihr passt nicht zusammen. Als ihr die Hochzeit abgesagt habt, war ich erleichtert, ganz ehrlich. Aber jetzt rennst du herum wie ein liebeskranker Teenager, rufst mich ständig an und jammerst rum, und dann bist du auch noch bei Oma untergekrochen … Ganz ehrlich, Jan, das ist nicht normal!«
Normal war das falsche Stichwort, und er schloss für einen Moment die Augen, als habe das Wort ihn geblendet.
»Was ist schon normal?«, hörte er sich sagen.
»Kann ich dir gern bei Gelegenheit erklären, aber erst will ich, dass DU mir was erklärst. Ich hatte nämlich gestern ein ganz komisches Gespräch mit deiner Exverlobten. SIE ruft MICH an, stell dir das vor! Wie weit ist es gekommen, wenn Nicoletta mich anruft? Sie hat mich angefleht, ihr zu sagen, ob du eine Neue hast.«
»Hat sie nicht!«
»Hat sie doch.«
»Und was hast du gesagt?«
»Dass die Einzige, von der ich wüsste, über achtzig ist und streng genommen eine Blutsverwandte.«
»Sehr witzig.«
»Nein, witzig war das ganz und gar nicht. Sie hat GE-

HEULT, Jan. Und das vor mir, obwohl sie doch vorher eher in ihren Lippenstift gebissen hätte, als mir mehr als die Uhrzeit zu sagen.«
»Es tut mir leid, dass es ihr schlechtgeht.« Das stimmte. Und wie das stimmte!
»Das sollte es auch. Ich weiß zwar nicht, was du ihr angetan hast, aber sie ist fix und fertig. Und du ja auch. Herrje, könnt ihr euch nicht einfach vertragen? Macht es wie die Kinder im Sandkasten! Habt euch wieder lieb!«
»So einfach ist das nicht, Clara.«
»Dann macht es gefälligst wie Erwachsene und hört auf zu jammern.«
»Okay. Ich werde nicht mehr jammern.«
»Ruf sie an! Versprich mir das!«
»Sie hat gesagt, ich soll sie in Ruhe lassen. Dreimal hat sie das gesagt.«
Clara seufzte. »Wenn Frauen das eine sagen, meinen sie manchmal das andere. Ganz alte Weisheit, Jan. Wusstest du das nicht?«
»Nicoletta sagt aber immer genau, was sie denkt.«
»In dieser Sache nicht, glaub mir.«
Er schwieg.
»Jan, du kennst sie nur in der Beziehung. Jetzt seid ihr getrennt, da gelten andere Regeln. Die normalen Mann-Frau-Regeln. Die sind universal gültig. *Ruf mich nicht an* bedeutet *ruf mich an,* und *ich ruf dich an* bedeutet *ruf mich bloß nicht an.*«
»Okay«, sagte er und beschloss, ihr zu glauben. Claras hervorstechendste Eigenschaft war, dass sie beinahe immer recht hatte.
»Immer wieder gerne.«
»Warten wir erst mal ab, ob sie mit mir spricht.«

»Tun wir. Ich warte gerne mit. Darf ich jetzt das Thema wechseln?«
»Schieß los.«
»Henny hat eine kryptische Nachricht hinterlassen, dass Edith bald auszieht.« Auch Clara nannte ihre Mutter nur beim Vornamen. Sie hatte ihnen das *Mama* verweigert wie vieles andere auch.
So knapp wie möglich berichtete Jan von dem Besuch der Frau aus dem Seniorenheim und davon, wie Edith sie vertrieben hatte, und Clara prustete los.
»Da wäre ich gern dabei gewesen.«
»Ich nicht. Ich wäre nämlich verantwortlich, wenn etwas passiert wäre.«
»Warum passt du auch nicht besser auf deine Waffe auf? Das lässt tief blicken. Psychoanalytisch gesehen ...«
»Ich muss Schluss machen, Clara.«
»Hey! Weich mir nicht immer aus!«
»Das tue ich gar nicht. Ich muss arbeiten.«
»Dann ruf mich an. Was war denn gestern Abend?«
»Hier ist viel los, darum musste ich gestern lange arbeiten. Wir haben mindestens eine Leiche und eine Vermisstensache.«
»Spannend?«
»Mal sehen.«
»Wann rufst du an? Ich will endlich das ganze Hochzeitsdrama hören!«
»Bald«, sagte er. »Ich verspreche es dir.«
Versprechen kann man viel, dachte Jan, als er sein Handy zuklappte.
Das wusste niemand so gut wie er.

*

Das Gelee war ausgezeichnet. Es schimmerte mattschwarz in dem hübschen wabenförmigen Glas, und Edith hatte eine violette Samtschleife um den Deckel gebunden. Zwar hatte sie die Brombeeren nicht wie in früheren Jahren selbst am Rhein gepflückt, aber die Empfänger der wenigen Gläser, die sie bereits verschenkt hatte, versicherten ihr, es schmecke trotzdem köstlich.
Obwohl sie von der Qualität ihres Gelees überzeugt war, zögerte Edith, auf die Türklingel zu drücken. Gestern war ihr die Idee, Cecilia aufzusuchen, glänzend erschienen. Doch was, wenn diese sich gar nicht an sie erinnerte? Oder wenn sie Edith für eine Schaulustige hielt, die sich am Ort der mutmaßlichen Entführung umsehen wollte? Oder, noch schlimmer – unwillkürlich trat Edith einen Schritt zurück, so dass ihre Schuhe im sauber geharkten Kies der Einfahrt knirschten –, wenn Michael Sippmeyer selbst die Tür öffnete und sie fragte, was sie hier zu suchen habe?
Edith fühlte sich ohnehin nicht gut. Ihre Beine schienen ihr nicht wie sonst zu gehorchen, ihr Herz war heute so flatterig, und erstmals überlegte sie, ob eine alte Dame wie sie vielleicht lieber zu Hause sitzen und stricken sollte.
Es war zu spät, um wieder zu gehen, denn plötzlich öffnete sich die Tür von innen, und Cecilias Gesicht erschien im Türspalt. Sie sah überrascht aus, als sie Edith erkannte. Erst lächelte sie, dann aber verschloss sich ihr Gesicht. Wahrscheinlich fiel ihr ein, dass sie die Großmutter eines Kriminalkommissars war, und zog gleich die Verbindung zu den Ereignissen des Vortags.
»Guten Morgen«, grüßte sie höflich und wartete ab.
»Entschuldigen Sie bitte die Störung, Frau Thomas, aber ich muss unbedingt mit Ihnen reden.«

Kurz zögerte Cecilia, dann öffnete sie die Tür weit und nickte. »Kommen Sie herein. Frau Herzberger, richtig? Wir setzen uns in die Küche.«

Während Edith ihr durch die grau-schwarz geflieste Eingangshalle – von einem Flur konnte man bei dieser Größe nicht reden – folgte, umklammerte sie ihr Geleeglas. Ihr war sehr unbehaglich zumute, und das elegante Interieur der Villa tat nichts dazu, dass sie sich wohler fühlte. Bisher hatte sie das Gebäude immer nur von außen bewundert. Von der Rheinpromenade aus sah es wie ein Schloss aus, und Edith hatte manches Mal überlegt, was für Zimmer sich darin verbergen mochten und was für ein Gefühl es wohl war, wenn man morgens in einem der Türmchen, die das Haus flankierten, frühstückte. Doch jetzt, da sie drinnen war, nahm sie nur dumpfe Traurigkeit wahr, die sich wie ein durchdringender Geruch verbreitete. War das Verschwinden der Hausherrin daran schuld, oder hatte auch vorher schon diese Atmosphäre geherrscht?

»Trinken Sie einen Kaffee mit mir?«

»Gerne.«

Cecilia bedeutete ihr, an dem großen hölzernen Küchentisch Platz zu nehmen. Schweigend stellte sie Kaffeetassen unter eine moderne Maschine, drückte einige Knöpfe, und mit einem leisen Fauchen schoss hellbrauner Schaum aus der Düse, der aromatischen Kaffeeduft verströmte. Fasziniert sah Edith zu.

»Ich hoffe, Sie halten mich nicht für furchtbar aufdringlich«, sagte sie und stellte ihr Geleeglas auf den Tisch. In dieser Umgebung nahm es sich irgendwie armselig aus.

Cecilia verteilte die Tassen, Zucker und Löffel und wartete. Vermutlich hatte der gestrige Tag sie gelehrt, nicht ungefragt zu viel zu verraten.

Edith sah den druckfrischen *Generalanzeiger* unberührt auf der Arbeitsplatte liegen. Offenbar hatte noch niemand hineingesehen und von dem grausigen Fund im Nachtigallental gelesen.
Edith verschränkte ihre Hände im Schoß und warf Cecilia einen entschuldigenden Blick zu. Sie hatte ihren Auftritt so gut geprobt, dass sie wusste, er würde gelingen.
»Mein Enkelsohn hat mir berichtet, was gestern vorgefallen ist, und ich möchte mich für sein Benehmen entschuldigen. Dass Sie Ihre Beobachtung geschildert haben, und er hat Ihnen nicht geglaubt ... Ich war natürlich nicht dabei, und Genaueres weiß ich auch nicht, aber ich fürchte, er war ungerecht zu Ihnen.«
»Das ist ja nicht Ihre Schuld.« Cecilias Stimme klang freundlich, aber reserviert.
»Ich will Ihnen nur berichten, was ich zu ihm gesagt habe, Frau Thomas.« In scheinbarer Erregung beugte Edith sich vor. »Wenn die Polizei nicht aufhört, anständige Menschen wie Verbrecher zu behandeln, dann kann sie auch nicht auf Mithilfe hoffen. Ich bin überzeugt, habe ich ihm gesagt, was auch immer Frau Thomas ausgesagt hat, sie tat es nach bestem Wissen und Gewissen. Und schließlich kann man nicht für die Qualität seiner Erinnerung bürgen, nicht wahr? Wenn man wüsste, dass einen später die Polizei danach fragt, würde man freilich ganz genau aufpassen, aber so ...«
Cecilia nahm das Glas in die Hand und betrachtete es. »Ich danke Ihnen für Ihren Besuch, Frau Herzberger. Machen Sie sich keine Gedanken, Ihr Enkel macht nur seine Arbeit. Wir alle wollen ja, dass Frau Sippmeyer bald gefunden wird.«
»Er wusste schon als kleiner Junge nicht, wo seine Gren-

zen sind.« Edith seufzte tief. »Ständig hat er die Leute vor den Kopf gestoßen. Einmal, als er mich besucht hat, hat er beim Bäcker Bonbons bekommen, und anstatt sich zu bedanken, sagte er, diese Kamellen schmeckten nicht und seien zudem schlecht für die Zähne.«

»So sind Kinder nun mal.«

»Ich bitte Sie, da war er acht oder neun! Es ist natürlich nicht seine Schuld. Er ist einfach furchtbar verwöhnt worden, das tut Kindern nicht gut. Es liegt alles an meiner Tochter.« Ediths Stimme verlor sich ein wenig, als sie an ihre ältere Tochter dachte, und sie leistete im Stillen Abbitte für ihre Worte, die zwar wahr, aber trotzdem nicht angemessen waren. »Ich weiß nicht, was ich bei ihr falsch gemacht habe, aber sie konnte dem Jungen einfach kein stabiles Elternhaus bieten. Der Vater des Jungen, nun ja …« Sie hüstelte. »Dabei bin ich sicher, auch eine alleinstehende Mutter kann das schaffen. Aber sie ist ständig in der Weltgeschichte herumgereist, und das arme Kind …« Sie verstummte, ergriff Cecilias Hand und sah sie an. »Sie dürfen es mir nicht übelnehmen, dass ich so offenherzig spreche. Ich bin natürlich glücklich, dass mein Enkel jetzt hier arbeitet, aber ich sorge mich einfach, was die Leute von mir denken, wenn er umhergeht und auf ihren Gefühlen herumtrampelt.«

»Machen Sie sich keine Sorgen. Niemand wird Sie für das Verhalten Ihres Enkels verantwortlich machen, er ist schließlich ein erwachsener Mann.«

»Aber natürlich bin ich dafür mitverantwortlich! Seine Mutter war immer unterwegs, manchmal klingelte es an der Tür, und sie stand da mit dem Kleinen und einem Koffer und sagte, Mutter, nimm du ihn, ich muss weg. Ich habe oft auf ihn aufgepasst, also habe ich an seiner

Erziehung mitgewirkt.« Es tat überraschend gut, die Dinge einmal mit so starken Worten auszukleiden. Ganz so war es selbstverständlich nicht gewesen, aber beinahe, und sie hatte noch niemals darüber gesprochen.
Cecilia nickte bedächtig. »Kinder, ja. Sie sind immer die Opfer, wenn die Erwachsenen meinen, ihren eigenen Weg gehen zu müssen.«
Es entstand eine Pause, und Edith hütete sich, diese zu füllen. Sie nahm noch einen Schluck von dem Kaffee, der ausgezeichnet schmeckte, und wartete.
»Unser Junge hier tut mir auch oft leid.« Cecilia wies mit den Augen zur Küchentür, und Edith nickte verstehend.
»Es ist ungeheuerlich, was manche Eltern sich herausnehmen«, sagte sie mit gedämpfter Stimme.
»Und er ist so ein netter Junge. Früher war er so offen und fröhlich, und dazu gut in der Schule.« Cecilias Stimme klang traurig.
»Eltern können vieles verderben.«
»Das mit seinen Eltern hat ihn kaputtgemacht. Natürlich lässt er sich nicht anmerken, wie er leidet, er tut erwachsen, aber ... Können Sie sich vorstellen, dass er im vergangenen Jahr kein einziges Wort mit seinen Eltern gesprochen hat?«
»Kein einziges?«
»Zumindest nur das Allernötigste. Er isst nicht mehr mit am Tisch, sondern nimmt alles mit in sein Zimmer an den Computer, und er kommt und geht, wie es ihm gefällt.«
»Und das lassen die Eltern zu?« Edith klang ehrlich schockiert.
»Was sollen sie machen? Der Vater ist zerfressen von schlechtem Gewissen, er lässt dem Jungen alles durchgehen. Ich will Ihnen was sagen ...« Cecilia warf erneut einen

Blick zur Küchentür. »Wäre der Junge nicht, er wäre längst zu der anderen Frau gegangen. Das ist meine Meinung.«

»Vielleicht wäre das besser«, sagte Edith vorsichtig.

»Vielleicht, ja.«

»Möglicherweise ist die andere gebunden, und deswegen kann er nicht zu ihr.«

»O nein!« Cecilia stellte ihre Tasse ab. »Das ist sie ganz sicher nicht! Es ist diese Künstlerin, Romina Schleheck. Sie hat einen kleinen Laden im Zentrum. Verkauft allen möglichen Ramsch an Touristen.«

Edith nickte. Jetzt verstand sie die offenbar falsche Aussage der Haushälterin. Sie hatte die Polizei dezent in die richtige Richtung weisen wollen, als sie Romina belastet hatte. Direkt hätte sie das Liebesleben ihres Arbeitgebers nicht ansprechen wollen, aber so konnte sie die Interessen von Frau Sippmeyer vertreten, ohne dabei allzu indiskret zu werden.

»So ist das jedenfalls kein Zustand! Können Sie sich vorstellen, was sich hier für Szenen abgespielen? Er kommt morgens von der anderen, frisch geduscht, und setzt sich an den Küchentisch. Und die Frau sagt: O wie lieb, dass du Brötchen mitgebracht hast.«

»Die arme Frau!« Edith war entsetzt. Und bei sich dachte sie, dass es bei so einer Konstellation beinahe ein Wunder war, dass nicht schon viel früher etwas Furchtbares passiert war. Eigentlich erstaunlich, dass niemand auf die Idee gekommen war, den Ehemann zu beseitigen. Liebende Frauen!, dachte sie und schüttelte innerlich den Kopf über so viel Unverstand.

»Das will ich Ihnen sagen! Die hat Sachen durchgemacht in den letzten Jahren … Und immer bleibt sie freundlich, schluckt ihre Pillen und lächelt. Und er kann sich jeden

Tag aufs Neue überlegen, ob er zu der einen oder zu der anderen möchte.«

»Erstaunlich«, sagte Edith.

»Ich bitte Sie, welche Frau lässt das mit sich machen?«

Edith zögerte mit ihrer Antwort. »Meinen Sie jetzt die Ehefrau oder die Geliebte?«

»Das ist der Punkt!«, rief Cecilia aus, und Edith sah unwillkürlich zur Tür, aus Furcht, der Hausherr, über den sie hier so offenherzig sprachen, könnte dort erscheinen. »Alle nehmen es hin, niemand trifft eine Entscheidung. Als wäre er der Nabel der Welt.« Ihre Stimme troff vor Verachtung.

Und als Edith, erschrocken beim Anblick von so offener Feindseligkeit, nach ihrer Tasse griff, um sich dahinter zu verstecken, hörte sie Cecilias geflüsterten Satz.

»Schade, dass es nicht ihn erwischt hat.« Und Edith fragte sich, ob es noch einen weiteren Grund für Cecilias tiefe Abneigung gab.

Das Klingeln an der Haustür unterbrach das beklemmende Schweigen, das sich in der Küche ausgebreitet hatte. Mit einer Entschuldigung stand Cecilia auf und ging zur Tür. Wortfetzen drangen zu Edith, und sie lauschte mit geneigtem Kopf. Offenbar ein Lieferant, an dessen Ware die Haushälterin etwas auszusetzen hatte.

Von der Küche gingen zwei Türen ab. Die eine, durch die sie hereingekommen waren, führte in den Flur.

Leise stand Edith auf und öffnete die andere.

Das Wohnzimmer war riesig. Ein großzügiger Essbereich mit Platz für mindestens zehn Personen, ein Kaminzimmer, das eine halbe Etage tiefer lag, und eine Art Wintergarten mit komplett verglaster Front. Doch das, was sie suchte, fand Edith nicht. Sie suchte Bücher.

Sie trat durch die Küche in den Flur und horchte. Cecilia hatte den Lieferanten offenbar zu seinem Wagen begleitet.
Ich kann immer noch sagen, dass ich die Toilette gesucht habe, dachte Edith und machte sich an den Aufstieg. Als sie den ersten Stock erreicht hatte, war sie ein wenig außer Atem. Sie hatte nicht viel Zeit, und so öffnete sie aufs Geratewohl die Zimmertüren. Das erste Zimmer verströmte unverkennbar Männlichkeit. Hellbraune Wände, puristisch gerahmte Stiche, die Schiffe und Leuchttürme zeigten. Ein Stapel Computerzeitschriften auf dem Nachttisch, das war alles.
Leise schloss Edith die Tür und öffnete die daneben. Ein Badezimmer, durch eine Tür mit dem ersten Zimmer verbunden. Daneben noch ein Badezimmer.
Erst beim nächsten Zimmer hatte sie Glück. Luftige Vorhänge, cremefarbene Teppiche auf hellen Fliesen und der goldene, barock geschwungene Spiegel zeigten unverkennbar an, dass hier eine Frau wohnte. Eine kleine Tür führte in ein angrenzendes Ankleidezimmer. Auf dem Nachttisch stand ein golden gerahmtes Hochzeitsfoto, daneben lag ein Buch.
Dies musste das Zimmer sein, aus dem Margit verschwunden war. Ediths Blick wanderte zu dem Fenster. Laut Jans Bericht hatte es offen gestanden. War jemand in den ersten Stock geklettert? Mit einer Leiter vielleicht? Das klang ein wenig nach Enid Blyton.
An der Türseite entdeckte sie endlich, was sie suchte. Als sie an die Regale trat, um die Buchtitel zu lesen, versagten ihr die Beine für einen Moment den Dienst, und sie sank auf einen der eleganten Barockstühle. Ob es der war, den die Eindringlinge umgestoßen hatten? Es tat gut

zu sitzen. Sie musste aufpassen. Wenn sie sich bückte, würde sie nicht ohne Hilfe hochkommen.
Margit schien ihre Bücher nicht zu ordnen, sie standen in wüstem Durcheinander im Regal. Edith musste dem Drang widerstehen, *Die Säulen der Erde* zwischen zwei Bänden von Dorothy Sayers hervorzuziehen. Hauptsächlich waren Kriminalromane und Biographien in den beiden schmalen Regalen, dazu einige Bestseller. Ganz unten schienen sich Ratgeber zu befinden, in der Mitte rechts standen viele weiß-schwarze Buchrücken, die ihr bekannt vorkamen. Edith nickte befriedigt. Donna Leon. Sie nahm eines heraus, es war einer der späten Romane, der mit den Diamanten. Ob sie die Reihe komplett hatte? Leider waren die Bücher nicht systematisch eingeordnet. Edith begann zu zählen und kam auf achtzehn Bände. Gerade wollte sie noch einen Blick auf die Ratgeber werfen, da hörte sie eine scharfe Stimme hinter ihrem Rücken.
»Was um Himmels willen machen Sie da?«
Es war Cecilia, und dass sie wütend klang, konnte Edith ihr nicht verdenken.
»Ich suche die Toilette.« Edith zwinkerte nervös.
»Und deswegen sitzen Sie im Schlafzimmer von Frau Sippmeyer und stöbern in ihren Sachen herum?«
»Mir ist schwindlig geworden.«
»Kommen Sie sofort aus dem Zimmer!«
Nur zu gern wäre die alte Dame dieser Aufforderung gefolgt, aber es fiel ihr tatsächlich schwer, wieder hochzukommen. Bittend reichte sie Cecilia einen Arm und ließ sich aufhelfen.
Sie glaubt mir kein Wort, dachte sie, als sie bald darauf in dem modernen Gästebad stand und sich das Wasser über

die Hände laufen ließ. Kein Wunder. Nur eine Idiotin würde mir glauben.

Sie drückte die Spülung und wartete noch einige Sekunden, ehe sie die Tür öffnete. Cecilia stand direkt vor der Tür, als befürchte sie, Edith könne noch einmal versuchen, in die Schlafzimmer der Herrschaften vorzudringen.

Mit eisigem Blick dirigierte sie die alte Dame zur Tür und schloss sie hinter ihr mit einem demonstrativen Knall.

Ein Reinfall, dachte Edith. Mit wackligen Schritten ging sie die Straße entlang. Sie würde das erste Taxi anhalten, egal, was es kostete.

Sie hatte nichts wirklich Wichtiges herausgefunden, und wenn Cecilia im Kirchenchor erzählte, wie sie sich scheinheilig in das Haus des Verbrechens geschlichen und dann herumgeschnüffelt hatte, würden die anderen Damen empört sein.

Allerdings hatte sie einen Eindruck von Margit gewinnen können. Eine Frau, die Bestseller und Biographien las. Und vor allem: die sämtliche Bände von Donna Leon besaß. Gebunden. Das musste etwas zu bedeuten haben!

Edith hielt einen Moment inne, dann nickte sie nachdenklich.

Sie wusste auch, was.

*

»So ein kleines Arschloch«, sagte Elena. »So ein dreckiges, kleines Arschloch.«

Jan hörte ihre entgeisterte Stimme schon, ehe er den Raum betrat. Im ersten Moment dachte er, sie rede von ihm.

Er war einige Minuten zu spät für die morgendliche Besprechung dran, aber es waren noch ein paar Stühle leer. Also trat er als Erstes zur Kaffeemaschine, stellte einen Becher darunter und legte ein neues Pad ein. Die dunkelbraune Flüssigkeit schoss zischend in seinen Becher. Noch lauter jedoch zischte Elena.

»Fast geheult hat er. Und dieser zerknirschte Blick …«

»Worum geht's?«, fragte er und setzte sich neben sie. Das war sein Platz. Weil Lohse der irrigen Überzeugung war, seine beiden Hauptkommissare ergänzten einander so prächtig, mussten sie ständig zusammensitzen und alle Ermittlungsergebnisse gemeinsam vortragen. Und je mehr er und Elena sich dagegen sträubten, umso überzeugter war der Leiter der Mordkommission, dass sie einander wunderbar ergänzten. Doch Lohse irrte sich. Er irrte sich ständig und manchmal gravierender als in der Einschätzung seines Teams. Das lag daran, dass seine einzige Tochter einen Schläger geheiratet hatte und neuerdings alle paar Tage bei ihren Eltern Sturm klingelte, einige Male war sie sogar im Präsidium aufgetaucht, voller blauer Flecke und lallend. Seitdem war mindestens die Hälfte von Lohses Aufmerksamkeit auf sein Handy gerichtet und die Spekulation darüber, was seine Melanie wohl gerade durchmachte.

»Sippmeyer«, sagte Elena. »Der arme trauernde Ehemann. Er hat ein Verhältnis mit unserer Künstlerin, und das seit mindestens zwei Jahren. Der Rentner, der in dem Haus neben ihr wohnt, konnte es kaum erwarten, alle möglichen Details auszuplaudern.«

»Und warum ist er jetzt ein Arschloch?«

»So etwas«, erwiderte Elena und schoss einen vernichtenden Blick auf ihn ab, »kann nur ein Mann fragen.

Wenn ich daran denke, wie der sich aufgeführt hat! Beinahe umgekippt ist der mir! Ganz der treusorgende Gatte.«

Kurz überlegte Jan, ob die überzogenen Sprüche seiner Kollegin überhaupt eine Reaktion verdient hatten. »Haben denn nur treue Ehemänner das Recht, sich um ihre verschwundenen Frauen zu sorgen?«

»Wenn wir dann so weit wären«, dröhnte Lohses Bass durch den Raum, und Elena verstummte. Die Stimme in Jans Kopf aber nicht.

Was, wenn es ganz anders war, als es aussah?, wollte er fragen. Nicht alle betrügenden Ehemänner waren so, wie Elena sich das in ihrer kleinkarierten lila Feministinnen-Welt zurechtbastelte. Manchmal war es anders. Ganz anders.

Es ist nicht so, wie es aussieht. Wie viele Leute hatten diese Worte schon gerufen, mit zitternden Stimmen, mit empörten, in wilder Panik? Zu viele. Viel zu viele. Diese Worte waren zu einem Klischee erstarrt, egal, ob sie die Wahrheit beschrieben oder nicht. Man konnte nichts mehr damit ausdrücken als den unbeholfenen Schmerz über die Niederlage, in flagranti ertappt worden zu sein. In dem Moment, in dem Jan diese furchtbar billigen Worte gerufen hatte, seine schreckgeweiteten Augen auf Nicoletta gerichtet, die wie eine Rachegöttin in der Tür stand und mit dem Zeigefinger auf die nackte Frau neben ihm deutete, in diesem Augenblick bereute er sie schon. Weil es abgeschmackte, nutzlose Worte waren. Weil er bereits wusste, dass Worte ihm nicht mehr helfen würden.

Danach war alles ganz schnell gegangen. Die zwei Tage schrumpften in seiner Erinnerung zu einem chaotischen Film von der Länge eines Werbespots, an dessen Ende

Nicoletta mit zwei riesigen Koffern – sie musste sie extra gekauft oder geliehen haben – die gemeinsame Wohnung verließ. Die wesentlichen Details hatte sie ihm kühl mitgeteilt: dass sie darauf verzichte, mit ihm nach Königswinter zu ziehen, aber er werde sicher bald eine neue Mitbewohnerin finden. Dass er sie nicht anrufen solle. Dass sie den Verlobungsring behalten werde.
Er war nicht so blöd gewesen, zu glauben, dass die Sache mit dem Ring einen Unterschied machte und einen möglichen glücklichen Ausgang versprach. Nicoletta würde niemals ein Schmuckstück freiwillig herausrücken. In Bezug auf Schmuck und Schuhe war sie ihm immer gierig erschienen wie ein Kind.
Von der Hochzeit war keine Rede mehr gewesen, doch die zahllosen Anrufe ihrer italienischen Sippe waren schlagartig verebbt, dafür hatten seine Freunde und Bekannten fassungslos angerufen, um sich zu vergewissern, ob die Hochzeit tatsächlich … Ja.
Nicoletta wusste nicht, was er wusste. Dass es nämlich tatsächlich nicht so gewesen war, wie es ausgesehen hatte. Und Jan fragte sich, ob es vielleicht besser so war. Denn was hätte die Wahrheit ihr gebracht? Bestenfalls hätte sie ihn verstanden und damit auf das entlastende Privileg verzichten müssen, ihn vor aller Welt einen Bastard zu schimpfen, den los zu sein sie froh sein konnte. Außerdem hatte sie Zuhörer. Sie hatte Menschen, die sie trösteten. Sie befand sich in einer Situation, auf die die Welt gut eingerichtet war. Es gab für ihr Problem sogar regelmäßig Dossiers in den zahllosen Magazinen, die sie abonniert hatte: über Männer, die fremdgingen. Über Beziehungen, die zerbrachen. Über den neu errungenen Singlestatus und wie man sich diesen versüßte.

Nicoletta war nicht allein, und sie wusste, was sie zu tun hatte. Er aber hatte keinen Menschen, der ihm helfen konnte. Und es gab, soweit er wusste, auch keine Hilfe für das, woran er litt.
Es wäre interessant zu wissen, wie sich sein Problem in Elenas vereinfachtem Weltbild machen würde.
Frauen, dachte Jan hilflos. Und Männer. Immer dasselbe Durcheinander.
»So viel also zur Leiche«, unterbrach Elenas Stimme seine Gedanken. Offenbar redete sie schon eine ganze Weile. »Mehr haben wir nicht. Es gibt praktisch keine Anwohner, die Blick in das Tal haben. Der eine Weg aus dem Tal führt zur Bundesstraße.« Sie griff hinter ihren Kopf, drehte ihre Pferdehaare zu einem Strang und steckte ihn unter ihren Pullover, während sie aufmerksam in ihre Notizen sah. »Ein verlassenes Fahrzeug haben wir nicht gefunden, und wegen des starken Regens kann man auch nicht erkennen, ob dort eins gestanden hat. Der andere Weg führt den Drachenfels hinauf und über ein Obstwiesental zu einem Abrisshaus. Ungefähr fünfhundert Meter daneben verläuft der Eselsweg, also der reguläre Fußweg zum Drachenfels, den die Spaziergänger und Esel benutzen. Dort steht das sogenannte Honighäuschen des lokalen Imkers, er verkauft alle möglichen Honigprodukte, Bonbons, Seife, was Touristen eben so kaufen. Wuttke hat ihn befragt, ihm ist jedoch nichts aufgefallen, es war ein normaler Besuchstag, im November ist ohnehin nicht viel los. Wir können nur hoffen, dass sich einige der Touristen melden, sobald sie von dem Leichenfund hören. Die Tageszeitungen haben heute darüber berichtet, und es gingen schon einige Anrufe ein, aber noch nichts Wichtiges.«

»Gut, hoffen wir also«, sagte Lohse. »Was haben wir noch?«

»Die Vermisstensache Sippmeyer.«

»Ah ja.«

Elena nickte Jan auffordernd zu, und er übernahm. »Bis jetzt gibt es keine Hinweise auf einen Zusammenhang außer den Übereinstimmungen von Alter und Aussehen der beiden Frauen. Der Ehemann der Vermissten hat gelogen, was seinen Aufenthalt vorletzte Nacht anbelangt. Zwar haben wir die Aussagen der Kneipenbesucher nicht im Detail verglichen, aber es geht klar daraus hervor, dass Sippmeyer nicht im Tubak war.«

»Gibt es eine Lösegeldforderung?« Lohse starrte so angestrengt aus dem Fenster, als gäbe ihm von dort jemand Zeichen.

Reimann schaltete sich ein. »Nein, und das würde mich auch sehr wundern. Die Spuren im Schlafzimmer sind widersprüchlich. Es gibt zwar deutliche Kampfspuren, und da ist das offene Fenster, aber es fehlen Spuren an der Hauswand. Keine Zeichen von Abrieb, Faserspuren, was auch immer. Niemand ist durch dieses Fenster gestiegen, auf jeden Fall nicht in den letzten Monaten, das wollte man uns offenbar nur glauben machen.«

»Margit Sippmeyer wurde also nicht entführt?« Elena malte Kringel in ihren Ringbuchblock.

»Zumindest nicht durch dieses Fenster. Wir haben unterschiedliche Proben von Haaren und Hautzellen sowohl auf dem Teppich als auch auf dem Bett. Überhaupt das Bett … Die Haushälterin hatte es am Vortag gegen zehn Uhr, wie sie sagt, frisch bezogen. Seitdem hat jedoch mindestens eine Person darauf gelegen. Die Kollegen haben Haare und Hautschuppen sichergestellt.«

»Wie lange dauert es bis zur Analyse?«
Reimann zuckte die Achseln. »Lange. Mehrere Tage auf jeden Fall. Ich kann versuchen, das zu beschleunigen, aber das kommt darauf an, was das Labor sonst noch zu tun hat. Vor allem brauchen wir Vergleichsproben, sonst bringen die schönsten Spuren nichts. Wir haben natürlich welche von den Familienmitgliedern und Angestellten genommen.«
»Mir passt das nicht.« Lohse klopfte so energisch auf die Tischplatte, als müsse er jemanden zum Schweigen bringen, dabei hatte er wie immer die nachsichtige Aufmerksamkeit aller. Er war ein beliebter Chef, und niemandem war daran gelegen, dass er ersetzt wurde. Dass er kaum imstande war, seine Aufgaben zu erfüllen, führte dazu, dass alle sich besonders bemühten.
»Solange wir nicht wissen, ob dort tatsächlich ein Verbrechen geschehen ist, geben wir gar nichts ins Labor. Wir können unmöglich einen so großen Teil unserer Aufmerksamkeit auf Margit Sippmeyer konzentrieren. Wenn sich nachher herausstellt, dass die Frau mit ihrer Jugendliebe am Bodensee sitzt und sich eine kleine Auszeit nimmt, dann zerreißt uns die Presse in der Luft.«
»Keine Jugendliebe«, sagte Elena, und Jan staunte über die Sicherheit, mit der sie dem Chef entgegentrat. »Margit Sippmeyer wurde seit Jahren von ihrem Mann betrogen. Er lügt, was seinen Aufenthalt zur mutmaßlichen Tatzeit anbelangt. Jede Wette, dass da was ist.«
»Dass da was ist«, wiederholte Lohse und sah erneut aus dem Fenster. Ein unbehagliches Schweigen entstand, während es in seinem Gesicht zuckte.
»Wie gesagt, wir haben einiges gefunden. Entweder wur-

de eine Entführung vorgetäuscht, oder ein Teil der Spuren ist echt«, beharrte Elena.
Warum war sie sich so sicher? Jan beneidete sie plötzlich. Er war sich nie so sicher. Er würde gleich noch einmal bei der Malerin vorbeifahren, beschloss er. Immerhin war das bisher die einzige Spur.
Und diesmal würde er gründlich sein. Sehr gründlich. Er würde sich, um mit Clara zu sprechen, zusammenreißen.

*

Schmeckten Küsse wie Eiscreme?
Oder war das eines dieser Märchen, die ältere Mädchen ihren unerfahrenen Klassenkameradinnen erzählten? Es gab ja viele dieser Mythen, und einige hatte die *Bravo* bereits aufgedeckt. Die *Bravo* erklärte einem alles. Dass Onanie nicht blind machte. Ob man normal war, wenn man mit fünfzehn noch keinen Oralverkehr gehabt hatte.
Über die Sache mit dem Eis hatte Lara nichts gelesen, das hatte ihr Sandy erzählt. Dass Roland aus der 12 super knutschen konnte. Was heißt das, super knutschen, hatte Lara gefragt.
Und Sandy hatte die Augen geschlossen, so verzückt wie die singenden Soul-Ladys auf MTV, und hatte es ihr erklärt. Es ist, als ob man ein Eis isst, ein total leckeres Eis, das schon fast geschmolzen ist. Hmmm-mmm.
Und während Lara Honig auf ihr Knäckebrot strich und ihrem Vater beim Zeitunglesen zusah, überlegte sie, wie es mit Sven gewesen war. Nicht wie Eisessen. Warm. Nass. Es hatte ihr gefallen.

Gestern Abend hatte Sven geklingelt. Es war schon spät gewesen, aber weil Laras Vater vom Verschwinden seiner Mutter gehört hatte, hatte er Sven freundlich hereingebeten. Sven hatte immer noch fertig ausgesehen. Und obwohl er gute Neuigkeiten hatte – sein Vater hatte zweifelsfrei festgestellt, dass die tote Frau nicht seine Mutter war –, schien er nicht erleichtert. Wahrscheinlich rechnete er mit dem Schlimmsten. Irgendwie hatte Lara das Gefühl gehabt, Sven wäre erleichtert, wenn sie gefunden würde. Er schien felsenfest davon überzeugt, dass sie tot war.
Sie hatten dann zusammen Musik gehört, und irgendwann hatte sie ihn geküsst. Weil der Moment einfach gestimmt hatte. Vielleicht hatte er ihr auch leidgetan.
Oder hatte sie es nur getan, weil sie es endlich hinter sich haben wollte? Weil sie wenigstens eine der vielen Sachen, die sie vom Erwachsensein trennten, abhaken wollte? Es lagen noch viele vor ihr, das wusste sie, und sie hatte eigentlich nicht vor, sich deswegen zu stressen. Warum hatte sie Sven geküsst? Denn obwohl Lara nicht mehr genau wusste, wie es überhaupt dazu gekommen war, war sie sicher, dass die Initiative von ihr ausgegangen war. Denn Sven hätte sich ihr niemals genähert. Das war der Grund, weswegen sie so gern mit ihm herumhing. Er war anders als die anderen Kerle, die immer nur rumfummeln wollten und sich nicht die Zeit nahmen abzuwarten, ob ihr das gefiel. Und weil Sven und sie nicht mit Rumfummeln und dem Abwehren davon und den Diskussionen darüber, warum sie nicht fummeln wollte, beschäftigt waren, hatten sie viel Zeit zu reden, und das gefiel ihr. Man konnte gut mit Sven reden, auch wenn er etwas schüchtern war.

Igitt, würde Sandy sagen. Sie hielt Sven für einen Freak. Einmal hatte sie ihn sogar einen Psycho genannt, weil er in Mathe total ausgetickt war. Er hatte seine Hefte mit seinem Benzinfeuerzeug angezündet und geschrien, einfach nur geschrien. Er hatte mit geschlossenen Augen auf seinem Stuhl gesessen, hinter den brennenden Heften, und gebrüllt. Das hatte krass ausgesehen, klar. Dabei war das nur passiert, weil er so Ärger mit seinen Eltern gehabt und deswegen zu viel gekifft und anschließend eine Pille geschmissen hatte. Und dann hatte der Mathelehrer Gruber noch ein Problemgespräch angefangen und gefragt, warum seine Noten immer schlechter würden. Er hatte ständig weitergefragt, obwohl Sven nicht darüber reden wollte. Da war er halt ausgeflippt.
Lara fand es nicht gut, dass Sven so viele Drogen nahm, doch sie wusste, dass er bald damit aufhören würde. Ihm ging es selbst dreckig dabei. Es waren seine Eltern, die ihn krank machten. Er selbst war normal.
Vielleicht würde sie ihn später anrufen und fragen, ob er vorbeikommen wollte. Nicht, um weiterzuknutschen. Sondern einfach so, vielleicht würden sie eine DVD gucken oder so. Ihr Vater hätte bestimmt nichts dagegen.
Alles war viel cooler, wenn ihre Mutter nicht da war. Ihre Mutter stand jeden Morgen um sechs Uhr auf, auch dann, wenn keine Schule war, und wenn nicht spätestens um halb neun alle am Frühstückstisch saßen, wurde sie nervös. Das war eine Lehrerinnenkrankheit.
Mit ihrem Vater war das Leben locker. Sie konnte im Schlafanzug frühstücken, wenn sie wie heute erst später Schule hatte, und dabei fernsehen, das störte ihn nicht, solange sie ihn in Ruhe Zeitung lesen ließ. Vielleicht blieb ihre Mutter ja einen Tag länger weg, dann konnte

Lara heute Abend mit Sandy und den anderen auf dem Museumsplatz Schlittschuh laufen. Die Eisbahn war bereits seit letzter Woche geöffnet, aber tagsüber lockte es Lara nicht, da waren nur Kinder da.

»Hat Mama schon angerufen?«, fragte sie, während sie Kakaopulver in die Milch schaufelte.

»Nimm einen Untersetzer«, sagte ihr Vater, ohne den Blick von der Zeitung zu heben.

»Kommt sie heute wieder oder erst morgen?«

Die Zeitung hörte auf zu rascheln.

»Papa?«

Die Zeitung flog auf den Tisch und rutschte von dort auf den Boden. Das Gesicht ihres Vaters war aschfahl. Wahrscheinlich wieder irgendein Gewerkschaftskram, der ihn aufregte.

»Was ist passiert, Papa?«

Er starrte sie an, als habe er sie nie zuvor gesehen, dann rannte er in den Flur, und sie hörte, wie er das Telefon bearbeitete. Eher neugierig als ernsthaft besorgt hob Lara die Zeitung auf und las, was ihn so erschreckt hatte.

Eine ganze Seite war dem grausigen Fund im Nachtigallental gewidmet, von dem sie bereits wusste. Nun, da es sich nicht um Svens Mutter handelte, hielt sich ihr Interesse in Grenzen.

Obwohl … Sie stockte, als sie das Foto sah. Warum war der Blazer ihrer Mutter in einem Artikel über die fremde Tote?

Sie begriff langsam, viel zu langsam.

Und als die Information ihr Hirn erreicht hatte, erklang ein lauter Schrei aus dem Flur. »Was soll das heißen, sie ist nicht bei dir? Sie muss einfach bei dir sein!«

Und dann fing ihr Vater an zu heulen, und Lara heulte

mit. Vor allem, als ihr bewusst wurde, dass sie noch vor wenigen Minuten gehofft hatte, ihre Mutter werde möglichst spät wiederkommen.

*

Das schindelgedeckte Fachwerkhaus hätte gut in ein Bilderbuch gepasst. Grüne, schiefe Fensterläden, eine kleine Holzbank im Vorgarten, der jetzt winterlich kahl, im Frühling aber sicher voller Grünzeug war. Rauch kräuselte sich aus dem Schornstein, und in einer Holzkiste unter dem niedrigen Vordach lagen sandige Möhren und seltsame gelbe Wurzeln.
Es war das Haus einer Hexe, und der große getigerte Kater, der Jan aus dem Wohnzimmerfenster teilnahmslos anglotzte, tat sein Übriges, um diesen Eindruck zu verstärken. Gestern war es zu dunkel gewesen, um viel zu erkennen, aber das, was er jetzt sah, ließ Romina Schleheck in einem interessanten Licht erscheinen. Eine Kulisse wie für Hänsel und Gretel, dachte er.
Er klingelte mehrmals, doch niemand öffnete. Nach kurzem Zögern folgte Jan einem kleinen Pfad aus Bruchsteinplatten, die sich an hohem Gestrüpp vorbei um das Haus wanden.
Er fand Romina Schleheck in einem improvisierten Anbau, der offenbar als Atelier gedacht war. Das Dämmerlicht, das durch die großen Oberlichter fiel, reichte nicht aus, um den Raum zu erhellen. Ein altmodischer Heizlüfter bemühte sich angestrengt, etwas Wärme zu produzieren, die in dem hohen zugigen Raum jedoch ohne bleibende Wirkung verpuffte. Hinter einem zierlichen asiatischen Raumteiler in der Ecke stand ein Schreibtisch.

Romina Schleheck schien zu arbeiten. Ihr Haar hing ihr wirr um den Kopf, und über ausgewaschenen Karottenjeans trug sie ein farbbespritztes Herrenhemd, unter dem ein Strickpulli hervorlugte. Sie sah anders aus als gestern. Schlechter. Nicht unbedingt so, wie Jan sich die heimliche Geliebte eines erfolgreichen Schönlings wie Michael Sippmeyer vorgestellt hatte.
Unwillig sah sie ihm entgegen. »Sie schon wieder.«
»Ich habe leider noch einige Fragen.«
»Dann fragen Sie.« Die Malerin schaute auf das Bündel Pinsel in ihrer Hand, als überlegte sie, was sie damit anfangen sollte. Dann legte sie die Pinsel auf einem der farbbekleckseten Tische ab und drehte sich zu Jan um.
»Man hat mir gesagt, dass Sie überwiegend an Touristen verkaufen. Die Drachenfrau, so nennt man Sie«, sagte Jan und betrachtete mit einigem Befremden die Leinwände, die an der Wand lehnten. Sie zeigten weder Drachen noch den Rhein oder Ansichten des Siebengebirges. Auf allen befand sich dasselbe Gesicht mit immer wechselnder Mimik, ein Gesicht mit hässlichen Falten, einer Warze, die einer Hexe zur Ehre gereicht hätte, hämisch verzogene Mundwinkel, ungepflegte buschige Augenbrauen. Offenbar hatte Romina Schleheck ein Faible für eigenwillige Selbstporträts. »Nichts für ungut, Frau Schleheck, aber Touristenware stelle ich mir anders vor.«
Ein Lächeln kräuselte die trockenen Lippen der Malerin, und sie sah ihn abwartend an.
»Oder?«, setzte er nach.
»Die Sachen hier im Atelier haben nichts mit dem zu tun, was ich im Laden verkaufe.« Romina verschränkte die Arme. Falls ihr Jans Betrachtung ihrer Bilder nicht gefiel, so ließ sie es sich nicht anmerken.

»Meine Kollegin hat inzwischen mit Ihrem Nachbarn gesprochen. Er sagt, dass Sie in der betreffenden Nacht Besuch gehabt haben.«
»Mein Nachbar ist etwa achtzig.«
»Und?«
»In dem Alter kennen manche Leute nichts Besseres, als Tag und Nacht aus dem Fenster zu gucken, in der Hoffnung, dass etwas passiert.«
»Manchmal passiert ja auch etwas.«
»Hier nicht.«
»Außer Sie haben Besuch. Zum Beispiel vom Ehemann einer verschwundenen Frau.«
»Zum Beispiel.« Romina sah eher belustigt als erschrocken aus.
»Besucht er Sie öfters?«
Die Malerin seufzte. Es klang weder kummervoll noch besorgt, sondern eher so, als sei Michael Sippmeyer ein unerwünschtes Thema, eines, das sie weniger berührte, als dass es ihr auf die Nerven ging.
»Michael und ich haben eine Beziehung, ja. Eine Affäre, so sagt man wohl.«
»Heißt das, er war an dem fraglichen Abend hier?«
»Das heißt es, ja.« Die Stirn der Malerin wurde kraus, als sie sich vorbeugte, um eine Stelle auf ihrer Leinwand zu betrachten. Dann trat sie einige Schritte zurück und griff nach einem Pinsel. Jan verstand die Botschaft. Er störte.
»Frau Schleheck, es geht hier keinesfalls nur um die verschwundene Margit Sippmeyer. Ich bin von der Mordkommission. Im Nachtigallental wurde eine Leiche gefunden.«
»Ich weiß. Jeder hier im Ort weiß das. Leider muss ich trotzdem arbeiten.«

»Dann verstehen Sie sicher, dass wir keinesfalls auf Ihre …«, das Wort tanzte ihm auf der Zunge, »… Arbeit Rücksicht nehmen können.«
Das fordernde Klingeln eines Telefons drang aus dem Haus herüber, übertönte das Gebläse des Heizlüfters und unterbrach ihn. Romina warf einen unschlüssigen Blick auf Jan. Er lächelte. »Wollen Sie nicht drangehen?«
Sie zögerte. »Einen Moment, bitte.«
Ein letzter unschlüssiger Blick über die Schulter verriet, wie unwohl ihr bei dem Gedanken war, ihn hier allein zu lassen. Aber warum?
Er sah ihr nach, als sie aus dem Raum eilte, und trat dann mit wenigen Schritten zu dem Paravent in der Arbeitsecke. Romina hielt ihre Unterlagen ordentlicher sortiert, als er vermutet hätte. Sauber beschriftete Ordner standen aufgereiht in dem kleinen Regal. Rechnungen, Versicherungen, Bestellungen. Kein Computer. Vielleicht hatte sie einen im Haus. Auf einer Ablage befanden sich einige geöffnete Briefe. Nach einem raschen Blick zur Tür blätterte Jan sie durch. Einladungen zu einer Vernissage, Lieferscheine, die Anfrage eines Schulbuchverlags, der den kleinen Drachen abdrucken wollte. Ein Schreiben mit dem Briefkopf der Kunst- und Ausstellungshalle. Das war interessant.
Aber nichts von dem, was sich auf diesem Schreibtisch befand, erklärte Rominas Zögern, ans Telefon zu gehen.
An der gegenüberliegenden Wand lehnten zahllose Leinwände, dahinter ein großer, rechteckiger Gegenstand, der von einer Wolldecke verhüllt war. Ein Bild?
Neugierig trat Jan näher und nahm einige der Bilder beiseite. Auch diese zeigten Rominas Gesicht. Schreiend, wütend verzerrt, höhnisch lächelnd. Auf manchen

befanden sich im Hintergrund die Konturen eines Kopfes. Wie konnte jemand so viele sich gleichende Bilder malen, Bilder von so monströser Hässlichkeit? Versteh einer die Künstler!, dachte Jan und lehnte die Leinwände vorsichtig wieder an die Wand. Auf dem Boden zwischen den Bildern glitzerte es. Jan ging in die Hocke und stutzte. Aus dem Staub blinkte ihm etwas entgegen. Vorsichtig tippte er mit dem Finger dagegen. Pailletten.

Er sah sich um, horchte. Immer noch drang aus dem Haus die Stimme von Romina Schleheck, leise, aber stetig.

Ihn lockte die verhüllte Leinwand. Was mochte die Schleheck bewogen haben, eines ihrer Bilder zu verhüllen, so offen, wie sie ihre sonstigen Scheußlichkeiten präsentierte?

Es musste etwas noch Monströseres sein, etwas, das jeden guten Geschmack verletzte, mehr noch als die anderen Bilder.

Entschlossen griff Jan nach einem Zipfel der Wolldecke und zog daran. Der schmutzig beige Wollstoff saß stramm. Er musste hinten fixiert sein. Er trat hinter die Leinwand, die ihm sehr dick schien. Er tastete durch den Stoff und fühlte drei Rahmen.

»Was tun Sie da?«

Er fuhr herum, als Romina Schleheck auftauchte. »Ich sehe mir Ihre Bilder an.«

»Dann kann ich ja nur hoffen, dass sie Ihnen gefallen.«

Er antwortete nicht. »Wir sind vorhin unterbrochen worden. Ich wollte Sie gerade nach Ihrem Verhältnis zu Margit Sippmeyer fragen.«

»Mein Verhältnis zu Margit Sippmeyer«, wiederholte die Malerin und schüttelte unwillig den Kopf. »Ich habe eine

Affäre mit ihrem Mann. Das ist alles. Da kann man wohl kaum erwarten, dass wir Freundinnen sind.«

»Wohl nicht«, sagte Jan und verdrängte den Gedanken, welche Worte Nicoletta wohl für die Frau finden würde, die sie in seinem Bett erwischt hatte.

»Michael tut gern so, als wäre unser Arrangement streng geheim. Aber natürlich weiß seine Frau Bescheid. So etwas weiß eine Frau. Es hatte früher manchmal unangenehme Zusammenstöße gegeben, darum ist er jetzt sehr vorsichtig. Seine Frau ist darauf eingegangen, das heißt aber nicht, dass sie nicht weiß, was los ist. Ich denke, es ist für beide angenehmer, den Schein zu wahren.«

»Verstehe«, sagte Jan. Ihm gefiel das Wort »Zusammenstöße«. Es war eine sehr freundliche Beschreibung für die Szene, die er selbst erlebt hatte. Ein diskretes Wort.

»Und was ist für Sie selbst angenehmer?«

»Für mich?« Die Frage schien Romina Schleheck zu erheitern. »Das fragen Sie besser nicht!«

»Für Sie muss die Situation doch am unangenehmsten sein. Als geheime Geliebte, die sich immer im Hintergrund zu halten hat, die nicht an Herrn Sippmeyers öffentlichem Leben teilnimmt.«

Das Schmunzeln im Gesicht der Künstlerin war unübersehbar. Sie verschränkte die Arme vor der Brust und sah ihn offen an. »Michael Sippmeyer ist nicht das Zentrum meines Lebens, auch wenn einige Menschen vielleicht davon ausgehen. Dieses Arrangement kommt mir sehr entgegen. Für mich …« Ihre Stimme verlor sich, und sie räusperte sich kurz, als wolle sie sich selbst am Weitersprechen hindern.

»Wenn Sie mich jetzt bitte entschuldigen würden, ich

habe zu arbeiten.« Ihr Blick traf die Leinwand auf der Staffelei und wurde hart.
Neugierig trat Jan näher, so dass er sehen konnte, was sie ansah. Die Leinwand war leer.
»Dann will ich Sie nicht länger von Ihrer Arbeit abhalten. Hier ist meine Karte. Sie können jederzeit anrufen.«
»Mache ich.« Es schien, als habe sein Blick auf ihre Leinwand Schleheck auf magische Weise Kraft entzogen. Plötzlich klang ihre Stimme anders, schlaff, mutlos. Ihre müden Augen glitten auf der Leinwand hin und her, als suche sie etwas.
»Nur mal so aus Interesse«, sagte Jan und betrachtete nachdenklich das Gemälde, das ihm am nächsten stand. »Was ist denn so ein Bild wert?«
»Was es wert ist«, wiederholte sie. »Die Leinwand hat etwa vierzig Euro gekostet, aber die ist jetzt natürlich nicht mehr neu. Ich würde sagen, es kommt ganz darauf an, ob Sie sich die Mühe machen und das Bild neu grundieren wollen oder ob Sie lokale Künstler unterstützen und mir sogar die Farben bezahlen möchten, die darauf kleben.«
»Interessante Art, den Wert eines Bildes zu berechnen.«
»Ja, nicht wahr?«
»Was kostet es denn nun?«
Die farbverkrusteten Finger der Frau schnippten gegen das Gemälde. »Siebzig, weil Sie es sind.«
»Vielen Dank«, sagte Jan und wandte sich zum Gehen. »Sind Sie so nett und kommen heute oder morgen noch einmal ins Präsidium, um Ihre Aussage zu unterschreiben?«
»Vergessen Sie Ihr Bild nicht. Soll ich es Ihnen einpa-

cken?« Ihre Stimme troff vor Ironie, und doch war da ein bitterer Unterton, den er nicht einordnen konnte.
»Ich möchte nichts kaufen, Frau Schleheck. Wie gesagt, es war reines Interesse.«
Sie riss die Tür des Ateliers auf. »Dann wünsche ich Ihnen noch einen schönen Tag.«
Jan war froh, als er draußen war. Er warf einen Blick zurück. Mit hängenden Schultern stand Romina Schleheck in der Tür und sah ihm nach.
Jan trat aufs Gas und war erleichtert, als sein Mini um die Ecke geschossen und das Haus aus seinem Blickfeld verschwunden war.
Offenbar hatten seine Fragen irgendeinen wunden Punkt berührt. Der Stimmungswechsel war frappierend gewesen. Jans Gedanken wanderten von der Künstlerin zu Michael Sippmeyer. Wie konnte ein vernünftiger und gutaussehender Mann mit so einer Verrückten zusammen sein?
Das war doch wirklich seltsam.

*

Warum nur drückte sie ihr Gewissen so quälend und unnachgiebig wie ein zu enger Schuh?
Am liebsten hätte Edith auf der Stelle nach dem Telefonhörer gegriffen und sich bei ihrer Tochter Henriette entschuldigt. Selbstverständlich hatte sie deren Biographie nur benutzt, um das Gespräch unauffällig auf die Familienverhältnisse der Sippmeyers zu lenken, und diese Rechnung war ja auch aufgegangen.
Warum also fühlte sie sich so schuldig?
Andererseits gab es gute Gründe, Henny nicht anzuru-

fen. Da war zunächst einmal die Sache mit der Nummer. Henny war irgendwo in Italien unterwegs und hatte keine Nummer hinterlassen. Edith konnte sie also nicht erreichen, selbst wenn sie gewollt hätte.
Und dann war da noch der Streit um das Altenheim. Und die Sache mit der fremden Frau, die Henny auf sie gehetzt hatte. Bei dem Gedanken an die unerwünschte Besucherin verging Edith das Bedürfnis nach einem Telefongespräch mit ihrer Tochter.
Dass sie so etwas getan hatte … Wie die Frau gerannt war!
Edith stellte die Herdplatte an, um Teewasser zu kochen.
Der Tag erschien ihr so lang. Hinlegen, dachte sie. Ein bisschen ausruhen, nur für eine kleine Weile, bis das Teewasser kochte. Sie fühlte sich wie zerschlagen. Am liebsten würde sie ins Bett gehen. Nichts essen, nichts trinken, mit niemandem sprechen. Einfach nur die dicke Decke bis unters Kinn ziehen und für einige Stunden unauffindbar im Schlaf versinken.
Sie sah auf die Uhr. Es war erst elf. Elf Uhr am Vormittag, und sie war schon so erschöpft. Ob das an dem Wein lag, den sie gestern mit Jan getrunken hatte? Es hatte ihr so gut geschmeckt. Mit leisem Lächeln dachte sie an den schönen Abend zurück. Der Mord hatte ihnen jede Menge Gesprächsstoff beschert. Lange hatte sie sich nicht mehr so gut unterhalten. Wie schön, dass Jan jetzt in Königswinter lebte! Und weil ein alleinstehender Mann schließlich auch einmal gutes Essen und Unterhaltung brauchte, würden sie sich oft sehen, auch wenn er in seine Wohnung gezogen war. Er konnte ja nicht immer dieses schreckliche Essen vom Drachengrill kaufen.

Sie würde sich erst nach dem Mittagessen hinlegen. Es gab noch so viel zu tun. Durch die geschlossene Tür des Küchenschranks glaubte sie, Knoblauch und Frittenfett zu riechen. Sie hatte Jan heute früh gebeten, auf dem Weg zur Arbeit den Müll hinunterzutragen, aber bestimmt hatte er es vergessen.
Das Wasser kochte immer noch nicht. Edith öffnete die Tür des Küchenschranks und sah in den Eimer. Er war randvoll. Sie zog die Plastikschlaufen der Tüte heraus, ergriff den Müllbeutel und warf einen prüfenden Blick auf das siedende Wasser. In einer Minute würde sie zurück sein. In zwei, falls sie auf dem Treppenabsatz innehalten und verschnaufen musste.
Sie zog den Kragen ihrer Strickjacke am Hals fest zusammen, schloss die Wohnungstür auf und trat in das kalte Treppenhaus.
Auf dem Hof war es eisig, als sei plötzlich Winter geworden. Der Wind pfiff. Als sie mit ihren vor Arthrose steifen Fingern nach dem Mülleimerdeckel greifen wollte, glitt ihr der Beutel aus der Hand und fiel zu Boden. Ohne zu überlegen, bückte sie sich.
Erst als ihre Finger über den gepflasterten Boden tasteten, ging ihr durch den Kopf, dass sie heute so unbeweglich war wie lange nicht mehr. Dass sie sich heute keinesfalls hatte bücken wollen. Dass sie vielleicht nicht mehr ohne Hilfe hochkommen würde.
Ein heißer Schmerz schoss ihr durch die unteren Lendenwirbel, als sie sich aufrichten wollte. Sie griff zur Seite, um sich abzustützen, und stieß dabei unsanft gegen die Mülltonne.
Etwas knackte in ihr, als sie umstürzte. Von unten sah alles so sonderbar aus. Helle Flecken tanzten um sie her-

um, und die alte Dame überlegte, ob das eine nahende Ohnmacht war oder ob es so aussah, wenn man starb.
Erst als etwas kalt und federleicht ihre Wange berührte, begriff sie, was sie sah.
Der erste Schnee fiel.

*

Die Tür zum Besprechungsraum war zu, und für einen Moment wünschte Jan, sie bliebe es auch. Gespräche mit den Angehörigen eines Mordopfers gehörten nicht zu seinen Stärken.
Reiß dich zusammen, dachte er und lächelte, als er die Stimme seiner kleinen Schwester Clara aus dem Off zu hören glaubte: Benimm dich wie ein Erwachsener, Jan! Das sagte sie immer. Und es klang gut.
»Was grinst du denn so?«, fragte Reimanns Stimme in seinem Rücken.
»Gar nichts.«
»Dann ist ja gut. Das Grinsen wird dir nämlich vergehen, wenn du da reingehst.«
»Warum sind die im großen Besprechungsraum?«, fragte Jan und wies mit dem Kinn auf die graue Tür.
»Alle voll. Heute ist schwer was los. Wegen des Artikels in der Zeitung. Die rennen uns seit zehn Uhr die Bude ein.«
»War schon was Brauchbares dabei?«
»Nichts auf den ersten Blick, nur das Übliche. Zwei Rentner, die nicht wissen, was sie gesehen haben, aber eine Tasse Kaffee nach der anderen trinken. Zwei vage Fahrzeugbeschreibungen. Ein Haufen hysterischer Schulkinder, die die Jacke ihrer Lehrerin erkannt haben.«
»Lehrerin?«

»Das ist ihr Beruf, Elena hatte recht. Valerie Koller, dreiundvierzig Jahre alt. Bio und Sport hier am örtlichen Gymnasium. Ihr Ehemann glaubte sie bei seiner Mutter, deswegen hat er sie nicht vermisst. Hat es durch die Zeitung erfahren, der arme Kerl.«

»Ich geh dann mal rein.«

»Mach das.«

Jan atmete tief durch und griff nach der Türklinke.

Der Mann, der Elena an dem abgenutzten Tisch gegenübersaß und mit den Händen seinen Plastikbecher umklammerte, sah nicht auf.

»Mein Beileid, Herr Koller«, sagte Jan und nickte ihm und Elena knapp zu. »Ich bin Kriminalhauptkommissar Seidel.«

Elena warf ihm einen ausdruckslosen Blick zu. Wenn sie sauer war, weil er wieder zu spät auftauchte, dann verbarg sie es gut. Sie hatte ihr drahtiges Pferdehaar in einen Zopf gezwängt, ohne dass dies ihrem Erscheinen einen Hauch mehr Seriosität verliehen hätte. Ihren blauen Strickpulli zierten die üblichen Krümel. Aus irgendeinem Grund machte ihre Erscheinung Jan aggressiv. Sollte Elena jemals als Mordopfer enden, so hätten die Kriminaltechniker ihre helle Freude an ihren Pullovern, konnte man daran doch Elenas Speiseplan der letzten Woche rekonstruieren, dachte Jan und schämte sich gleichzeitig für seinen gehässigen Gedanken.

»Mein Kollege wird Sie jetzt noch einmal befragen, Herr Koller«, sagte Elena. Sie sprach sehr deutlich, wie zu einem Schwerhörigen oder einem Kleinkind. »Soll ich Ihnen vielleicht noch einen Kaffee mitbringen?«

Der Mann nickte und sah Elena nicht nach, als sie den Besprechungsraum verließ.

»Wir vermissen das Handy Ihrer Frau«, begann Jan. Er begann bewusst mit einem vergleichsweise unverfänglichen Thema. Die Befragung der nächsten Angehörigen in einem Mordfall war eine heikle Angelegenheit, und er war stets in Sorge, ob er das nötige Fingerspitzengefühl aufbrachte. Die Gesprächspartner waren oft starr vor Schreck und Trauer und empfanden die Fragen zu Recht als zudringlich. Dennoch war es wichtig, sofort alle Erinnerungen und Informationen zu aktivieren, ehe wiederholtes Erzählen und Nachdenken sie unwirklich oder brüchig gemacht hatten. Und dann war da noch die Tatsache, dass der Täter nur allzu oft im nahen Umkreis des Opfers zu suchen war.

»Die Auswertung der Daten der Telefongesellschaft dauert noch ein bisschen. Vielleicht können Sie mir schon mal sagen, wann Sie das letzte Mal mit ihr gesprochen haben.«

»Das weiß ich nicht mehr.«

»Hat sie Sie von ihrem Handy aus angerufen, um zu sagen, dass sie verreist?«

»Sie ist nicht verreist. Sie wollte nur zu meiner Mutter, um nach dem Rechten zu sehen.«

»Okay.«

»Meine Mutter ist über siebzig. Letztes Jahr hatte sie einen Oberschenkelhalsbruch, seitdem geht es ihr nicht mehr so gut. Sie hatte am Telefon einen etwas verwirrten Eindruck gemacht, darum wollte meine Frau nach der Schule hinfahren.«

»Wann war das?«

»Was?«

»Wann ist sie losgefahren?«

»Ich schätze, nach der Schule. Sie hatte nur fünf Unterrichtsstunden.«

»Wann haben Sie Ihre Frau vermisst?«
Die Frage schien Peter Koller zu schmerzen. Er rutschte auf seinem Stuhl hin und her. »Ich habe sie nicht vermisst. Ich dachte ja, sie wäre bei meiner Mutter.«
»Haben Sie nicht telefoniert? Haben Sie nicht angerufen, um zu fragen, ob sie gut angekommen ist?«
»Doch! Aber sie hatte ihr Handy ausgeschaltet.«
»Festnetz hat Ihre Mutter nicht?«
»Natürlich hat sie das. Ich war beschäftigt, hatte viel zu tun, es gab Probleme mit der Lohnbuchhaltung.«
Der Mann war nervös. Er wischte sich die Hände an der Hose ab, sein Knie zuckte.
»Lohnbuchhaltung«, wiederholte Jan und betonte jede Silbe. »Und das war wichtiger?«
»Ja, verdammt! Ich wusste doch nicht, dass irgendein Idiot kommt und meiner Frau den Schädel einschlägt! Ich dachte, die beiden sitzen zusammen vor dem Fernseher und trinken Roséwein oder so!«
»Und da hätte ein Anruf von Ihnen gestört.«
»Hören Sie«, sagte Koller, und seine Stimme klang jetzt erschöpft. »Ich hatte keine Lust, meine Mutter am Telefon zu haben und mich fragen zu lassen, warum ich nicht selbst gekommen bin. Deswegen habe ich nicht angerufen.«
»Verstehe«, sagte Jan, und er verstand wirklich. Zwar lag es seiner Mutter fern, ihn mit Forderungen oder Sorgen zu konfrontieren, aber das hieß nicht, dass er gerne mit ihr sprach. Auch in der Zeit, in der Clara noch bei Henny gewohnt hatte, hatte er seine Schwester lieber auf dem Handy angerufen, obwohl das teurer war.
Ein kurzes Pochen an der Tür, und beinahe gleichzeitig wurde sie aufgestoßen. »Kommst du mal, Jan«, sagte Reimann.

»Ich bin gleich wieder da«, entschuldigte sich Jan bei Peter Koller und lächelte ihm zu. Der arme Mann hatte nicht nur seine Frau verloren und die Probleme mit seiner Mutter an der Backe, sondern musste sich auch noch Vorwürfe wegen des unterlassenen Anrufs machen.

Er folgte Reimann auf den Flur.

»Was ist denn?«, fragte Jan und schloss die Tür.

»Da war ein Anruf vom Krankenhaus. Es ist irgendwas mit deiner Großmutter.«

*

Plötzlich war es da.

Ganz unvermittelt war das schwarze Loch wieder da, die Angst vor dem Nichts. Wie immer kam es schnell und ohne Vorankündigung, überraschte Romina mitten im Alltag, mitten im Pläneschmieden – das erste Mal seit langem waren es wirklich schöne Pläne gewesen, normale Pläne, zupackende Pläne. Pläne, die mit anderen Menschen zu tun hatten und nicht nur mit ihr selbst. Mit einem anderen Menschen zumindest. Mit Michael.

Die Nacht mit Michael war wunderbar gewesen. Nächte mit Michael waren natürlich immer wunderbar, sie beide wären nicht in diese Situation geraten, wenn ihre Körper nicht füreinander bestimmt wären. Etwas aber war diesmal anders gewesen als sonst. Es hatte etwas in der Luft gelegen, eine gemeinsame Zukunft.

Erstmals hatte Romina das Gefühl gehabt, dass Michael etwas verändern konnte. Bisher war er ihr trotz seines kraftstrotzenden Äußeren oft hilflos erschienen, eingekeilt zwischen der Loyalität gegenüber Margit, der Liebe zu Sven und den Gefühlen für sie. Plötzlich war eine neue Entschlossenheit in seinen Bewegungen gewesen, hatte sich in seine Züge eingegraben, seine Nasenflügel gestrafft und seine Oberlippe gehoben. Als Malerin nahm sie Veränderungen an Menschen oft schon äußerlich wahr, ehe ihnen selbst diese überhaupt bewusst wurden.

Nicht dass Romina sich in den vier gemeinsamen Jahren in der Position der Geliebten unwohl gefühlt oder gar seiner Ehefrau ihren Platz geneidet hätte. Sie selbst hatte ihre Erfahrung als Ehefrau damals mit Robert gemacht, und sie wünschte diese Erfahrung um nichts in der Welt zu wiederholen.

Nein, das war es nicht. Aber bei allen ehrlichen Gefühlen ihr gegenüber hatte Michael keine Sekunde den Zwiespalt überwinden können, in den ihn der Verrat an seiner Familie stürzte. Und dieser ungelöste Konflikt hatte ihn blockiert, hatte wie schwarzes Pech an seiner sonst so strahlenden Aura geklebt. Dem Bild des siegreichen Siegfried, des Drachentöters, der Brünhild überwunden und den Kampf aufgenommen hatte, diesem Bild war Schaden zugefügt worden, ein dunkeltrüber Fleck, der sich immer wieder zwischen sie schob.

In der letzten Nacht war dieser Flecken verschwunden.

Und mitten hinein in diesen Tag voller Zukunftspläne und Liebe und ehrlicher Küsse brach jetzt mit Gewalt das schwarze Loch, das Romina so gut kannte und doch niemals wieder zu sehen gehofft hatte. Die kreative Krise.

Krisen hatte Romina in ihrem Leben schon viele durchgestanden, auch in den letzten Jahren, die doch eigentlich stabil gewesen waren, verglichen mit der Zeit davor. Da waren die nicht zu unterschätzenden finanziellen Krisen. Dazu die Krisen wegen der anspruchslosen, selbstgefälligen Kunden. Kunst für unter zehn Euro, dazu ein viertelstündiges Gespräch mit der Künstlerin, eine hübsche Papiertüte mit Drachen, von denen jede einzelne Romina in der Herstellung sechzehn Cent kostete, und dann wollten sie mit EC-Karte zahlen, was den Gewinn noch mehr schmälerte …

Dann waren da die Krisen wegen ihrer verbockten Karriere, wegen ihrer himmelschreienden Dummheit, aufgrund derer sich die Tore sämtlicher angesehener Galerien mit einem lauten Knall für sie geschlossen hatten.

Ja, Krisen kannte sie. Nichts von alldem war so schlimm wie das schwarze Loch. Die weiße Leinwand. Die Leere im Kopf. Das sprachlose Ringen um Formen, um Bilder.

Sie hatte Kriemhild verloren. Sie spürte sie nicht mehr.

Das Handy klingelte. Im Display flackerte Michaels Nummer.

Zittern erfasste ihren Körper, schüttelte sie durch, ließ ihre Zähne aufeinanderschlagen. Plötzlich war der Boden ganz nah, sie spürte ihn unter ihrer Wange, also musste sie gestürzt sein. Über ihr flimmerten die Oberlichter ihres Ateliers, blendeten sie. Sie schloss die Augen, um ihr Atelier nicht mehr sehen zu müssen. Ein Ort der Hoffnung war es gewesen. Michael hatte ihn so genannt.

Er war es gewesen, der sie wieder zum Malen gebracht hatte. Seine Stärke, seine Präsenz, seine Bewegungen hatten in ihr den Wunsch erweckt, etwas einzufangen, und so hatte sie eines Abends, als er aus der Dusche kam, nach Block und Stift gegriffen. »Rühr dich nicht«, hatte sie gesagt. »Bleib einfach so.« Und er hatte sie gewähren lassen. Am nächsten Tag war er mit dem Auto gekommen, was untypisch war. Meist radelte er die schmale

Straße nach Heisterbach hoch, und sie wusste, dass er es nicht nur um der Bewegung willen tat, sondern auch, um eine Ausrede zu haben. »Ach, der Herr Sippmeyer radelt wieder«, mochten seine Mandanten sagen, wenn sie ihn sahen. »So ein sportlicher Mann.« Niemand sah ihn auf der ohnehin kaum befahrenen Straße, wenn er in Rominas Einfahrt einbog und sein Rad im Hof abstellte.

Dieses Mal war er mit dem Auto gekommen und hatte, während sie in der offenen Tür stand, begonnen, den Kofferraum auszuräumen. Leinwände, fertig bespannt vom Baumarkt. Acrylfarben, Pinsel. Er hatte verlegen gelächelt. »Es sind bestimmt nicht die richtigen Farben, aber für den Anfang reicht es«, hatte er gesagt und sie geküsst, unsicherer als sonst. »Besser als der Block von gestern. Ist es okay, dass ich das gekauft habe?« Beinahe ängstlich hatte sein Blick an ihr geklebt.

»Warum hast du das gemacht?«, hatte Romina gefragt.

»Ich finde, es reicht jetzt mit den Comicdrachen. Du kannst mehr. Viel mehr.«

»Was kann ich?«, hatte sie gefragt, schärfer als beabsichtigt.

»Mal mich noch einmal«, hatte er gesagt. »Bitte.«

So hatte es angefangen. In diesem Moment war plötzlich Liebe in ihr gewesen. Und diese Liebe ging einher mit ihrer Schaffenskraft, die zurückkehrte, erst langsam, dann immer drängender. Begierde sprach aus den ersten Versuchen, nicht viel mehr. Straffe, gewölbte Rückenmuskeln, kräftige Unterarme mit deutlichen Adern, es waren schlichte Studien, nichts Großes. Doch sie begann, wieder etwas zu spüren. Etwas war in dem leeren Raum vor ihr, flimmerte, wartete darauf, zum Leben erweckt zu werden, flehte darum, seine Form zu erhalten.

Dann war da der Spaziergang gewesen, auf dem Michael mit halblauter Stimme von dem Drachen in seiner Höhle sprach, und plötzlich war alles vor ihr erstanden, der ganze Nibelungenmythos. Durch sie beide und durch Kriemhild, die arme, betrogene, die nicht ahnte, dass ihr Mann …

So war es gewesen. Nur Michael hatte sie diese wunderbare Wende zu verdanken, die Hoffnung, die plötzlich wieder da gewesen war, Hoffnung auf eine zweite Chance als Künstlerin. Hoffnung, dass sie nicht bis ans Ende ihrer Tage erniedrigenden Touristenramsch herstellen und in fröhliche Papiertüten packen musste.

Und jetzt das Loch.

Wie konnte es sein, dass sie den Zugang zu dem Nibelungenstoff so urplötzlich verloren hatte? Monatelang hatte sie gearbeitet, am Verhältnis der beiden Frauen, die um einen strahlenden Helden kreisten. Es war eine Geschichte, die sie selbst nur zu gut kannte und die doch in der Ausprägung dieser tausend Jahre alten Geschichte eine Gültigkeit, eine archaische Wahrheit erhielt, die sie und ihr eigenes Leben über den Schmutz einer gewöhnlichen Affäre erhob.

Wohin war das alles verschwunden?

Und ohne dass Romina es verhindern konnte, sickerte eine Erkenntnis in ihr Bewusstsein und wurde dort zur absoluten Gewissheit.

Mit Margit war auch Kriemhild verschwunden.

Und sie würden beide nicht mehr wiederkommen.

Nie mehr.

*

Auf dem Krankenhausflur roch es furchtbar. Nach Desinfektionsmitteln, Krankheit und Tod. Jan vergrub seine Nase in den fröhlichen rosa Blüten des Alpenveilchens, das er mitgebracht hatte, aber es kam aus dem Treibhaus und roch nach nichts. Rochen Alpenveilchen überhaupt?

Er trat auf eine der herumhastenden Krankenschwestern zu.

»Können Sie mir sagen, wo ich Edith Herzberger finde?«

»Zimmer 345, da hinten rechts. Fragen Sie bitte im Schwesternzimmer nach, ob Sie sie besuchen dürfen.«

»Mach ich.«

Machte er natürlich nicht.

Er klopfte zweimal und trat ein, als er nichts hörte.

Sie lag unter der weißen Krankenhausdecke und hielt die Augen geschlossen. Ihr Gesicht war spitz und eingefallen, und im ersten Moment dachte er, sie wäre tot. Doch dann schlug sie die Augen auf, und die sahen aus wie immer, porzellanblau und blitzend. Sie lächelte, als sie ihn erkannte.

»Hast du geschlafen?«, fragte er und setzte sich auf den Stuhl. Das Alpenveilchen stellte er auf den Nachttisch.

»Nein«, sagte sie, und es freute ihn, dass sie log. Das war bestimmt ein gutes Zeichen. Sie wollte ihn nicht wissen lassen, dass er sie gestört hatte. In ihrer verkrümmten Hand steckte eine Plastikkanüle, und er fragte sich, ob das wohl weh tat.

»Was für schöne Blumen!«

»Bist du allein im Zimmer?« Er warf einen Blick auf das zweite Bett.

»Meine Zimmernachbarin ist gerade draußen, zum Glück. Sie redet in einem fort von ihren Operationen. Sehr unappetitlich. Jetzt ist sie beim Röntgen, das dauert bestimmt lange.« Ihre Stimme klang wie immer, und das war sehr beruhigend. Trotzdem machte ihm ihr Zustand Angst. Unter der Decke wirkte sie so winzig und schmal wie ein Vögelchen.

»Und du?«

»Mich untersuchen sie nachher weiter.«

»Was war denn?«

»Nur der dumme Kreislauf. Sie haben mir eine Spritze und eine Infusion gegeben.«

»Die Nachbarn sagen, du bist gestürzt.«

Sie verzog das Gesicht. »An den Mülltonnen, ja. Es tut furchtbar weh, deswegen habe ich die Spritze bekommen. Nachher gucken sie nach, ob etwas gebrochen ist. Man konnte noch nicht viel erkennen, aber der Oberarzt kommt gleich.« Ihre Lider flatterten, und der Kopf sank zur Seite.

»Willst du schlafen?«

Edith griff nach seinem Ärmel. »Ich muss dir noch etwas erzählen«, flüsterte sie, aber so leise, dass er es kaum verstehen konnte. »Ich war in dem Haus und habe mit Cecilia gesprochen. Und mich in Margit Sippmeyers Zimmer umgesehen.«

Aus irgendeinem Grund war Jan nicht überrascht darüber. Er streichelte ihre unverbundene Hand, die ihm noch nie so knochig und arthritisch vorgekommen war, und drückte sie.

»Das sollst du doch nicht, Oma«, flüsterte er. Er konnte sie nicht beim Vornamen nennen, nicht, wenn sie so krank und zerbrechlich im Krankenhaus lag.

Sie sah ihn an, und ihr Blick war drängend. »Da war etwas sehr Seltsames in Margits Bücherregal.«

»Was denn?«
»Sie hat alle Bände von Donna Leon. Du weißt schon, die Venedig-Krimis. Das ist sehr eigenartig.«
»Warum ist das eigenartig?«
Ein energisches Klopfen an der Tür, und keine Sekunde später ging die Tür auf. Eine Schwester schob tatkräftig einen Tropfständer herein und hob mahnend den Zeigefinger. »Frau Herzberger, Sie sind noch nicht bereit für Besuch. Der Oberarzt müsste jeden Moment kommen. Wenn Sie bitte so freundlich wären ...« Sie sah Jan tadelnd an, und er stand auf.
»Ich komme morgen wieder«, sagte er und versuchte, das bange Gefühl in seiner Brust zu ignorieren. Was, wenn sie starb?
Sie nickte ihm erschöpft zu.
Als sich die Tür geschlossen hatte, sank der alten Dame der Kopf auf die Brust. Wie durch einen Schleier nahm sie wahr, dass sich die Schwester an ihrem Tropf zu schaffen machte und es kühl durch ihre Venen gluckerte.
Seltsam, dachte sie. Alle Donna-Leon-Bücher, vollzählig, wenn auch nicht in einer Reihe. Sie selbst hätte sie chronologisch geordnet.
Seltsam. Noch dazu gebunden, mit Schutzumschlag.
Seltsam.
Die Beruhigungsmittel taten ihre Wirkung. Sie schlief ein.

Draußen auf dem Gang wartete Jan vor dem Schwesternzimmer, bis ihm jemand Auskunft geben konnte. Offenbar war Edith einfach nur erschöpft gewesen und zusammengeklappt. Zwei Stunden hatte sie zwischen den Mülltonnen gelegen, ehe ein Nachbar sie gefunden hatte,

daher hatte sie eine Unterkühlung. Da sie starke Schmerzen hatte, waren Brüche zu erwarten, man hatte ihr jedoch noch keine Untersuchung zumuten wollen.
»Sie müssen mit einem Oberschenkelhalsbruch rechnen«, sagte die Schwester und griff nach ihrem Klemmbrett. »Am besten kümmern Sie sich schon einmal um einen Platz in einem Pflegeheim. Sie hätte ohnehin nicht allein leben dürfen in ihrem Alter.« Sie nickte ihm knapp zu und rauschte davon.
Jan klappte sein Handy auf. Auch wenn er wirklich keine Lust hatte, mit seiner Mutter zu sprechen, musste er sie informieren.

*

Dieser Blick war auffallend.
Elena pulte an ihrem Pullover und beobachtete interessiert, wie die Direktorin aus dem Fenster sah.
»Es ist furchtbar«, hatte sie geflüstert, das war mindestens zwei Minuten her. Der Blick aus dem zweiflügligen Fenster ging auf den Schulhof, aber da gerade Unterricht war, gab es auf dem basaltgepflasterten Platz nichts zu entdecken. Nichts als das etwas unregelmäßige Muster der Steine. Vielleicht war die Direktorin eine Umweltaktivistin und sah in den vielen Kubikmetern ehemaliger Vulkanasche, die täglich von den Schülerfüßen getreten wurden, ein Zeugnis der Ausbeutung der Natur? Die zerfranste Silhouette des Steinbruchs war von hier aus nicht zu sehen, und es war schon eine Weile her, dass die Landschaft des Siebengebirges mutwillig zerstört und dem Kölner Dombau geopfert worden war. Aber manche Menschen mochte das immer noch aufregen, auch wenn

es ein wenig krass wäre, wenn die Direktorin sich derlei Gedanken machte angesichts eines Mordopfers im eigenen Kollegium.
Die Gedanken sind frei, dachte Elena wie immer, wenn die Phantasie mit ihr durchging. Sie liebte es, während der Befragungen über die tatsächlichen Gedankengänge ihrer Gesprächspartner zu spekulieren. Eine kreative Übung, und sie ermöglichte ihr, frei und ohne Vorbehalte auf die Antworten ihres Gesprächspartners zu reagieren. Nun ja, zumindest in der Theorie, die sie sich zurechtgelegt hatte, um ihre geistigen Spaziergänge zu rechtfertigen.
Martina Gerb-Ferber bot, wie sie da schweigend am Fenster stand, Anlass genug zu Spekulationen. Die Direktorin hatte ein richtig nettes Kostümchen an, grauer Hahnentritt, dazu eine blaue Seidenbluse und passende blaue Pumps. Ihre Haare glänzten so einheitlich braun, dass sie garantiert gefärbt waren, und waren zu einem engen Knoten zusammengesteckt. Es fehlte nur noch der Kneifer.
»Der Tod Ihrer Kollegin scheint Ihnen ja sehr nahezugehen«, sagte Elena und überlegte im selben Moment, ob »Kollegin« der richtige Ausdruck für das Verhältnis zwischen Direktorin und Lehrerin war.
»Ja, das tut er. Selbstverständlich.« Beinahe widerstrebend riss sich die Direktorin vom Anblick des schiefergrauen Himmels über dem steingrauen Schulhof los und nahm hinter ihrem schicken gläsernen Schreibtisch Platz.
»Wann haben Sie sie das letzte Mal gesehen?«
»Das habe ich mich auch schon gefragt. Es muss vor zwei Tagen gewesen sein, auf dem Parkplatz.« Das straffe Kinn der Direktorin zeigte in Richtung Fenster. »Wir wechsel-

ten ein paar Worte, dann stieg sie in ihren Wagen. Nichts Besonderes. Man weiß ja nicht, dass man sich danach nie wiedersieht.« Sie presste die Lippen aufeinander, als wolle sie Lippenstift verteilen, aber vielleicht sollte das auch ein Zeichen von Betroffenheit sein.

»Erschien sie Ihnen anders als sonst?«

Martina Gerb-Ferber lachte trocken auf. »Ich habe vier Krankmeldungen an diesem Vormittag bekommen, und zwei der Kollegen, die ich zur Vertretung eingesetzt hatte, wollten das mit mir ausdiskutieren. Da hatte ich leider keine Antennen dafür, ob alle Lehrer so waren wie sonst.«

»Verstehe«, sagte Elena nachdenklich. Eigentlich wirkte Gerb-Ferber nicht wie eine Vorgesetzte, mit der man gerne etwas ausdiskutierte. Zumindest nicht etwas so Aussichtsloses wie Vertretungspläne.

»Wir haben zurzeit Mathe und Biologie als Mangelfächer, das führt ständig zur Überlastung der entsprechenden Fachlehrer.«

»Haben Sie sich denn nicht gewundert, dass Frau Koller nicht zum Unterricht erschien? Wenn Sie ohnehin so viele Ausfälle haben?«

»Nein. Ich hatte eine Besprechung, und Frau Heuscher, die Sekretärin, teilte mir mit, dass Frau Koller angerufen hat. So habe ich es zumindest verstanden. Sie hat eine Schwiegermutter, die allein lebt. Ich dachte, um ehrlich zu sein, sie liegt im Sterben. Wegen einer Lappalie hätte Frau Koller niemals Unterricht ausfallen lassen, sie nahm ihre Arbeit sehr ernst. Im vergangenen Jahr hatte ich keine einzige Krankmeldung von ihr.« Dem beifälligen Unterton entnahm Elena, dass man das nicht von allen Lehrern sagen konnte.

»Was war sie denn sonst so für ein Mensch?«

»Eine ganz besondere Kollegin. Sie ist, nein, war, seit sechzehn Jahren hier an der Schule und hat in der Zeit viele entscheidende Sachen ins Rollen gebracht. Sie hat tatkräftig mitgeholfen, uns zu dem zu machen, was wir heute sind.«

Das klang ein bisschen pathetisch, beinahe wie ein Nachruf, dachte Elena. Ob die Direktorin im Geiste bereits ihre Rede probte, die sie anlässlich einer Trauerfeier in der Aula halten würde? Bestimmt würde ihr ein schwarzes Kostüm ausgezeichnet stehen, mit einer dunklen Seidenbluse und dezenter Schleife. Wie eine Direktorin in einem Internatsfilm aus den Sechzigern. Genau so kam Gerb-Ferber ihr vor. Nur dieser hässliche Doppelname passte nicht dazu.

»Zum Beispiel? Was hat sie mit auf den Weg gebracht?«

»Unsere Russland-AG. Die hat sie selbst aufgebaut. Frau Koller spricht Russisch, und auf ihre Initiative hin haben wir eine Russischlehrerin eingestellt und die AG gegründet.«

»Die welchen Zweck hat?«

Gerb-Ferber lächelte sparsam. »Zweck ist nicht ganz der Ausdruck, den wir wählen würden, wenn wir unsere pädagogischen Projekte begründen. Es geht vor allem darum, den Austausch mit Russland zu fördern. Und darum, den Schülern interkulturelle Erfahrungen zu ermöglichen. Meist findet Schüleraustausch nur mit Schulen in England und Frankreich statt, und das, was die Schüler zu Gesicht bekommen, unterscheidet sich nur unwesentlich von dem, was sie kennen. Beeindruckt sind die Schüler höchstens, wenn wir sie in die USA fahren lassen.«

»Verstehe«, sagte Elena und spürte, wie ihr Widerstand schmolz. Koller musste eine sehr bemerkenswerte Frau gewesen sein, wenn sie ihren persönlichen Kampf gegen den Amerika-Zentrismus der Jugend ausgerechnet auf einer öffentlichen Schule begann.

»Und wie stehen Sie dazu?«

»Ich denke dabei vor allem an die Interessen der Schule. Wir verdanken diesem Projekt nicht nur ausgezeichnete Presse und einige Fördermittel, sondern auch das ständige Interesse der Schulbehörde. Es gibt immer wieder Schulen, die sich für unser Projekt interessieren, so dass ein regelmäßiger Austausch stattfindet.«

»Hat Frau Koller solche Auslandsfahrten begleitet?«

»Meistens schon. Wenn sie keine anderen Verpflichtungen hatte. Und damals, als ihre Tochter noch klein war, ist sie natürlich zu Hause geblieben. In den folgenden Jahren hat ihre Tochter sie dann manchmal außerplanmäßig begleitet.«

»Verstehe«, sagte Elena. »Und wie war das mit Frau Kollers sonstigem politischen Engagement?«

Die Lippen der Direktorin schlossen sich missbilligend. »Über ihre Parteibücher müssen mir die Lehrer keine Auskunft geben.«

»Ich hatte den Eindruck, dass die AG durchaus politisch motiviert ist.«

»Nur im pädagogischen Sinne.«

»Aha«, sagte Elena und überlegte, was denn Politik im pädagogischen Sinne meinte.

»Unser Gymnasium ist anderen Anforderungen ausgesetzt als früher. Etwa die Hälfte unserer Schüler hätte früher eine Gesamt- oder Realschule besucht. Unser Migrantenanteil ist hoch, wenn auch nicht so hoch wie in

Bonn, und ein Großteil davon sind Türken und Russen oder Russlanddeutsche. Für Letztere ist unsere AG ein Segen. Ihre Heimat, und damit meine ich jetzt Russland, wird durch die Arbeit in der AG deutlich aufgewertet, wird interessanter für die Mitschüler. Es ist ja eine Binsenweisheit, dass die Herkunftsländer hiesiger Migranten ein schlechteres Image haben als unsere Urlaubsländer oder die wirtschaftlich führenden Nationen. Wir geben den Schülern andere Einblicke, sie interessieren sich für Russland, versuchen die Sprache zu lernen und erkennen, was für eine Leistung Ausländer vollbringen müssen, wenn sie Deutsch lernen. Irrsinnigerweise ist das vielen Menschen nicht bewusst, egal, wie schlecht sie selbst in Fremdsprachen sind. Bei uns wird den russischen Jugendlichen Interesse entgegengebracht, es entsteht ein Austausch. Und für Referate und Gruppenarbeiten werden viele, die sonst teilweise isoliert oder in ihrer eigenen Peergroup bleiben würden, zu begehrten Gesprächspartnern.«

»Das klingt toll«, sagte Elena mit aufrichtiger Bewunderung.

»Das ist es.« Eine Gesprächspause entstand, in der das plötzliche Aufknurren in Elenas Magen unangenehm laut auffiel. Sie legte sich die Hand auf den Magen und hoffte, er würde sich beruhigen.

»War Frau Koller mit jemandem aus dem Kollegium besonders befreundet?«

»Befreundet?«, fragte Gerb-Ferber verständnislos. »Sie hat sich mit allen gut verstanden.«

»Mit wem besonders?«

Eine weitere Pause entstand. Elena ließ sie zu und lächelte beharrlich.

»Mit Frau Lärch, denke ich. Die beiden hatten auch privat miteinander zu tun.« Die Worte schienen der Direktorin so schwerzufallen, als habe sie ein Staatsgeheimnis verraten.

»Frau Lärch.« Elena notierte den Namen.

»Sie hat eine halbe Stelle, familienbedingt. Deutsch und Kunst. Die beiden haben auch im Lehrerzimmer oft nebeneinander gesessen.«

»Wo finde ich Frau Lärch jetzt?«

»Sie ist im Unterricht. Wenn Sie bitte Rücksicht nehmen könnten … Die Schüler sind bereits verwirrt genug durch den Mord. Wenn Sie jetzt eine andere Lehrerin aus dem Unterricht holen …«

»Natürlich.« Elena steckte ihren Stift weg. Es war ohnehin besser, Frau Lärch zu Hause aufzusuchen, da konnte sie sich gleich ein umfassenderes Bild machen.

»Das wäre es dann, Frau Gerb-Ferber. Wenn Ihnen noch irgendetwas einfällt, wenden Sie sich bitte an mich und meine Kollegen.«

»Aber natürlich.« Mit freundlichem Lächeln sah die Direktorin Elena dabei zu, wie sie ihren Rucksack nahm und nach einem Kopfnicken für die Sekretärin durch das Vorzimmer ging.

Elena hatte Hunger. In ihrem Rucksack befanden sich einige Satsumas, zwei Bananen und ein angebissenes Vollkornbrötchen, aber wenn sie jetzt ihr Pausenbrot auspackte, würde sie sich endgültig vorkommen wie vor zwanzig Jahren, als sie zu einem Gespräch wegen Schuleschwänzens bestellt worden war. Frau Brandner damals war nicht minder beeindruckend gewesen als Frau Gerb-Ferber. Genauso strenge Kostümchen, genauso schmale Lippen mit blutrotem Lippenstift. Manche

Dinge ändern sich nie, dachte Elena und ließ den Blick durch die leere Pausenhalle schweifen.
Der Kiosk lachte sie an. Blitzartig war da die Erinnerung an ihren Schulkiosk. Käsebrötchen, die unter einem schlaffen Salatblatt unvorstellbare Mengen Remoulade verbargen. Chipstütchen. Schokoriegel. Die Schulzeit war herrlich gewesen, trotz ihrer häufigen Besuche bei der Direktorin. Oder gerade deswegen?
Die Frau, die geschäftig ihre Theke abwischte, sah nicht viel anders aus als die Kioskbetreiberin aus Elenas Jugend. Ein Kittel, der die drallen Arme betonte, eine saure Dauerwelle, ein mütterliches Lächeln.
»Was kann ich Ihnen anbieten«, fragte sie.
»Ich schau erst einmal.« Als Elena das Angebot des Schulkiosks musterte, wurde ihr allerdings bewusst, wie viel sich geändert hatte. Im Kiosk sah es etwa so aus wie in ihrem Rucksack. Obst, Vollkornbrötchen, Wasser und Apfelschorle.
»Zu meiner Schulzeit gab es andere Sachen«, lächelte sie entschuldigend.
Die Frau nickte voller Verständnis. »Ich weiß genau, was Sie meinen. Aber die Kinder sind ganztags hier. Da gibt es strenge Auflagen. Ich habe aber Kaffee. Möchten Sie einen?«
»Gern.« Das war eine Lüge. Sie wäre gestorben für einen Jasmintee, doch den gab es ganz offensichtlich nicht.
Während die Frau geschäftig mit der Kaffeekanne hantierte, warf sie Elena einen neugierigen Blick zu. »Sind Sie die neue Biolehrerin?«
»Ich? Nein, nein, ich gehöre nicht zum Kollegium.«
»Schade. Hoffentlich kommen bald ein paar neue Lehrer, damit das Durcheinander hier aufhört. Jetzt ist ja auch

noch die Biolehrerin ermordet worden, da haben Sie sicher von gehört.«

»Habe ich.« Elena nahm einen Schluck von dem heißen Kaffee und verbrannte sich prompt die Lippen. »Kannten Sie die?«

»Ich kenne hier alle.« Stolz klang in der Stimme der Frau durch. Sie nahm einen feuchten Lappen und begann, die Kaffeemaschine zu polieren. »Eine feine Frau war das, wirklich. Hat viel gemacht. Viel gearbeitet. Und immer freundlich, immer schick … Manchmal frage ich mich, wie die das machen, die berufstätigen Frauen. Dabei hat die selbst noch eine Tochter, die geht auch hier zur Schule. Muss viel Arbeit für die arme Frau gewesen sein, immer die Korrekturen und Konferenzen und dann noch die Tochter und die Hausarbeit. Und immer tadellos geschminkt. Aber wahrscheinlich hat sie eine Putzfrau.« Ihrem Ton war zu entnehmen, dass sich dadurch die beachtliche Leistung von Valerie Koller auf ein akzeptables Maß reduzierte.

»Wahrscheinlich«, sagte Elena, ohne eine Miene zu verziehen.

»Bei der hätten Sie sich bedanken können für die gesunde Kost hier«, sagte die Frau und beugte sich verschwörerisch näher. »Unter uns, der haben wir das zu verdanken. Hat sich eben gesorgt um die Kinder, sie hat ja auch recht, die frühstücken oft gar nicht mehr zu Hause.«

»Haben wir früher auch nicht.«

»Meinen Sie?« Die Stimme klang ratlos. »Ist bestimmt besser jetzt mit den gesunden Brötchen. Obwohl, Zucker ist auch gut für die Nerven, und manchmal denke ich, so was könnten die Schüler gebrauchen.«

»Wir alle wahrscheinlich«, bestätigte Elena und dachte

an die Bananen und Satsumas in ihrem Rucksack. »Können Sie sich denn vorstellen, warum jemand Frau Koller ermordet hat?« Sie bemühte sich, möglichst privat zu klingen, und hoffte, dass ihr das gelang.

»Das habe ich mich auch schon gefragt. So eine feine Frau ... So tüchtig! An der konnte man gar nichts auszusetzen haben.« Der Lappen fuhr immer wieder über die spiegelblanke Kaffeemaschine.

Ein lautes Knurren ertönte in Elenas Magen. Schon wieder. Es war höchste Zeit, etwas zu essen. Der tintenschwarze Kaffee würde ihr sonst die Magenwände ruinieren.

»Wenn Ihnen noch etwas einfällt ...« Elena zückte ihre Karte und schob sie zusammen mit einem Euro zu der Frau hinüber. »Rufen Sie mich an. Und Ihr Kaffee, der ist einfach großartig.«

Sie nickte der erstaunten Frau zu, ging in Richtung Parkplatz und ließ auf dem Weg den halbvollen Plastikbecher in einem Mülleimer verschwinden.

Komisch, dachte sie und biss gierig in ihre Banane. Die Koller schien eine Mutter Teresa der weiterführenden Schule zu sein. Engagierte sich für Bildung, Ernährung und Wohlergehen der Schüler, dazu noch pflichtbewusst und tadellos gekleidet.

Trotzdem wurde Elena das Gefühl nicht los, dass niemand sie so richtig leiden mochte.

*

Jan hasste Museen. Irgendwie gelang es den verflixten Dingern immer, ihm ein schlechtes Gewissen zu machen. Weil er sie niemals aufsuchte, wenn es nicht unbedingt nötig war.

Es war wirklich komisch: Über die meisten Fragen des Alltags gab es viele unterschiedliche Ansichten. Aber in einem Punkt schienen sich alle einig, nämlich, dass es grundsätzlich besser war, ein Museum zu besuchen, als dies zu unterlassen. Das war die Diktatur des Bildungsbürgertums.

Es musste an den dicken Subventionen liegen, die diese Biester schluckten, überlegte Jan, als er in den lichten Eingang trat. Die meisten Steuerzahler konnten den Schmerz, den ihnen die Ausgaben für Kultur verursachten, nur kompensieren, indem sie der Kultur eine besondere Bedeutung zusprachen. Besonders die Bonner. Denn wie sollten sie sonst die Fahrt entlang der B9 ertragen, vorbei an Gebäuden, für deren Gegenwert man wahrscheinlich jedem einzelnen Bonner Bürger einen Sommerurlaub spendieren könnte – all inclusive?

»Wie kann ich Ihnen helfen?«, fragte eine uniformierte Dame, die hoheitsvoll hinter einem Empfangstresen thronte.

Jan zückte seinen Dienstausweis. »Ich würde gerne mit Frau Angelika Gernhart sprechen.«

Die Frau riss ihre kunstvoll geschminkten Augen entgeistert auf und musterte erst ihn, dann seinen Ausweis. »Kleines Sekündchen«, sagte sie und griff nach dem Telefonhörer.

Er sah sich um, während sie in den Hörer zischte. Das Gebäude war wirklich beeindruckend. Marmorböden, dezente Beleuchtung, ein Treppenhaus, das geschickt Durchblicke auf die verschiedenen Stockwerke erlaubte. Hinter einer Glaswand sah er einen menschenleeren Museumsshop. Wäre nicht das leise Gemurmel aus dem angrenzenden Café gedrungen, er hätte schwören können,

dass niemand hier reinging. Schade um die schönen Steuergelder, dachte er und ahnte im selben Augenblick, dass jedes einzelne Mitglied seiner Familie ihn für diesen Gedanken lynchen würde.
Nur Nicoletta nicht. Aber die gehörte nicht zu seiner Familie. Und würde es auch in Zukunft nicht tun, so wie es aussah.
»Da kommt sie«, flötete die Empfangsdame und wies mit großer Geste in die Luft hinter ihm.
Jan drehte sich um. Die Frau, die mit unbewegtem Gesicht die Treppe herunterstöckelte, mochte um die vierzig sein. Ein violetter Pelzkragen schmückte ihr enges schwarzes Schlauchkleid. Ihre lackschwarze Ponyfrisur war glatt an den Kopf geklebt.
»Was kann ich für Sie tun?«, fragte sie und präsentierte ihm ein routiniertes Lächeln, das die Zähne zu verbergen suchte. Vermutlich waren sie schief.
»Ich habe nur ein paar Fragen. Wo können wir uns ungestört unterhalten?«
Während er der Kuratorin treppauf, treppab durch das Museum folgte, kostete es ihn Mühe, seine unbeeindruckte Miene beizubehalten. Das Gebäude war riesig. Und es war fast leer. Was für eine Verschwendung!
Im Büro der Kuratorin sah es nach viel Arbeit aus. Papiere, Prospekte und Bücher türmten sich auf zwei riesigen Schreibtischen, und vollgestopfte Regale zogen sich bis an die Decken. Die junge Frau, die hinter einem der Tische gesessen und eifrig getippt hatte, verschwand auf eine energische Handbewegung hin.
Auf einem freien Fleckchen des überfüllten Schreibtischs, hinter dem Angelika Gernhart Platz nahm, stand ein Tuppergefäß und verriet, dass Jans Besuch sie beim

Essen gestört hatte. Der Inhalt war undefinierbar, irgendeine Rohkost in trüber Soße. Wahrscheinlich musste die Kuratorin auf ihre Figur achten.

»Wie Sie sehen, habe ich gerade Mittagspause«, sagte die Kuratorin und überließ es Jan selbst, sich einen Platz zu suchen. Er nahm einen Stapel Bücher von einem Stuhl und setzte sich. Die Uhr an der Wand zeigte kurz vor vier. Ein bisschen spät für eine Mittagspause.

»Im Moment ist viel zu tun, da kommt man manchmal nicht zum Essen.« In dem Kommentar lag ein milder Vorwurf. Mit einem bedauernden Blick auf den Inhalt verschloss Gernhart die Dose und schob sie außer Sichtweite hinter einen Stapel Papiere.

»Romina Schleheck«, sagte Jan ohne Umschweife. »Sie hatten in den letzten Wochen rege Korrespondenz mit ihr. Ich wüsste gern, worum es dabei ging.«

Falls die Kuratorin überrascht war, so ließ sie es sich nicht anmerken. »Wir planen nächstes Jahr eine große Ausstellung über die Nibelungen. Nicht das, was oben auf dem Drachenfels hängt, sondern moderne Kunst, aktuelle Bearbeitungen des Stoffs. Romina Schleheck gehört zu den Künstlern, die wir eventuell ausstellen werden.«

»Meinen Sie die Drachenbilder?«, fragte Jan ungläubig. Er verstand nicht viel von Kunst, aber die Abbildungen in der Broschüre, die zu der Akte über Romina Schleheck gehörte, sahen für ihn eher nach Tierchen aus, die Butterbrotdosen und Comichefte zierten.

»Nein, keine Drachen. Szenen aus dem Nibelungenlied.«

»Und wovon hängt ab, ob Frau Schleheck mit von der Partie ist?«

»Unser Museumsdirektor möchte erst einiges überprüfen.«

»Nämlich?«
Die Kuratorin zögerte. Sie drehte sich auf ihrem Schreibtischstuhl und betrachtete aufmerksam den klobigen Ring an ihrer linken Hand. Er hatte einen riesigen violetten Stein und sah aus wie aus Schrott geschweißt. Jan war irritiert, erst über den Ring, dann über sich selbst. Seit wann achtete er so genau auf Ringe? Nun, dieser war extrem auffallend. Überhaupt war Angelika Gernhart auffallend. Wahrscheinlich musste man derart exzentrisch auftreten, wenn man mit Künstlern zu tun hatte, dachte Jan. Obwohl Romina Schleheck den Aufzug sicher nicht zu würdigen wusste. Aber sie war auch keine Künstlerin, die in Museen ausstellte. Zu Recht. Mit Schaudern dachte Jan an die furchtbaren Bilder in ihrem Atelier.
Angelika Gernhart war verstummt.
»Der Museumsdirektor«, erinnerte er sie.
Gernhart nickte, als fiele ihr seine Frage jetzt erst wieder ein. »Im Fall Romina Schleheck liegen gleich mehrere Dinge etwas anders. Erstens: Sie ist selbst an uns herangetreten und hat um eine Ausstellung gebeten. Das ist ziemlich ungewöhnlich, eigentlich gibt es in unserem Bereich keine Bewerbungen in der Form. Zweitens: Sie wird von keiner Galerie vertreten. Bei Künstlern, die von Museen ausgestellt werden, also Häusern, die aus öffentlicher Hand unterstützt werden, ist das doppelt ungewöhnlich.«
»Aha«, sagte Jan und bemühte sich, dem zu folgen.
»Drittens: Die Zeitspanne zwischen ihrer letzten Ausstellung und unserer ist, nun, mehr als extrem.« Sie verstummte und betrachtete wieder ihren merkwürdigen Schrottring.
»Nämlich?«

»Zwanzig Jahre.« Das Gesicht der Kuratorin hatte einen Ausdruck angenommen, den Jan schwer einordnen konnte. Neugierig beugte er sich vor, um sie besser beobachten zu können.

»Das ist lang.«

»Das gibt es eigentlich gar nicht! Schon wenn ein Künstler in seiner Ausstellungsvita Lücken von drei, vier Jahren hat, wird es richtig schwierig. Zwanzig Jahre, das gab es, glaube ich, noch nie.«

»Es klingt, als wären Sie geradezu begeistert.«

»Es klingt so? Das ist noch untertrieben! Stellen Sie sich doch bitte einmal vor, was das für unsere PR-Abteilung bedeutet! Was sich daraus machen lässt!« Ihre Hände griffen in die Luft, als entrolle sie ein Plakat. »Das Comeback nach zwei Jahrzehnten!«

»Warum Comeback?«

Ungläubig blinzelten ihn Gernharts Augen durch die schwarzen Ponyfransen an. »Romina Schleheck war in den Achtzigern DIE ganz große Hoffnung auf dem deutschen Kunstmarkt. Es gab ein großes Klagen unter den Kritikern, als sie so plötzlich abtauchte und in der Versenkung verschwand.«

»Aha«, sagte Jan und schwor sich insgeheim, Nina Treibel bei seiner Rückkehr ins Präsidium um mindestens einen Kopf kürzer zu machen. Für die Hintergrundrecherche war sie ganz allein verantwortlich. Wie konnte sie so etwas übersehen? In der Akte hatte nichts davon gestanden.

»Wie kann es denn sein, Frau Gernhart, dass der Museumsdirektor Ihre Begeisterung nicht teilt?«

Angelika Gernhart seufzte verächtlich. »Sicherheitsdenken«, sagte sie. »Die Bilder für unsere Ausstellung unterscheiden sich in beinahe jeder Hinsicht von dem, was Romina Schleheck früher gemalt hat. Ich bin davon überzeugt, dass wir es mit einer ganz normalen künstlerischen Entwicklung zu tun haben. Immerhin liegen zwischen diesen Bildern und den aktuellen mehr als zwanzig Jahre.«

»Aber?«

»Es ist ungewöhnlich, dass Bilder dieser Qualität von keiner Galerie vertreten werden. Unser Museumsdirektor möchte ausschließen, dass es sich hier um die Bilder eines anderen Künstlers handelt.« In der Art, wie sie das Wort »Museumsdirektor« aussprach, steckte ein ganzer Fortsetzungsroman.

»Wie kommt er darauf?«

Gernhart zögerte, ganz so, als misstraue sie ihren eigenen Worten. »Bei einer derartigen Lücke im künstlerischen Lebenslauf werden manche Leute stutzig. Es könnte immerhin sein, dass ein unbekannter Künstler, der noch keine Aufmerksamkeit erregt, Romina Schlehecks frühere Berühmtheit für sich nutzen will.«

»Kommt das vor?«

»Alles kommt vor«, sagte die Kuratorin achselzuckend. »Es wäre allerdings ziemlich ungewöhnlich. Ich glaube nicht daran. Wem sollte so etwas auf Dauer nutzen, abgesehen von der Gefahr, dass es auffliegt?«

»Was für Bilder hat Romina Schleheck denn damals gemalt?«

»Fotorealistische Selbstporträts. Ganz ungewöhnliche, muss ich dazusagen, in brisanten politischen Kontexten«, antwortete die Kuratorin. Offenbar sprach sie über dieses Thema lieber als über den Museumsdirektor. Sie holte eine Schachtel Zigaretten aus der Schublade, entzündete eine mit einem silbernen Feuerzeug und nahm einen Zug, ohne Jan dabei aus den Augen zu lassen. »Sie hatte Ausstellungen in New York, London, Amsterdam. Dann verschwand sie von der Bühne. Puff! Sie malte nicht mehr. So einfach ist das.«

»Und warum hat sie aufgehört?«

Die Kuratorin schenkte ihm ein herablassendes Lächeln. »Was wollen Sie hören? Eine Erklärung, warum manche Künstler plötzlich nichts mehr zustande bringen? Wenn das so einfach wäre! Manche haben zu viel Erfolg, andere zu wenig. Manchen wird der Stress, die Aufmerksamkeit zu viel, manche brauchen Ruhe und bekommen sie nicht, anderen fehlt ohne den Zwang zum Broterwerb plötzlich das richtige Maß an Input.«

»Also kommt so ziemlich alles in Frage.«

»Sie sagen es. In ihrem Fall allerdings ... Ich habe selten von einer Künstlerin gehört, die sich so ungeschickt verhalten hat. Es schien fast so, als ob sie mit aller Gewalt die Erwartungen ihrer Kritiker enttäuschen wollte. Und dann ihre Hände ...«

»Was ist mit ihren Händen?«

»Ja«, sagte die Kuratorin und entblößte widerwillig ihre schiefen Zähne. »Das fragen wir uns alle. Eine Lähmung? Ein Unfall? Es gab allerlei Gerüchte, die allerdings nie bestätigt wurden.«

Aha, dachte Jan. Kein Wunder, dass der Museumsdirektor misstrauisch wurde. Wenn jemand wie aus heiterem Himmel plötzlich wieder malen konnte ...

»Und wie kam es jetzt zu dem Kontakt?«

»Sie muss von der Ausstellung gehört haben, denn plötzlich lag ein Brief von ihr auf meinem Tisch. Seit einiger Zeit lebt sie in der Gegend und beschäftigt sich intensiv

mit dem Nibelungenmythos. Sie beendet gerade einen Zyklus, der gut in unser Konzept passen würde.«
»Wie malt sie denn?«, fragte Jan, während er überlegte, was eigentlich genau der Unterschied zwischen Mythos und Legende war. Bestimmt wusste die Kuratorin es selbst nicht, aber er war sicher, wenn er fragen würde, bekäme er eine blasierte Antwort. »Könnten Sie das beschreiben?«
»Gut«, erwiderte die Kuratorin, beugte sich vor und zerdrückte die Zigarette so angestrengt in ihrem silbernen Aschenbecher, dass Asche an ihren violetten Fingernägeln haften blieb. Versonnen betrachtete sie die und pustete einmal darüber.
»Gut«, wiederholte Jan gedehnt. »Geht das etwas deutlicher? Kann ich etwas von den Sachen sehen?« Wenn dieses Nibelungenzeug so aussah wie die Bilder im Atelier, würde er bei Ausstellungseröffnung einen wütenden Brief an den *Generalanzeiger* schreiben über den unverantwortlichen Umgang mit Steuermitteln.
»Die Auswahl ist noch nicht beendet, und bis zum Abschluss des Auswahlverfahrens sind alle Informationen über unsere potenziellen Aussteller vertraulich. Stellen Sie sich vor, was los wäre, wenn Einzelheiten vorher durchsickern würden!«
Jan gab sich Mühe, sich genau das vorzustellen, und konnte beim besten Willen nicht erkennen, was daran so brisant sein sollte. Das war wieder einmal die Wichtigtuerei der Kulturschaffenden. Er kannte das von seiner Mutter zur Genüge. »Ich habe mich nur gefragt, ob Sie mir vielleicht eine Kopie zeigen können.«
Gernhart unterdrückte ein Lächeln. »Die Bilder von Romina Schleheck kann man nicht kopieren.« Die Überheblichkeit in ihrem Blick war unerträglich.

»Haben Sie ein Original?«
»Nein, natürlich nicht. Es wurde schließlich noch nichts entschieden.«
»Aber?«
»Wir haben natürlich Fotos der großformatigen Arbeiten.«
»Dann würde ich die gerne sehen.«
»Das geht nicht.«
»Frau Gernhart, es geht hier um polizeiliche Ermittlungen in einem Mordfall.«
Sie lächelte ihn an, als sei sie höchst amüsiert. »Und wir haben hier ein Museum, das wir verantwortungsvoll verwalten müssen. Wenn ich Ihnen sage, die Angelegenheit ist vertraulich, dann ist das so.«
Jan stand auf, reckte sich zu voller Größe. »Mir scheint, Sie schätzen hier einiges falsch ein, Frau Gernhart.«
»Das kann sein«, entgegnete sie eisig. »Dann besorgen Sie mir die entsprechenden Beschlüsse vom Leiter der Mordkommission. Und, bitte, wenden Sie sich direkt an den Museumsleiter. Wenn Sie mich jetzt entschuldigen würden? Ich habe zu arbeiten.«
Als Jan wenig später über den Museumsvorplatz zu seinem Auto lief, spürte er bei jedem Schritt, wie er vor Wut vibrierte. Angelika Gernhart nahm sich und ihre Ausstellung ganz schön wichtig. Und er fragte sich, ob sie ihn mit dem Getue um die Bilder nur hatte ärgern oder aber von etwas anderem hatte ablenken wollen.

*

Dass für Anita Lärch Kinder über alles gingen, erkannte Elena schon am Vorgarten des kleinen zweistöckigen Reihenhauses. Möglicherweise waren in den Rabatten früher einmal Blumen gewachsen. Jetzt verriet ein improvisierter Parkplatz, wer der Herr im Hause war. Bobby-Cars verschiedener Farben, mindestens drei Roller und grellbunte Kinderfahrräder.

An der Tür jauchzte ein selbstgetöpfertes Schild: »Wir sind die Lärchs!«

Die Frau, die Elena die Tür öffnete, sah allerdings nicht ganz so fröhlich aus. Sie war mittelgroß und mittelblond, die grauen Schatten um ihre Augen herum zeugten von Schlafmangel.

»Eine furchtbare Sache«, sagte sie, während sie mit dem Ärmel Buntstifte und Plastikspielzeug beiseiteschob, um Platz für zwei Teebecher zu schaffen. »Bitte, setzen Sie sich. Sie mögen doch Grüntee? Er macht wach, zumindest hoffe ich das immer.« Ihr Lachen klang beinahe verzweifelt.

Auf dem freien Stuhl lag eine kleine hellblaue Strickjacke. Nach kurzem Zögern setzte Elena sich darauf.

»Ein Mord. So etwas liest man sonst immer nur in der Zeitung und denkt, es wäre ganz weit weg und würde auch weit weg bleiben.« Anita Lärch ließ den Teebeutel in ihrer Tasse hüpfen und presste die farblosen Lippen zusammen. Ihr Gesicht war ungeschminkt, und sie hatte die Haare mit einem Küchengummi im Nacken zusammengebunden.

»Ich habe sie an dem Morgen noch gesprochen. Eine meiner Schülerinnen aus der Sieben hat bei ihr im Biotest geschummelt und dafür einen Eintrag bekommen. Ich bin Klassenlehrerin.«

Elena nickte, bemüht, der sprunghaften Erzählung zu folgen. »Und was wollte Frau Koller von Ihnen?«

»Nichts!« Die Augen der Lehrerin wurden rund. »Ich

hatte sie nur gebeten, dass sie dem Mädchen keinen Tadel gibt. Josephine war schon öfter auffällig gewesen, und sie hatte wohl die Faxen dicke, wie man so sagt.«
Lautes Kinderlachen drang durch das geschlossene Küchenfenster. Es zeigte einen winzigen, von kahlen Sträuchern begrenzten Garten, der ganz von einem riesigen Trampolin eingenommen wurde. Etwa ein halbes Dutzend eingemummelter Kinder tollte darauf herum.
»Alles in Ordnung, den Kindern kann nichts passieren. Das Trampolin hat ein Netz«, beschwichtigte Frau Lärch, die Elenas Blick offenbar missverstanden hatte.
Elena nickte der Einfachheit halber.
»Wenn sie den Tadel tatsächlich geben würde, bekäme Josephine eine Klassenkonferenz«, erklärte Lärch. Ein Lächeln erhellte jetzt ihre fahlen Züge, aber das lag vermutlich nicht an der Klassenkonferenz, die nicht stattfinden würde, sondern an dem anhaltenden Kinderlachen.
»Gegeben hätte«, korrigierte Elena.
»Bitte?«
»Gegeben hätte. Sie wird keinen Tadel mehr geben können.«
»Oh.« Schlagartig wurde das Gesicht der Lehrerin wieder ernst.
»Sie wollten dem Mädchen eine Konferenz ersparen?«
»Eher mir selbst.« Ein Schulterzucken. »Ich bin ja die Klassenlehrerin, und da … So kurz vor Weihnachten muss das wirklich nicht sein.«
»Wir haben Anfang November.«
»Ich weiß.« Die Frau seufzte. »Aber ich habe eine Fünfte, mit der ich basteln muss und noch dazu ein Krippenspiel einübe, und …« Ihr Blick wanderte zum Küchenfenster.

»Verstehe«, sagte Elena. »Ist sicher viel Arbeit mit der Schule und den eigenen Kindern. Wie viele sind es denn?«

»Vier. Zweimal Zwillinge.«

»Oh.«

»Alles Jungs.« Anita Lärch strahlte jetzt, womit sich Elena die Überlegung sparen konnte, ob man in so einem Fall bedauerte oder gratulierte.

»Verstehe«, wiederholte sie und räusperte sich. »Wie war Ihre Kollegin denn?«

Das Gesicht der Lehrerin wurde sofort wieder ernst. »Wie sie war«, wiederholte sie. »Nett war sie. Kollegial. Tüchtig. Sie hat mir oft geholfen, wenn ich, Sie wissen schon.« Eine verlegene Handbewegung zu dem Chaos auf dem Küchentisch. »Frau Koller wusste immer genau, was zu tun war. Sie war bestens organisiert. So ein Durcheinander wie hier gab es bei ihr nicht. Aber natürlich hat sie auch nur die eine Tochter.«

Etwas irritierte Elena an der Antwort. »Sie nennen sie beim Nachnamen. Haben Sie einander gesiezt?«

»Aber ja! Frau Koller hat jeden gesiezt.«

»Ist das üblich im Kollegium?«

Lärch zuckte die Achseln und nippte am Tee.

»Ihre Direktorin sagt, Sie beide seien befreundet gewesen.«

Wieder wurden die Augen der Lehrerin rund. »Befreundet? So würde ich es nicht nennen.«

»Wie kam Frau Gerb-Ferber denn dann darauf?«

»Tja.« Lärch stellte den Becher ab und überlegte. »Wir sitzen im Lehrerzimmer nebeneinander. Vielleicht deshalb?«

»Vielleicht. Wissen Sie, ob Frau Koller Familie Sippmeyer kennt?«

»Sippmeyer. Ich hatte mal einen Schüler, der so hieß.«
»Sven? «
»Genau.«
»Er ist der Sohn einer Frau, die seit dem Tod von Frau Koller verschwunden ist. Wir vermuten einen Zusammenhang.«
»Oh. An die Mutter kann ich mich nicht erinnern. Aber der Vater … Warten Sie. So ein großer blonder Sportler?«
»Genau.«
Ein versonnener Ausdruck stahl sich in das blasse Gesicht der Lehrerin, und ihre Wangen färbten sich rosa. Ihre Hand griff hilfesuchend nach dem Becher, und Elena hörte, wie sie die Luft einsog.
»Und?«, fragte Elena.
»Bitte was?«
»Ob Ihre Kollegin die Sippmeyers kannte.«
»Oh«, sagte Lärch. »Nein. Nein, ich glaube, dazu kann ich Ihnen wirklich nichts sagen.«

*

Es war stockdunkel, als Romina in die pappelumsäumte Villa einbrach. Der Kies der Einfahrt knirschte unter ihren Füßen, und in ihren angestrengt gespitzten Ohren vervielfachte das Geräusch seine Lautstärke.
Sie war nicht oft hier gewesen. Anfangs einige Male zusammen mit Michael, später dann, nachdem es zu den unerfreulichen Begegnungen mit Margit gekommen war, nur noch heimlich. Sie besaß seit zwei Jahren einen Nachschlüssel, den sie heimlich hatte anfertigen lassen. Oft hatte sie ihn noch nicht gebraucht. Bisher war sie nur

gekommen, wenn sie Michael in weiter Ferne wusste und sicher war, dass die Haushälterin nicht da war. Vor Michaels Sohn hatte sie keine Angst. Der lag ohnehin immer zugedröhnt in seinem verschlossenen Zimmer, die Anlage laut aufgedreht, so dass dumpfe Bässe durch das ganze Haus waberten. Michael hatte ihr kummervoll anvertraut, dass Sven weder an gemeinsamen Mahlzeiten teilnahm noch sich im Wohnzimmer aufhielt, und selbst wenn sie das nicht gewusst hätte, hatte ihr eine flüchtige Begegnung mit dem Jungen gezeigt, dass ihm alles egal war, was um ihn herum passierte.

Diesmal aber war alles anders. Angestrengt horchte Romina in die Dunkelheit, als sie in dem riesigen Flur stand. War da etwas gewesen?

Ein Geräusch bei der Treppe.

Blitzschnell verschwand Romina in der Küche und verbarg sich hinter der angelehnten Tür. Ihr Herz hämmerte. Sie wartete zur Sicherheit zehn Minuten, ehe sie ihre Wanderung durch das Haus wieder aufnahm.

Erst als sie schon gehen wollte, knarrte eine Tür.

Romina lauschte mit angehaltenem Atem. Nichts.

Da war niemand.

Beinahe wäre ihr vor Erleichterung ein Seufzer entwischt.

Sie hatte gefunden, was sie brauchte. Lautlos öffnete sie die Haustür. Wenige Sekunden später fiel diese mit einem Knacken ins Schloss, so deutlich wahrnehmbar, dass es bis ins Schlafzimmer von Michael drang. Er saß aufrecht im Bett, und seine Ohren schmerzten beinahe vom angestrengten Lauschen. Das Geräusch der Tür war wie eine Erlösung. Ja, tatsächlich, da war etwas. Er hatte sich nicht getäuscht.

Schnell war er am Fenster, sah auf die mondbeschienene Einfahrt und auf die Fußspuren im Beet, die sich zu den vorherigen gesellt hatten.
Ihren Urheber sah er nicht. Den hatte längst das Dunkel der Bäume verschluckt.

Der dritte Tag

Zesamene dô gesâzen die küneginne rîch.
si gedâhten zweier recken, die wâren lobelîch.
dô sprach diu schœne Kriemhilt: ich hân einen man,
daz elliu disiu rîche ze sînen handen solden stân.
Du ziuhest dich zu hôhe, sprach des küneges wîp.
nu will ich sehen gerne, ob man den dînen lîp.
habe ze solhen êren sô man den mînen tuot
die frouwen wurden beide vil sêre zórnéc gemuot.

Die beiden mächtigen Königinnen saßen friedlich beieinander,
sie dachten an ihre zwei ruhmreichen Recken.
Da sagte die schöne Kriemhild: »Mein Mann ist so überragend,
dass alle diese Reiche eigentlich in seiner Hand sein müssten.«
»Du stellst dich zu hoch!«, sagte Brünhild, die Gemahlin des Königs.
»Nun möchte ich doch mal sehen,
ob man dich so sehr ehrt wie mich.«
Da wurden beide Frauen sehr zornig.

Jan hasste diesen Geruch. Es hasste das desinfizierte Linoleum und die schlechten Drucke in Kunststoffrahmen, die krampfhaft versuchten, ein bisschen falsche Fröhlichkeit zu verbreiten.

Am meisten hasste er es, Edith hier zu wissen. Sie hatte geschlafen, als er vorsichtig die Tür geöffnet hatte, und die Schwester hatte ihn gleich verscheucht wie ein störendes Insekt. Deswegen fühlte er sich jetzt so schlecht. Wäre sie wach gewesen und hätte von ihrer Schnüffelei im Hause der Sippmeyers berichtet und seinem Bericht über den Besuch in der Kunsthalle gelauscht, dann hätte er jetzt nicht diese Enge im Hals, diese Angst, die ihm die Luft abschnürte.

Der Arzt war groß und schlaksig, und seine flatternden Handbewegungen und der umherirrende Blick verrieten Jan, dass er eigentlich etwas anderes zu tun hatte, als Auskunft über Ediths Gesundheitszustand zu geben.

»Es geht ihr gut, das haben ich Ihnen doch vorhin schon gesagt«, meinte er mit einem Lächeln, das wohl aufmunternd wirken sollte.

»Sie sieht aber nicht so aus, als ob es ihr gutgeht«, ent-

gegnete Jan. »Ich wollte gerade zu ihr, und da sah sie beinahe schlechter aus als gestern.«
»Sie sollten Frau Herzberger schlafen lassen, damit helfen Sie ihr am meisten. Kommen Sie einfach später wieder, wenn sie sich etwas ausgeruht hat. Und die Blumen können Sie der Schwester geben.« Ein gerührter Blick streifte den üppigen Rosenstrauß in Jans Händen. Was für ein liebevoller Enkelsohn, sagte dieser Blick.
»Sie sah aus wie eine Leiche«, sagte Jan.
Der Arzt seufzte. »Ihre Großmutter ist alt. Sie hat geschlafen. Ältere Menschen sehen im Schlaf nun einmal so aus. Vielleicht sollten Sie sich schon einmal an den Gedanken gewöhnen, dass sie eines nahen Tages sterben könnte. Und das sage ich Ihnen jetzt nicht als Arzt, denn medizinisch gesehen ist sie fit, auch wenn das Herz etwas schwächer geworden ist, daher auch die Beschwerden vom letzten Jahr. Sehen Sie es mal so: Die wenigsten Leute werden so alt, wie Ihre Großmutter jetzt schon ist. Suchen Sie ihr ein schönes Altersheim, damit sie gut versorgt wird. Das ist alles, was ich Ihnen raten kann.«
Jan rieb sich die Stirn, hinter der ein Gedanke aufblitzte an die Frau, die Edith mit seiner Dienstwaffe verjagt hatte. Wie stolz sie darauf gewesen war! Wie sie beide gelacht hatten! War das wirklich erst gestern gewesen? »Ich danke Ihnen.«
»Sie müssen sich bald darüber klarwerden, wie es weitergehen soll. Ich habe leider weder Frau Herzbergers Tochter Gudrun noch Henriette Herzberger erreichen können.«
»Henriette ist meine Mutter.«
»Ich weiß.« Der Arzt lächelte. »Das sagte Frau Herzberger mir.«

Wer weiß, was sie ihm noch alles erzählt hatte, dachte Jan. Ediths Angewohnheit, weitschweifige Geschichten über ihren Enkel zu verbreiten, hatte ihn schon öfter in eigenartige Situationen gebracht. Sie erzählte immer nur von ihm, nie von Clara oder ihren Töchtern.

»Meine Tante lebt in Kanada, und meine Mutter ist zurzeit in Italien und hat leider keine Anschrift hinterlassen.«

»Ich weiß«, wiederholte der Arzt.

Das dringende Bedürfnis, sich mitzuteilen, überkam Jan wie eine Welle. Henriette Herzberger hat nicht nur ihre über achtzig Jahre alte Mutter allein gelassen und noch dazu die Kopfgeldjägerin eines Altenheims auf sie gehetzt, sie hat auch die Einladung zur Hochzeit ihres eigenen Sohnes ausgeschlagen, stellen Sie sich das vor. Als wir ihr von den Vorbereitungen erzählen wollten, hat sie ihrer zukünftigen Schwiegertochter herablassende Fragen nach ihrer Garderobe gestellt. »Deine Frau ist ja wirklich anspruchsvoll, Jan«, hat sie nach einem abschätzigen Seitenblick gesagt. Dann hat sie sich wieder Nicoletta zugewandt und gesagt, sie hoffe, dass wir mit der Wohnungssuche weitergekommen seien, es sei ja offenbar sehr schwer, uns zufriedenzustellen. Ihrer Meinung nach haben Leute, die Wert auf Kleidung und Einrichtung legen, automatisch weder Hirn noch Gefühl, und mit der Hochzeit schien ihr klar, dass ich fortan auch zu dieser anderen Kaste gehöre. Dabei weiß sie noch nicht einmal, dass die Hochzeit nicht stattgefunden hat, wie kann sie das wissen, da sie mit einem Laientheater durch die Lande zieht und altgriechische Dramen an antiken Stätten aufführt.

Sie habe es ohnehin nicht mit Hochzeiten und sei mit Nicolettas Verwandtschaft nie richtig warmgeworden, hat

sie gesagt, aber Jan hatte genau gespürt, dass die wortreichen Erklärungen nur ihr absolutes Desinteresse kaschierten, dass sie ehrlich entbrannt war für dieses absurde Theaterprojekt und dass die Jamben und Trochäen in ihrem Kopf ihre Füße bereits zucken ließen, während ihre Worte die Familie wie gewohnt auf Abstand hielten.
»Meine Mutter ist sehr speziell«, sagte Jan. Er sprach die Worte in den leeren Flur, denn der Arzt war bereits mit wehendem Kittel hinter einer der weißen Türen verschwunden.
Nach einem letzten Blick durch die Tür mit der Nummer 345 auf das leichenhafte Gesicht seiner Großmutter entschloss Jan sich zu gehen. Konnte es tatsächlich sein, dass Edith immer so aussah, wenn sie schlief? Er hatte sie nie schlafen sehen. Soweit er wusste, hielt sie keinen Mittagsschlaf. Das musste sie ändern. Sie musste sich schonen, mehr auf sich achten. Sich ausruhen, damit sie gesund blieb.
Er verließ das Krankenhaus, ohne eine der Schwestern zu suchen. Er schlang sich den Schal um den Hals, aber trotzdem fröstelte er, als ihn die kalte Luft traf. Es war so plötzlich Winter geworden, als habe er von der Tatortbesichtigung im Nachtigallental die Grabeskälte mitgebracht.
Vor dem Kindergarten auf der gegenüberliegenden Straßenseite standen Mütter mit Buggys, ihre warm eingepackten Kleinen an der Hand. Sie lachten und schwatzten, und Jan verspürte einen Anflug von Neid.
Er dachte an Valerie Koller, die nach dem Unterricht zu ihrer kranken Schwiegermutter gehetzt und irgendwann auf dem Weg dahin ermordet worden war.
Wo sollten die Leute bloß alle hin mit ihren Sorgen um pflegebedürftige Eltern und Großeltern, um Menschen,

die älter wurden und um die man sich kümmern musste? Für junge Eltern gab es Mutterschutz, Elternurlaub, Elternteilzeit, dachte er und warf einen letzten Blick auf den Kindergarten, ehe er zu seinem Auto trat und es aufschloss.
Und während er einstieg, schoss ihm durch den Kopf, dass Arbeitnehmern für Beerdigungen immerhin ein freier Tag zustand. Dafür dann doch.
Ob Koller sich vielleicht die Beerdigung seiner Frau hätte ersparen können, wenn er einen freien Tag genommen hätte und selbst zu seiner Mutter gefahren wäre?
Ich muss mich zusammenreißen, dachte Jan und vergrub die Nase in den cremeweißen Rosenblüten. Es waren die letzten Freilandrosen, wie ihm die Blumenverkäuferin versichert hatte. Er hatte es nicht fertiggebracht, sie der Schwester zu geben, damit sie sie in eine der scheußlichen Keramikvasen stellte und dann im Schwesternzimmer vergaß. Er würde sie Edith selbst bringen. Später. Und vielleicht würde sie dann weiter von ihrem Besuch bei den Sippmeyers berichten, und sie würden scherzen und lachen, und ihm würde leichter werden.
Die Rosen. Vorhin im Laden hatten sie einen himmlisch süß-würzigen Rosenduft verströmt, doch das Krankenhaus hatte ihn absorbiert.
Jetzt rochen sie nach nichts als nach Desinfektionsmitteln und Tod.

*

Sippmeyers Büro war im untersten Stockwerk eines rosafarbenen Altbaus untergebracht. Die zweiflüglige Terrassentür bot einen Blick auf den Drachenfels. Der Berg

und seine Ruine waren heute grau verhangen. Schräg unter den grauen Mauern prunkte Schloss Drachenburg. Jetzt, wo die Renovierungsarbeiten abgeschlossen waren, zeigte es seine volle märchenhafte Schönheit.
Im Büro war es warm. Die zurückhaltende Einrichtung, ja sogar die Topfpflanzen verrieten dezente Eleganz, trotzdem bot die Sekretärin Elena noch nicht einmal ein Glas Wasser an, bevor sie sie ins Zimmer des Chefs geleitete.
Der Notar hatte sich verändert, seit Elena ihn als zitterndes Häufchen Elend in der Rechtsmedizin gesehen hatte. Es war nicht sein Aussehen. Immer noch trug er sein Haar etwas zu lang, und immer noch saß sein Anzug tadellos. Auch die goldenen Haare auf den gebräunten Unterarmen waren dieselben, und Elena schalt sich innerlich für ihre unsachliche Wahrnehmung.
Etwas in seiner Haltung hatte sich verändert. Er schien wacher, direkter, als wüsste er etwas, das ihm lange Zeit verborgen geblieben war. Und offenbar traf das zu, denn plötzlich kamen die vorher so mühsam zurückgehaltenen Antworten wie aus der Pistole geschossen. Zum Beispiel auf die Fragen nach Romina Schleheck. Er lächelte ein eigenartiges Lächeln, als Elena ihn auf die Malerin ansprach.
»Warum fragen Sie mich, wenn Sie es ohnehin wissen? Frau Schleheck und ich haben ein Liebesverhältnis, schon seit langem. Sind Sie deswegen gekommen?«
»Unter anderem«, sagte Elena und lehnte sich zurück. »Wenn ich mich richtig erinnere, sagten Sie mir bei unserer letzten Begegnung, dass Sie keine Frau Schleheck kennen.«
Sippmeyer zuckte die Achseln auf eine Art, die irgendwie herausfordernd wirkte. Es musste an den breiten

Schultern liegen. Oder daran, dass ihm der Anzug so gut stand? »Tut mir leid.« Es klang sogar aufrichtig.

»Warum haben Sie das nicht gleich gesagt?«

»Ich habe keine Ahnung. Ich war schockiert über das Verschwinden meiner Frau, und ich habe nicht richtig nachgedacht.«

»Eigentlich muss man bei derart einfachen Fragen nicht sehr viel nachdenken, Herr Sippmeyer.«

Sippmeyer seufzte, und sein Lächeln verschwand. Er nahm einen Kugelschreiber auf, drehte ihn in der Hand, als wolle er ihn befragen, und ließ die Mine klicken. Klick. Klack.

»Ich bin nicht stolz darauf, das können Sie mir glauben. Mein Verhältnis zu Romina Schleheck dauert jetzt über vier Jahre, und in der Zeit sind mir die falschen Antworten wohl in Fleisch und Blut übergegangen.«

»Die Lügen, meinen Sie.«

»Wenn Sie so wollen, die Lügen, ja. Ich mag das Wort Lüge nicht, es klingt so negativ.«

»Ach«, sagte Elena und konnte den Sarkasmus in ihrer Stimme kaum verbergen.

Sippmeyer lehnte sich zurück und betrachtete entschlossen den Kugelschreiber. Klick. Klack. Man sah ihm an, dass es ihn drängte, seine Geschichte loszuwerden. »Von außen, liebe Frau Vogt, sieht das immer ganz einfach aus.«

»Kriminalhauptkommissarin Vogt«, korrigierte ihn Elena.

»Kriminalhauptkommissarin, entschuldigen Sie. Für Sie sieht es einfach aus. Böser Ehebrecher, arme Betrogene. Ganz so einfach ist es leider nicht.«

»Nein?«

»Menschen verlieben sich. Sie verlieben sich auch, wenn sie schon eine Weile verheiratet sind. Natürlich wäre es

am einfachsten, wenn sie nach der Hochzeit damit aufhören würden, aber das Leben ist nun mal nicht einfach. Wer weiß? Wenn Romina sich nicht für mich interessiert hätte, vielleicht hätte ich dann schon nach wenigen Wochen nicht mehr an sie gedacht und wäre für den Rest meines Lebens glücklich an der Seite meiner wunderbaren Frau gewesen. Aber es ist eben anders gekommen.«
»Offensichtlich«, sagte Elena, ohne eine Miene zu verziehen.
»Was soll man denn in so einer Situation tun? Ich bin achtundvierzig Jahre alt. Soll ich herumlaufen wie ein liebeskranker Teenager, nicht mehr vor die Tür gehen, aus Angst, ihr zu begegnen?«
»Nun, es gibt Leute, die in Ihrer Situation genau das tun, ja.«
Sippmeyer redete weiter, als habe er sie gar nicht gehört. »Schlimm ist nicht, dass man zwei Frauen liebt. Das kann jedem passieren. Schlimm ist, wenn man deswegen eine Familie zerstört. Die Männer, die Frau und Kind verlassen, die meinen, sie könnten alles hinter sich lassen und ein neues Leben beginnen, ohne Rücksicht auf das alte. DAS ist schlimm. Und so etwas würde ich niemals tun. Ich würde meinen Sohn niemals im Stich lassen, und das weiß er. Sven ist mein Ein und Alles.« Ein Lächeln stahl sich auf sein Gesicht, als er seinen Sohn erwähnte.
»Sie scheinen sich ja sehr sicher zu sein, dass Sie alles richtig gemacht haben«, sagte Elena.
Sippmeyer steckte den Kugelschreiber zwischen die anderen Stifte und warf ihr einen Blick zu, der sie hätte erwärmen können, wäre sie für derlei anfällig gewesen. Verdammt, dachte Elena, der Mann hat wirklich Charisma.

»Sie halten mich für ein komplettes Arschloch, stimmt's? Und vielleicht bin ich das. Aber Sie wissen auch nicht, wie das ist.«

»Wie was ist?« Sie fragte beinahe gegen ihren Willen.

Die Tür öffnete sich, und die Sekretärin steckte den Kopf herein. Es war eine vierschrötige, grauhaarige Frau, die das Rentenalter nach Elenas Einschätzung längst erreicht haben musste. »Entschuldigen Sie einen Moment, ich habe hier das Schreiben an ...«

»Natürlich«, sagte Sippmeyer, nahm ihr die Mappe aus der Hand und unterschrieb schwungvoll. Dann wartete er, bis sich die Tür wieder hinter der Frau geschlossen hatte, ehe er fortfuhr.

»Sie haben keine Ahnung, wie das ist, wenn man wie ein Casanova in einer Schmierenkomödie durchs Leben rennt. Die Frauen mögen mich eben. Ich habe mir meine Rolle nicht ausgesucht, wirklich nicht. In dem Alter, in dem ich das vielleicht genossen hätte, wollte keine etwas von mir wissen, es fing erst später an, und da war ich schon verheiratet und hatte kein Interesse an anderen Frauen. Ich habe nur Ärger damit, glauben Sie mir. Seitdem bin ich verzweifelt damit beschäftigt, einen möglichst asexuellen Eindruck zu machen. Keine Scherze zu Kolleginnen, möglichst keine Einkäufe ohne meine Frau.«

Er musste Elena ihren Argwohn angesehen haben, denn er sprang auf. »Jetzt gucken Sie nicht so ungläubig! Ich habe einen Beruf, in dem ich absolut vertrauenswürdig sein muss. Meinen Sie, die Männer kommen mit ihren Verträgen zu mir, wenn sie glauben, ich mache ihren Ehefrauen schöne Augen? In so einer kleinen Stadt wie dieser hat man seinen Ruf sofort weg, wenn man nicht aufpasst. Und umziehen kann ich nicht, sonst müsste ich mein Notariat aufgeben. Es dauert lange, ehe man eins bekommt, und hier gefällt es mir. Wenn ich gehe, muss ich viele Jahre warten, ehe mir die Kammer ein neues zuteilt.«

»Was war damals in der Eifel? Warum sind Sie fortgezogen?«

»Haben Sie nicht zugehört? Ich war endlich auf Platz eins der Liste, man bot mir Königswinter, und ich griff zu. So macht man das.«

»Und die Anzeige?«

»Die …« Er blinzelte, und dann erst schien er zu verstehen. Er lachte trocken.

»Was ist damals passiert?«

»Gar nichts ist passiert! Eine Nachbarin war der festen Überzeugung, da liefe etwas zwischen ihr und mir. Irgendwann machte sie mir ein sexuelles Angebot, das ich ablehnte, und sie schwor Rache. Das Ganze hat sich schnell aufgelöst, sie hat ihre Aussage zurückgezogen. Dann bekam ich das Notariat in Königswinter, und so konnten wir zum Glück wegziehen. Das war alles.«

Elena spürte seinen Worten nach, unschlüssig, ob sie ihnen Glauben schenken sollte.

»Hier habe ich aufgepasst wie ein Luchs«, fuhr Sippmeyer fort. »Fünfzehn Jahre ging es gut, auch wenn ich in ständiger Angst war, es könnte etwas vorfallen. Eine solche Anzeige, selbst wenn sie zurückgezogen wird, haftet einem an wie Pech. Aber es schien gutzugehen, und dann traf ich Romina, und alle Vorsicht war für die Katz. Ich konnte mich nicht wehren. Doch ich war sehr diskret, sehr vorsichtig. Niemand hat etwas gemerkt.«

»Aha«, sagte Elena und schüttelte innerlich den Kopf darüber, dass Sippmeyer tatsächlich glaubte, er habe die

Affäre geheim halten können. Männer waren so naiv!
»Und jetzt scheint es Ihnen plötzlich egal zu sein, wenn ich das richtig verstanden habe. Sie machen kein Hehl mehr aus Ihrer Affäre.«
»Durch diese furchtbaren Morde ist mir einiges klargeworden«, fuhr Sippmeyer fort, und sie war nicht sicher, ob er ihren Einwand überhaupt gehört hatte. Sie stockte.
»Morde? Soweit ich weiß, haben wir bislang nur eine Leiche gefunden.«
Sippmeyer sah durch sie hindurch und sprach weiter. »Als diese grauenvolle Leiche vor mir lag, die jeder hätte sein können, ich oder meine Frau oder Romina oder mein Sohn … Da begriff ich. Das Leben ist so kurz. Jeder hat das Recht, glücklich zu sein, auch ich. Und auch für Sven …« Seine Stimme verlor sich etwas, als er an seinen Sohn dachte. Sein breiter Rücken zuckte, als er aus dem Fenster sah, und Elena fragte sich, was er da draußen betrachtete. Den Drachenfels, an dessen Fuß die Leiche gefunden worden war? Oder etwas ganz anderes?
»Bedeutet das, Sie machen sich jetzt weniger Sorgen um die Meinung anderer als in den Jahren zuvor?«, fragte sie betont sachlich.
Michael drehte sich zu ihr um, und sie taxierte so kühl wie möglich seine körperliche Erscheinung und die Anziehungskraft, die von ihm ausging und die wenigstens einen Teil seiner Worte zu bestätigen schien. War er tatsächlich unschuldig an dem Schlamassel, den er anrichtete? Verschwommen dachte sie an den Bericht, den sie über dieses Gespräch schreiben musste, und ob dieser sich lesen würde wie das hormonell gestörte Geschreibsel einer frustrierten … Nein, dachte sie. Ganz sachlich. Nur seine Worte. Die werden ihn als das Arschloch zeigen, das

er ist. Zum ersten Mal wünschte sie Reimann oder Jan herbei. Wie wirkte ein Mann wie Michael Sippmeyer wohl auf Jan? Wirkte er am Ende so wie auf sie? Manchmal hielt sie ihren Kollegen für schwul mit seinem Getue und den schicken Hemden. Und dieses Auto …

»Sie haben recht, ich mache mir jetzt keine Sorgen mehr um das, was die Leute denken. Vielleicht wird es mich meinen Job kosten, vielleicht auch nicht«, sagte Sippmeyer und hob die prächtigen Arme. »Et kütt, wie et kütt, sagt man da wohl.«

»Interessant.« Elena schoss einen Eisblick ab. »Da kommt mir doch der Gedanke, inwiefern Sie diese plötzliche Freiheit Ihrer Partnerwahl dem zu erwartenden Erbe verdanken. Das soll ja ganz beträchtlich sein, hört man.«

Und mit dem befriedigenden Gefühl, das letzte Wort gehabt zu haben, floh sie aus der Kanzlei.

Sie war erleichtert, als sie in ihrem Auto saß, weit weg von Michael Sippmeyer. Zumindest wusste sie nun, dass er mit dem, was er über seine Wirkung auf Frauen gesagt hatte, nicht übertrieben hatte. Der Gedanke daran beschäftigte sie während der gesamten Fahrt zum Revier.

Erst als sie dort angekommen war, fiel ihr ein, dass sie die eigentlich wichtigen Fragen gar nicht gestellt hatte: die nach seinem Verbleib zum Zeitpunkt von Valerie Kollers Tod und dem Verschwinden seiner Frau. Hatte sie überhaupt nach Valerie Koller gefragt? Warum hatte sie das bloß vergessen? Sie dachte an seine breiten Schultern unter dem weichen Stoff und knallte wütend die Autotür zu.

Sie wusste, warum.

Scheißmänner!

*

Die freundliche, blonde Bedienung trat zu dem Tisch am Fenster, auf dem Tablett zwei langstielige Gläser, und lächelte so nett wie immer.
»Zwei Sherry für Sie?«
Die Frage war berechtigt. Zwar saßen Edith und Herta öfter im Café Dix, aber normalerweise aßen sie Torte. Alkohol hatten sie noch nie getrunken, vor allem nicht um die Mittagszeit.
Und vor allem nicht, fügte Edith in Gedanken hinzu, wenn sie frisch aus dem Krankenhaus kam und es gerade einmal bis hierher geschafft hatte.
Das war der einzige Grund, warum sie eingekehrt war. Sie war mit schleppenden Schritten die Hauptstraße entlanggegangen und hatte sich gefragt, ob sie nicht doch im Krankenhaus hätte bleiben sollen. In dem Moment hatte sie durch das Fenster Herta vor einem Stück Torte gesehen. Und da war ihr die Idee mit dem Sherry gekommen. Um zu feiern, dass sie dem Tod noch einmal von der Schippe gesprungen war.
»Zwei Sherry«, bestätigte Herta, da Edith nichts sagte, und sah zufrieden zu, wie die Frau die beiden Gläser vor ihnen abstellte und sie auf dem papiernen Spitzendeckchen zurechtrückte.
»Ich danke dir für die Einladung«, sagte Herta etwas geziert und stieß heftiger an, als es sich eigentlich ziemte. Dann nahm sie einen Schluck und nickte anerkennend. »Herrlich! Das sollten wir viel öfter machen!«
»Da hast du recht«, sagte Edith. Das hatte sie wirklich. Das Leben war viel zu kurz. Wer weiß, ob sie nach dem nächsten Sturz so einfach wieder aufstehen und laufen konnte? Die Ärzte hatten ihr ins Gewissen geredet. Unverantwortlich sei es, in ihrem Alter noch allein zu woh-

nen. Was für ein Glück sie gehabt habe, dass man sie so schnell gefunden habe. Dass es ein Wunder sei, dass sie nichts gebrochen habe, und dass die meisten alten Leute dieses Glück nicht hatten und dann monatelang im Krankenhaus vor sich hin vegetierten und sich nie mehr erholten, weil die Kraft zum Muskelaufbau fehlte. Die Antwort war für die Ärzte einfach gewesen: Altenheim. Ein rundum weich gepolstertes Altenheim, wo man ihr nur wenige Schritte vom Bett zum Tisch und zurück gestatten und sie mit lauter langweiligen alten Leuten einsperren würde.

Niemals, dachte Edith und trank noch einen Schluck. Das Glas war leer.

»Ein bisschen blass bist du aber noch. Dass sie dich überhaupt entlassen haben«, sagte Herta kopfschüttelnd.

»Auf eigene Gefahr«, sagte Edith und ließ diese Worte sich in ihrem Inneren entfalten wie der Sherry, der in ihrem Magen erst eine angenehme Wärme und jetzt ein wunderbares Wohlbehagen verströmte. »Ich habe gesagt, ist nicht das ganze Leben eine einzige Gefahr, Herr Doktor?« Zufrieden lehnte sie sich zurück.

Herta nickte beifällig. Dann warf sie erneut einen Blick aus dem Fenster auf das Plakat. »Vermisst!« stand darauf. Die ebenmäßige Schönheit von Margit Sippmeyers Gesicht strahlte ihnen entgegen.

»Sie sieht wirklich gut aus auf dem Bild«, sagte Herta beifällig.

Edith runzelte die Stirn. »Nur auf dem Bild?«

»Besser als in echt. Sie hatte so etwas Gehetztes, etwas ...« Herta brach ab. Es war Trauer. Margits Schönheit war immer durch einen Schleier von Trauer und Verwirrtheit getrübt gewesen. »Ich glaube nicht, dass sie glücklich war.«

»Kein Wunder, bei dem Mann.«

»Noch zwei Sherry?«, fragte die Bedienung und lächelte, als die beiden alten Damen erschreckt auffuhren, weil sie sich ertappt fühlten.

»Nicht um die Zeit«, protestierte Edith entrüstet und warf Herta einen bedauernden Blick zu. Zu gern hätte sie das interessante Gespräch weitergeführt, aber die Bedienung machte keine Anstalten, hinter ihre Kuchentheke zurückzukehren. Um diese Zeit war es leer im Café, und man sah ihr an, dass sie sich nach einem kleinen Schwatz sehnte.

»Die Polizei ist in dieser furchtbaren Mordsache noch nicht weitergekommen«, sagte sie mit gedämpfter Stimme und schob den Topf mit den blauen Plastikblumen auf der Mitte des Tischs zurecht. »Dabei gibt es Zeugenaussagen wie Sand am Meer!«

»Tatsächlich?« Edith reckte den Hals.

»Mindestens drei Stammkunden waren an dem Tag spazieren und haben der Polizei alles gesagt, was sie wissen.«

»Vielleicht haben sie nichts Wichtiges gesehen?«

»Wahrscheinlich.« Der gedehnte Tonfall der Kellnerin ließ durchklingen, dass die Unergiebigkeit der Zeugenaussagen in ihren Augen der Polizei zuzuschreiben war. »Und dann ist ja auch die Frau Sippmeyer noch nicht wieder aufgetaucht. Überall hängen diese Suchplakate, aber niemand hat sie gesehen. Ich glaube, sie suchen jetzt ihre Leiche. Heute früh sind sie mit Hunden den Rhein abgegangen!«

»Das ist furchtbar«, sagte Herta. »Der arme Ehemann!« Und sie warf Edith einen vielsagenden Blick zu.

»Ja«, sagte die Bedienung versonnen. »Der arme Ehe-

mann.« Über ihr Gesicht glitt ein Ausdruck unverkennbarer Verzückung.
Und als die Türglocke sie zurück an die Kuchentheke rief, beugte Herta sich vor und klopfte auf den Tisch. »Selbst die!«, sagte sie empört. »Das hätte ich nicht von ihr gedacht. Diese schönen Männer sind doch wirklich eine Seuche. Margit Sippmeyer muss nicht gescheit gewesen sein, so einen Kerl zu heiraten.«
Edith war geneigt, ihr zuzustimmen. Die Wirkung von Michael Sippmeyer auf Frauen schien in der Tat ungewöhnlich zu sein. So etwas führte nach ihrer Erfahrung früher oder später immer zu Problemen. »Wahrscheinlich hat sie ihn sehr geliebt!«, sagte sie.
»Aber natürlich, Edith! Sicher hat sie das! Und das hat sie jetzt davon!«
»Ja«, sagte Edith. »Das hat sie jetzt davon.« Sie dachte an das gerahmte Hochzeitsfoto auf Margit Sippmeyers Nachttisch. Wie mochte es sein, dieses Bild beim Einschlafen vor Augen zu haben, während die andere Seite des Ehebetts wieder einmal leer blieb? Aber nein, die andere Hälfte des Ehebetts, bildlich gesprochen, hatte sich ja ohnehin in einem anderen Zimmer befunden.
Ich muss mit Jan darüber sprechen, dachte sie. Gleich wenn er nach Hause kommt. Er würde überrascht sein, dass sie nicht im Krankenhaus geblieben war, aber er hatte ganz bestimmt Verständnis dafür, dass sie sich zu Hause am besten erholen konnte. Sie würde ihn bitten, für das Abendessen zu sorgen, selbst auf die Gefahr hin, dass es wieder Pommes frites wurden, und dabei würden sie sich über den Mord unterhalten. Edith war sicher, dass sie bei diesem Programm in Windeseile gesund werden würde.
»Ich hätte niemals so einen Schönling geheiratet«, sagte

Herta, während sie neugierig das Ehepaar musterte, das an dem Tisch neben ihnen Platz nahm.
Edith verkniff sich einen Kommentar über Hertas längst verstorbenen Karl. Sie dachte an ihren Johann und sein Holzbein und unterdrückte ein Seufzen. Das waren andere Zeiten gewesen, damals. Und andere Männer. »Ich werde mal meinen Enkel fragen, ob es tatsächlich keine Neuigkeiten gibt«, sagte sie dann und spürte Hertas neugierigen Blick. Das tat gut. Herta hatte vier Kinder und etwa zwanzig Enkelkinder, eine Zahl jedenfalls, mit der sie Edith immer wieder verblüffte. Sie sparte nicht mit Geschichten über deren zahlreiche Besuche, glänzende Prüfungsergebnisse und rauschende Hochzeiten, so dass Edith oft ihren Neid hatte herunterschlucken müssen, wenn sie Hertas Nachkommenschaft mit ihren eigenen unzuverlässigen Töchtern, die beide noch dazu ständig im Ausland waren, verglich.
Heute jedoch hätte sie Herta noch einige Dutzend weiterer Enkelkinder gegönnt in der wohligen Gewissheit, dass keines von ihnen es mit Jan aufnehmen konnte. Welche Großmutter hatte schon einen ermittelnden Kriminalhauptkommissar zum Enkel, der noch dazu bei ihr wohnte? Und der ihr so reizende rosa Alpenveilchen brachte, kaum dass sie mal eine Nacht im Krankenhaus lag?
»Doch noch zwei Sherry?«, fragte sie Herta mit leiser Stimme. »Ich lade dich ein!«

*

Zumindest für Michael schien die Welt in diesem Augenblick in Ordnung zu sein. Er saß in Rominas Küche auf einem Korbsessel, trank mit kleinen Schlucken von

dem blassgelben Quittenschnaps und sah ihr dabei zu, wie sie mit den Vorbereitungen für das Abendessen begann, das Wasser für die Schupfnudeln aufsetzte, Räucherspeck und Parmesan auf die Arbeitsfläche legte.
Ein trügerischer Schleier häuslicher Selbstverständlichkeit lag über ihnen, lag auch auf Tomte, der auf seinem Platz vor dem Fenster mit geschlossenen Augen schnurrte, obwohl niemand ihn streichelte.
Den Thymian hatte Romina schon hereingeholt. Erst dabei hatte sie bemerkt, dass sie dieses Jahr ihre Kräuterernte versäumt hatte. Nun, für dieses Abendessen war das ohne Belang. Zwar hingen die trockenen Blätter nur vereinzelt an den dürren Stengeln des Thymianstrauchs, aber sobald Romina sie zwischen den Fingerspitzen zerrieb, breitete sich ihr wohltuender würziger Geruch in der gesamten Küche aus.
»Riech mal«, sagte sie und lächelte, als Michael folgsam an ihren Fingerspitzen schnüffelte.
»Köstlich«, sagte er. »Was gibt es denn?«
Sie hob die Pastinaken hoch, so dass er sie sehen konnte. »Schupfnudeln«, sagte sie und wandte sich wieder dem Schneidebrett zu.
»Das ist toll«, sagte er und schenkte sich noch einen Quittenschnaps ein. Er sprach nicht aus, was sie beide dachten: dass Schupfnudeln mit Pastinaken und Speck ihre erste gemeinsame Mahlzeit gewesen war, damals, vor vier Jahren. Er hatte nicht gewusst, was Pastinaken sind, und hatte die bräunlichen Stücke für Tofu gehalten, den er hasste. Wortlos hatte Romina minutenlang seinem Kampf zugesehen, wie er mit Riesenschlucken Wein die vermeintlichen Tofubrocken hinunterwürgte und sich dabei um ein neutrales Gesicht bemühte. »Was tust du da?«, war sie dann

herausgeplatzt, und das Missverständnis hatte sie vor Lachen Tränen vergießen lassen. Mit viel Mühe hatte sie ihn überredet, eine Gabel voll zu probieren. In den kommenden Jahren hatten sie oft gemeinsam über diesen ersten Abend gelacht und darüber, dass er ihr zugetraut hatte, einem Liebhaber Tofuwürfel als romantisches Abendessen vorzusetzen. Und das Rezept war zu Michaels erklärtem Lieblingsgericht geworden. So oft hatte sie es ihm zuliebe zubereitet, bis sie es selbst nicht mehr essen mochte.

»Das hast du lang nicht mehr gekocht.«

»Ich weiß.«

»Du hast überhaupt lange nicht mehr gekocht. Zumindest nichts außer diesen Eintöpfen, von denen du dann drei Tage isst.«

»Ich habe viel gearbeitet.«

»Das ist gut. Ich wünschte nur, ich dürfte endlich etwas von den neuen Sachen sehen.«

»Noch nicht.«

»Ich bin wirklich gespannt! Sie sind sicher phantastisch, so wie du darin aufgehst. Willst du mir nicht wenigstens die Entwürfe zeigen?«

»Bald«, sagte sie, drehte sich wieder zum Schneidebrett und wandte ihm den Rücken zu. Hoch und runter ging ihr Messer, und die geputzten Pastinaken fielen in ungleichmäßigen Scheibchen auf das helle Holz.

»Nie«, sagte ihr Blick, doch den sah Michael nicht.

Vielleicht war das besser so.

Er sollte seine Pastinaken genießen.

»Was stellen die neuen Bilder eigentlich dar?«

Sie zögerte. Er erhob sich und trat zu ihr. »Ich bin so gespannt«, wiederholte er. »Oder willst du nicht darüber reden?«

»Siegfried. Ich male das Nibelungenlied.« Mit angehaltenem Atem wartete sie auf seine Reaktion, dann wurde ihr bewusst, dass das eine ganz normale Antwort gewesen war, nichts, was ihn beunruhigen würde.
»Das passt ja gut zur Gegend. Dann kannst du die im Laden ausstellen, wenn sie fertig sind.«
»Ja, das wäre toll. Und wenn ich Seepferdchen und Drachen in die Ecken male, werden die Touristen vielleicht sogar das eine oder andere davon kaufen.« Sie biss sich auf die Lippen, aber Michael hatte die bittere Ironie in ihren Worten ohnehin nicht gehört. Er war hinter sie getreten und pustete in ihren Nacken.
»Eines Tages werden die Leute sehen, was du kannst, Romina, ganz bestimmt. Das weiß ich.« Er senkte seine Lippen auf ihren Nacken, und sofort spannte sie die Schultern an.
»Lass das, das kitzelt.«
»Okay, okay. Ich bin sicher, die Leute werden es mögen.«
»Ja«, sagte sie, das war einfacher als eine Entgegnung. In Gedanken sah sie ihre Bilder zwischen Honigtöpfen und Comicdrachen im Laden hängen, sah die selbstgefälligen Gesichter reicher junger Mütter, die ihre Portemonnaies zückten. War es das, was Michael für ihre künstlerische Karriere hoffte? Bei dem Gedanken wurde ihr schlecht. Hastig griff sie wieder nach dem Messer.
»Gestern Nacht war jemand im Haus«, sagte Michael.
Rominas Hände blieben ruhig. Sie zerteilten die hellen, gekerbten Wurzeln. Nur an den Wurzeln konnte man Pastinaken von wildem Schierling unterscheiden. Die Pflanzen sahen ganz ähnlich aus, und falls jemand so dumm war, sie zu verwechseln, hatte das tödliche Folgen.
»Tatsächlich?«, fragte sie, ohne den Kopf zu heben.

»Es war so um Mitternacht herum. Cecilia hat es auch gehört.«
»Vielleicht hätte die Polizei euch helfen können. Warum hast du sie nicht gerufen?«
»Ich habe daran gedacht. Aber dann fiel mir etwas ein. Was, wenn es Margit war? Vielleicht wollte sie einige Sachen holen oder nach Sven sehen.«
Das glaubst du doch selber nicht, dachte Romina. Dennoch war der Gedanke typisch für Michael. Sollte er sich jemals irgendwo verbergen müssen, würde er jede Nacht nach seinem Sohn sehen wollen. Er würde wie ein Hund an dessen verschlossener Zimmertür kratzen und winseln, ohne zu begreifen, dass sein Sohn nichts von ihm wissen wollte.
»Wer weiß«, sagte sie und warf das gewürfelte Gemüse in die heiße Pfanne.
Michael sah ihr zu, nahm einen weiteren Schluck von dem Quittenschnaps.
»Ich freue mich so auf das Essen, Romina. Wir haben viel zu lange nicht mehr zusammen gekocht, findest du nicht?«
Romina antwortete nicht. Sie stellte die Schüssel Feldsalat auf den Tisch und schob sie noch ein Stück näher zu Michael. Dieser sah sie unverwandt an mit seinem schönen Siegfriedkopf, sein blondes Haar leuchtete selbst hier in der dämmrigen Küche, in die an diesem Novembertag kein einziger Lichtstrahl zu dringen schien.
Er wusste nicht, was sie wusste. Dass dies ihre letzte gemeinsame Mahlzeit sein würde.
»Greif zu«, sagte sie und hob ihr Glas.

*

Das Mittagessen in der Kantine war heute besonders grauenhaft gewesen. Draußen war es kalt. Ein frostig blauer Himmel schien mit jeder Minute ein wenig an Farbe zu verlieren.
Inzwischen war der Fiat von Valerie Koller auf einem Parkplatz im Gewerbegebiet gefunden worden, wo ihn der Täter offenbar abgestellt hatte. Mantel und Handtasche hatten auf dem Rücksitz gelegen, dazu das Halstuch, mit dem Valerie vermutlich gewürgt worden war. Die KTU war unterwegs. Was auch immer sie finden würden, es würde dauern.
Und dann war noch der Obduktionsbericht gekommen, während Jan im Krankenhaus gewesen war. Ein ordentlicher Stoß Papier lag auf seinem Tisch, aber wie immer griff er lieber gleich zum Telefon und rief Frenze an.
»Es hat sich bestätigt, was wir vermutet haben«, sagte Frenze. Er sagte immer »wir«, wenn er sich meinte, und Jan fragte sich nicht zum ersten Mal, ob das ein majestätischer Plural war oder der Versuch, die Kriminalpolizei mit einzubeziehen.
»Die Frau wurde mit dem Halstuch gedrosselt, das ihr nachgeliefert habt, die Faserspuren stimmen überein. Wahrscheinlich war es ihr eigenes. Sie war möglicherweise bewusstlos, auf jeden Fall war die Sauerstoffzufuhr zum Gehirn unterbrochen. Dann hat ihr der Täter mit einem schweren Gegenstand die Schläfenknochen eingeschlagen. Er hat viermal zugeschlagen, ich schätze, jeder einzelne dieser Treffer wäre tödlich gewesen, aber nicht sofort. Vermutlich war sie ziemlich schnell bewusstlos. Vorher hat sie sich einige Meter in die Höhle bewegt. Fundort gleich Tatort, oder, präziser, Fundort in der Höhle, Tatort anderthalb Meter weiter vor der Höhle.«

»Was wissen wir über die Tatwaffe?« Jan übernahm Frenzes Plural.
Frenze seufzte durchs Telefon. »Halb scharfe Gewalteinwirkung. Die Oberhaut ist teilweise gerissen, im Schädel haben wir aber deutliche winklige Verletzungen in einem sich wiederholenden Muster …«
»Frenze«, mahnte Jan.
Frenze lachte, und man hörte ihm an, wie sehr er sich darüber freute, dass Jan ihm nicht folgen konnte. »Ich tippe auf ein Werkzeug. Es könnte ein eigenartig geformter Hammer sein oder ein anderes Werkzeug, wenn Sie mir was vorlegen, weiß ich mehr. Der Täter hat Schwung geholt.«
»Täter? Täterin?«, fragte Jan und dachte an die Schleheck.
»Der Schläfenknochen ist dünn, dazu braucht es nicht viel Kraft bei einem geeigneten Werkzeug. Vor allem, wenn das Opfer vorher gedrosselt worden ist.«
Jan bedankte sich und wandte sich dann nachdenklich seinem Schreibtisch zu. Er blätterte ziellos durch den Bericht, als Elena hereinkam.
»Was denkst du?«, fragte sie.
»Der Obduktionsbericht.«
Elena hob die Achseln. »Und?«
»Keine Abwehrverletzungen.«
»Nein. Ist auch nicht verwunderlich. Offenbar hat sie den Täter gekannt und mit ihm etwas in der Höhle suchen oder holen wollen, gefunden haben wir allerdings nichts. Wenn sie keinen Angriff erwartete und von hinten gewürgt wurde, hatte sie praktisch keine Chance, selbst wenn der Täter nicht besonders stark war.«
»Oder die Täterin«, sagte Jan und dachte an Romina

Schlehecks vor Hass verzerrte Fratze auf den Bildern im Atelier.

»Oder die Täterin, ja, von mir aus. Wir haben viele biologische Spuren an der Kleidung sichern können.«

»Die entweder von den Mitgliedern ihrer Familie stammen können oder von einigen der etwa hundert Schüler, mit denen sie an dem Vormittag Kontakt hatte, oder von einem der Lehrer.«

»So ist es, ja.« Elena legte den Bericht beiseite und runzelte die Stirn.

»Was ist mit den Schülern?«

»Bisher gar nichts. Diese Direktorin hat mich zu einer angeblichen Freundin geschickt, die aber auch nichts zu berichten hatte außer Schülergeschichten und wie entsetzt sie ist.«

»Wir brauchen die Schüler. Bei ein paar hundert Schülern muss jemand was gesehen haben, zumindest könnten wir dann genauer eingrenzen, wann sie die Schule verlassen hat. Ruf die Direktorin noch mal an, sie soll allen Schülern, die die Koller an dem Morgen gesehen haben, freigeben und sie zu uns schicken.«

Elena machte sich eine Notiz.

»Ich hab was, Leute!«, rief es von der Tür. Nina Treibel strahlte über das ganze sommersprossige Gesicht.

»Ach ja?«

»Valerie Kollers zuletzt gewählte Rufnummer! Das war nämlich gar nicht ihr Mann, sondern Michael Sippmeyer!«

»Ich wusste es!«, rief Elena. Sie sah sehr zufrieden aus.

Jan nahm die Liste und überflog die Verbindungsdaten.

»Dieser Typ hat halb Königswinter flachgelegt«, sagte Elena gehässig. »Wahrscheinlich hat er sogar …«

»Sei mal ruhig!« Jan runzelte verärgert die Stirn. »Erstens ist das hier nicht Sippmeyers Handynummer, sondern der Hausanschluss der Sippmeyers. Als Gesprächspartner kommt also die ganze Familie in Frage, inklusive Haushälterin. Aber vor allem ist hier etwas viel Wichtigeres … Den Verbindungsdaten nach haben wir eine Unstimmigkeit, was die Abläufe anbelangt. Die Koller hat zum genannten Zeitpunkt überhaupt nicht mit ihrem Mann gesprochen, die letzte Telefonverbindung zwischen den beiden gab es am Morgen, kurz vor acht. Dreieinhalb Minuten.«

»Und Sippmeyer?«, fragte Elena.

»Moment«, sagte Jan. »Koller hat zu Protokoll gegeben, er habe zwischen halb eins und eins mit seiner Frau wegen des Besuchs bei seiner Schwiegermutter gesprochen, und danach hätten weder er noch seine Tochter etwas von ihr gehört. Lara hat das bestätigt. Laut Verbindungsnachweis …«

»Und?«, fragte Elena ungeduldig. Man sah ihr an, dass sie lieber über Michael Sippmeyer gesprochen hätte als über Peter Koller.

»Denk doch mal nach! Die beiden sprachen um 7 Uhr 50, also satte vier Stunden vor dem genannten Zeitpunkt! Dafür wurde aber um 12 Uhr 37, kurz nach dem Anruf bei Sippmeyer, eine SMS versendet, und zwar an Koller!«

Jan überlegte fieberhaft. Der angebliche Anruf hatte nie stattgefunden. Was die Frage aufwarf, ob Valerie Koller je vorgehabt hatte, ihre Schwiegermutter zu besuchen. Die SMS konnte jeder gesendet haben. Zum Beispiel der Täter. Höchstwahrscheinlich der Täter.

»Oh«, sagte Elena nur. Ihr Gesicht wurde nachdenklich.

»Dann hat Koller entweder gelogen, oder er hat unwissentlich falsche Angaben gemacht. Oder aber wir haben ganz schön Mist gebaut und nicht richtig nachgefragt.«

»Das werden wir sehen. Im Protokoll steht bestimmt, sie hätten telefoniert. Wir haben beide nicht nachgefragt.«

Jan sah ihr an, wie es sie fuchste, dass sie bei der Befragung dabei gewesen war. Noch beim Mittagessen hatte sie spitze Bemerkungen über seine häufige Abwesenheit gemacht, die sich aus ihrer Sicht nicht mit Arbeit vor Ort erklären ließ. In dieser Rolle hatte sie sich sichtlich wohl gefühlt: die emsige Hauptkommissarin, die ihren geistesabwesenden Kollegen ermahnte. Jetzt aber hatte ihr Selbstbild einen Kratzer bekommen.

»Vielleicht war Koller verwirrt?«

»Keine Ahnung«, sagte Elena und griff nach dem Verbindungsnachweis.

»Ist auch egal. Jedenfalls ist diese Geschichte vom Besuch bei der Schwiegermutter entweder ein Märchen, das uns Koller aufgetischt hat, um zu erklären, warum er seine Frau nicht vermisst hat, oder jemand anders hat die SMS geschrieben.«

Elena tippte auf den Ausdruck. »Und das mit Sippmeyer müssen wir klären. Sie haben sechzehn Sekunden gesprochen.«

»Also möglicherweise nur der Anrufbeantworter.«

»Es ist das einzige Gespräch zwischen ihnen. Wir müssen die Verbindungen der vorangegangenen Monate auch einsehen.«

»Tun wir. Aber erst mal klären wir das mit der Schwiegermutter. Wir müssen herausfinden, ob Valerie dort überhaupt hinwollte, und wenn ja, wer davon wusste.«

Jans Handy dudelte, und er griff danach und warf einen Blick aufs Display. Das Krankenhaus.
Mit einem entschuldigenden Blick in die Runde trat er ans Fenster.
Er sei ja der nächste Verwandte von Edith Herzberger, da man ihre beiden Töchter leider nicht erreichen könne. Sie habe sich auf eigenen Wunsch und auf eigene Verantwortung selbst entlassen unter der Auflage, sich sofort ins Bett zu begeben. Und da bei ihr zu Hause niemand ans Telefon gehe, wollte sich die Stationsschwester davon überzeugen, dass die alte Dame gut nach Hause gekommen war.
Jan dankte für die Nachricht und die Sorge um das Wohlergehen seiner Großmutter, versprach, sich darum zu kümmern, und legte auf.
Elena trat zu ihm, und er versuchte, sich zu konzentrieren. »… Schwiegermutter ist offenbar schon ziemlich alt. Oberschenkelhalsbruch, hatte Koller gesagt. Eine komische Sache mit dem Anruf. Hat er gelogen oder nicht?«
Jan stieß Luft aus, sah auf sein Handy und steckte es in die Jackentasche. Dann zuckte er die Achseln. »Ich kann das nicht einschätzen. Wir müssen noch mal ins Protokoll gucken.«
»Hab ich gerade. Er hat von einem Telefonat gesprochen.«
»Wissen wir etwas über seine Mutter?«
»Offenbar müssen sie öfter mal spontan zu ihr fahren, wenn etwas ist. Finde ich nicht ganz logisch. Warum ist sie nicht in einem Altenheim, wenn sie so alt ist?«
»Vielleicht will sie nicht.«
»Vielleicht muss sie?«

»Wenn sie aber nicht will.« Jan dachte an den Anruf des Krankenhauses.
Elena zuckte ungeduldig die Achseln. »Wenn sie nun mal nicht mehr alleine kann?«
»Ja, aber wer entscheidet das?« Jan sah den Protest in Elenas energischem Gesicht und wusste, dass er dieses Gespräch beenden wollte. Für Elena war immer alles klar und einfach. Sie würde nach einem einzigen Blick auf Kollers Mutter oder Edith die Entscheidung treffen, ob sie ins Altenheim gehörten oder zu Hause bleiben durften, und niemals würde sie die Richtigkeit ihres Urteils anzweifeln.
»Ich rufe sie mal an«, sagte er. Auf seinem Schreibtisch herrschte nicht die gewohnte Ordnung, aber dennoch fand er den Bericht über die Befragung. Er überflog ihn noch einmal, stellte fest, dass alles sich so verhielt, wie Elena gesagt hatte, und ließ sich von Nicole die Telefonnummer von Kollers Mutter raussuchen.
Während er auf das Freizeichen wartete, mied er Elenas Blick. Sie hatte gemerkt, dass ihn das Thema beschäftigte. Sie merkte immer alles.
Es klingelte lang. Im Geiste sah er eine alte Frau, die unter einer Wolldecke auf dem Sofa lag, ungläubig die Ohren spitzen, sich langsam aufrichten, in Zeitlupe erst den einen, dann den anderen Pantoffel suchen.
Normalerweise hätte er längst aufgelegt, aber bei dem Gedanken an die Bedächtigkeit von Ediths Bewegungen zwang er sich zum Abwarten.
Er dachte immer noch an Edith, als sich der AB einschaltete. Nach dem achten Klingeln, dachte er, während er mit einem Ohr dem Spruch lauschte. Ein Anrufbeantworter, der sich nach dem achten Klingeln einschaltete,

so etwas gab es vermutlich nur bei alten Leuten, um ihnen ausreichend Zeit zu geben, ans Telefon zu gehen. Er überlegte, ob auch Edith einen AB besaß. Ob sich bei seinen Anrufen nach dem achten Klingeln ein AB eingeschaltet hätte, um ihr die Grüße ihres Enkels zu übermitteln? Er hatte immer nach dem vierten oder fünften Klingeln aufgelegt, in der Gewissheit, sie sei nicht da. Seit er bei ihr wohnte, ging sie immer sehr schnell an den Apparat, wahrscheinlich wartete sie auf seine Anrufe.

Er hinterließ Hiltrud Koller eine Nachricht, in der er um Rückruf bat und auf die laufenden Ermittlungen verwies. Die Nummer sprach er langsam und deutlich, zur Sicherheit wiederholte er sie noch einmal.

Dann starrte er durch das Fenster in den kalten Himmel und dachte nach. Sollte eine Frau mit Oberschenkelhalsbruch nicht zu Hause sein, das Telefon in greifbarer Nähe? Auf jeden Fall sollte sie das. Sie musste immer ein Telefon griffbereit haben, wer weiß, was ihr passieren konnte? Alte Knochen waren zerbrechlich. Das Leben war so fragil. Und wenn es vorbei war, war da nur eine weitere Leiche, eine unter vielen.

Er wischte sich die Stirn. Dann fuhr er seinen Rechner herunter, stand auf und nahm seine Jacke.

»Und?«, fragte Elena, der das nicht entging. »Hast du sie erreicht?«

»Klär du das bitte«, sagte Jan und schlang sich den Schal um den Hals. »Die Nummer steht hier auf dem Vermerk.«

Elena hob die Augenbrauen, verkniff sich jedoch eine Nachfrage. »Wohin geht es?« Sie stand auf und ballerte aus voller Höhe vorwurfsvolle Blicke auf ihn.

»Tatort besichtigen«, sagte er. »Ich bin sicher, wir haben dort etwas übersehen.«
Und er floh, ehe sie ihn aufhalten konnte.

*

Auch wenn plötzlich der Himmel einen freundlichen Teppich aus zuckrigem Blau ausrollte, ganz so, als wolle er sie damit willkommen heißen, war es für Romina der falsche Tag, um Michaels Sohn kennenzulernen. Das wusste sie in dem Moment, als die dichten Hecken, die das Grundstück umschlossen, vor dem Auto zurückwichen und den Blick auf die gewaltige graue Villa freigaben.
Zum ersten Mal saß sie neben Michael auf dem Beifahrersitz.
Er war ruhig und konzentriert gefahren, anscheinend wusste er genau, was er tat. Von Zeit zu Zeit hatte er den Blick von der Fahrbahn genommen und ihr zugelächelt, und bei jedem dieser flüchtigen Blickkontakte war ihr im Hals eng geworden bei dem Gedanken, was sie ihm antun würde. Dass er sich niemals von seiner Familie trennen würde, war ihr immer als ein wesentlicher Bestandteil von Michaels Persönlichkeit erschienen, als etwas, das sie verstand und akzeptierte. Weniger akzeptieren konnte sie seine ständige Angst vor der Meinung der Leute. Und genau diese Angst schien er plötzlich verloren zu haben.
Warum?, dachte sie. Es irritierte sie, dass er nicht an die Nachbarn dachte oder an seine Haushälterin. Oder an Sven. Was sollten all diese Leute denken, wenn er zwei Tage nach dem Verschwinden seiner Frau mit ihr hier

vorfuhr? Er, der immer peinlich genau darauf geachtet hatte, was die Nachbarn denken könnten? Er, der ihr nicht einmal das Alibi gegeben hatte, obwohl sie die Nacht miteinander verbracht hatten? Obwohl die Alibis von Bettgefährten nicht viel wert sein konnten. Sie hatte geschlafen. Er hatte geschlafen. Was, wenn einer von ihnen zwischendurch aufgestanden war? Wer wusste schon mit Sicherheit, was der Partner auf der anderen Seite des Bettes zwischen Gute-Nacht-Sagen und Aufstehen getan hatte?

Michael lief überflüssigerweise um das Auto herum, um ihr die Tür aufzuhalten, und sie fühlte den Kies unter ihren Schuhen knirschen wie letzte Nacht, aber das wusste er natürlich nicht.

»Komm doch herein«, sagte Michael, und sie spürte den leichten, aber unnachgiebigen Druck seiner Hand auf ihrem Rücken, als er sie durch die Haustür in die Eingangshalle schob, in der sie letzte Nacht beinahe erwischt worden wäre.

»Cecilia?«, rief er laut, erst in Richtung Küche, dann nach oben, wo sich die Schlafzimmer befanden.

Es kam keine Antwort, und die Erleichterung durchfuhr sie wie ein Schauer, dass ihr diese peinliche Begegnung vorerst erspart blieb. Und der anderen auch.

Es war alles falsch. Es war unanständig von ihm, sie hier wie die zukünftige Hausherrin hineinzuführen. Es war falsch, dass sie das mit sich machen ließ. Richtig wäre gewesen, sie hätte vorhin beim Essen gesagt, was gesagt werden musste. Sie hatte die Worte einstudiert.

Es ist aus. Es ist vorbei. Wir werden uns nicht mehr wiedersehen. Ich liebe dich nicht mehr. Ich habe dich nie geliebt. Ich habe jemand anderen in dir geliebt, jemanden, der du nie warst. Jemanden, den ich für meine Kunst brauchte, den ich malen, auspressen und auf die Leinwand nageln konnte. Das habe ich mit dir getan, und jetzt ist es vorbei, ich brauche dich nicht mehr. Es tut mir leid.

Das waren die Worte, die sie wie ein Mantra wiederholt hatte, während sie auf ihn wartete, ihn, der auf dem Weg zu ihrem letzten gemeinsamen Essen war. Pastinaken mit Schupfnudeln. Wie damals. Ein Abschiedsessen.

Sie hatte die Worte einfach nicht über die Lippen gebracht, war zerflossen vor schlechtem Gewissen. Sie hatte das erste Mal begriffen, was es bedeutete, wenn sie wirklich konsequent war. Wenn sie Frau und Künstlerin trennte, wie sie es vorgehabt hatte. Dass sie dann ein Unmensch war, ein Vampir. Dass sie die Menschen aussaugte, sich nahm, was die Leinwand forderte, und den Rest wegwarf. Nur so ging es. Nur so konnte sie sich schützen vor Komplikationen und Katastrophen wie der, die sie damals ihre Karriere gekostet hatte.

Und das war ab sofort ihr Weg. Das war der Preis für ihr Comeback.

Das Schuldgefühl hatte sie mürbe gemacht, und so hatte sie Michaels vorsichtig vorgetragener Bitte zugehört, bot das Gespräch doch Gelegenheit, den endgültigen Schluss noch ein wenig hinauszuschieben. Noch eine kleine Weile Mensch und Frau zu bleiben und nicht der Vampir, der alles um sich herum zerstörte.

»Er ist völlig durcheinander«, hatte Michael gesagt. »Ich befürchte sogar, dass er Drogen nimmt. Er spricht nicht über seine Mutter, sagt nichts über die Gespräche mit der Polizei, aber ich spüre, dass er Angst hat.«

Michael glaubte schon lange zu spüren, was sein Sohn

fühlte. Seit dieser nicht mehr mit ihm sprach, träumte Michael sich in eine wirre Kommunikation mit Sven, in eine Verbindung, die ohne Worte funktionierte und ihm tagtäglich vermittelte, was dieser empfand.

»Er hat jetzt doch nur noch mich, Romina. Ich muss ihm helfen, aber wie soll ich das, wenn ich keinen Zugang finde?«

Es war immerhin das erste Mal, dass Michael eingestand, dass er keinen Zugang zu Sven hatte.

Du hattest wahrscheinlich nie einen, dachte Romina, aber sie sagte: »Das tut mir so leid. Es muss furchtbar für ihn sein, dass seine Mutter verschwunden ist und er keine Ahnung hat, was mit ihr geschehen ist.«

Michael nickte langsam, als sei in ihrer Antwort etwas enthalten, auf das er gewartet habe. »Sprich du mit ihm. Bitte. Ich flehe dich an.«

Ein unerlaubtes Lachen stieg Romina in der Kehle auf, und mit großer Anstrengung zwang sie es herunter. »Ich? Was soll ausgerechnet ich mit ihm reden?«

»Du bist eine Frau. Du bist der sensibelste Mensch, den ich kenne. Mit dir redet er bestimmt.«

Romina schüttelte den Kopf. »Ich bin die Geliebte seines Vaters. Ich bin eine Fremde. Und ich kenne keine Kinder und habe keine Erfahrungen. Um ehrlich zu sein, ich mag Kinder noch nicht einmal.« Bei ihren harten Worten pochte ihr Herz schmerzhaft hinterm Rippenbogen.

Halte durch, zischte es in ihr. Wenn du jetzt schon verbindlich wirst, wie soll es dir dann gelingen, Schluss zu machen?

Er hatte es geschafft. Irgendwie hatte Michael es geschafft, sie zu überreden, und sie hatte es ihm nicht einmal schwergemacht, das wusste sie selbst.

Und darum stand sie jetzt mit ihm in seinem Haus, ordnete ihre wirren Haare und wappnete sich für die erste Begegnung mit dem Sohn ihres Geliebten, der schon morgen nicht mehr ihr Geliebter sein sollte und davon noch nichts wusste.

»Sven?« Mit einer Handbewegung bedeutete Michael Romina, ihm zu folgen, und stieg die Treppe hinauf. Svens Zimmer lag im zweiten Stock. Die Zimmertür war fest verschlossen, hämmernde Rhythmen brachten sie fast zum Erzittern. Das Poster mit dem langhaarigen, matschverschmierten Sänger, der seine gepiercte Zunge herausstreckte, schrie ihnen die ganze Verachtung der unverstandenen Jugend entgegen.

Michael klopfte einmal, zweimal. »Sven?« Seine Stimme hatte eine Tonlage erreicht, die Romina fremd war. Ängstlich, schmeichlerisch klang diese Stimme. Oder war es nur ihr neuer distanzierter Blick, der diese Seite an ihm entdeckte?

»Du gehst besser runter. Ich mache das schon«, sagte sie zu ihm.

Dann öffnete sie die Tür.

In Svens Zimmer herrschte unheilbares Chaos. Es waren zu viele Details, und Rominas Augen, gewohnt, jedes einzelne zu erfassen, in seine Bestandteile zu zerlegen und es in zweidimensionaler Form wiederzugeben, schlossen sich reflexartig bei der Fülle an Eindrücken, die auf sie einstürmten. Sie konzentrierte sich auf die Poster. Es waren aggressive Poster, brüllende Rocksänger in männlichen Posen, blutbeschmiert, manche trugen Masken. Es waren typische Objekte der Popkultur. Einige Motive waren denen Rominas gar nicht so unähnlich, trotzdem waren sie substanzlos, effekthascherisch, reine Oberfläche.

Der Junge, der inmitten dieses Chaos trotzig auf der Kante seines ungemachten Bettes hockte, wirkte im Kontrast dazu geradezu rührend verletzlich. Ein angespanntes Kindergesicht unter kunstvoll gegelten Stachelhaaren. Er trug eine schmuddelige schwarze Pyjamahose und dazu ein rotes T-Shirt, das nicht zu dem Gesamteindruck passte, denn es war nagelneu und wahrscheinlich noch nie gewaschen worden. Hinten aus dem Kragen hing noch das Schildchen.

Romina verbiss sich einen Kommentar und versuchte, nicht an die Schadstoffe zu denken, die die Färbechemikalien langsam, aber sicher in die transpirierende Haut des Jugendlichen abgaben. Sie selbst bevorzugte ökologisch angebaute Baumwolle mit Pflanzenfarben. Und selbst die wusch sie zweimal, ehe sie sie anzog.

»Hallo«, versuchte sie sich durch das Getöse aus den Boxen Gehör zu verschaffen.

Keine Reaktion.

Sie trat an die Stereoanlage, drehte den Lautstärkeregler nach unten. »Darf ich?«, fragte sie in die plötzliche Stille hinein. Sven nickte kaum wahrnehmbar.

Romina schob einen Stapel muffiger Kleidung beiseite und setzte sich mit dem Rücken an den Kleiderschrank.

»Ich nehme an, du weißt, wer ich bin. Ich bin die Freundin deines Vaters. Romina. Du kannst gern Romina zu mir sagen. Musst du aber nicht.«

Keine Reaktion. Die Augen des Jungen glitten von ihrem Gesicht zur Anlage, als könne diese jeden Augenblick ein Eigenleben entwickeln und den ungebetenen Eindringling zum Schweigen bringen.

»Dein Vater macht sich Sorgen um dich. Er weiß nicht, wie er mit dir reden soll, und vielleicht liegt es daran,

dass du nicht mit ihm reden willst, das weiß ich nicht. Er hat mich gebeten, mit dir zu reden.«
Schweigen.
»Ehrlich gesagt halte ich das selbst für keine gute Idee, ich glaube kaum, dass du gerade mich sehen willst. Du weißt ja wahrscheinlich, was zwischen deinem Vater und mir lief.« »Läuft«, hatte sie sagen wollen, aber ihr war das andere Wort entschlüpft, ehe sie es aufhalten konnte.
»Jedenfalls hat er mich gebeten, mit dir zu reden. Ich mag deinen Vater, und er tat mit leid, darum habe ich zugestimmt. Es ist sehr nett von dir, dass du mich in dein Zimmer gelassen hast, und ich werde jetzt wieder gehen und dich nicht weiter stören.«
Sie stand vorsichtig auf, ganz so, als säße ein gefährliches Tier ihr gegenüber, das sie durch eine unbedachte Bewegung aufschrecken und gegen sich aufbringen könnte.
Erst als ihre Hand den Türgriff erreicht hatte, drehte sie sich noch einmal um. »Eins möchte ich dir noch sagen, Sven. Ich will, dass du weißt, wie leid mir das mit deiner Mutter tut. Und das meine ich ganz ehrlich.«
Sie hatte keine Reaktion erwartet, und als eine kam, zuckte sie zusammen.
»Ich habe gar nichts gegen Sie«, sagte Sven. Er hatte eine angenehme Stimme, volltönend und ein wenig rauh, es war nicht die Stimme eines Jugendlichen, sondern ein Erbe seines Vaters, mit all dessen Charisma.
Romina blieb stehen.
»Meine Eltern sind völlig daneben, alle beide. Über Sie weiß ich nichts. Sie sind mir egal.«
Romina nickte, und ihre Hand, die die Klinke bereits umklammerte, erstarrte in der Bewegung.

»Ich habe ihm sogar mal gesagt, dass er uns doch verlassen und zu Ihnen ziehen soll. Vielleicht wäre dann alles besser gewesen.«

»Wirklich?« Sie wusste, dass das nicht wahr war. Nicht wahr sein konnte. Denn dann wäre alles, was Michael abgezogen hatte in den letzten Jahren, eine doppelte Lüge gewesen. All das Getue um Sven, dem zuliebe er in der lieblosen Ehe ausharrte …

»Hab ich.« Er verstummte. Dann griff er mitten in den Haufen schwarzer Bettwäsche und zog etwas daraus hervor. »Wollen Sie vielleicht eine rauchen?«

»Gern.«

Romina setzte sich wieder auf den staubigen Teppichboden und wartete, bis Sven ihr das zerdrückte Päckchen hinhielt. Sie nahm eine zerknautschte Zigarette, steckte sie zwischen die Lippen, wartete, bis das Benzinfeuerzeug aufschnappte, hielt das Ende ihrer Zigarette in die Flamme und zog. Es biss in ihren Atemwegen, aber sie versuchte, den Schmerz zu ignorieren und konzentrierte sich auf die erste Zigarette seit etwa zwanzig Jahren.

Sven betrachtete sie interessiert. »Lang rauchen Sie aber noch nicht«, sagte er fachmännisch.

»Nein«, sagte Romina und versuchte, keine Miene zu verziehen.

»Sie rauchen jetzt nur, weil Sie meinem Vater versprochen haben, mit mir zu reden, ne?«

Romina hob die Schultern und ließ sie fallen.

»Ist schon korrekt«, sagte Sven. Er inhalierte tief, stieß den Rauch durch die Nase aus und sah ihm hinterher.

»Meine Eltern sind krank. Beide. Total daneben. Ich rede nicht mehr mit denen. Schon lange nicht mehr.«

Romina schwieg und versuchte zu rauchen.

»Mein Vater war schon vorher daneben, also bevor er Sie kannte. Immer nur die Scheißkanzlei und Streit und so. Meine Mutter hat nie was gesagt, erst dann, als Sie kamen. Doch da war mir das schon egal.«
Er sah sie neugierig an, und Romina war nicht sicher, ob er eine Reaktion auf seine Worte erwartete oder auf die Zigarette, die zwischen ihren Fingern klemmte und die bereits einen fingerdicken grauen Aschestreifen balancierte.
»Abaschen«, sagte er. »Einfach auf den Boden.« Er wies auf den von Wollmäusen und Brandflecken übersäten Teppich.
Nach kurzem Zögern tat sie, wie er gesagt hatte. Ist eh egal, dachte sie. Alles. Sie sah zu, wie die Asche im dreckigen Teppich versank.
Ein befriedigtes Grinsen verzog Svens Gesicht. »Sie sind korrekt«, sagte er. »Echt. Vielleicht hätte er zu Ihnen gehen sollen. Dann hätte meine Mutter geheult, und er wäre der Böse gewesen. Und Sie auch, natürlich. Wahrscheinlich hätte ich Ihnen Eier ans Auto geschmissen und so.«
Er sah vor sich in die Luft, und in seinem Gesicht stand deutlich geschrieben, dass ihm dieser Gedanke gefiel. Klare Verhältnisse, dachte Romina. Das hätte ihm gutgetan.
»Ich habe gar kein Auto. Nur einen Lieferwagen, aber den fährt meine Aushilfe.«
»Echt nicht? Ach so. Dann vielleicht ans Fahrrad?« Zweifelnd sah er sie an, als erwarte er einen Tipp.
Als sie ihm zulächelte, spürte sie überrascht, wie herzlich dieses Lächeln geriet. Sie mochte den Jungen. Obwohl er ihr verraten hatte, dass Michael auch sie selbst in seine ständigen Lügen eingeschlossen hatte. »Das wäre schon okay gewesen mit den Eiern, Sven. Ich hätte es ja irgendwie verdient.«

»Finden Sie?«
»Klar. Das gehört zum Risiko, wenn man eine Affäre mit einem verheirateten Mann hat.«
Sven zündete sich eine neue Zigarette an. »Wenn er zu Ihnen gegangen wäre, dann wäre alles anders gekommen.«
»Was meinst du damit?«
»Alles. Der Scheiß mit meiner Mutter. Dass die jetzt weg ist. Alle sagen, sie ist vielleicht tot, aber keiner weiß es richtig.«
»Weißt du es denn?«
»Ich hab so eine Theorie«, sagte Sven und kniff die Augen zusammen. »Aber die ist geheim.«
»Okay.«
»Sind echt krank, die Alten. Voll.«
»Und wie geht es dir damit?«
»Ich hab's noch rechtzeitig geblickt«, sagte Sven und tippte sich an die Schläfe. »Und jetzt muss ich Sie leider rausschmeißen, meine Freundin kommt gleich zu Besuch.«
Romina nickte. Sie wollte nichts mehr sagen, aber sie tat es trotzdem. Weil ihr die Situation plötzlich sonderbar vertraut vorkam, und weil sie wusste, dass sie Teil davon war, ob schuldig oder unschuldig. »Pass auf dich auf, Sven. Lass nicht zu, dass die Probleme deiner Eltern dein Leben bestimmen.«
»Keine Sorge«, sagte Sven, und es klang beinahe, als verschlucke er ein Lachen. »Das hab ich schon geblickt. Die sind mir so scheißegal, die beiden, das können Sie sich gar nicht vorstellen.«

*

Es war unglaublich still im Nachtigallental.
Nicht totenstill, sondern friedlich und sanft. Es war eine Stille, die Abwesenheit von Störgeräuschen bedeutete, von plappernden Menschen, lärmenden Autos, der Kakophonie der Zivilisation. Eine Stille, die Raum ließ für das leise Glucksen des Mennesbachs, den Wind, der den Buchen hoch oben durch die Wipfel strich, ehe er sich weiter unten im Tal bereitwillig schlucken ließ und verstummte. Und da war das kaum wahrnehmbare Gewimmel unzähliger unsichtbarer Waldbewohner, kleiner Tiere, die der Winter nicht hatte vertreiben können.
All das hörte Jan jetzt, als er vor der Höhle stand und versuchte, sich das Absperrband wegzudenken und nur noch das zu sehen, was seine Großmutter ihm vor über zwanzig Jahren hatte zeigen wollen.
Eine Drachenhöhle.
Doch er sah den Schauplatz eines Verbrechens, sah das getrocknete Blut am Boden, das den gewaltsamen Tod von Valerie Koller bezeugte.
Tod, dachte Jan. Vielleicht ist der Tod genau wie diese Stille. Das plötzliche Fehlen von Stimmen und allem, das ablenkt, so dass man endlich den Hintergrund hören kann, das, worauf es ankommt.
Er wusste, Nicoletta hätte jetzt gelacht. Und er würde wer weiß was dafür geben, sich in diesem Moment auslachen zu lassen und dafür nicht allein hier zu stehen mit diesem blutverkrusteten Zeugnis von Tod und Zerstörung vor sich und seinen quälenden Gedanken und der Verantwortung.
Normalerweise lachte er selbst am lautesten, wenn Leute herumphilosophierten. Aber normalerweise musste er sich auch nicht solche Gedanken machen wie heute,

musste keine Entscheidungen fällen, die den Tod eines geliebten Menschen bedeuten mochten oder nur dessen Unglück.

Denn darum ging es. Durfte er Ediths Wunsch nach einem selbstbestimmten Lebensabend nachgeben, oder handelte er dann grob fahrlässig? Konnte er über ihren Kopf hinweg entscheiden, was gut für sie war? Und war das gut für sie, was die Ärzte empfahlen?

Und wenn er ihrem Wunsch nachgab, wie sollte er dann mit den Konsequenzen eines neuerlichen Unfalls leben, mit der Gewissheit, dass sein fehlendes Eingreifen ihren Tod verschuldet hatte? Und wie würde seine Mutter zu seiner Entscheidung stehen, wenn sie irgendwann ihr Projekt in Umbrien hinter sich gelassen hatte und wieder am Familienleben teilnahm? Es war so typisch für sie, sich jeder Verantwortung zu entziehen, keine Nummer zu hinterlassen, ein Handy zu verweigern. So wie sie ihn als kleinen Steppke mit seiner Großmutter alleingelassen hatte, so tat sie es auch jetzt. Nur das Betreuungsverhältnis hatte sich verändert. Früher war Edith für ihn verantwortlich gewesen, und jetzt war es umgekehrt.

Er sehnte sich danach, Clara anzurufen und sich mit ihr zu beraten, und doch schreckte er davor zurück. Zu sehr klang ihm ihre spöttische Stimme in den Ohren: »Werde endlich erwachsen«, hatte sie gesagt. Er wollte ihrem Rat gern folgen. Aber konnte er das, wenn er sie jetzt anrief und um Hilfe bei seiner Entscheidung bat? Egal, wie zurückhaltend er seine empfundene Ratlosigkeit formulierte, sie würde ihm tatkräftig helfen, eine Entscheidung zu treffen. Das war einfach ihre Art. Er spürte bereits, wie bei dem bloßen Gedanken der quälende Druck der Verantwortung wich.

Ein Ast brach mit lautem Knacken unter seinem Tritt, als er einen Satz machte und gebückt in die Höhle trat. Die Blutflecken auf dem Boden interessierten ihn nicht mehr. Er zog sein Schlüsselbund mit der winzigen Taschenlampe heraus und leuchtete die Wände an. Tausendfach glimmerte es ihm aus dem rauhen Tuffgestein entgegen, und im ersten Moment war er erstaunt, aber nur kurz. Dann war blitzartig die Erinnerung da.

Das sind die Reste des Nibelungenschatzes, hatte seine Großmutter geflüstert, Siegfried hat sie damals so schnell heruntergerissen, dass winzige Splitter der Juwelen zurückgeblieben sind.

Was hatte Siegfried eigentlich mit dem Schatz gemacht? Er wusste es nicht mehr. Oder hatte er die Geschichte überhaupt ganz falsch im Kopf? Er musste Edith fragen. Und plötzlich, wie eine Eingebung, wusste er, was Tod bedeuten würde: dass er sie nicht mehr fragen könnte. Dass er sein Problem zwar googeln konnte oder seiner Assistentin zur Recherche auftragen, aber nie würde er wissen, was damals die Antwort seiner Großmutter gewesen war. Sie würde diese Antwort nicht wiederholen können, nie mehr.

Das war Tod.

Ihm wurde kalt, eiskalt, und die Wände kamen ihm plötzlich viel zu nah vor.

Und da war noch etwas … Eine Art dumpfes Grollen, aber vielleicht bildete er sich das auch ein, ein Gefühl, als nähere sich etwas, etwas Dunkles.

Er lauschte.

Etwas kam.

Von unten.

Mit einem Satz war er draußen, sprang die zwei Meter zum Weg hinunter, schüttelte seine Phantastereien ab.

Spürte erleichtert den Weg unter seinen Füßen und die frische winterliche Luft in seinen Lungen.
Es war noch ein ganzes Stück bis zu seinem Auto, aber er genoss jeden Schritt. Er wusste jetzt, was er zu tun hatte.
Er war nicht mehr der kleine Junge, für den jemand die Welt mit einem Stück Sandkuchen und einer Tasse Kakao in Ordnung brachte. Er war erwachsen. Er würde nicht zulassen, dass Edith ihm durch ihre eigene Halsstarrigkeit vorzeitig entrissen wurde. Man durfte sie nicht weiter sich selbst überlassen. Sie konnte stürzen oder etwas Falsches essen und sich vergiften oder einen Infarkt bekommen, und dann wäre niemand bei ihr, und sie würde sterben, ganz allein. Damals hatte er sie vor einem Drachen beschützen wollen, der niemals gekommen war, jetzt war alles anders, er war groß. Jetzt konnte er sie beschützen, vor Unfällen, vor ihren unrealistischen Vorstellungen von Selbständigkeit im Alter, vor ihrem Tod.
Sie musste in ein Heim.
Sie würde ihn dafür hassen, aber das Risiko musste er eingehen. Dafür, dass sie am Leben blieb. Dafür, dass er sie weiter fragen konnte, zum Beispiel nach der Sache mit Siegfried und dem Schatz.
Und er zog sein Handy heraus, um einen sehr unangenehmen Anruf zu machen.
Und danach, das schwor er sich, würde er Nicolettas Nummer wählen und sie zum Abendessen einladen.

*

So wie sie einander jetzt gegenübersaßen, hätten sie ein uraltes Ehepaar sein können, dachte Romina. Vertraut und doch fremd. Sprachlos. Ratlos.

Vielleicht lag es an der glänzenden Hightechküche, die so ganz anders war als ihre eigene bunt zusammengewürfelte Hexenküche, in der es nach Kräutern und Farbe roch statt nach porentiefer Sauberkeit.
»Erzähl schon«, sagte Michael zum zweiten Mal, und sie seufzte.
»Ich komme mir vor wie ein Spion.«
»Jetzt rede.«
»Wir haben nicht viel gesprochen. Ich habe seine komische Musik ausgemacht, und er hat zuerst überhaupt nichts gesagt.«
»Das ist immer so«, sagte Michael versonnen. »Er redet einfach nicht. Nie. Und immer diese Musik.«
Romina sagte nichts. Ihr passte dieses Gespräch nicht. Es war ein Gespräch, das etwas anderes verdeckte.
»Schmeckt er nicht?«
»Wer?«
»Der Kaffee!«
Sie sah vor sich auf den Küchentisch, und zwischen ihren Händen hielt sie eine Tasse, in der genau diese schaumige Crema glänzte, die in Zeitschriften aus den Anzeigen lockte und die Romina für eine Erfindung der Werbung gehalten hatte.
Michael hatte mit viel Aufhebens die Maschine in Gang gebracht, ein chromglänzendes Monster, das unter Fauchen und Spucken seinen Kaffee hervorgewürgt hatte, als wüsste es, dass Romina jetzt nichts weniger wollte als Kaffee. Und auch Michael hätte das wissen müssen, sie trank immer nur Kräutertee.
»Er hat erzählt, dass er eine Theorie darüber entwickelt hat, was mit deiner Frau passiert ist«, sagte sie, und es erfüllte sie mit hämischem Vergnügen, wie Michael bei

ihrer Wortwahl zusammenzuckte. Deine Frau, dachte sie. Deinefraudeinefraudeinefrau. Das ist sie, und das wird sie bleiben, egal, ob sie tot ist oder lebendig.

»Was für eine Theorie?«

»Das wollte er nicht sagen.« Sie betrachtete ihren unberührten Kaffee.

»Bist du ehrlich? Hat er etwas über Drogen gesagt? Ich befürchte, er nimmt welche. Sag mir alles, was ich wissen muss, Romina.«

»Das tue ich«, sagte sie und legte entschlossen den Löffel hin. Sie würde das Getränk nicht anrühren. Sie würde keinen Kaffee trinken, weil er ihr nicht guttat, ebenso wenig wie gestern der Alkohol oder wie diese Zigarette. Sie würde zu ihrem früheren Leben zurückkehren. Ohne Fleisch. Ohne Stimulanzien. Ohne Männer. Sie würde meditieren und versuchen, ihre alte Kreativität wiederzuentdecken. Nicht das, was diese ungesunde Dreiecksgeschichte produziert hatte, auch wenn die Sachen gut waren und ihr immerhin einen Neustart verschaffen würden, Geld, Aufmerksamkeit. Sie würde eine Galerie finden und dann das malen, was sie wirklich wollte, das wusste sie plötzlich.

»Ich will dir nicht weh tun, und ich will dich nicht belügen, Michael. Ich mache mir Sorgen um Sven. Wir haben nicht viel geredet, wirklich nicht, aber ich merke, dass etwas mit ihm los ist. Er ist zerfressen.«

»Das ist kein Wunder, bei dem, was mit seiner Mutter passiert ist.«

»Ich glaube nicht, dass es bei Svens Problemen darum geht. Sie ist verschwunden, das ist schlimm, okay. Aber Sven ging es offenbar schon vorher nicht gut.«

»Trotzdem. Für ein Kind ist das unerträglich, nicht zu wissen, ob sie wiederkommt oder …«

Romina redete weiter, ohne ihn anzublicken. »Es hat nichts zu tun mit dem, was mit deiner Frau geschehen ist. Es ist das, was mit euch los war, mit dir und Margit, und das, was es in ihm ausgelöst hat. Ich frage mich, was aus einem Jungen werden soll, der seine Eltern so sehr hasst.«
Erst sah es aus, als wolle er sie schlagen, und sie zuckte zurück vor dem Ausdruck auf seinem Gesicht. In Zeitlupe erschienen Flecken auf Hals und Wangen, als zeige sein Körper an, wie sehr die Geschosse ihrer Worte ihn verwundeten.
Doch er schlug sie nicht. Seine sonst so starken Arme zitterten nur, er verschränkte sie hastig vor der Brust und hob die Schultern wie ein ratloses Kind.
»Was weißt du denn, Romina?«, sagte er schließlich leise. »Du hast kein Kind. Und du hast nie eins gehabt. Du weißt nichts von unserem Verhältnis. Sven liebt mich. Und er liebt auch seine Mutter. Wir sind schließlich seine Eltern.«
»Ich weiß«, sagte Romina. »Das macht es für ihn so schwer, diesen Hass auszuhalten.«

*

Lara heulte. Sie heulte zum vierten Mal, seit sie bei ihm war, und zweimal hatte sie sich dabei an ihn geschmiegt, so dass sein Hals ganz nass geworden war. Er hatte ihre Haare gerochen und sich überlegt, ob sie ihn wohl auch riechen konnte. Zum Glück hatte er heute ein frisches T-Shirt angezogen. Vielleicht sollte er das ab jetzt jeden Tag machen, nur für den Fall, dass er Lara im Arm halten würde. Immer, wenn Laras Tränenflut für einen Moment versiegte, redete sie.

Über ihre Mutter, wie sie damals im Urlaub ihr Portemonnaie verloren hatte.
Wie sie einmal nach Godesberg gefahren waren, um eine neue Winterjacke für Lara zu kaufen, und Lara hatte sich zwischen der weißen und der braunen nicht entscheiden können. Stundenlang waren sie herumgelaufen, und dann waren sie zu McDonald's gegangen. Danach hatte die Mutter gesagt, dann solle Lara eben beide Jacken kaufen. Und in diesem Moment hatte Lara gewusst, dass sie die weiße wollte. Das sei doch komisch. Ob Sven das auch komisch finde.
Und dann das mit dem Frühstück. Klar, das sei manchmal nervig gewesen, aber eigentlich war es doch viel schöner, früh aufzustehen, als einfach nur herumzuhängen. Wie sie denn jetzt ohne ihre Mutter frühstücken solle. Das ginge doch nicht mehr.
Irgendwann merkte er, dass Lara verstummt war.
»Was ist?«, fragte er.
Ihre Nase war ganz rot, und ihre Augen waren verquollen. Sie hob zaghaft die Schultern und sah ihn an. »Es tut mir so leid, Sven. Ich quatsche dich die ganze Zeit voll, und dabei bist du bestimmt genauso fertig wie ich. Wegen deiner Mutter, meine ich.«
»Ist schon okay.«
»Ist es nicht. Ich höre jetzt auf mit dem Heulen, echt.«
»Musst du nicht.«
»Will ich aber.« Sie lachte ein bisschen, und dann schluchzte sie noch einmal auf und putzte sich geräuschvoll die Nase.
»Was sollen wir denn machen? Computer spielen oder rausgehen?«
»Keine Ahnung.«

»Was hilft dir denn, wenn es dir richtig schlechtgeht?«
Sven sah sie an und überlegte, wann es ihm in letzter Zeit einmal NICHT richtig schlechtgegangen war. Nur wenn er mit ihr zusammen war. Sonst kiffte er. Aber das konnte er ihr wohl schlecht vorschlagen. Oder doch?
»Magst du *Der Herr der Ringe?*«, fragte er.
»Ich hab's noch nie geguckt.«
»Was? Echt nicht?«
»Echt nicht.«
»Hat doch jeder!«
»Ich nicht. Sollen wir?«
»Cool«, sagte er. Dann angelte er nach dem Tabakbeutel und fischte einen letzten Krümel Haschisch heraus. Bevor Lara das erste Mal das Auenland sah, musste er unbedingt einen durchziehen. Als er ihren Blick spürte, hielt er in der Bewegung inne.
»Willst du auch?«, fragte er unsicher.
Sie nickte.

*

Lara lag auf seinem Bett, und ihr blondes Haar umfloss sie wie bei der Wasserleiche auf dem Bild. Wo hatte er das noch gesehen? Irgendein Plattencover von einer dänischen Newcomerband. Oder einer norwegischen.
Obwohl die Wasserleiche anders geguckt hatte. Eigentlich hatte sie gar nicht geguckt, sie hatte leer ausgesehen. Und Lara sah nicht leer aus. Nur traurig. Bestimmt dachte sie wieder an ihre Mutter. Trotzdem hatte der Film geholfen, eindeutig. Es gab keine Situation, die *Der Herr der Ringe* nicht retten konnte, davon war Sven überzeugt. Vor allem, wenn man so gutes Dope dabeihatte. Er selbst

hatte die Geschichte um den Hobbit Frodo, der von seinem Onkel Bilbo den Ring erbt und mit diesem den langen und gefährlichen Weg nach Mordor auf sich nimmt, schon etwa hundertmal gesehen. Mindestens.
»Soll ich dir ein Geheimnis erzählen?«, fragte er.
Sie richtete sich auf und stützte das Kinn auf. »Klar.«
»Wenn ich traurig bin wegen meiner Mutter, dann denke ich an Bilbo und an seine Geburtstagsfeier. All diese Lampions und das Essen und die Musik. Alle sind fröhlich und feiern, und dann, wenn es am schönsten ist, streift Bilbo den Ring über den Finger und ist verschwunden. Klar, die anderen suchen ihn und machen sich Sorgen, aber das müssen sie nicht, denn er ist ja einfach nur unsichtbar und zieht jetzt los und macht das, was er will.« Er nahm den Joint aus dem Aschenbecher und betrachtete ihn, doch er war schon erloschen.
»Das ist schön«, sagte Lara weich.
»Ja«, sagte Sven. »Finde ich auch.« Er sagte ihr nicht, dass ihm danach unweigerlich einfiel, wie nachher die ganzen Orks kamen und so, und dass alle auf der Suche nach dem Ring waren und deswegen alles kaputt schlugen und mordeten. Ganz unvermittelt, ohne dass er es gemerkt hatte, war sein Gesicht nass, und er heulte.
Schon wieder. Hatte er ja vorgestern auch schon, am Rhein. Er hatte vorher lange nicht mehr geheult. Bestimmt seit zwei Jahren. Damals hatte er aufgehört, sich den Scheiß seiner Eltern reinzuziehen.
Irgendwie tat es gut, die Tränen fließen zu lassen.
Lara war nah an ihn herangerückt und drückte ihre Wange an sein nasses Gesicht.
»Sven«, sagte sie, und ihr süßer Atem traf ihn mitten ins Gesicht. Er wusste, gleich würde sie ihn noch mal küs-

sen. Vorsichtig hob er die Hand und griff in ihre Wasserleichenhaare, die sich warm anfühlten und lebendig.
In diesem Augenblick flog die Tür auf. Im Nachhinein erinnerte sich Sven vage, ein Klopfen gehört zu haben. Sie stoben auseinander.
»Schönen guten Tag«, sagte der Kommissar. Es war der, der ihn schon einmal befragt hatte. »Wir stören doch nicht?«
»Doch«, sagte Sven, aber er hatte nicht den Eindruck, dass seine Antwort jemanden interessierte.
»Wir haben noch ein paar Fragen«, sagte der Kommissar.
»An mich?«
»Wenn wir Sie beide zusammen erwischen, umso besser«, sagte der Kommissar.
»Tja«, sagte Sven. Es war leer in seinem Kopf, und er überlegte, was die machen würden, wenn sie das mit dem Dope kapierten. Der Geruch hing schwer und süßlich in der Luft, und er hätte am liebsten ein Fenster geöffnet, aber das würde natürlich erst recht auffallen.
»Sie beide vermissen Ihre Mütter, da ist es doch klar, dass wir uns Gedanken über mögliche Verbindungen machen«, sagte die Frau und sah dabei nur Lara an.
»Klar«, sagte Lara.
»Was heißt ›klar‹?«
Lara sah verwirrt aus. »Das liegt doch auf der Hand.«
»Haben Sie denn schon überlegt, was für Verbindungen es da geben könnte?«
»Nicht wirklich.«
»Na, dann tun Sie es doch bitte mal.« Zuerst dachte Lara, das sei alles und die beiden würden jetzt wieder gehen, aber die Frau sah sie an und wartete auf eine Antwort.
»Ich habe keine Ahnung.«

Jan nutzte die Zeit, um sich ein wenig im Zimmer des Jungen umzusehen. Es sah aus, als habe eine Bombe eingeschlagen. Die Möbel der schicken Jugendzimmereinrichtung – Regale, Hochbett und ein Schreibtisch – waren alle in demselben silbrigen Grau, aber unter den Bergen von CDs, zerknüllten Klamotten und Pizzakartons konnte man nur erahnen, dass dieses Zimmer einmal mit viel Geld und Geschmack eingerichtet worden war. An den Wänden hingen Poster von Fantasy-Filmen und Punkbands, und oben auf einer grauen Vitrine stand eine Wasserpfeife. Ein unangenehmes Aroma von ungewaschenen Socken und Rauch lag in der Luft. Kaum zu glauben, dass die Eltern dem Jungen eine solche Unordnung durchgehen ließen. Kaum zu glauben, dass so ein adrettes Mädchen wie Lara hier freiwillig herkam.

»Was haben denn Sie beide miteinander zu tun? Fangen wir doch damit mal an«, sagte Jan.

»Wir sind Freunde«, sagte Lara. Sie sah verwirrt aus, aber das war kein Wunder bei dem durchdringenden Geruch nach Marihuana, der sie umwehte.

»Freunde«, echote Sven. Er stand so dicht hinter Lara, dass es aussah, als habe er den Arm um sie gelegt, doch als sich das Mädchen bewegte, erkannte Jan, dass es nicht so war.

Teenagerliebe, dachte Jan und verspürte Erleichterung bei dem Gedanken, dass er wenigstens das hinter sich hatte.

Es dauerte ewig, bis die Bullen wieder verschwanden. Eigentlich war es gar nicht so schlecht gelaufen. Sven hatte im Blick des Typen gesehen, dass er sie für ein Paar hielt, und er verspürte Stolz darüber.

Lara wirkte etwas durcheinander, aber das lag an der Aufregung. Breit war sie nicht, wahrscheinlich war es ihr erster Joint gewesen, da wirkte das Zeug noch nicht. Zum Glück hatte er nicht viel geraucht. Die Bullen hatten es zwar gemerkt, doch nichts gesagt, klar, sie waren von der Mordkommission, da waren weiche Drogen wahrscheinlich nicht von Interesse.

Sven hatte sich nicht einmal besonders auf das konzentrieren müssen, was er sagte, und das war gut. Es wäre zu blöd, wenn ihm etwas entwischte, was sie nicht wissen durften.

»Sven, hör mir mal zu«, sagte Lara. Sie hatte sich wieder auf sein Bett gesetzt und strich sich die wuscheligen Haare aus dem Gesicht. Er selbst war es gewesen, der sie so in Unordnung gebracht hatte, und aus irgendeinem Grund machte ihn das glücklich.

»Ich will, dass wir was machen«, sagte sie.

»Was denn?« Seine Antwort kam automatisch, und erst als seine Worte schon draußen waren, hatte er ihre verstanden und erschrak.

Er hoffte sehr, dass sie nicht mehr wollte als ihn zu küssen.

Sie nahm ein Zopfgummi aus ihrer Hosentasche und band sich die Haare zurück. Als sie fertig war, blickte sie ihn an und ergriff seine Hand.

»Ich will, dass wir rausfinden, was mit unseren Müttern geschehen ist.«

»Was?«

»Wir werden den Mörder meiner Mutter finden. Und dann finden wir raus, wo deine ist. Irgendwie muss das doch zusammenhängen! Die Polizei kommt offenbar nicht weiter. Aber wenn wir uns zusammensetzen und

nachdenken, kriegen wir raus, was passiert ist. Wir beide. Du und ich.«
Du und ich klang gut.
»Okay«, sagte er. »Und wie sollen wir das machen?«

*

Nirgendwo auf der Welt war es so schön wie in den eigenen vier Wänden, dachte Edith und sah sich zufrieden in ihrem Wohnzimmer um, während der Tee zog. Vier Minuten. Sie brauchte einen starken Tee nach dem Sherry von vorhin.
Die eigenen vier Wände. Eine einzige Nacht im Krankenhaus hatte gereicht, um ihr zu zeigen, wie viel ihr das bedeutete. Ihr geliebtes grünes Sofa. Ihr Fernseher. Das Tischchen daneben, auf dem immer ihre Zweitbrille lag, der Krimi, den sie gerade las, und ein Block und ein Stift, falls sie etwas notieren wollte. Ihre hübschen Spitzendeckchen und ihr schönes Geschirr mit den Blaublüten. Das war doch etwas anderes als diese klobige Krankenhauskeramik!
Als es an der Tür klingelte, überlegte sie kurz, ob sie heißes Wasser nachgießen sollte, damit der Tee für Jan reichte. Sie hatte heimlich gehofft, dass er früher nach Hause kam, aber dass er jetzt schon …
Endlich war sie an der Tür und drückte auf den Öffner.
Ihr Jan. Es ging doch nichts über das Verhältnis von Oma und Enkel, dachte sie. Henny und Gudrun hatten sich nie so um sie gekümmert wie Jan. Kalt wie eine Hundeschnauze waren ihre Töchter, hatte sie schon so manches Mal zu Herta gesagt. Hätte sie doch Kuchen aus dem Café mitgebracht! Der Junge aß so gern Kuchen. Schon als Kind hatte

er sich über ihren Sandkuchen hergemacht, weil seine Mutter nie welchen buk. Ob sie noch schnell …

Knarrende Treppenstufen verrieten den nahenden Besucher, doch die Person, die da die Treppe heraufkam, war nicht Jan.

»Mein Name ist Scholz vom Gerlinde-Bauer-Haus«, sagte die blonde Frau und fletschte ihre weißen Zähne. Heute trug sie ein flaschengrünes Kostüm, die Perlenkette war dieselbe. »Vielleicht erinnern Sie sich an mich.«

»Raus«, sagte Edith und versuchte, die Tür zu schließen, doch die Frau drückte dagegen.

»Ich bin noch einmal hier auf Bitten Ihres Enkels«, sagte die Frau und hörte nicht damit auf, ihre Zähne zu zeigen.

»Das glaube ich kaum«, sagte Edith so würdevoll wie möglich und überlegte, wie sie die Tür schließen konnte, wenn diese Frau ihren Fuß darin hatte. Zu schade, dass sie Jans Dienstwaffe nicht zur Hand hatte. Sie war sicher, damit könnte sie die Frau auch ein zweites Mal in die Flucht schlagen.

»Ihr Enkel, Jan Seidel, rief mich heute Mittag an und sagte, dass Sie umgehend betreut werden müssen. Ich bedaure natürlich sehr, dass unser erstes Zusammentreffen vor einigen Tagen so, nun, unerfreulich verlaufen ist. Aber ich bin sicher, wir werden gute Freunde werden.« Mit einem Ruck drückte sie die Tür auf und stand plötzlich vor Edith im dämmrigen Flur.

»Das würde mein Enkel niemals tun«, sagte Edith und griff hilfesuchend hinter sich.

»Nein?«, fragte die Frau und lächelte. »Sind Sie sicher?«

*

»Und Süßstoff und ein Glas Leitungswasser, bitte.«
»Sehr gerne.«
»Danke.«
Sie war so wie immer.
Das war es, was Jan am meisten verwunderte, während er Nicoletta dabei zusah, wie sie zielsicher die Speisekarte durcharbeitete und nebenbei dem Kellner ihre Getränkewünsche mitteilte. Wie immer einen Espresso vor und nicht nach dem Essen.
Vorhin, als sich die Tür geöffnet und den Blick auf Nicoletta freigegeben hatte, war ihm vor Aufregung fast schlecht gewesen. Und dann hatte er erkannt, dass sie aussah wie immer. Er hatte sie aufgelöst erwartet, geknickt, niedergeschlagen, vom Schicksal gebeutelt, immerhin war wenige Tage vor der Hochzeit ihr Traum vom gemeinsamen Glück zerplatzt. Irgendwie hätte man ihr das ansehen müssen, aber so war es nicht. Ein gegürteter, topmodischer Trenchcoat, den er noch nie an ihr gesehen hatte, hohe Absätze, die unvermeidliche Sonnenbrille im glänzenden Haar. Wie immer waren ihre Lippen ungeschminkt, weil sie sich einbildete, Lippenstift würde ihr darüber schwebendes Muttermal zu sehr betonen.
»Ich glaube, ich nehme den Salat mit Putenbruststreifen«, sagte sie mit gerunzelter Stirn. »Und du?«
»Dasselbe.« Sie nahm immer Salat mit Putenbruststreifen. Oder Salat mit Käse. Abends keine Kohlenhydrate, das war ihr Geheimnis.
Mit gebieterischer Handbewegung winkte sie den Kellner heran, gab die Bestellung auf und orderte, ohne Jan gefragt zu haben, eine Flasche Merlot und zwei Gläser.

»Was ist los? Frierst du?«, fragte sie dann und drapierte mit ihm schmerzlich vertrauten Bewegungen Handtasche, Sonnenbrille und Handy um sich herum.
»Ein bisschen.« Die Kälte aus der Drachenhöhle war ihm gefolgt, anders konnte er es sich nicht erklären. Trotz seines Pullovers und der Klimaanlage, die warme Luft verströmte, fror er immer noch. Er bemühte sich, die Schultern zu entspannen und sich die Kälte zumindest nicht ansehen zu lassen.
Nicoletta musterte ihn aufmerksam. »Jetzt sag schon. Was ist denn mit deiner Großmutter?«
Er berichtete mit leiser Stimme von der Sache mit Ediths Zusammenbruch und der Prognose der Ärzte, von seiner Mutter, die er nicht erreichen konnte, und von Clara, die er nicht belasten wollte.
An dieser Stelle unterbrach ihn Nicoletta mit einem Lächeln, das ihr Muttermal in die Höhe hüpfen ließ. »Nichts, was du sagst, könnte Clara belasten, Jan. Wenn du willst, ruf sie an. Ich habe vor einigen Tagen noch mit ihr gesprochen, ich bin mir ganz sicher, dass du dir um sie keine Sorgen machen musst.«
Sie hat geweint, dachte Jan. Das war es, was Clara über ihr Gespräch mit Nicoletta gesagt hatte, dass Nicoletta geweint hatte. Er wünschte, er könnte irgendeinen Rest dieser Tränen sehen. Sein Blick fiel auf ihre Hand. Der Ring. Sie trug ihn nicht. Er seinen schon. Unwillkürlich bewegte er den Finger. »Es geht nicht nur um Clara. Ich will das gern allein lösen.«
»Was willst du allein lösen?«
»Diese Verantwortung für Edith. Clara ist weit weg, und außerdem bin ich es, der im Moment bei ihr wohnt. Darum kann ich die Lage am besten einschätzen.«

Nicoletta nahm einen Schluck von ihrem Merlot. »Es ist mir neu, dass du Verantwortung allein tragen willst, Jan.« Es klang nicht vorwurfsvoll, sondern sachlich, eine Feststellung.
»Kann schon sein. Aber nur, weil ich das sonst nicht mache, heißt das ja nicht, dass ich es nicht kann.« Er hatte das ungute Gefühl, dass das Gespräch die Richtung gewechselt hatte.
»Ich habe inzwischen viel nachdenken können.«
Jan schwieg. Er war noch nicht fertig gewesen mit dem Gespräch über Edith, und es verstimmte ihn, wie rasch Nicoletta das Thema an sich riss.
»Ich glaube, in den Monaten vor der Hochzeit ist einiges schiefgelaufen bei uns.«
»Das kann sein.«
»Das kann nicht nur sein, das ist auch so!«
»Ich kann dir nur sagen, wie leid mir das alles tut.«
»Ich will gar nicht hören, wie leid dir das tut. Ich will einfach nur wissen, wie es dazu gekommen ist. Ich denke immer wieder darüber nach und komme zu keinem Ergebnis. Ist das jetzt so ein simples Mann-Frau-Ding, dass Männer einfach untreu sind?«
Jan musste unwillkürlich an Michael Sippmeyer denken. Wie mochte er geantwortet haben, wenn er zur Rede gestellt wurde, immer wieder und wieder? Oder hatte seine Frau ihn nicht zur Rede gestellt, sondern klaglos alles ertragen?
»Ich weiß es nicht«, sagte er.
»Vielleicht hätten wir mehr reden sollen. Irgendwie haben wir immer nur über die Gästeliste geredet und das Menü und so. Vielleicht hätten wir ja mal über was anderes reden sollen, zum Beispiel über unser Sexleben. Das

war ja nun auch schon mal besser als in den letzten Monaten.«
Jan sagte nichts. Er starrte nur auf ihre Hand und wünschte brennend, den Ring daran zu sehen.
»Du sagst ja gar nichts.«
»Ich weiß nicht, was ich sagen soll. Ich bin ein Idiot. Es tut mir leid. Mehr kann ich nicht sagen.«
»Aber das kann doch nicht alles sein! Du musst doch einen Grund gehabt haben, irgendwas … Das macht man doch nicht einfach so.« Ihre Stimme klang ungeduldig. Ihm wäre lieber, sie hätte traurig geklungen oder ängstlich.
Jetzt!, dachte er. Jetzt ist der Moment, um Klartext zu reden. Tu es!
»Jan?«
Er fühlte nur eine bodenlose Erschöpfung. »Es ist nichts. Männer sind einfach so, ganz wie du sagst. Ich hatte keinen Grund. Ich war einfach nur saudoof. Irgendwie dachte ich, kurz vor der Hochzeit müsste ich mal …« Er stockte.
»Ist das wahr?«
»Ja.« Er hielt ihren Blick aus, ohne zu blinzeln. Unter ihren prüfenden Augen fühlte er sich wie in einer Befragung. Er dachte an Sippmeyer und daran, wie schlecht dieser gelogen hatte. Wenn man wollte, dass die Polizei einem glaubte, musste man zwischendurch blinzeln. Zu starrer Blickkontakt verriet den Lügner.
Er blinzelte.
Sie nickte, als habe er bestanden.
»Und was macht die neue Wohnung? Fühlst du dich wohl?«, fragte sie weiter, und kurz wurde ihm von dem Themenwechsel schwindlig.
»Ja, klar«, sagte er. »Sie ist fast fertig.«

»Aber einen Schlüssel hast du schon?« Sie legte ihre gepflegte leichte Hand auf seine.
Ihm wurde warm, zum ersten Mal an diesem Abend.
Sie will mich zurück, dachte er.
»Warum willst du mich überhaupt zurück?«, fragte er.
Sie lächelte, und ihr Muttermal hüpfte in die Höhe. »Das zeig ich dir, wenn wir bei mir sind. Los, lass uns zahlen!«

*

Das Atelier war eiskalt und dunkel, und das war ihr gerade recht, denn es passte zu ihrer Stimmung.
Sie war nicht gekommen, um zu malen, denn sie hatte begriffen, dass das vergeblich wäre. Sie war gekommen, um allein zu sein.
Sie hatte diesen Tag mit zu vielen Menschen verbracht, das hätte sie nicht tun sollen. Menschen taten ihr nicht gut. Sie brauchte ihre Ruhe. Und sie sollte sich davor hüten, Menschen an sich heranzulassen, zu denen sie bisher so sorgfältig Abstand gehalten hatte.
Sven. Der einsame, verletzliche Sven, der glaubte, er habe irgendein Geheimnis entdeckt. Was mochte das wohl sein?
Sie hatte diesen Jungen niemals kennenlernen wollen. Sie wollte ihre Schuld nicht vermehren, indem sie Michaels Sohn zwang, entweder eine Beziehung zu ihr aufzubauen oder aber genau diese zu verweigern und dadurch den Konflikt mit seinem Vater zu verstärken.
Menschen. Es gab zu viele davon, ohnehin. Die ganze Stadt war voll von überflüssigen Menschen, die herumrannten, Schund kauften, laut schnatternd die Straßen verstopften.

Und heute waren es zwei zu viel gewesen.
Sie musste Michael loswerden. Warum hatte sie es ihm nicht einfach gesagt?
Weil ich es nicht konnte, dachte sie. Weil ich es selbst nicht normal finde, wie schnell sich meine Gefühle verändern. Noch vor wenigen Tagen war alles in Ordnung, mehr als in Ordnung, da war Liebe zwischen uns oder zumindest etwas sehr Ähnliches, da war Vertrauen, der Wunsch nach Nähe.
Und da war Margit gewesen, die störte. Nicht weil sie diesen Ehefrauenposten besetzt hielt, den hatte Romina ihr nie geneidet, sondern wegen der Lügen, die ihretwegen nötig waren. Diese Lügen hatten Romina immer gestört, sie waren Anlass zahlloser Auseinandersetzungen gewesen. Und jetzt war dieser Anlass verschwunden, und Michael log weiter. Das befleckte ihn, aber das war nicht das Schlimmste.
Das Schlimmste war, dass er ihr plötzlich nichts mehr bedeutete.
Einem Michael ohne Ehefrau fehlte etwas Substanzielles, das, was ihm Spannung verlieh.
Ich bin verrückt, dachte Romina. Nein, ich bin nicht verrückt, ich bin Brünhild. Verrückt nach Kampf, verrückt nach Wettbewerb. Ich will keinen Mann, ich will Drama. Und ohne Kriemhild, die den Preis hochtreibt, ist Siegfried nichts mehr wert, ein schöner Mann, ein gutgebauter Mann, aber wertlos. Nichts, wofür ich in den Ring steige. Nicht, wenn niemand mit mir kämpft.
Siegfried war das Zentrum. Sein Charisma hatte diesen Kampf entzündet, die Frauen um ihn herum irre werden lassen.
Warum fühlte sie sich jetzt, als sei ihr das alles neu? Sie

hatte es gewusst, ganz genau das hatte sie gewusst. Sie hatte es gemalt.
Als sie noch malen konnte.
Immerhin das ist mir geblieben, dachte sie. Die Erkenntnis, dass ich einmal im Leben etwas Echtes gemalt habe, etwas, das der Realität vorausgeeilt war und jetzt von ihr eingeholt wurde.
Es war Zeit für einen Wein. Mit dem neuen Leben konnte sie danach beginnen, später, wenn dieser Nibelungenmist überstanden war.
Sie schaltete die Deckenlampe ein und versuchte, den Moment zu genießen, in dem das Licht ihr Atelier der Dunkelheit entriss. Es war da, und es gehörte ihr.
Es gelang nicht. Immer hatte sich ein Glücksgefühl eingestellt, wenn sie ihr Atelier betrat, die Sicherheit, dass sie etwas zurückerobert hatte, sie, eine ehemalige Künstlerin, die jetzt wieder zu einer geworden war.
Das Gefühl blieb aus.
Alles ist weg, dachte sie. Kriemhild ist weg. Siegfried ist weg.
Passt doch, dachte sie. Passt gut zu einer grauhaarigen Kunstgewerblerin, die in einem heruntergekommenen Kaff grellbunten Schund an holländische Touristen verkauft. Die sich mit dem Dorfschönling einlässt und ihn dann nicht mehr loswird.
Sie hatte gewusst, wie es enden würde. Und sie trat zu den Leinwänden, um sich wenigstens diesen kleinen Sieg zu erhalten: dass sie es gewusst hatte. Dass sie etwas Wirkliches, Wahres erkannt und es gemalt hatte.
Siegfrieds Schuld.
Vorsichtig nahm sie die Nadeln heraus, die die Wolldecke an den hölzernen Rahmen der Bilder fixierten. Sie

zog die Decke weg und nahm die beiden vorderen Bilder, die mit den Königinnen, zur Seite.
Dahinter war nichts.
Ein leerer Rahmen, durch den sie den Staub auf dem Boden ihres Ateliers sah, ausgefranste Leinwandreste am Holz.
Jemand hatte *Siegfrieds Schuld* gestohlen.

*

Nicolettas neue Wohnung lag im dritten Stock eines penibel renovierten Altbaus. Drei Zimmer, Küche, Bad, hatte sie auf der Hinfahrt erklärt. Zu groß für eine Person, befand er.
Mit einem eigenartigen Gefühl des Fremdelns beobachtete er, wie Nicoletta ganz selbstverständlich die Tür aufschloss, achtlos ihre hochhackigen Schuhe abstreifte und ihm voraus in die Küche ging.
Nein, streng genommen verschwand sie hinter der ersten Tür links, aber das saugende Plopp der Kühlschranktür und das Geklingel von Gläsern verrieten ihm, dass es sich um die Küche handelte.
»Prosecco?«
»Gern.«
»Geh ruhig schon mal vor ins Wohnzimmer und mach es dir gemütlich.«
Das Wohnzimmer passte gut zu dem gemeinsam gekauften Sofa. Satt und rotsamten prangte es vor einer bleigrau gestrichenen Wand, die mit einigen dezent gerahmten Fotografien bestückt war. Nicoletta konnte nicht wirklich gut fotografieren, was sie geschickt ausglich, indem sie interessante Ausschnitte teuer rahmen ließ. »In Schwarz-

weiß sieht alles nach Kunst aus«, hatte sie gegenüber Clara freimütig geäußert und den Ausdruck blanken Entsetzens im Gesicht ihrer zukünftigen Schwägerin mit der ihr eigenen Mischung aus Selbstbewusstsein und Ignoranz übergangen. Wie so oft hatte Jan sie dafür bewundert.

Er wusste genau, warum seine Familie mit Nicoletta nichts anfangen konnte. Es war genau derselbe Grund, aus dem er sie hatte heiraten wollen, aus dem er sie immer noch heiraten wollte.

Er trat an die Wand. Die Bilder musste sie erst kürzlich abgezogen haben, denn er kannte sie nicht. Wohl aber die Motive. Eines zeigte die Kühlerhaube seines Autos.

»Da bin ich«, sagte es hinter ihm, und er drehte sich um und nahm ihr ein Glas ab.

»Ich hatte zufällig noch ein Fläschchen kalt«, sagte sie und lächelte, als wolle sie ihre offensichtliche Lüge abmildern. Wieder einmal fragte er sich, womit er es verdient hatte, dass sie es ihm so leicht machte.

Das Kerzenlicht zauberte lebendige Reflexe auf die graue Wand. Jan nahm noch einen Schluck und schloss die Augen. Er dachte an den Kartäuserkatzenteppich. Ob ein paar Kerzen ihn zu beleben vermochten? Oder verlangte selbst der Teppich nach der verzaubernden Wirkung von Nicoletta?

Er fühlte sich wohl. Zu Hause. Er wollte hierbleiben.

Sie lehnte sich mit dem Rücken gegen das Armpolster und schob ihren nackten Fuß unter seinen Oberschenkel.

»Erzähl mal von dem neuen Fall. Ich habe in der Zeitung darüber gelesen. Klingt spannend.« Nicolettas Mangel an Mitgefühl erlaubte es ihr, jeden seiner Fälle auf sein Sen-

sationspotenzial zu scannen. Das war immer eine unschätzbare Entlastung am Feierabend gewesen. Er hatte von seinem Tag berichten können, ohne dabei Tod und Verbrechen so nah heranzulassen, dass es ihm das Abendessen verdarb.
Er nahm noch einen Schluck und begann zu reden. Ihr Fuß fühlte sich gut an. Vertraut. Trotzdem war es eine gefährliche Berührung.
Während er sprach, überlegte er, ob er die Beine übereinanderschlagen und ihren Fuß dadurch loswerden konnte. Vielleicht lief er damit aber Gefahr, alles zu zerstören.
»Was ist los?«, fragte Nicoletta. »Erzähl weiter.«
»Was soll los sein?«
»Du wolltest gerade von der Höhle berichten.«
»Lieber nicht.« Die Drachenhöhle. Tod. Leiche. Falsches Thema.
»Okay. Wir haben jetzt auch genug geredet, finde ich«, sagte Nicoletta und kam mit Schwung auf die Knie.
»Findest du?« Ihr Gesicht war plötzlich gefährlich nahe. Und ganz schnell, ehe er wieder an Drachen, Leichen und Altenheime denken konnte, beugte er sich vor und suchte ihren Mundwinkel, fand das vertraute Muttermal und spürte, wie sich ihre Lippen zu einem Lächeln verzogen.
Was will sie bloß von mir, dachte er noch einmal, ehe er das Denken einstellte und sich ihrer Berührung überließ. Und verschwommen, während sie das Sofa in Besitz nahmen, bemerkte er eine Katze, die warm und zufrieden schnurrte, aber sicher war das reine Einbildung.
Leider währte das Schnurren nicht lange und auch nicht die Wärme.

»Komm mit, ich zeige dir mein Schlafzimmer«, flüsterte das Muttermal in sein Ohr.
Warum nicht hier, lass uns doch hierbleiben, wollte er sagen, wagte es jedoch nicht. Wenn wir verheiratet wären, würde ich ihr jetzt unterstellen, dass sie um das neue Sofa fürchtet, dachte er und folgte ihr ins Schlafzimmer.
Was eben noch die gefühlte Ästhetik eines Musikvideos gehabt hatte, weiche Schnitte, Körper in Großaufnahme, sehnsüchtige Lippen, wurde jetzt schmerzhaft peinlich. Er kannte die Bettwäsche. Sie war Zeuge von etwas gewesen, woran er jetzt nicht denken wollte. Er wollte nicht an die andere Frau denken, die leblos dagelegen hatte, während er …
Nein. Jan schüttelte das Bild ab, aber es verschwand nicht, es umlauerte ihn, höhnte und spottete. Warum musste Nicoletta immer den Ton angeben? Warum hatten sie nicht einfach auf dem neuen Sofa bleiben können? Es wäre perfekt gewesen für einen Neuanfang. Hier auf diesem Bett dagegen …
Und er selbst, warum hatte er ihr nicht einfach widersprochen, sie mit sanfter Gewalt in das rotsamtene Polster gedrückt und dafür gesorgt, dass sie nicht an einen Ortswechsel dachte, dass sie an gar nichts mehr dachte außer an ihn?
Der Ärger, der plötzlich in ihm aufstieg, passte schlecht zu den Liebesworten, die über seine Lippen strömten. Er schloss die Augen, hielt den Mund und hoffte, es würde alles irgendwie funktionieren.
»Ich wusste, dass wir heute so enden. Gleich als du angerufen hast, wusste ich es«, hauchte ihm das Muttermal ins Ohr.

Aber du hast doch gesagt, ich soll nicht anrufen!, wollte er sagen, aber stattdessen dankte er still Clara und schwieg. Und hoffte weiter.
Als sie ihm den Pullover über den Kopf zog, öffnete er die Augen, und das war ein Fehler. Sein Blick irrte durch den fremden Raum, streifte den goldenen Spiegel über dem Bett, den Umzugskarton in der Ecke und blieb am Nachttisch hängen. Nasentropfen. Wecker.
Und die Schlafbrille, die ihn mit toten Augen anblinzelte.
»Ist alles okay?«
Nichts war okay.
In fliegender Hast knöpfte Jan seine Hose zu, angelte sich den Rest seiner Klamotten und floh.

Der vierte Tag

Erblichen was sîn varwe: ern kunde niht gestên.
sînes lîbes sterke diu muose gar zergên
wande er des tôdes zeichen in liehter varwe truoc.
sît wart er beweinet von schœnen fróuwén genuoc.

Die Farbe wich aus seinem Gesicht, er konnte sich nicht mehr
auf den Beinen halten.
All seine Kraft schwand dahin,
denn der Tod hatte seine strahlende Stirn bereits gezeichnet.
Er wurde von unzähligen schönen Frauen beklagt.

Die Kopfschmerzen waren da, noch ehe Romina erwachte. Sie wühlten sich in ihren Schlaf, gruben mit scharfen Klauen in ihre verkrampften Schultern und füllten ihr den Mund mit dem bitteren, pelzigen Geschmack eines erbarmungslosen Katers.

Es war einfach zu viel Wein gewesen letzte Nacht. Viel zu viel. Das hatte sie bereits gewusst, als sie die zweite Flasche öffnete, eigentlich sogar schon vorher.

Romina vertrug keinen Wein. Nicht nur, dass er ihr auf den Magen schlug und ihr als Dreingabe scheußliche Kopfschmerzen bescherte, er hinderte sie am Arbeiten, blähte ihre Ideen zu unverdaulichen, sperrigen Monsterbildern auf und machte sie selbst träge und weinerlich. Aber das, hatte sie verschwommenen Kopfes gedacht, als der Korken aus der grünen Flasche ploppte, das war jetzt egal geworden. Eine Künstlerin, deren bestes Bild verschwunden war, durfte trinken. Schlimmer konnte es ohnehin nicht kommen.

Das Waschbecken war kalt und hart unter ihren Händen, als Romina in den Spiegel blickte. Sie sah furchtbar aus, wie erwartet. Die Ähnlichkeit mit einigen ihrer Selbst-

porträts war alarmierend, und zu einem anderen Zeitpunkt hätte sie das amüsiert.
Jetzt nicht. Jetzt interessierte sie gar nichts. Es sollte ihr nur bessergehen. Irgendwie. Sie betete stumm darum, dass sie sich nicht auch noch übergeben musste. Sie füllte einen Zahnputzbecher mit Wasser und trank. Es schmeckte widerlich nach Kater, aber bei dem Gedanken, sich eine Zahnbürste in den Mund zu stecken, wurde ihr übel.
Als das Telefon klingelte, zuckte sie zusammen. Viel zu laut schrillte es in ihrem schmerzenden Schädel.
Eine S-Bahn im Tunnel, dachte sie. Eine S-Bahn im Tunnel, und mein Kopf liegt zwischen den Schienen. Immer kamen diese Bilder, stiegen in ihr auf, um dann an der Oberfläche ihres Bewusstseins zu zerplatzen wie Seifenblasen. Was war es wert, in Bildern zu denken, wenn man diese nicht auf die Leinwand bringen konnte? Wenn die einzigen Bilder, die greifbar blieben, so triviale Dinge beschrieben wie die Kopfschmerzen nach einer durchsoffenen Nacht?
Das Telefon schrillte weiter, beschleunigte, wurde zum Zug und überrollte sie. Ihr Kopf stieß unsanft an den Wasserhahn, als sie ihn reflexartig über das Becken beugte, ehe sie sich übergab. Säure und Bitterkeit explodierten in ihrem Mund, stiegen ihr in die Nase, und zu alldem war da noch dieser Zug, der ihre Schädeldecke zerstampfte.
Vielleicht war sie eingeschlafen. Als sie die Augen öffnete, war der Zug weg. Ihr Kopf lag nicht im Tunnel eines S-Bahn-Schachts, sondern auf dem Badezimmerfußboden.
Der frische Geschmack der Zahnpaste tat gut. Er vertrieb

den Kater aus ihrem Mund. Mit beiden Händen schaufelte Romina sich Wasser ins Gesicht, als das Klingeln erneut einsetzte.

Michael, dachte sie. Er würde nicht aufgeben. Er würde immer weiter anrufen, und das war kein Wunder. Er wusste nicht, was sich in ihr abspielte. In seiner merkwürdigen kleinen Welt gab es keine unerklärlichen persönlichen Krisen, sondern klar verteilte Rollen wie in einer Seifenoper, es gab unglückliche Ehemänner, leidenschaftliche Geliebte, sensible Söhne und so weiter. Sie war die Geliebte, von der er lange durch unliebsame Umstände getrennt gewesen war und die jetzt, da diese Umstände wie von Zauberhand verändert schienen, in den Rang der Hauptgemahlin aufsteigen konnte.

Sie musste mit ihm reden.

Warum nicht gleich?

Sie wankte in den Flur und griff nach dem Telefon, das erstaunlicherweise immer noch klingelte.

Erst war da gar nichts.

»Hallo?«, fragte Romina in den Telefonhörer und rutschte mit dem Rücken die Wand hinunter, bis sie fest und sicher saß.

Die Stimme am anderen Ende klang kühl, professionell. »Mit wem spreche ich, bitte?«

»Romina Schleheck.«

»Sie sind es, wie schön!« Die Stimme hatte jetzt eine freundliche Drehung bekommen. »Gernhart ist mein Name, Bundeskunst- und Ausstellungshalle.«

»Ja«, sagte Romina und sah auf ihre Füße. Sie waren nackt. Hatte sie lange auf dem Badezimmerboden gelegen? Ohne Strümpfe? Im November? Dann würde sie sich erkälten. Das war nicht gut.

»Ich rufe wegen Ihrer Bewerbung an. Wir möchten Sie sehr gerne nächstes Jahr in unserer Nibelungen-Ausstellung aufnehmen, Frau Schleheck.«

»Ja«, sagte Romina.

»Ihr *Siegfried* soll eines der zentralen Exponate werden, wahrscheinlich nehmen wir ihn sogar auf die Plakate. Er passt einfach hervorragend in unser Konzept. Ein großartiges Bild!«

»Ja.«

»Könnten Sie vielleicht in den nächsten Tagen wegen des weiteren Vorgehens bei mir hereinschauen? Sie wohnen ja ganz in der Nähe, wie ich gesehen habe.«

»Ja.«

»Geht es Ihnen gut?«, fragte die Stimme.

»Nein«, sagte Romina. Dann legte sie den Hörer auf und stürzte zurück ins Bad. Und während sie sich erneut geräuschvoll übergab, begannen die Tränen zu fließen, und in ihre Würgegeräusche mischten sich tiefe Schluchzer der Erleichterung, Schluchzer, die die Würgegeräusche schließlich erfolgreich verdrängten.

Ich habe es geschafft, dachte Romina. Ich habe es wirklich geschafft. Zwanzig Jahre Warten, und jetzt habe ich es doch noch geschafft.

Trotzdem war ihr nicht nach Feiern zumute, nur zu deutlich mahnten sie der saure Geschmack nach Erbrochenem und die Kopfschmerzen an ihren Exzess von letzter Nacht.

Warum habe ich bloß so viel getrunken?, dachte Romina. Nie mehr. Wirklich, nie mehr!

Es gab keine Entschuldigung dafür, sich in ihrem Alter derart kindisch zu betrinken. Oder?

Dann fiel es ihr ein.

Dass das Bild nicht mehr da war.
Dass jemand *Siegfrieds Schuld* gestohlen hatte.
Das Bild, das Zentrum der Ausstellung werden sollte.

*

Am nächsten Morgen stand auf ihrem Platz der blaugeblümte Eierbecher mit einem Frühstücksei. Es war noch warm.
Normalerweise stand Edith um sieben Uhr auf, immer schon. Seit Jan bei ihr wohnte, war sie an manchen Tagen sogar noch früher auf gewesen. Das lag zum Teil daran, dass sie alles bereithaben wollte, wenn er in die Küche kam, zum Teil aber auch an anderen Dingen. Zum Beispiel die Sache mit dem Badezimmer. Was, wenn er morgens eilig ins Bad musste, und sie blockierte es? Er hatte, ganz der wohlerzogene Besucher, seine Sachen in einem Kulturbeutel aus dunkelblauem Kord verstaut, und das irritierte Edith schon seit Wochen. Denn dieser Kulturbeutel stand seit Jans Einzug im Badezimmer, und zwar sichtbar prall gefüllt. Das hieß doch, dass er alle wichtigen Sachen im Badezimmer deponiert hatte. Was, wenn er morgens nicht drankam?
Bisher hatte Edith sich keine Gedanken über das Necessaire von Männern machen müssen, ihr Johann hatte eine Zahnbürste besessen und ein Stück Kernseife, das er bereitwillig mit jedem Wanderer geteilt hätte, doch Jan war anders. Immer schon gewesen. Er war gepflegt und achtete auf vieles, an das Edith nicht im Traum dachte, und immer sah er aus wie aus dem Ei gepellt. Er wusch seine Hemden im Schonwaschgang und bügelte sie abends, während er Shows ansah, von denen Edith nie gedacht

hätte, dass Männer sie sich anschauten. Und deswegen brauchte er morgens so viel Zeit im Bad. Edith durchlitt zwischen zwei und drei Uhr früh, wenn ihre Schlaflosigkeit am schlimmsten war, Höllenqualen bei dem Gedanken, dass ihr Enkel ihretwegen zu spät zur Arbeit kommen könnte. Oder bei dem Gedanken, dass er sie im Bad überraschen mochte, wenn sie es nicht richtig abgeschlossen hatte, oder umgekehrt, und sie wusste nicht, was schlimmer wäre. Am meisten fürchtete sie, dass er sich dann unwohl fühlen und früher als geplant ausziehen würde.
An so etwas hatte sie gedacht. Daran, dass ihr geliebter Enkelsohn sie verlassen könnte, weil das Zusammenleben nicht reibungslos funktionierte. Nicht in ihren schlimmsten Träumen hätte sie erwartet, dass er sie loswerden, aus dem Haus werfen wollte. Ganz wie seine Mutter.
Und darum ließ sie sich auch von dem Frühstücksei nicht rühren. Oder nur sehr wenig.
Obwohl es sie zum Grübeln anregte. Ob er seiner sonderbaren italienischen Verlobten wohl jeden Sonntag ein Frühstücksei gekocht hatte? Zu Ediths Zeit hatten die Männer keine Frühstückseier gekocht, und im Grunde dachte Edith, dass das auch richtig so gewesen war. Zumindest war es weniger verwirrend. Damals war sie nie verwirrt gewesen, und jetzt war sie es, definitiv. Sie wollte sich nicht verwirren lassen. Von einem Verräter wie Jan schon gar nicht.
Entschlossen stellte Edith das inzwischen erkaltete Ei in die Spüle.
Nach kurzem Zögern nahm sie es wieder heraus und stellte es sachte auf die Fensterbank. Selbst aus Protest brachte sie es nicht über sich, ein Ei zu verschwenden, auch wenn ihr der Gedanke gefiel, dass ein reumütiger

Jan heute Abend von der Arbeit nach Hause kommen und bestürzt das Frühstücksei, das er gekocht hatte, in der Spüle vorfinden würde. Kaputt, am besten.
Immerhin würde sie es nicht essen. Nicht jetzt zumindest, und nicht so, wie es gedacht war. Und je mehr sie nachdachte, umso klarer wurde ihr, dass Jan nicht länger bei ihr wohnen konnte. Nicht nach dem, was er da in die Wege geleitet hatte. Sie würde ihm sagen, dass er ausziehen sollte. Heute noch.
Edith seufzte.
Denn dass dieses Ei eine Form der Anbiederung war, vielleicht gar eine Entschuldigung, das verstand sie, sowenig sie sonst ihren Enkel verstand.
Umso mehr, da ihr noch nie ein Mann ein Frühstücksei gekocht hatte, schon gar nicht mitten in der Woche.
Und bei dem Gedanken daran, wie glücklich sie sich unter anderen Umständen gefühlt hätte, wenn ihr Enkel ihr ein Ei gekocht hätte, ohne sie ins Altenheim abschieben zu wollen, bei dem Gedanken wurde sie sehr traurig.

*

Die Brille stand dem extravaganten Ring in nichts nach. Sie war violett und zackig und betonte die kleinen Augen von Angelika Gernhart sehr ungünstig, fand Jan. Die Kuratorin machte allerdings nicht den Eindruck, als ob ihr an Jans Meinung zu ihrem Äußeren irgendwie gelegen sei. Mit amüsierter Miene betrachtete sie durch die eigenartigen Brillengläser das Stück Papier, dann nahm sie das Gestell ab, klappte es zusammen und verstaute es in ihrer Schreibtischschublade.
»Eine richterliche Anordnung«, sagte sie.

»Ich habe Ihnen doch gesagt, ich komme wieder.«
Es war leichter als erwartet gewesen, an das Schriftstück zu kommen. Immerhin gab es keinen Beweis dafür, dass Romina Schleheck etwas mit dem mutmaßlichen Tod von Margit Sippmeyer oder ihrem Verschwinden zu tun hatte, und eine Verbindung zu Valerie Koller gab es bisher auch nicht. Dass aber beide Fälle irgendwie mit dem Nibelungenlied zu tun hatten, erschien nach Elenas Zusammenfassung am Vortag plötzlich allen so logisch, als hätten sie es längst geahnt. Der Fundort der Leiche in der Drachenhöhle. Die Drachenfrau, auf die so viele Spuren wiesen und die an dem Nibelungenzyklus arbeitete, über den niemand etwas wissen durfte. Und jetzt war ihr auch noch ein Bild gestohlen worden, das nach ihren eigenen Angaben den Ehemann der Vermissten zeigte.
»Es freut mich ja, dass Sie sich so für Kunst interessieren. Ich frage mich nur, warum Sie nicht stattdessen die Originale untersuchen.«
»Und ich frage mich, warum Sie nicht einfach tun, worum ich Sie gebeten habe.«
Befriedigt sah Jan, wie die strichfeinen Augenbrauen der Kuratorin in die Höhe schossen. Dann nickte sie. »Wenn Sie einen Moment warten möchten, hole ich die Sachen.«
»Ich dachte, nur der Museumsdirektor sei befugt, über Informationen zu dem laufenden Bewerbungsverfahren zu entscheiden.«
Angelika Gernhart lächelte ihr spezielles zähneschützendes Lächeln. »Das Verfahren ist beendet.«
»So schnell?«
»Manchmal geht so etwas ganz schnell. Zum Beispiel, wenn eine Bewerberin in einem Mordfall verdächtigt wird, den der *Generalanzeiger* als ›Nibelungen-Mord‹

ausruft. Eine bessere Werbung hätte sich unsere PR-Abteilung kaum ausdenken können. Nicht für eine Nibelungen-Ausstellung, die sich in erster Linie auf die blutigen Aspekte des Mythos konzentriert.«
»Das ist nicht Ihr Ernst.«
»Das mit den blutigen Aspekten? Oh, das ist unser voller Ernst. Jahrzehntelang waren die Darstellungen völlig durchseucht von dieser schwülstigen Wagner-Opernästhetik. Wir werden jetzt die andere Seite der Geschichte zeigen, die authentische, kriegerische, blutige.«
»Und Sie wollen ein reales Verbrechen missbrauchen, um Aufmerksamkeit auf Ihre blöde Ausstellung zu lenken? Dies ist ein Ermittlungsverfahren, Frau Gernhart! Das ist Realität und nicht …« Er sah umher, streifte die großformatigen, vor Farbe buckligen Leinwände mit ungläubigem Blick. »… nicht das, was Sie KUNST nennen!«
Mit aufreizender Lässigkeit drehte sich die Kuratorin auf ihrem Schreibtischstuhl. »Kunst und Realität, lieber Herr Seidel, gehören zusammen. Und wenn ich mich nicht sehr täusche, beweist Ihr Interesse an den Bildern von Romina Schleheck genau das. Warum sonst sollte sich die Kriminalpolizei für die Bilder einer Tatverdächtigen interessieren?«
»Romina Schleheck ist keine Tatverdächtige, und ich muss Sie auffordern, sie auch nicht so zu bezeichnen. Und jetzt hätte ich gern alles, was Sie über diesen gottverdammten Nibelungenzyklus haben.«
»Einen kleinen Moment«, sagte die Kuratorin und lächelte honigsüß. Dann stöckelte sie hinaus.
Sie kam so schnell zurück, dass die Unterlagen sich im Nebenzimmer befunden haben mussten. Sie breitete einige großformatige Fotografien auf dem Tisch aus, und Jan trat neugierig näher. Er wusste nicht, was er erwarte-

te, längst waren die scheußlichen Fratzen der Selbstporträts mit den zahmen Comicdrachen in seinem Kopf eine Mischung eingegangen.
Niemals aber hätte er mit dem gerechnet, was er sah.
Das Bild war schön. In der Mitte ruhte der nackte Michael Sippmeyer in einer Pose, die Jan auf irgendeinem Kalenderbild schon einmal gesehen haben mochte. Er sah stark aus und kraftvoll, und beim Anblick des Muskelspiels auf dem nackten Körper verspürte Jan ein unerklärliches Schamgefühl, das ihn irritierte. Eigentlich hätte er darüber grinsen müssen, dass da ein Tatverdächtiger nackt vor ihm ausgebreitet lag, und zwar ganz nackt, aber das Gegenteil war der Fall. Obwohl seiner Kleidung beraubt, strahlte der Mann auf dem Bild eine Aura aus, die jeden anderen in seiner Gegenwart schrumpfen ließ. Oder war es, gerade WEIL er seiner Kleidung beraubt war?
Jan zuckte zusammen, als er den Blick der Kuratorin auf sich fühlte.
»Es ist beeindruckend, nicht?«, fragte sie, und ausnahmsweise war ihre Stimme frei von Ironie. »Diese Ruhe, diese Kraft. Schleheck hat winzige Goldpartikel eingearbeitet, um dieses Strahlen zu erzielen, wenn Sie näher herangehen, können Sie auch die Goldfäden in den Haaren sehen. Schauen Sie, auf dieser Vergrößerung ist es ganz deutlich.«
Gegen seinen Willen näherte Jan sein Gesicht der Fotografie. Viel zu nah war ihm jetzt das männliche Gesicht Sippmeyers, das kantige Kinn, die kräftige, fleischige Nase, der Bartschatten und das strahlende Gold der Haare.
»Natürlich kann eine Fotografie den Effekt der unterschiedlichen Materialien nur ungenügend wiedergeben, umso mehr freue ich mich auf das Original.«

»Sie schwärmen ja förmlich«, sagte Jan, ohne den Blick vom Foto zu wenden. »Dafür, dass Sie vor kurzem noch nicht wussten, ob diese Bilder es wert sind, ausgestellt zu werden, finde ich das etwas eigenartig.«

»An der Qualität der Bilder bestand nie ein Zweifel. Es ging nur um die Frage nach der Urheberschaft und darum, ob wir eine Künstlerin mit einer derartigen Vita in einem geförderten Museum plazieren können.«

»Wissen Sie, wen das Bild zeigt?«

Der Blick, der ihn traf, war verächtlich wie gewohnt.

»Siegfried. Da gibt es gar keinen Zweifel. Es ist das Idealbild eines charismatischen Helden. Natürlich sind auch einige Requisiten versteckt, die ihn eindeutig identifizieren, wenn Sie schauen, er hockt nicht auf einer Decke, sondern auf einem Umhang, das ist der bekannte Tarnmantel. Und dann das Schwert rechts im Bild, das ist Siegfrieds berühmtes Schwert Balmung, wie wir es aus anderen Darstellungen kennen.«

»Tarnmantel? Ich dachte immer, er besaß eine Tarnkappe.«

»Oh, das ist nur ein dummer kleiner Übersetzungsfehler. Im Original heißt es, warten Sie … *da er die tarnkappen sît Albrîche án gewan.*« Die Kuratorin zitierte mit sichtlicher Lust. Sie schien ihren kleinen Auftritt zu genießen. »Im mittelhochdeutschen *kappe* entdecken Sie unschwer das Wörtchen ›Cape‹. Es handelt sich also um ein Tarn-Cape – einen Tarnumhang oder, wenn Sie so wollen, einen Tarnmantel.«

Es störte Jan, dass die Kuratorin alles wusste. Okay, sie hatte den Kram studiert, vor allem, seit sie diese Ausstellung vorbereitete, aber trotzdem kam er sich blöd vor neben ihr. Es war ein Gefühl, das er hasste. Er kannte es nur zu gut. Immer, wenn seine Familie zusammentraf, rede-

ten sie stundenlang über kulturelle Themen. Seine Welt war einfach eine andere. Seine Welt war die Realität.
Er hingegen wusste, wen das Bild in Wirklichkeit zeigte. Und auch wenn er mit diesem Wissen vor der Kuratorin nicht prahlen würde, so verschaffte es ihm doch ein wohliges Gefühl der Überlegenheit.
»Wissen Sie, um wen es sich bei dem Modell handelt?«
»Modelle sind egal«, sagte die Kuratorin, ohne den Blick von der Fotografie zu wenden. »Sie stehen nicht für sich selbst als Individuen, sondern für das, was der Künstler aus ihnen macht.«
Jan nickte, weil er dieses Thema nicht zu diskutieren gedachte. Aber er fragte sich, was Michael Sippmeyer wohl dazu sagte, dass er demnächst mitsamt seinen blanken Genitalien in der Bundeskunst- und Ausstellungshalle hängen sollte. Möglicherweise hatte er als Geliebter einer Künstlerin einen kreativen Blick auf so etwas, aber die meisten Museumsbesucher hatten das mit Sicherheit nicht. Und seine Klienten und Nachbarn? Gab es irgendeinen Menschen, der nicht Rockstar war, der so etwas tolerieren würde?
Unmöglich, dass Sippmeyer von diesem Bild wusste. Oder, wenn er davon wusste, so ahnte er gewiss nicht, dass es ausgestellt werden sollte. Jan selbst jedenfalls würde alles in seiner Macht Stehende tun, um zu verhindern, dass so etwas von ihm veröffentlicht wurde.
Alles in seiner Macht Stehende? Wirklich alles?
Ja, dachte Jan.
Es war merkwürdig. Dieses Bild bot Michael ein wunderbares Motiv, seine Geliebte zu ermorden. Er hatte seinen Ruf als Notar und als Privatmann zu verlieren, von den Konsequenzen für seine Ehe einmal ganz abgesehen,

wenn bekannt wurde, dass er sich von seiner Geliebten derart provokant malen ließ.
Ja, wenn Romina Schleheck als Leiche im Kühlfach der Rechtsmedizin läge, wüsste Jan genau, wen er aufsuchen würde. Aber so einfach war es leider nicht.
Schon mehrfach im Verlauf der Ermittlungen war überlegt worden, ob es sich bei den Frauen um eine Verwechslung handeln konnte. Sehr gut möglich, dass jemand Margit statt Valerie Koller ermorden wollte.
Aber Romina Schleheck? Niemand konnte Romina Schleheck mit den beiden zartgliedrigen, blonden Frauen verwechseln.
Er wandte sich wieder Angelika Gernhart zu, die weitere Fotos arrangierte. Er stutzte. Auch diese Gesichter kamen ihm bekannt vor.
»Die Siegfried-Darstellung ist Mittelteil eines Triptychons, also eines dreiteiligen Gemäldes«, erklärte Gernhart. »Im Zentrum steht Siegfried, der strahlende Held. Links und rechts von ihm stehen die Frauen, die um ihn streiten, also Kriemhild und Brünhild. Sie sehen, dass die beiden nur aufeinander fixiert sind. Es ist ein Zitat der bekannten Szene *Streit der Königinnen,* bei dem die beiden Frauen um den Vortritt in das Münster von Worms kämpfen. Eine sehr schöne Darstellung davon gibt es übrigens hier auf Schloss Drachenburg im Nibelungenzimmer, das Wandgemälde ist vor wenigen Jahren aufwendig renoviert worden. Wir überlegen, ob wir es einbeziehen können, wenigstens für den Ausstellungskatalog. Schleheck hat allerdings die Geschichte verändert. Normalerweise zeigen die Darstellungen nur die beiden streitenden Frauen. Dadurch, dass bei diesem Bild Siegfried selbst im Zentrum steht, vollzieht sich eine völlige Neu-

ordnung der Ereignisse. Der strahlende Held, Opfer seines eigenen tödlichen Charismas.«

Wenn Blicke töten könnten, dann wären die beiden Frauen auf den Bildern – unverkennbar Romina und Margit – auf der Stelle tot von der Leinwand gefallen. Sie verkrallten ihre Blicke förmlich ineinander, die Gesichter verzerrt vor Hass, die Hände gekrümmt, als wollten sie jeden Moment aufeinander losgehen. So wie Gernhart die Fotos jedoch arrangierte, war das nicht möglich, denn zwischen ihnen befand sich Siegfried mitsamt der goldenen Aura, die ihn umgab. Der Gegensatz zwischen dem Mittelbild, aus dem die Sonne zu scheinen schien, und der Aggression auf den angrenzenden Leinwänden machte Jan schwindlig, und er musste sich abwenden.

Wieder beobachtete ihn die Kuratorin, und sie schien seltsam zufrieden mit seiner Reaktion. »Es wird ein großartiger Erfolg werden«, sagte sie. »Kaum jemand kann sich diesem Bild entziehen.«

Selbst ein Banause wie ich nicht, dachte Jan.

»Es gibt noch eine Reihe kleinformatiger Bilder, die dazugehören, sechs an jeder Seite, sie illustrieren wichtige Szenen der Geschichte. Wenn Sie mögen, kann ich Ihnen die auch noch zeigen.«

»Das ist nicht nötig«, sagte Jan. »Ich muss alles mit ins Präsidium nehmen. Aber machen Sie sich keine Sorgen, Sie bekommen die Fotos unbeschadet zurück.« Die Milde in seiner Stimme überraschte ihn.

»Kein Problem. Wir haben bald die Originale hier, da spielen die Fotos keine Rolle. Und für unseren Ausstellungskatalog werden wir ohnehin noch bessere Aufnahmen machen müssen.«

»Können Sie mir die Bilder so verpacken, dass ich sie unbeschadet ins Präsidium transportieren kann?«
»Aber gern. Ich hole Ihnen ein paar Versandrollen. Wenn wir die Bilder rollen, ist der Transport kein Problem.« Es war, als seien sie plötzlich Freunde geworden, dachte Jan, als Gernhart mit einem Lächeln durch die Tür verschwunden war. Und das nur, weil sie beide der Faszination dieses Bildes erlegen waren.
Noch einmal trat er an den Tisch, um die Fotos zu betrachten. Margit Sippmeyer als Kriemhild hatte nichts von der reizenden Braut auf dem Hochzeitsbild oder der fröhlichen Urlauberin auf dem Foto der Vermisstenmeldung. Ihre Haare standen zu Berge wie bei einer Katze, die das Fell sträubt, und ihre Hand krallte sich in das lila Gewand, als wolle sie es zerreißen.
Jan stutzte. Woher kannte er das Gewand?
Das Foto. Auf dem Kaminsims bei den Sippmeyers hatte ein Foto gestanden, auf dem Margit genau dieses Kleid trug. Genau das Kleid dieser Furie, nur dass er hier erkennen konnte, dass am Ausschnitt Pailletten glitzerten. Genau wie die, die er im Atelier gefunden hatte.
In seinem Kopf raste es.
»Ist alles in Ordnung?«, fragte Gernhart, die mit einigen großen braunen Papprollen zurückkam.
»Aus welchem Material ist dieses Bild? Das Original, meine ich.«
»Acryl auf Leinwand, und dazu Seide und Pailletten für das Gewand und einige Haare.«
»Haare?«
»Ja, Haare. Manche Künstler, die mit gemischten Materialien arbeiten, verwenden echte Haare in ihren Bildern, um ihnen etwas Wahres, Authentisches zu geben. In vie-

len Kulturen stehen die Haare für die mythische Kraft des Individuums, denken Sie an Samson aus der Bibel, dessen Kraft versiegt, als Delila sie ihm abschneidet. Eine symbolische Kastration.«

»Das ist ekelhaft«, sagte Jan tonlos. »Echte Haare in einem Bild …«

»Ekelhaft. Ja, das empfinden viele so.« Sie sah ihn an und lächelte zufrieden, als bestätige seine Reaktion ihre Überzeugung. »Das meinen Sie nur, weil ein Tabu verletzt wird, Herr Seidel. Haare berühren, weil sie so persönlich sind. Und es hängt viel Aberglaube daran, wie zum Beispiel beim Voodoo. Stellen Sie sich vor, Ihr eigenes Haar würde in einem Bild verarbeitet, vielleicht klebt es auf dem Kopf eines Opfers … Da wird Ihnen mulmig, oder? Auf jeden Fall ist das eins der Elemente, die die Bilder der Schleheck so stark machen.«

Jan hörte längst nicht mehr zu. In seinem Kopf arbeitete es weiter. Könnte es sein, dass Romina Schleheck Körperteile ihrer Konkurrentin zu einem Bild verarbeitet hatte? Die Pailletten stimmten augenscheinlich mit denen überein, die er in ihrem Atelier gefunden hatte. Gehörten sie zu Margits echtem Kleid?

Was an diesem Bild war noch echt? Wieder fixierte er das Foto, streifte misstrauisch die perlweißen, gefletschten Zähne, aber er konnte nicht mehr erkennen als vorher.

»Ich brauche die Originale«, murmelte er und griff nach seinem Handy.

Während er Elenas Nummer wählte, sprach Gernhart munter weiter.

»Das ist es, was ich an Schleheck so bewundere, sie gibt alles, malt buchstäblich mit Haut und Haaren. Sogar mit ihrem Blut, wenn Sie diese braunen Flecken …«

»Elena? Du musst sofort herkommen und dir das hier ansehen. Romina Schleheck hat wahrscheinlich alle möglichen biologischen Spuren in ihren Bildern verwurstet, und ich vermute, dass es Proben von Margit Sippmeyer sind. Haare, Blut, Pailletten von ihrem Kleid ... Es ist ausgeschlossen, dass die beiden nie Kontakt hatten. Stell ein Team zusammen, das ihr Haus auf den Kopf stellt. Wir brauchen das verdammte Bild! Vermutlich finden wir dort auch Margit Sippmeyer.«
Mit weit aufgerissenen Augen hörte Gernhart zu. »Nun denn«, meinte sie, als er aufgelegt hatte. »Scheint, dass die Schleheck eben doch eine Tatverdächtige ist. Dann habe ich ja auf das richtige Pferd gesetzt.«
Sie sah sehr zufrieden aus.
Ihre PR-Kampagne für die Ausstellung würde alles Dagewesene in den Schatten stellen, so viel stand fest.

*

Laras erste SMS erreichte Sven in der Pause, und seitdem standen seine Finger keinen Moment still, kaum hatte er ihr geantwortet, traf schon die Antwort ein.

Kannst du bitte kommen?

Hab noch Doppelstunde Sport!

Es ist wichtig, ich hab was gefunden!

Was???

Nicht per SMS. Kommst du vorbei? Bin zu Hause.

OK. 20 Min

Mach schnell. Ich hab Angst

Warum?

Mach schnell

Eindeutig: Es war etwas passiert. Lara fürchtete sich. Sie brauchte ihn.
Sven widerstand der Versuchung, sie sofort anzurufen, klappte sein Handy zusammen und schwang sich aufs Rad. Zum Glück stand die Fähre bereit.
Eine knappe halbe Stunde später hatte er den weißen Bungalow in Mehlem erreicht. Das Haus ihrer Eltern erschien ihm inzwischen vertraut. Lara öffnete wortlos und ging dann, ohne sich nach ihm umzublicken, ins Wohnzimmer, wo sie sich aufs Sofa kauerte.
Er überlegte, ob er seine schmutzigen Schuhe ausziehen sollte, ließ es dann bleiben und folgte ihr.
»Was ist los, Lara?«
Vor ihr auf dem Couchtisch lag ein Buch. Es war ein Buch, das er nur zu gut kannte. Irgendein blöder Krimi, den seine Mutter wieder und wieder verschlungen hatte. Er klappte es auf und las Margit Sippmeyers Namen, der mit schwarzer Tinte auf der Innenseite des Buchdeckels stand, ganz so, wie sie alle ihre Bücher beschriftet hatte. Offenbar war Lara auf ihrer Suche nach einer Verbindung zwischen den beiden Elternpaaren fündig geworden. Erst hatte sie Fragen gestellt. Aber ihr Vater hatte Lara dasselbe gesagt wie der Polizei. Nein, er kenne Svens Eltern nicht. Nie gesehen, nie gesprochen. Möglich, dass seine Frau in ihrer Funktion als Lehrerin einmal Kontakt zu ihnen aufgenommen hatte, davon wusste er jedoch nichts.
Dieses Buch sprach eine andere Wahrheit. Entweder hatte Margit es verliehen oder hier vergessen. Beides war nichts, was mit Valeries Funktion als Lehrerin zu tun haben konnte. Gab es noch eine andere Möglichkeit?
Lara zog die schmalen Schultern hoch, als sei ihr plötzlich kalt geworden. Sie starrte aus dem Fenster, und als

sie endlich den Mund öffnete, klang ihre Stimme leise und schwach. »Was soll ich ihm denn jetzt sagen? Ich kann ihn doch nicht fragen, wie das Buch in unser Regal kommt! Er ist gerade bei der Polizei, weil die noch Fragen wegen irgendwelcher Unstimmigkeiten haben. Was, wenn ...« Ihre Stimme erstarb.

»Verdammte Scheiße«, murmelte Sven, und er wünschte, ihm fiele etwas Besseres ein.

In Laras Augen schimmerte es verdächtig, und sie zwinkerte.

»Beruhig dich erst mal, okay? Kann ich was für dich machen? Ich meine, habt ihr Tee oder so?« Ohne ihre Antwort abzuwarten, ging er in die Küche, füllte den Wasserkocher und stellte ihn an. Im Küchenschrank fand er verschiedene Pappschachteln mit Tee, an denen er aufmerksam schnupperte. Kirsch-Vanille. So etwas mochten Mädchen.

Komisch, dachte Sven, während er die Beutel in zwei bunte Keramikbecher hängte und mit brodelndem Wasser aufgoss. Komisch, wie leicht alles geworden war. Als wären seine Zeiten als problematischer Teenager, mit dem keiner etwas zu tun haben wollte, plötzlich weggewischt. Als hätte ihn jemand umgepolt und zu jemandem gemacht, der einem Mädchen wie Lara half, richtig half, indem er zuhörte und Tee kochte und instinktiv wusste, was ihr guttat. Kaum zu glauben, dass er sich vor wenigen Monaten noch hatte umbringen wollen. Dass er regelmäßig, wenn die Straßenbahn eingefahren war, dieses Zucken im Knie gehabt hatte, dieses Bedürfnis, einfach einen Satz nach vorne auf die Gleise zu machen. Dass da immer diese Frage gewesen war: Warum eigentlich nicht? Oder vielmehr: Warum eigentlich das alles?

Er stellte die Tassen auf ein etwas angeschlagenes Tablett, das auf der Mikrowelle lag, nahm eine Packung Butterkekse und ging zurück ins Wohnzimmer. Lara hatte die Füße aufs Sofa gezogen und hielt die Arme verschränkt, als sei sie von einem plötzlichen Temperatursturz überrascht worden. Sie sah blass und verschreckt aus.

»Trink mal was«, sagte er und reichte ihr die Tasse.

Sie nahm sie wortlos entgegen.

»Pass aber auf, ist voll heiß.«

Sie verzog den Mund zu einem winzigen Lächeln und stellte die Tasse vor sich auf den Couchtisch, ohne wirklich hinzusehen. »Ich verstehe das nicht«, flüsterte sie. »Wie kommt das Buch hierher? Mein Vater hat doch gesagt, dass er deine Mutter gar nicht kennt. Oder haben vielleicht unsere Mütter …« Sie verstummte.

»Hm.« Er rührte in seiner Tasse, aus der ein betäubender Geruch nach Kirsche stieg. Was sollte er jetzt sagen? Es gab eine Erklärung, die halbwegs nahelag. Es war auch egal, ob man das erklären konnte oder nicht. Sie hatten eine Verbindung gesucht und das Buch gefunden. Punkt. Mission erfüllt.

»Mein Vater würde nie …« Sie brach ab und blickte zur Haustür. Das Geräusch zuklappender Autotüren.

»Er kommt«, flüsterte sie. »Von der Polizei. Sven, was soll ich denn jetzt machen?«

Ihr Blick hing angstvoll an ihm, aber es lag auch etwas anderes darin. Sie vertraute ihm. Sie brauchte ihn.

»Komm mit«, sagte er.

Als Peter Koller eine halbe Minute später ins Wohnzimmer trat, fand er dort nichts als zwei dampfende Tassen auf dem Couchtisch. In der Luft hing ein durchdringender Geruch nach Kirsche.

»Lara?«
Er rief hinauf ins Treppenhaus, lauschte auf eine Antwort und trat dann zurück ins Wohnzimmer.
»Lara?« Seine Tochter antwortete nicht. Erst als er den kalten Luftzug spürte, fiel ihm auf, dass die Terrassentür weit offen stand. Er ging hinaus auf die Terrasse und sah sich um. Nichts. Als er ins Wohnzimmer zurückging, eine der Tassen hob und sich über den Ring ärgerte, die sie auf der Oberfläche des Tischs hinterlassen hatte, entdeckte er etwas Weißes, das unter dem Sofa hervorlugte.
Es war ein Buch.
Er hatte es noch nie zuvor gesehen.

*

Der Wasserkocher brauste ohrenbetäubend, noch lauter aber toste eine Frage durch Rominas Kopf, seit ihr vorhin im Badezimmer alles wieder eingefallen war.
War jetzt alles vorbei?
Die Erleichterung, die Hoffnung, der Stolz, all das, was der Anruf der Kuratorin für einen winzigen, viel zu knappen Augenblick in ihr entfacht hatte, war von dieser Frage verdrängt worden.
Das Bild war weg.
Sie hatte Aspirin geschluckt und Wasser getrunken, und dann hatte sie sich an die Arbeit gemacht. Hatte alles durchsucht in der wirren Hoffnung, das Bild sei einfach verlorengegangen wie ein Handschuh, der einem aus der Manteltasche rutscht und dann Monate später beim Staubsaugen unter dem Sofa wieder auftaucht. Jede einzelne Leinwand in ihrem Atelier hatte sie gewendet, obwohl eigentlich sonnenklar war, dass ein so großes

Gemälde wie *Siegfrieds Schuld* nicht zwischen kleinformatigen Arbeiten verschwinden konnte. Auch zusammengerollt maß das Bild mehr als einen Meter.
Ihren Werkzeugschrank hatte sie aufgeräumt. Obwohl sie eigentlich von sich selbst dachte, dass sie zumindest ihre Malutensilien peinlich sauber hielt, waren dabei eingetrocknete Farbtuben aufgetaucht, steife Pinsel, eine leere Terpentinflasche. Und ganz so, als spiele das irgendeine Rolle, hatte sie sich über diese Unordnung aufgeregt und sich felsenfest vorgenommen, ab jetzt regelmäßig ihren Schrank aufzuräumen. Jedes Vierteljahr. Oder besser noch alle zwei Monate.
Nach zwei Stunden schweißtreibender Schufterei, die zumindest ihren Kater ein wenig hatte vertreiben können, wusste Romina es ganz sicher.
Das Bild war weg.
Panik stieg in ihr auf, immer wieder aufs Neue. Stets überfiel diese Erkenntnis sie wie beim ersten Mal, als sie die Wolldecke entfernt und das Loch gesehen hatte, dort, wo vorher *Siegfrieds Schuld* gewesen war. Hätte sie das Bild nicht vor Michael verstecken wollen, hätte sie sein Verschwinden vielleicht früher bemerkt. Seit wann war es verschwunden? Seit wann hatte die Decke einen leeren Rahmen verborgen?
Ruhig, dachte Romina. Sie musste sich beruhigen, damit sie nachdenken konnte, was jetzt zu tun war.
Das Wasser hatte schon gekocht. Sie löffelte ihre Spezialmischung in das Teenetz, goss Wasser darauf und schloss die Augen.
Ruhig, dachte sie.
Der Tee würde helfen, er half immer. Baldrian, Melisse und Lavendel, alles aus dem eigenen Garten. Im Frühsom-

mer, als sie die Kräuter geerntet hatte, war noch alles anders gewesen, eine andere Welt, ein anderes Leben. Damals hatte sie mit den ersten Entwürfen begonnen, hatte die Zeit mit Michael genossen und die Sonnenstrahlen auf der Terrasse. Damals war alles ruhig und heiter gewesen.
Eine Illusion, dachte sie. Als ob sich eine betrogene Ehefrau einfach so ausknipsen ließe in den Stunden, die der Ehemann sich gönnte. Als ob friedliche, sonnige Nachmittage auf der Terrasse etwas von Dauer sein könnten. Als ob jemals ein echtes Kunstwerk geschaffen werden könnte, ohne dass mindestens ein Mensch mit Schweiß und Tränen damit bezahlte.
Und mit Blut.
Ruhig bleiben, dachte Romina. Nachdenken.
Es gab nur eine Möglichkeit. Sie durften es nicht wissen. Das Museum durfte nichts vom Verschwinden des Bildes erfahren. Sie hatten die Kopien vorliegen, vielleicht reichte ihnen das erst mal. Und dann musste sie die Kuratorin vertrösten. Kleine Änderungen in den Details könnte sie vorschieben. Etwas mit der Versicherung, nein, das ging nicht, aber vielleicht eine Krankheit …
Der Anruf bei der Polizei war ein Fehler gewesen. Dort würde man ihr ohnehin nicht helfen können, und falls man ihre Meldung ernst nahm, würde man Fragen stellen, Fragen, die nicht bis zu der Museumsdirektion dringen durften.
Sie musste Zeit schinden. Wenn die Vorankündigung der Ausstellung gelaufen war, konnte nichts mehr passieren. Wenn erst die Sponsoren informiert waren und die Stadt … Dann würde man nichts mehr ändern wollen. Dann würde man die Ausstellung durchziehen, und zwar

mit *Siegfried,* ganz gleich, ob es der echte war oder eine Nachbildung.
Und sie konnte einfach eine Kopie anfertigen. Vielleicht würde sie nicht so gut werden wie das Original, ganz bestimmt sogar nicht, aber Romina wäre wieder Künstlerin und damit unzweifelbar gerettet. Gerettet vor ihrem Comicdrachen, gerettet vor diesen schrecklichen Touristen, vor grabschenden Kleinkindern, die alles fallen ließen. Sie musste nicht mehr nicken und danke sagen und freundlich sein. Und alles hübsch in Papiertüten mit Schleifen verpacken. Sie konnte wieder sie selbst sein.
Sie trank den Tee in kleinen Schlucken. Sie würde Michael brauchen als Modell. Es ging nicht ohne Michael. Gut, dass sie ihm gestern noch nicht gesagt hatte, dass es aus war. Was für ein unverhofftes Glück! Sie würde sich weiterhin mit ihm treffen müssen, ihm Liebhaberin sein, bis sie das Bild ein zweites Mal fertiggestellt hatte.
Egal, dachte Romina. Ganz egal. Einfach Augen zu und durch. Und dann diese Ausstellung … Alles von vorne, ganz wie früher. So läuft dieser verdammte Betrieb. Einfach durch. Ausgestellt werden. Besprochen werden. Verkaufen. Hauptsache, keine Comicdrachen und Touristen mehr.
Du hast es geschafft, denk nur daran, dachte Romina. Auch wenn es sich jetzt nicht so anfühlt, du hast es geschafft.
Denk nicht mehr an das Bild. Es bedeutet nicht mehr das, was es mal bedeutet hat. Kriemhild ist verschwunden, die Liebe zu Siegfried ist erloschen, das Dreieck zerbrochen. Es hat keine Bedeutung für dein Leben, nicht mehr, aber es kann dir einen guten Start verschaffen.
Das verdammte Bild.

Romina spülte die Tasse unter fließendem Wasser ab und sah dabei aus dem Fenster. Der Schnee war schon wieder geschmolzen, natürlich. Kein Schnee vor Januar, nicht hier im Rheinland. Die Bruchsteinplatten glänzten vor Nässe. Wenn der Winter vorbei war, würden sich dazwischen erste Schlüsselblumen zeigen, und später würden fröhliche blaue Glockenblumen wild durcheinanderwachsen.
Und erst jetzt, als sie ihren Gedanken einen Augenblick der Ruhe gönnte, tauchte die wirklich wichtige Frage auf, die Frage, die sie sich schon die ganze Zeit hätte stellen müssen.
Wer hatte das Bild gestohlen? Und vor allem, warum?
Es kam nur ein einziger Mensch in Frage. Einer, der um jeden Preis verhindern würde, dass es ausgestellt wurde.
Michael.

*

»Die Leute sind so weit«, sagte Elena. »Von mir aus können wir.« Sie stutzte. »Jan? Alles in Ordnung mit dir?«
»Einen Moment brauch ich noch, geht schon mal vor.« Er deutete vielsagend auf seinen Bildschirm und wartete, bis die anderen das Büro verlassen und die Tür hinter sich geschlossen hatten.
Nichts war in Ordnung.
Für eine kurze Zeitspanne hatte die Erregung, die das Gespräch mit der Kuratorin über *Siegfrieds Schuld* in ihm ausgelöst hatte, ihn vom Grübeln abgehalten. Jetzt aber begannen Siegfried und die mutmaßliche Mörderin zu verblassen und Raum für andere Gedanken zu lassen. Gedanken an gestern. An Edith. An Nicoletta. An das,

was mit ihm los war. An diese merkwürdige Störung, die seine Beziehung kaputt gemacht hatte.
Eigentlich hatte es mit Nicoletta angefangen. Nicoletta hatte die merkwürdige Eigenheit, mit Schlafbrille zu schlafen. Anfangs hatte er das lustig gefunden, später dann befremdlich. Jedes Mal neigte sie sich nach dem Sex zu ihm, drückte ihm einen Kuss auf die Lippen, setzte ihre Schlafbrille auf und schlief in derselben Sekunde ein, als fiele sie ins Koma. Auf dem Rücken liegend, mit locker ausgestreckten Armen und gleichmäßigen Atemzügen. Er konnte ungestört ihr Gesicht mustern, die bebenden Nasenflügel, die pochende Ader am Halsansatz, den Hügel ihres Leberflecks. Anfangs hatte er es genossen, dann hatte er sich unwohl gefühlt. Es war nicht normal, dass man seine Freundin derart ungestört betrachten konnte, fand er. Und dadurch, dass sie diese Brille trug, war er vor Entdeckung ganz sicher.
Er hatte versucht, das Ding als eigenartiges Accessoire zu sehen, wie eine seidene Fessel oder Augenbinde. Das hatte durchaus seinen Reiz gehabt, bis er gemerkt hatte, dass von der Frau hinter der weißen Schaumstoffbrille keine Reaktion zu erwarten war, leblos und schlaff widerstand sie allen Stimulationsversuchen. Sie schlief. Wie eine Tote schlief sie, wie er mit einigem Grausen dachte.
Dann war da diese Mädchenleiche gewesen, die eine entfernte Ähnlichkeit mit Nicoletta hatte. Siebzehn Jahre jung, tödlich verunglückt unter zunächst ungeklärten Umständen. Sie hatte ihn an die schlafende Nicoletta erinnert. Und beim nächsten Mal, als er Nicoletta betrachtet hatte, schob sich unaufhaltsam das Bild des toten Mädchens zwischen ihn und die Schlafende. Eine Leiche, in seinem Bett! Mit hämmerndem Herzen war er

hochgeschreckt und aus dem Zimmer geflohen, um etwas zu trinken. Als er wiederkam, war die Leiche weg. Da lag nur noch Nicoletta und schlief, aber jetzt mochte er sie nicht mehr ansehen, ihr tiefer Schlaf kam ihm wie etwas Monströses, Unnatürliches vor.

Es wurde schlimmer. Er erklärte es sich so, dass er eine spontane Assoziation erlebt hatte, die sein Hirn daraufhin beliebig reproduzierte, so dass er sie nicht mehr löschen konnte. Wann immer er und Nicoletta im Bett aktiv wurden, erschien eine Leiche. Nein, das stimmte nicht – es passierte nur etwa jedes zweite Mal. Aber er wartete auf sie, und das führte dazu, dass er sich nicht konzentrieren konnte, und so war es einige Male zu ziemlich enttäuschenden Pannen gekommen.

Doch das war nicht alles. Als sei die Verknüpfung in seinem Hirn unauflöslich und unabänderlich, als gelte jetzt das eine für das andere, trugen die Leichen auf Frenzes Seziertisch das Gesicht von Nicoletta. Beim ersten Mal war ihm schwarz vor Augen geworden, und Frenze hatte ihn hinausführen müssen. Zum Glück war Elena nicht dabei gewesen, sie hätte sich gnadenlos über ihn lustig gemacht. Seitdem mied er Leichen, wo er nur konnte. Das war natürlich schwierig in seinem Beruf.

Es gab oft emotionale und sexuelle Probleme bei Berufsgruppen, die mit dem Tode zu tun hatten. Das hatte er recherchiert. Es half ihm, sich zumindest nicht ganz so absonderlich vorzukommen. Aber wirklich weiter brachte ihn diese Erkenntnis nicht. Was sollte er tun? Einmal hatte er den Polizeipsychologen aufgesucht, doch in letzter Sekunde hatte ihn der Mut verlassen, und er hatte ihm irgendetwas von Stress und Schlafstörungen erzählt. Plötzlich war er nicht mehr sicher gewesen, wie weit die Schwei-

gepflicht eines Polizeiarztes ging. Gab es bei sexuellen Störungen so etwas wie Gefahr im Verzug? Was, wenn er pervers war? Und was, wenn die anderen davon erfuhren?
Er hatte also begonnen, möglichst spät am Tatort einzutreffen. Er hatte auch versucht, intimere Berührungen zu umgehen, aber da hatte er die Rechnung ohne Nicoletta gemacht. Sie nahm sich, was sie wollte, und sie schien sich nicht zu fragen, warum er immer zurückhaltender wurde. Selbstverständlich hatte er sein abnehmendes Interesse erklärt, Stress hatte herhalten müssen, Stress auf der Arbeit, Stress wegen der Hochzeit. Nicoletta hatte verständnisvoll genickt, und dann hatte sie nach ihm gegriffen, und er hatte so manches Mal gedacht, dass er einen hohen Preis zahlen musste für diese Superfrau. Nicht nur, dass er pflichtschuldigst mit ihr zwischen den Laken tobte, nein, er kämpfte dabei auch noch gegen die eigene Wut, Wut auf Nicoletta, die ihn indirekt zu diesem entwürdigenden Schauspiel zwang.
Die nahende Hochzeit hatte den Druck erhöht. Und schließlich hatte er wissen wollen, woran es lag.
Ob er diese Halluzinationen nur hatte, wenn Nicoletta neben ihm lag. Ihm war klar gewesen, dass die Hemmschwelle zum Fremdgehen nach der Hochzeit wesentlich höher liegen würde, und er hatte es schnell hinter sich bringen wollen. So war es zu jenem verhängnisvollen Zusammentreffen mit dieser Frau gekommen, das mit vielen Martinis begonnen und mit Geschrei im Schlafzimmer geendet hatte. Nicoletta war aufgetaucht, ehe er seine drängende Frage hatte beantworten können. Hatte er an Leichen denken müssen, während er diese Frau küsste und auszog, ihre Zunge im Ohr und ihre Hand auf seinem Hintern? Eigentlich hatte er nur an Nicoletta ge-

dacht. Das war ja eigentlich kein Zeichen für eine schlimme sexuelle Perversion.
Als sein Apparat klingelte, zuckte Jan zusammen, ganz so, als habe man ihn bei verbotenen Gedanken ertappt. Dabei saß er hier auf der Arbeit, vor sich Akten und Papiere, und niemand konnte ihm ansehen, woran er dachte. Dennoch warf er einen unsicheren Blick auf den Bildschirm, um erleichtert festzustellen, dass auch dort nichts zu sehen war außer dem angefragten Verbindungsnachweis von Valerie Kollers Telefongesellschaft. Das Gespräch zur Tatzeit war offensichtlich das einzige gewesen, das Valerie und Sippmeyer im letzten Jahr geführt hatten. Sippmeyer. Sie mussten ihn befragen, aber erst war die Schleheck dran. Sie würden ihr Haus auf den Kopf stellen.
Das Telefon klingelte immer noch, und Jan griff nach dem Telefonhörer. Daran, dass es Nicoletta war, glaubte er keine Sekunde. Er kannte sie zu genau. Sie hingegen kannte ihn kein bisschen.
Die Stimme des Anrufers scholl ihm aufgebracht ins Ohr.
»Ich bin Peter Koller. Sie müssen sofort herkommen, ich glaube, meiner Tochter ist etwas zugestoßen.«
»Was ist passiert?« Jan griff nach seinem Stift und merkte mit Erleichterung, wie die düsteren Gedanken in den Hintergrund wichen und einer geschäftigen Konzentration Platz machten.
»Ich bin vor wenigen Minuten nach Hause gekommen. Laras Fahrrad ist da, ihre Jacke hängt auf dem Kleiderbügel, aber von ihr fehlt jede Spur.«
»Vielleicht ist sie noch nicht nach Hause gekommen? Oder sie ist kurz zu einer Nachbarin?«
»Die Terrassentür stand weit offen!« Peter Kollers Stimme wurde zunehmend schriller.

»Ich verstehe. Im Garten haben Sie nachgesehen?«
»Natürlich! Und außerdem, meine Tochter würde niemals einfach eine Tür offen lassen, so dass jeder in unser Haus spazieren kann. Sie ist sehr pflichtbewusst. Sie weiß genau, dass wir so etwas nicht dulden.« Kollers Stimme verlor sich ein wenig.
Vermutlich überlegte er, dass die vormals angedrohten erzieherischen Maßnahmen in der aktuellen Situation nicht mehr relevant waren. Dass das erzieherische »Wir« dem einsamen »Ich« eines verwitweten Vaters gewichen war.
»Machen Sie sich vorerst keine Sorgen, Herr Koller. Vielleicht gibt es eine einfache Erklärung. Haben Sie es über das Handy versucht?«
»Es liegt hier vor mir auf dem Tisch.«
Wie bei Margit Sippmeyer, dachte Jan. Verdammt. Tür offen, Handy und Tasche da, Frau verschwunden.
»Ist Ihnen sonst irgendetwas Ungewöhnliches aufgefallen?«
»Ein Buch liegt hier, das ich noch nie gesehen habe. Und zwei Tassen Tee stehen auf dem Tisch, noch heiß.«
»Zwei?« Jan verlagerte den Hörer von der rechten auf die linke Seite. »Von wem könnte Ihre Tochter Besuch gehabt haben?«
»Woher soll ich das wissen? Ich habe bei ihrer Freundin angerufen, aber die ist zu Hause.«
»Vielleicht von ihrem Freund? Sven?«
»Ihrem Freund? Das ist nur ein Klassenkamerad, dem sie auf Bitte meiner Frau ein bisschen beim Lernen hilft. Hören Sie, könnten Sie jetzt bitte kommen?«
»Ich schicke Ihnen jemanden vorbei.« Jan legte den Hörer auf.

Verdammt, dachte er. Irgendetwas geht hier schief. Und wir haben keine Ahnung, was es ist.
Das einzig Angenehme war, dass der letzte schwache Gedankenfetzen an Nicoletta und ihre scheußliche Schlafbrille aus seinem Kopf verschwunden war.

*

Das possierliche Hexenhaus schien sich aufzubäumen, als die Beamten es in ihre Gewalt nahmen, den Eingang besetzten, über den schönen Dielenboden trampelten. Die Türen ließen sich nicht aufreißen. Sie sperrten sich, klemmten, ehe sie mit einem Ächzen nachgaben und den Weg in die Zimmer so plötzlich freigaben, dass Reimann beinahe stolperte.
Selbst das Dach schien sich zu sträuben wie das Fell einer Katze, aber vielleicht war das auch nur der kalte Novemberwind, der blies und heulte, als wolle er das Haus beschützen.
»Ich bin ja gespannt, ob wir was finden«, sagte Elena. Sie hatte aufmerksam zugehört, als Jan ihr von seinem Besuch bei der Kuratorin berichtete.
»Wir müssen einfach.« Jan verfolgte mit grimmigem Blick, wie das Atelier ausgeräumt wurde. Die Ecke, in der er glaubte, die Pailletten entdeckt zu haben, hatte er als Erstes in Augenschein genommen und war fündig geworden. Das Plastiktütchen mit den wenigen glitzernden Scheibchen hielt er in der Hand wie eine Trophäe.
»Wo ist Romina Schleheck?«
»Schon auf dem Präsidium. Ich fahre gleich hinterher.«
Die Schleheck war in hysterisches Gelächter verfallen, als sie gehört hatte, was die Beamten suchten. Immerhin

war sie ohne die Gegenwehr, die er erwartet hatte, in den Wagen gestiegen. »Ich hoffe, Sie finden es! Ich will es wiederhaben, hören Sie? Ich muss Siegfried wiederhaben!«, hatte sie geschrien, ehe sich die Tür hinter ihr geschlossen hatte. Ihre Stimme hatte so schrill geklungen wie das Heulen einer Hyäne.

»Ganz verstehe ich das nicht.« Elena schüttelte den Kopf, dass ihre Pferdehaare flogen. »Für mich klingt das total krank, Malen mit biologischen Spuren.«

»Das ist auch krank. Aber es ist das Einzige, was im Moment einen Sinn ergibt. Deswegen braucht sie Margit Sippmeyer ... Nicht weil sie eine Rivalin aus dem Weg räumen will, sondern weil sie die andere für ihre bekloppten Bilder braucht.«

Ein weiterer Einsatzwagen bog in die Einfahrt, und Jan trat den Kollegen entgegen.

»Morgen.«

»Morgen.«

»Wir suchen ein Bild, etwa eins zwanzig mal eins fünfzig. Es zeigt einen Mann mit goldenen Haaren, einen nackten Mann.«

Das Grinsen der Beamten erschien ihm unangemessen.

»Die Besitzerin hat es selbst als vermisst gemeldet, wir vermuten aber, dass sie es hier versteckt hat. Und dann suchen wir Spuren von Margit Sippmeyer, möglicherweise auch sie selbst. Entweder lebendig oder ihre Leiche.«

Glaube ich das wirklich?, dachte er. Glaube ich wirklich, dass Schleheck ihre Rivalin irgendwo lebendig gefangen hält, um ihren Körper zur Verfügung zu haben? Einen Körper, mit dem sie gruselige Collagen herstellen will?

Ja, dachte er, für so verrückt halte ich sie. Das gibt Sinn. Und wo sonst ist Margit Sippmeyer?

Ihm schauderte, wenn er daran dachte, was sie möglicherweise finden würden. Das Schlimmste wäre nicht Margits Leiche. Sondern ihr blondes Haar, in Farbe ertränkt. Pailletten, die ein Kleid aus Acryl säumten. Ein goldener Ehering an einem Finger aus Leinwand. Oder vielleicht ein echter Finger in einem papiernen Ring? Hilfe, dachte Jan. Funktionierte die Kunst dieser Malerin tatsächlich so?
Diese Authentizität hatte die Kuratorin gerühmt, und selbst in der Erinnerung stolperte er über die Silben.
Künstler. Alles Irre. Sein Urteil schloss auch eine dichtende Altphilologin ein, die gerade in Umbrien weilte und ihre alte Mutter und ihren heiratswilligen Sohn dem Schicksal überließ.
Elena stand neben dem Hauseingang, wühlte mit der Stiefelspitze in der Kiste mit Rüben und Sand und sprach auf ihr Handy ein. Als sie Jan sah, machte sie eine abwehrende Bewegung und bedeutete ihm zu schweigen, dann klappte sie das Gerät zusammen und trat auf ihn zu.
»Das war der Staatsanwalt. Er will genau wissen, was Gernhart gesagt hat.«
»Das hab ich dir doch alles schon berichtet.«
Elena hob die Hände. »Das reicht ihm offenbar nicht, um den Einsatz zu rechtfertigen.«
»Mehr haben wir nicht. Nur die Spuren auf den Bildern, die eine Verbindung zwischen den Frauen beweisen. Und genau diesen Beweis, dass die beiden in Kontakt waren, haben wir die letzten Tage gesucht.«
»Das reicht ihm nicht«, wiederholte Elena.
»Mir reicht es.«
»Okay. Dann suchen wir weiter.« Sie drehte sich auf dem Absatz um, und er sah ihr nach, froh, dass sie ihn der

Verlegenheit enthoben hatte, sich bei ihr bedanken zu müssen.

»Kriminalhauptkommissar Seidel?«

Den Mann im weißen Plastikoverall hatte Jan noch nie zuvor gesehen, er musste zu der von Elena georderten Verstärkung gehören. Er hatte ein verkniffenes Nagergesicht und einen dünnen Schnauzer.

»Ja?«

»Wir haben zwischen dem Werkzeug etwas gefunden.« Er hielt einen undefinierbaren Metallgegenstand in einer Plastiktüte hoch.

»Was ist das?«

»Vermutlich eine Art Spatel. Der Griff ist aus Holz, der Rest aus Stahl.«

»Aha.«

»Schauen Sie mal hier, das sieht nach Blut aus. Die Flecken …« Das Nagetier sprach weiter, aber Jan hörte nicht mehr zu.

Das ist es, dachte er. Ich habe es gefunden. Dunkle Flecken am Metall, eine zarte Kruste am Griff. Blut. Er spürte ein inneres Zittern, einen Adrenalinschub, der ihm bei der Arbeit noch nie vorgekommen war.

Er hatte recht gehabt. Seine Großmutter hatte ihn rausgeschmissen, das Treffen mit Nicoletta war ein Desaster gewesen, aber heute hatte er, Jan Seidel, einen richtig guten Job gemacht. Er hätte nie gedacht, dass sich das so gut anfühlen würde.

Das Nagetier sah ihn irritiert an, und hastig nickte er ihm zu. »Danke. Ich nehme das schon mal mit aufs Präsidium. Machen Sie weiter, ich komme später wieder vorbei.«

Er sah auf die Uhr. Es war Zeit, Romina Schleheck in die Mangel zu nehmen. Und danach würde er wiederkom-

men und weitersuchen. Er würde den ganzen Tag und die ganze Nacht suchen.
Er würde suchen, bis er Margit Sippmeyer gefunden hatte.
Oder das, was von ihr übrig war.

*

Früher einmal war das Sommerschlösschen ein Prachtstück gewesen, ein Kleinod unter den wenigen Privathäusern auf dem Drachenfels. Vanillegelb hatte es aus dem dämmrigen Grün des Waldes geleuchtet, kunstvolle Mosaikfenster hatten aufgeblitzt, wenn einmal ein Sonnenstrahl durch das Blätterdach aus Buchen und Birken drang.
Ein wirkliches Prachtstück, ganzer Stolz seiner Bewohner. Leider nicht für lang. Der Fabrikbesitzer ging pleite, so wie viele andere, und niemand mochte sein Haus kaufen, das verkehrstechnisch so schlecht gelegen war, mitten im Wald. Was ihm wildromantisch erschienen war, fanden die wenigen Interessenten, die sich eingefunden hatten, nur düster. Dann doch lieber ein Haus am Mittelmeer, wo die Sonne schien und nicht wie hier von Chlorophyllmassen verschluckt wurde.
Und so verfiel das stolze Haus. Sein Vanillegelb war zu einem schmutzigen Sandbraun verblichen, der Putz bröckelte und gab den Blick frei auf ein Gerippe aus mürben Ziegeln. Einige letzte Fensterscheiben starrten blind ins Leere, durch die meisten pfiff und heulte der Wind.
Weder von der Zahnradbahn noch vom Eselspfad aus war das verfallene Gebäude zu sehen. Die frühere Zufahrtsstraße war längst zugewuchert und von Brombeerranken be-

wehrt, die jedem Eindringling ihre Zähne und Klauen ins Fleisch schlugen und ihn zum Rückzug zwangen. Nur ein letzter geheimer Pfad führte von einer Lichtung unweit der Eselstränke durch ein im Sommer schier undurchdringliches Dickicht aus Brombeeren und Brennnesseln bis zu der Terrasse an der Rückseite des Schlösschens.

So hatte Sven es damals entdeckt, auf einem seiner einsamen Streifzüge. Es war sein geheimer Rückzugshort geworden. Im Laufe der Zeit hatte er Kissen und Decken herbeigeschafft, einen Campingkocher, eine Wasserpfeife, alles, was er brauchte.

Jetzt war er froh darüber.

»Wahnsinn«, sagte Lara. Sie hockte unter seiner grünen Wolldecke auf Kissen, die einmal die Gartenmöbel von Svens Eltern geziert hatten. Es waren offenbar echt gute Kissen gewesen, denn Cecilia war beinahe in Raserei verfallen, als sie plötzlich fehlten, und hatte laut »Diebstahl!« geschrien. »Guck doch mal, dieser Erker! Wie in einem Schloss! Ein Dornröschenschloss, so wie das überwuchert ist. Und hier die Deckengemälde! Man kann es kaum noch erkennen, aber ich glaube, das hier war ein Engel … Man sieht noch seinen Arm und …«

»Hm«, machte Sven und legte den Kopf in den Nacken bei dem Versuch, mit den Augen ihrem herumirrenden Zeigefinger zu folgen.

Es war komisch, diese Villa mit Laras Augen zu sehen. Für ihn hatte sie Ruhe bedeutet, nichts als Ruhe. Und Frieden vielleicht.

Ein Ort ohne Eltern, die mit ihrem Streitgeschrei die Luft zerrissen, ohne Haushälterin, die, mit Wischmop bewaffnet, in sein Zimmer stürmte und ihn beim Kiffen oder Träumen oder Musikhören störte. Einfach nur Ruhe. Und dazu dieses Grün im Frühling, das war so geil! Man konnte sich hier echt vorstellen, dass es gar keine Menschen gab. Keine Menschen. Das war Svens Lieblingstraum. Nur diese Berge, die gar nicht sieben waren, und dazu die Bäume und das Licht, wenn es langsam durch die Blätter sickerte. Und die Höhlen, die Schätze beherbergten, und Drachen, die diese bewachten.

Und Orks vielleicht. Irgendeine fiese Bedrohung, vor der er durch den Wald fliehen würde, er würde stürzen und sich wieder aufrappeln und weiterhechten, zwischen den Bäumen durch, den Atem seiner Verfolger im Nacken, Haken würde er schlagen und sich hinter mächtigen Wurzeln verbergen, bis die dummen Orks an ihm vorbeigelaufen waren, und dann wäre er in Sicherheit, hier, in seiner Festung.

Irgendwie war es ja genau so gekommen. Na ja, fast genau so.

Sie waren echt geflohen, als wären Orks hinter ihnen her, als Laras Vater plötzlich gekommen war. Raus aus dem Haus, quer durch die Beete, rauf auf die Räder und weg. Lara war total durch den Wind gewesen. »Ich will ihn nicht sehen«, hatte sie gemurmelt. Er hatte sie nicht gehört, so wild hatten sie beide in die Pedale getreten, aber er hatte ihre Lippen gesehen, wie sie unablässig in Bewegung waren, und er hatte gewusst, dass sie über ihren Vater sprach. Sie war völlig fertig und verwirrt gewesen, weil sie es nicht glauben konnte. Dass sie ihm nicht vertrauen konnte. Dass er Sachen tat, die der Familie schadeten.

Er wusste genau, wie sie sich fühlte. Er hatte dasselbe durchgemacht.

Sie hatten mit der Fähre übergesetzt, schweigend. Vielleicht, um möglichst wenig Aufmerksamkeit zu erregen,

damit der Fährmann sie nicht in Erinnerung behielt. Vielleicht auch, weil sie nicht weiterwussten.
»Was machen wir denn jetzt?«, hatte Lara gefragt. Es hatte zu regnen begonnen, und sie hatte ihn angeguckt mit diesen Wahnsinnsaugen, als wäre sie sicher, dass er Rat wusste.
Da hatte er sich entschieden. Dass er sein Geheimnis teilen und sie mitnehmen würde auf seine Festung.
Und jetzt waren sie da, und sie fand es toll.
»Hier findet uns jedenfalls keiner«, sagte Lara. Sie war an die gähnende Fensteröffnung getreten, die Decke um sich gewickelt wie eine Indianerin oder so. Draußen war es kalt und leider nicht so grün wie im Sommer. Er war immer nur hier gewesen, wenn es warm war. Hier in der Villa pfiff der Wind, und es war genauso kalt wie draußen, beinahe zumindest.
Er antwortete nicht. Das Feuerzeug, das er hier deponiert hatte, tat es nicht mehr richtig. Verbissen rieb er immer wieder an dem rostigen Rädchen, um ihm einen Funken zu entlocken. Wenn er den Campingkocher anbekam, hätten sie wenigstens ein flackerndes Feuerchen, eine Illusion von Wärme, ein bisschen Heimeligkeit.
»Du hast einen Campingkocher?« Neugierig trat Lara näher und strich sich die feuchten Strähnen aus dem Gesicht. »Das ist ja toll. Wir können Kakao machen oder so.« Sie sah sich um und entdeckte das schiefe Regal in der Ecke, das aus unerfindlichen Gründen hiergeblieben war, ebenso wie ein schimmeliger Ohrensessel, in dem Mäuse hausten. In diesem Regal bewahrte Sven seine Sachen auf. Mit einer Tasse in der Hand kam Lara zurück. »Hast du noch eine zweite?«
»Nein.« Nein, hatte er nicht. Er war immer nur allein

hier gewesen und hatte nicht gedacht, dass sich das je ändern würde.
»Egal, dann trinken wir aus einer Tasse.«
Er freute sich, als sie das sagte, und umso mehr tat es ihm weh, sie enttäuschen zu müssen. »Wir können keinen Kakao kochen. Wir haben keinen Kakao und keine Milch, nicht mal Wasser. Und den verdammten Kocher kriege ich auch nicht an, das Feuerzeug ist verrostet.«
»Hast du kein anderes?«
»Nee, das steckt in der Kippenschachtel, und die ist bei dir zu Hause. Glaub ich zumindest, in meiner Jacke ist sie nicht.«
»Oh.« Sie sahen sich an.
»Egal«, sagte Lara. »Ich find's auch so gemütlich.«
Er spürte, wie ihm bei ihren Worten wärmer wurde. »Ich kann ja später noch mal in den Ort. Kakao kaufen und Milch und was zu essen. Und Kerzen und Feuerzeuge.«
»Hast du Geld?«
Sie legten zusammen. Es war nicht viel. Sven ärgerte sich, denn meist hatte er eine Menge Geld herumfliegen. Insgesamt betrug ihre Habe dreiundzwanzig Euro und ein paar Zerquetschte.
»Was machen wir denn jetzt?« Lara hatte begonnen, ihre feuchten Strähnen zu einem Zopf zu flechten. Konzentriert sah sie auf ihre ineinandergreifenden Finger, als sei dies eine ungemein wichtige Aufgabe.
»Ich weiß nicht. Was meinst du?«
»Ich hab Schiss. Irgendwas hat mein Vater damit zu tun, und ich will den nicht sehen. Aber wie ich den kenne, ruft der sofort die Polizei, das heißt dann wohl, woanders kann ich auch nicht hin.«
»Ja«, sagte er.

»Du kannst ja zu dir nach Hause, heute Abend. Wäre super, wenn ich hierbleiben kann. Ich weiß echt nicht, wo ich sonst hinsoll.« Sie sah sich um.
»Quatsch«, sagte Sven. »Ich bleibe natürlich bei dir.«
Sie schwiegen eine Weile und sahen durch die leere Fensterhöhle. Draußen hatte sich der Himmel zugezogen. Es würde bald dunkler werden über den Wipfeln. Und sie würden frieren. Und durstig sein.
»Ich hab noch eine Flasche Cola«, sagte Sven und kramte in seinem Rucksack. »Halb voll, guck.«
»Wenigstens etwas.«
»Und dann gehe ich nachher mal los und kaufe ein und hole noch was Geld, okay?«
»Ich werde mich ganz schön fürchten, hier allein.« Lara zog die schmalen Schultern zusammen und kuschelte sich wärmesuchend unter die Decke, aber viel gab sie nicht her.
»Das musst du nicht. Ich bin bald zurück.«
»Ruf mich an, wenn was ist.«
»Ach ja, unsere Handys …« Sven zog seins hervor und sah aufs Display. Kein Empfang. »Hast du Empfang?«
»Lass mich mal … Oh!« Sie setzte sich auf und tastete in ihren Taschen. »Ich muss mein Handy zu Hause vergessen haben.«
»Umso besser. Wenn dein Vater echt die Polizei ruft … ich schalte meins auch aus.«
»Klar.« Beide lauschten, als er sein Gerät abstellte, in der Stille laut der Signalton erklang, ehe das Display erlosch.
»Gut.« Sven stieß die Luft aus, die er viel zu lange angehalten hatte. Dann wühlte er in seinem Rucksack, fand, was er suchte, tat, was er tun musste.

Lara lächelte, als er ihr die Flasche anbot. »Du hast sicher auch Durst.«
»Nö«, sagte er. »Echt nicht. Und ich kann ja auch gleich im Ort was holen.«
Er sah zu, wie sie die Flasche leerte. Dann legte er den Arm um ihre Wolldeckenschultern und zog sie an sich. Er wunderte sich selbst, wie sicher ihm das gelang.
»Vielleicht kannst du ja einfach ein bisschen pennen«, sagte er.
»Bestimmt nicht.« Sie lächelte ihm unter der Wolldecke zu, und es war leider schon so dämmrig, dass er die blauen Flecken in ihren Augen nicht sehen konnte.
»Sven?«
»Ja?«
»Erzähl mir doch was. Von Bilbo und so. Wenn du das nicht schlimm findest, wegen deiner Mutter und, na, du weißt schon.«
Bilbo. Natürlich würde er von Bilbo erzählen. Ihn selber würde das auch beruhigen. Und sie würde gleich einschlafen, beruhigt von seiner Gutenachtgeschichte, beruhigt auch von den Tabletten.
Immerhin waren drei davon in der Cola gewesen.

*

Romina Schleheck sagte nichts. Zumindest nichts, was ihnen weiterhalf.
Sie beantwortete Jans Fragen, zögernd zwar und ohne ihn anzusehen, aber sie antwortete auf jede einzelne Frage, und ganz aus der Luft gegriffen klangen ihre Erklärungen nicht. Wahrscheinlich hatte sie sich vorher alles genau zurechtgelegt. Sie schien keine Angst zu haben.

Sie schien allerdings auch nicht wirklich interessiert an dem, was um sie herum geschah. Außer daran, dass man ihr Bild fand.
Es war ihm vorgekommen, als wüsste sie genau darüber Bescheid, wie es heute in ihm aussah. Dass ihm heute nichts so wichtig war wie das Ergebnis dieser Vernehmung. Dass er am liebsten handgreiflich werden würde, um aus ihr herauszupressen, wo sie Margit Sippmeyer versteckt hielt. Weil das möglicherweise das Einzige war, was ihm in der letzten Zeit halbwegs gelungen war.
Nein, sie wisse nichts.
Nein, sie kenne keine Valerie Koller.
Nein, sie habe nichts mit Margit Sippmeyers Verschwinden zu tun, wisse weder, wo sie sich aufhielt, noch, was in jener Nacht geschehen sei.
Diese Nacht habe sie in ihrem Bett verbracht, was sie ja bereits mehrfach ausgesagt habe.
Für die Frage, ob sie diese Nacht allein verbracht habe, hatte sie nur ein Achselzucken und ein Lächeln, das Jan irgendwie diabolisch fand.
Mehr denn je erschien sie ihm wie eine Irre aus einer griechischen Tragödie. Auch vorher hatte sie nicht wirklich gut ausgesehen, aber jetzt wirkte sie regelrecht verlottert. Das graugesträhnte Haar hing ihr wirr um den Kopf, ihre Mundwinkel zeigten steil nach unten, und ihr Gesicht wirkte zerknittert. Ihr Blick irrlichterte durch die Ecken des Raumes wie ein Suchscheinwerfer. Zu alldem kam noch ein stechender Geruch nach Alkohol. Sie musste am Vorabend eine Menge getrunken haben. Und eine Dusche hatte sie heute auch nicht genommen, dachte Jan und schüttelte sich ein wenig.

Als Reimann die Befragung unterbrach, folgte er ihm nach draußen. Zigarettenpause war gut. Auch wenn er selbst nicht rauchte, so war es immer hilfreich, die Leute ein bisschen allein schmoren zu lassen. Das erhöhte in den meisten Fällen die Nervosität.

»Glaubst du ihr?«, fragte Reimann zwischen zwei tiefen Zügen.

»Kein Wort«, sagte Jan.

»Auf jeden Fall spinnt sie. Die Sache mit den Haaren, also echt.«

Die Sache mit den Haaren war wirklich merkwürdig. Als Jan die Schleheck mit den Proben konfrontiert hatte, hatte sie nur die Achseln gezuckt. Sie brauche Haare für ihre Bilder, hatte sie gesagt. Sie verwende eigene für ihre Selbstporträts.

Es seien aber nicht nur ihre eigenen Haare gefunden worden, hatte Jan gesagt.

Wieder hatte die Schleheck die Achseln gezuckt. Michael Sippmeyer habe sie im Schlaf Haare abgeschnitten. Sie habe die gebraucht.

Wann? Wo?

Bei ihr, in ihrem Bett. Manchmal. Immer wieder mal.

Warum?

Für ein ganz besonderes Porträt. Sie habe lange nach den richtigen Materialien gesucht und schließlich Gold eingearbeitet und Sand vom Rheinstrand, seine Haare seien natürlich dabei gewesen, auch wenn man sie kaum erkenne, die Struktur der Farbe habe sie nachbearbeitet, damit …

Bei der Beschreibung der einzelnen Arbeitsschritte kam plötzlich Leben in die Malerin, sie gestikulierte und hielt den Blick zärtlich auf eine imaginäre Leinwand gerichtet.

Verrückt, dachte Jan und fragte weiter.
Und Margit Sippmeyer?
Der Blick der Schleheck verschloss sich wieder. Der habe sie keine Haare abgeschnitten, das sei ihr zu gefährlich gewesen.
Ob sie das genauer erklären könne, hatte Jan gefragt.
Wieder hatte sie die Achseln gezuckt. Sie habe eine Zeitlang erwogen, nachts bei Sippmeyers einzusteigen und Margit im Schlaf Haare abzuschneiden, habe es dann aber gelassen. Stattdessen habe sie dann Haare aus Margits Haarbürste entwendet, die auf der Frisierkommode lag.
Wann? Wo?
Einmal, vor einigen Monaten. Sie habe außerdem ein Kleid gestohlen, das sie für ihr Bild brauchte.
Wann war sie das letzte Mal da gewesen, im Hause der Sippmeyers?
Gestern, zusammen mit Michael.
Ob sie da etwas habe mitgehen lassen?
Nein, das habe sie schon in der Nacht davor gemacht. Sie habe eine künstlerische Krise gehabt und daher unbedingt etwas von Margit Sippmeyer gebraucht, das sie inspiriert. Sie habe einige Toilettenartikel mitgenommen und ein seidenes Nachthemd.
Das ist es, hatte Jan gedacht, genau darum geht es. GEBRAUCHT, das war das Stichwort. Sie braucht Margit Sippmeyer für ihr krankes Gekleckse. Toilettenartikel und Nachthemd, so ein Quatsch! Ihr Haar, ihr Blut, wer weiß was noch? Die ganze Frau hat sie gebraucht. Sie hat es praktisch zugegeben.
Mehr aber war nicht aus der Schleheck herauszubekommen.

Vielleicht war nur ein bisschen mehr Druck nötig. Ich mache gleich weiter, dachte Jan.
Reimann inhalierte gierig, er hatte sich die zweite Zigarette angesteckt, kaum dass er die erste ausgedrückt hatte. Er blies grauweiße Wölkchen in die frostige Luft, und Jan beneidete ihn um die Entspannung, die ihm das zu bringen schien.
»Hier seid ihr!« Die Balkontür öffnete sich, und heraus trat Nina, gefolgt von einem Stimmengetöse, das erst verstummte, als sie die Tür hinter sich zuzog.
»Puh! Kalt! Ich hab euch schon überall gesucht.«
»Was ist denn da drinnen los?«
»Was meinst du?«
»Der Lärm.«
Nina verdrehte die Augen. »Schüler. Die Direktorin hat Elenas Bitte um Unterstützung an ihre Schüler weitergegeben, und jetzt rennen die uns die Bude ein.«
»Weil sie bei der Verbrecherjagd helfen und ›Tatort‹ spielen wollen?«
»Nee«, sagte Nina und schielte durch die Tür in den Flur. »Eher, weil sie dafür vom Nachmittagsunterricht befreit werden. Himmel, da hat sich gerade so ein Teenie im Flur eine Zigarette angezündet. Das geht natürlich nicht, gleich geht der Rauchmelder los.« Sie öffnete die Balkontür, wandte sich dann aber noch einmal um. »Und, Jan, da ist Michael Sippmeyer für dich. Er wartet in Raum 3. Er sagt, es sei sehr wichtig. Ist das wegen dieses Telefongesprächs?«
»Das weiß er noch gar nicht«, sagte Jan und zögerte kurz. Das mutmaßliche Gespräch zwischen Valerie Koller und Sippmeyer hatte er beinahe vergessen. »Elena soll ihn übernehmen, ich vernehme die Schleheck.«

»Elena ist bei Koller. Dessen Tochter ist doch verschwunden.«

Jan stöhnte auf. »Dann muss er warten.« Er würde Romina Schleheck ausquetschen, bis er alles wusste, was er wissen wollte. Er würde sie noch einmal mit dem blutigen Werkzeug konfrontieren.

»Hast du das Werkzeug aus dem Haus der Schleheck schon ins Labor gebracht?«, fragte er.

»Ja, hab ich. Und Frenze will dich sprechen, du sollst zu ihm fahren oder ihn anrufen. Mist, diese verdammten Schüler ...« Mit einem Aufschrei rannte Nina in den Flur, und nach kurzem Zögern folgten Jan und Reimann ihr.

Etwa zwanzig Jugendliche säumten den Gang, spielten mit ihren piepsenden Handys, schnatterten durcheinander. Die arme Sünderin, die Nina beim Rauchen erwischt hatte, zertrat mit trotzigem Gesicht ihre Kippe auf dem grauen Linoleum.

Fluchtartig öffnete Jan die erstbeste Tür. Es war Raum 3. Michael Sippmeyer sah ihm entgegen mit dem Ausdruck eines Märtyrers.

»Ich bin gekommen, um eine Aussage zu machen.«

*

»Eine Dame verschwindet«, sagte Edith zu ihrer Teetasse und sah zu, wie sich der Dampf über der bernsteinfarbenen Flüssigkeit kräuselte.

Es gab so vieles, was sie bedenken musste. Die Schmerztabletten, die der Arzt ihr verschrieben hatte, machten sie dumpf und wattig im Kopf, deswegen hatte sie sie weggelassen. Als Ergebnis strahlte der Schmerz von ihrer

rechten Hüfte zum geprellten Ellbogen und wieder zurück, und wenn sie sich auch nur ein wenig bewegte, zuckte es grell durch ihren Oberkörper und erinnerte sie daran, dass ihre achtzigjährige Rippe nur bei sanfter Behandlung heilen würde.
Also möglichst wenig bewegen. Zum Glück musste sie das nicht. Alles, was sie zu tun hatte, war Denken. Sie war sicher, dass alle wesentlichen Informationen in ihrem Kopf versammelt waren, es galt nur noch, diese in die richtige Ordnung zu bringen.
Eine Dame verschwindet.
Irgendwie klang es nach Agatha Christie, obwohl sie wusste, dass das Buch von Ethel Lina White stammte. Edith erinnerte sich an die Romanverfilmung von Hitchcock, in der eine große Verschwörung mit Geheimagenten aufgedeckt wurde. Was hatte das mit der verschwundenen Margit zu tun? Und warum kam ihr dabei Agatha Christie in den Sinn?
Dann war da noch das gerahmte Hochzeitsfoto auf dem Nachttisch. Ein strahlendes Paar an einer Stelle am Rhein, die sie kannte, nur wo war diese Stelle?
Und dann die Bücher.
Donna Leon, vollzählig. Das hatte etwas zu bedeuten. Was für Menschen kauften jede Neuerscheinung von Donna Leon? Und noch dazu gebunden?
Bücher verrieten etwas über ihre Besitzer, man musste sie nur befragen. Und wer konnte das besser als sie, die ehemalige Buchhändlerin Edith Herzberger, die über siebzig Lesejahre auf dem Buckel hatte? Auch wenn ihr das Wort »Buckel« nicht gefiel. Edith starrte aus dem Fenster und dachte nach. Lange.
»Eine Dame verschwindet«, sagte sie noch einmal, als

der Tee ausgetrunken war, und diesmal klang es sehr zufrieden. Denn jetzt wusste sie, was mit Margit geschehen war.
Sie griff nach dem Telefon, um sich ein Taxi zu rufen. Den stechenden Schmerz, der durch ihre Seite fuhr, ignorierte sie.
Dafür blieb jetzt keine Zeit.

*

Als Jan das nächste Mal auf den Gang trat, schien der Geräuschpegel seinen vorläufigen Höhepunkt erreicht zu haben. Die jungen Gesichter sahen ihm gespannt entgegen, und schnell, ehe ihn jemand ansprechen konnte, eilte er zu seinem Büro.
»Herr Kommissar?« Das Mädchen, das ihm unerschrocken den Weg versperrte, sah aus wie die Heldin einer Gerichtsshow. Blondierte Haare im Seitenscheitel, grellbunte Acrylnägel, ein Ausschnitt, der mehr entblößte als verbarg. Ein unangenehm stechender Geruch von billigem Parfüm ging von ihr aus.
»Ich muss was echt Wichtiges loswerden.«
»Mein Kollege nimmt Ihre Hinweise gern entgegen«, sagte Jan, ohne zu wissen, welcher Kollege zuständig war. Es war wirklich ein Durcheinander heute. Er drückte die Klinke herunter.
»Das dauert aber schon ewig.« Das Mädchen sah ihn an und brachte dabei das Kunststück fertig, gleichzeitig dreist und bittend auszusehen. Auf ihrer Stirn leuchtete in Signalrot ein Pickel.
»Wir haben zu tun. Bitte warten Sie, bis Sie an der Reihe sind.«

Erleichtert verschwand er im Büro und schloss die Tür hinter sich.
»Was ist denn mit dir los?« Reimann grinste ihm entgegen.
»Die Schüler schaffen mich. Können wir die nicht einfach rausschmeißen?«
»Wir sind noch nicht mal zu einem Viertel durch.«
»Gab es denn etwas Brauchbares?«
»Bis jetzt nicht.«
»Hat Elena sich gemeldet?«
»Lara scheint spurlos verschwunden. Sieht aber nicht wie eine Entführung aus, eher, als sei sie urplötzlich abgehauen. Was wollte Sippmeyer denn von dir?«
»Den edlen Ritter spielen. Er hat mitbekommen, dass wir Schlehecks Haus durchsucht und sie mitgenommen haben, und offenbar denkt er, es geht dabei um diese eine Nacht, in der seine Frau verschwunden ist. Er will seiner Geliebten jetzt plötzlich ein Alibi geben. Ich hab ihn zum Protokoll geschickt. Er sagt, er hätte die ganze Nacht mit der Schleheck verbracht.«
Reimann grinste vielsagend. »Die Nacht mit der Schleheck? Der traut sich ja was. Ist eben doch ein echter Held! Ich hab ja schon vorhin im Verhörraum Angst vor ihr bekommen, obwohl du neben mir gesessen hast.«
Ich auch, dachte Jan. Er hatte tatsächlich so etwas wie Angst verspürt, viel stärker noch aber war das Bedürfnis gewesen, endlich die Wahrheit aus ihr herauszupressen. Und das würde er tun. Heute noch. Er würde gleich fortfahren. Er sah auf die Uhr. Seit vierzig Minuten saß die Schleheck da und wartete. Vielleicht hatte sie inzwischen ein wenig von ihrer esoterischen Künstlergelassenheit verloren.
»Komm«, sagte er zu Reimann. »Wir machen weiter.«

Sie wanden sich durch das bunte Schülergetümmel, dem inzwischen ein aggressiver Schweißgeruch entstieg, und flohen in Raum 2.
Die Miene von Romina Schleheck hatte sich kaum verändert, nur um ihren Mund lag jetzt ein leicht erschöpfter Zug, der ihrem Gesicht ein wenig an Bitterkeit nahm.
»Also noch einmal von vorn, Frau Schleheck«, begann Jan. Er notierte besonders langsam Uhrzeit und Anwesende auf einem neuen Blatt, stellte das Tonbandgerät an und warf ihr einen Blick zu. »Wann haben Sie Frau Sippmeyer das letzte Mal gesehen?«
Das Klingeln des Tischapparates unterbrach ihn, und Jan runzelte die Stirn, verärgert über die Störung. Reimann nahm ab, lauschte kurz und reichte den Hörer dann an ihn weiter.
»Ja?« Er bellte fast.
»Ich bin es, Nina. Frenze ist schon wieder dran, er sagt, es ist wirklich dringend.«
»Ich habe aber keine Zeit.«
»Das solltest du aber. Er sagt, es geht um die Tatwaffe. Er hatte eine Eingebung.«
Frenzes Eingebungen waren genau das, was Jan noch gefehlt hatte. »Dann stell ihn durch.«

*

Nichts auf der Welt, dachte Sven, während er durch die Fensterhöhle in die langsam einbrechende Dunkelheit sah, nichts konnte schöner sein als eine schlafende Lara.
Wie in einem Dornröschenschloss, hatte sie gesagt, und jetzt schlief sie so süß wie Dornröschen. Manchmal stockte ihr Atem kurz, um dann mit einem kleinen Schnaufen

wieder einzusetzen. Er liebte dieses Schnaufen. »Du hast wieder so geschnarcht«, hatte seine Mutter am Frühstückstisch manchmal empört zu seinem Vater gesagt, ganz so, als sei das eine unverschämte Rücksichtslosigkeit, etwas, das er nur machte, um sie zu ärgern. Das war natürlich, bevor diese andere Frau in sein Leben getreten war und seine Mutter dazu gebracht hatte, jede Kritik an ihm hinunterzuschlucken und ihn zu umwerben, als sei er ein verdammter Dauergast in einem Hotel, das ohne ihn zum Bankrott verurteilt war.

Und jetzt, da Sven zum ersten Mal in seinem Leben jemanden schnarchen hörte, ging ihm auf, dass schon damals alles falsch gewesen sein musste bei seinen Eltern. Denn gab es etwas Schöneres, als den Menschen, den man liebte, schnarchen zu hören?

Er dachte daran, wie Lara aufmerksam seiner Bilbo-Geschichte gelauscht hatte. Du bist echt toll, hatte sie zu ihm gesagt. Und tapfer. Dir so was auszudenken, und das in dieser schwierigen Situation. Mit der schwierigen Situation hatte sie natürlich ihre beiden verschwundenen Mütter gemeint. Und obwohl sie schon merklich müde geworden war, hatte sie leise zu weinen begonnen, und sein Herz hatte so einen kleinen Hüpfer gemacht vor Freude darüber, dass er jetzt wieder einen Grund hatte, sie zu trösten und an ihren Haaren zu riechen.

Und insgeheim fand er diese Idee, dass seine Mutter mit dem Ring verschwunden war, auf jeden Fall tausendmal besser als die Wahrheit.

Er war aufgewacht, als sie in sein Zimmer getreten war. Eigentlich schloss er routinemäßig ab. Tagsüber, damit Cecilia beim Putzen nicht sein Dope fand oder was er sonst so rumliegen ließ, wenn er zugedröhnt war und

nicht aufpasste. Abends schloss er ab, damit er von nächtlichen Mutterbesuchen verschont blieb. Das hatte auch geholfen, seit fast zwei Jahren war sie nachts nicht mehr in sein Zimmer gekommen. Aber diesmal war seine Tür offen gewesen.
Er hatte seine Mutter sofort erkannt, an den tiefen Schluchzern, die sie beim Heulen machte. »Sven«, hatte sie leise geflüstert, »Sven, bist du wach?« Er hatte die Augen zusammengekniffen, und am liebsten hätte er sich die Finger in die Ohren gesteckt, aber diese Bewegung hätte ihr verraten, dass er nicht schlief, und dann hätte er sich ihr Geheule anhören müssen und die verrückten Pläne, die sie wieder hatte, Pläne, die er längst alle kannte. Wir ziehen weg. Wir wandern aus. Wir schmeißen ihn raus, soll er doch zu seiner Geliebten ziehen. Ich ziehe aus und wollte nur mal tschüss sagen. Ich bringe mich um und wollte nur mal tschüss sagen.
All das hatte er in den letzten Jahren wieder und wieder in wechselnden Kombinationen gehört, ehe er herausgefunden hatte, dass Haschisch und Tabletten seine Ohren verschlossen. Ehe er aufgehört hatte, mit seinen Eltern zu reden. Es nützte eh nichts. Egal, ob er ihr beipflichtete – ja, Mama, lass uns weggehen von hier, sei nicht traurig, ich bin dabei, ich lasse dich nicht allein – oder ihr widersprach – nein, Mama, es hassen dich nicht alle, ich hab dich lieb, Mama –, es war alles egal. Am nächsten Tag war sie entweder wieder glücklich versöhnt, und er schämte sich vor seinem Vater für die Fluchtpläne, die er gemeinsam mit ihr ausgeheckt hatte, oder …
Da war wieder ein Schnaufen von Lara. Wie gut, dass es Lara gab!
Wenn er doch nur in dieser Nacht sofort zu Lara gelaufen

wäre, statt durch das Haus zu rennen und seine Mutter zu suchen! Nachdem sie die Tür wieder geschlossen hatte, wollte er unbedingt schnell einschlafen, weil doch am nächsten Tag die Matheklausur anstand, aber es gelang ihm nicht. Ständig sah er das verheulte Gesicht seiner Mutter vor sich und überlegte, weswegen sie nach so langer Zeit wieder nachts in sein Zimmer gekommen war. Und schließlich hatte er es nicht mehr ausgehalten und war aufgestanden. Das ganze Haus hatte er abgesucht, in jedes Zimmer geguckt, bis er begriffen hatte, dass sie verschwunden war. Durch das Fenster offenbar.

Dann hatte er ihre Handtasche im Schlafzimmer gesehen, und plötzlich hatte er gewusst, was sie getan hatte. Trotzdem sah er hinein. Fand ihr Handy und ihr Portemonnaie mit dem Ausweis und den Kreditkarten, und vor allem ihr Schminktäschchen. Ohne dieses Schminktäschchen wäre seine Mutter noch nicht einmal zum Briefkasten gegangen, das wusste er genau. Nirgends ging sie ohne das blöde Ding hin, das war einer der Gründe für seinen eigenen Lotterlook. Er hasste ihren Schminkwahn, in dem sie sich ständig neue, farbenfrohe Masken malte, um ihre Furcht vor dem endgültigen Verschwinden ihres Mannes zu übertünchen.

Als er das Schminktäschchen sah, wusste er, wohin sie gegangen war. Dorthin, wo ihr Aussehen egal war. In den Rhein wahrscheinlich. Und er schmiss sich auf ihr Bett, vergrub den Kopf in ihrem Kissen und heulte Rotz und Wasser bei dem Gedanken, dass er ihr noch nicht einmal die Gelegenheit gegeben hatte, sich von ihm zu verabschieden.

*

Frenze hatte eine Zeichnung von dem mutmaßlichen Tatwerkzeug gemacht, auf die er offenbar sehr stolz war. Jan seufzte und wartete darauf, dass die Datei sich öffnete.

»… diese winkligen Verletzungen verursacht hat«, sagte Frenze in sein Ohr. »Besonders wichtig ist der Griff, denn ohne Schwung passt das Verhältnis von der Stärke des Aufpralls und dem mutmaßlichen Gewicht des Gegenstands nicht. In meiner Zeichnung habe ich …«

Als das Bild vor ihm auf dem Bildschirm erschien, hatte Jan einen Geistesblitz.

»Ein Fahrradschloss«, sagte er mitten in Frenzes Ausführungen hinein. »Ist es ein Fahrradschloss?«

»Was?«

»Ein Bügelschloss. Ein großes, schweres Bügelschloss.«

Frenze räusperte sich. »Das kann ich natürlich nicht sagen. Ich kann nur aufgrund des Musters der Verletzung …«

»Könnte es ein Bügelschloss sein?«

»Wenn ich mir dir Abplatzungen der Haut und die dazugehörigen Schädelverletzungen …«

»Frenze!«

Frenze seufzte. »Ja, es könnte sein.«

Jan dachte an das blutbefleckte Werkzeug, das sie im Haus der Schleheck gefunden hatten. Es wäre zu schön gewesen. »Und das, was ich Ihnen reingereicht habe?«

»Das Werkzeug mit den Blutflecken? Auf keinen Fall! Passt weder zu den Wundrändern noch zu dem Muster der Frakturen.«

»Ich danke Ihnen, Frenze.«

Er legte auf und betrachtete einen Moment das Telefon, ehe er aus der Tür trat und sich kopfschüttelnd den Weg durch die Schüler bahnte. Inzwischen hatte einer von ihnen den Getränkeautomat im dritten Stock entdeckt, und jetzt tranken sie Kaffee, Kakao und, als beides aus war, sogar die Hühnerbrühe, die das Ding produzierte. Feuchte Schlieren bedeckten inzwischen das graue Linoleum, und einige Jungs kickten mit den zerknüllten Bechern herum.

Jan hatte sich geirrt. Und er war sich so verdammt sicher gewesen, dass er die Tatwaffe gefunden hatte. Auch wenn ihm noch nicht klar war, wie das Verschwinden von Margit Sippmeyer und der Mord an Valerie Koller zusammenhingen, irgendwie taten sie das, und das blutbefleckte Werkzeug hatte in ihm die Hoffnung aufflackern lassen, dass sich alles wunderbar leicht und plausibel aufklären würde. Schleheck, die fanatische Malerin, die nicht nur ihre Nebenbuhlerin, sondern auch Valerie Koller umgebracht hatte. Immerhin hatte auch Valerie Koller mit ihrem Geliebten telefoniert … Der Anruf. Darum musste er sich selbst kümmern, wenn Elena nicht bald wiederkam.

Es war zu schade, dass sie aus der Schleheck nichts herausbekommen hatten! »Können Sie mir verraten, was das hier ist?«, hatte er sie gefragt und ihr die verräterischen Flecken gezeigt.

Ausdruckslos hatte sie seinen Blick erwidert. »Sieht aus wie Blut, ist auch Blut«, hatte sie geantwortet.

Ganz dicht war er dran gewesen. Zumindest hatte er das gedacht.

Ein Fahrradschloss also.

Reimann lauschte ohne sichtbare Regung Jans Erklärungen und rieb sich seine rötlichen Stoppeln. »Dann können wir ja Fahrradschlösser einsammeln«, war sein lako-

nischer Kommentar. »Sitzt Sippmeyer noch nebenan? Fangen wir bei ihm an.«
»Der ist noch da.«
»Was sagt er zu der Sache mit dem Telefonat?«
»Ich hab ihn noch nicht gefragt. Höchste Zeit, das nachzuholen.«
Reimann nickte. »Ist ja praktisch, dass der Mann uns einfach so ins Haus fällt. Das spart Zeit.«
»Wirklich nett von Sippmeyer«, seufzte Jan. »Dann lass uns mal.«
Erst als sie sich wieder durch den versifften Flur quälten, ging ihm auf, dass Sippmeyer vielleicht gar nicht den edlen Ritter hatte spielen wollen, als er Romina zu ihrem Alibi verholfen hatte. Vielleicht hatte er nur eines für sich selbst gebraucht.

Weder Jan noch Reimann hatten mit der Überraschung gerechnet, die sie in Raum 3 erwartete. Sippmeyer brach zusammen.
Zuerst sah es so aus, als ob das Gespräch nicht sonderlich ergiebig verlaufen sollte.
Nein, er kenne Valerie Koller nicht.
Ja, da sei ein Anruf auf dem Anrufbeantworter gewesen, den er nicht habe zuordnen können. Schweigen, dann habe jemand aufgelegt.
Selbstverständlich habe er das gelöscht, man habe ohnehin nichts verstanden.
Dann stellte Reimann die entscheidende Frage. »Sie sind ja begeisterter Radfahrer, Herr Sippmeyer, wie uns Ihre Nachbarn erzählt haben. Haben Sie denn auch ein gutes Schloss dafür?«
Sippmeyer zuckte die Achseln. »Natürlich.«

»So ein Schloss ist ja manchmal ganz praktisch«, sagte Reimann mit gefährlich ruhiger Stimme. »Damit kann man sogar töten.«
Bei dieser Frage passierte es. Erst sah Sippmeyer hoch in die Luft, als stünde dort etwas geschrieben, das außer ihm niemand lesen konnte, dann arbeitete etwas in ihm, sekundenlang war sein schönes Gesicht wie erstarrt, dann fiel es ein und wurde erst bleich, dann schlaff und kraftlos. Eben noch war er Jan als strahlender Held erschienen, jetzt war er nur noch ein beliebiges, austauschbares Bündel Mensch, das dem Druck der Befragung nicht hatte standhalten können. Nein, dachte Jan, nicht dem Druck, von Druck konnte eigentlich keine Rede sein, bis zu diesem Zeitpunkt hatte er Sippmeyer nicht ernsthaft als Täter in Betracht gezogen und Reimann vermutlich auch nicht.
Sippmeyer klappte förmlich zusammen. Dolchstoß von hinten, dachte Jan. Ein einziger Dolchstoß, und aus war es mit dem Drachentöter. Oder war es ein Speer gewesen? Ein Schwert? Hagen von Tronje? Auf jeden Fall hatte es in der Sage etwas mit Verrat zu tun, anders als in der Realität.
»Ich habe Valerie Koller umgebracht«, sagte Sippmeyer klar und deutlich, dann schloss er den Mund, als ob diese Worte seine letzten sein sollten.
Reimann und Jan wechselten überraschte Blicke.
Reimann fasste sich als Erster und griff nach der Akte. »Blutungen oberhalb und unterhalb der harten Hirnhaut.« In rascher Folge legte er die Fotografien vor Sippmeyer auf den Tisch, während Jan mit verschränkten Armen neben ihm stand. »Frakturen im Schläfenbereich. Sie ist erst ohnmächtig geworden. Hat sie sich vorher gewehrt? Hat sie geschrien?«

Sippmeyer sagte nichts. Er hatte sich abgewandt, als könne er den Anblick nicht ertragen.
Jan konnte es ihm nachfühlen. Die Fotos schrien ihn förmlich an, grell ausgeleuchtete Zeugnisse von Wut und Zerstörung. Er hätte selbst gern den Blick abgewendet, aber er zwang sich, es nicht zu tun.
»Wundränder und Frakturen passen exakt zu einem Fahrradschloss. Die Kollegen werden sich gleich auf den Weg machen, um Ihr Rad zu beschlagnahmen.«
»Das ist nicht nötig.«
»Geben Sie zu, Valerie Koller erschlagen zu haben?«
»Das habe ich doch bereits«, sagte Sippmeyer. Er hielt den Blick gesenkt.
»Warum?«
Sippmeyer schwieg. Er legte seine Hände nebeneinander auf den Tisch und betrachtete sie so genau, als sähe er sie zum ersten Mal.
»Hatten Sie eine Beziehung zu Valerie Koller?«
»Nein.«
»Hat Valerie Koller Ihnen Ihrer Meinung nach Schaden zugefügt?«
»Nein.«
»Was dann?«
Sippmeyer schwieg. Sag schon, dachte Jan.
»Stand sie Ihnen irgendwie im Weg?«
»Ja«, sagte Sippmeyer. Seine Stimme klang unsicher.
»Warum?«
»Meine Frau …« Sippmeyer verstummte.
»Was ist mit Ihrer Frau?«, fragte Reimann. Und dann fragte er weiter.
Wo ist sie?
Was haben Sie mit ihr gemacht?

In welcher Beziehung stand Margit zu Valerie Koller?
Was war mit dem Anruf?
Aber Michael Sippmeyer sagte kein weiteres Wort mehr als die wenigen, die es brauchte, um nach einem Anwalt zu verlangen.
Als der Tischapparat schrillte, ging Reimann dran und reichte dann den Hörer an Jan weiter. Es war Nina.
»Ein Anruf für dich, Jan. Sie sagt, sie sei deine Großmutter. Offenbar hat sie Margit Sippmeyer gefunden.«

*

Es waren vierzehn Tabletten. Vierzehn Tabletten, die er für den Fall mitgenommen hatte, dass er alldem ein Ende bereiten musste. Dabei hatte er an sich selbst gedacht. Er hatte nicht gedacht, dass er sie für Lara brauchen würde.
Lara schlief immer noch. Ihr Gesicht hatte sich gerötet, und das beruhigte ihn, denn wahrscheinlich hieß das, dass sie nicht fror. Es wäre echt schlimm, wenn sie sich erkälten würde.
Vierzehn Tabletten. Bei starken Einschlafstörungen bis zu zwei Tabletten eine halbe Stunde vor dem Schlafengehen einnehmen, stand auf dem Beipackzettel. Er würde zur Sicherheit immer drei nehmen, denn er konnte nicht riskieren, dass Lara aufwachte. Als normalen Schlaf rechneten die Tablettenleute wahrscheinlich acht Stunden, er brauchte also für vierundzwanzig Stunden neun Tabletten.
Er musste bald los, um Geld zu holen und Getränke und Feuerzeuge. Seine Mutter hatte den ganzen Schrank voller Pillen, die sie jetzt nicht mehr brauchte. Und wenn er

schon da war, konnte er auch gleich seinen Laptop holen und ein paar DVDs. Wahrscheinlich würde der Akku nicht lange halten, aber immerhin hätte er ein bisschen Ablenkung.
Ablenkung war wichtig. Man wurde so schnell bekloppt, wenn man keine Ablenkung hatte. Und vielleicht würden sie sehr lange hier im Dornröschenschloss bleiben müssen, Lara schlafend, er als ihr Beschützer.
Lara seufzte wieder im Traum, und er lächelte, weil das echt wie ein Grunzen klang, wie ein niedliches Grunzen.
Er musste los. Die Tabletten würden sie noch mindestens vier Stunden ruhig halten, aber er sollte sich trotzdem beeilen.
Geld holen. Klamotten holen. Kakao auch, und auf keinen Fall eine weitere Tasse. Laptop holen, das war ganz wichtig. Vielleicht könnte er heute Abend noch den ersten Teil vom *Herrn der Ringe* gucken, mit Lara im Arm. Er könnte zwischendurch an ihren Haaren riechen. Sie war so süß, wenn sie schlief. Und falls sie zwischendurch mal aufwachte, würde sie das Auenland sehen, und dann würde er ihr noch etwas zu trinken geben …

*

Es war einfach unglaublich und außerdem unverantwortlich, dass jemand heutzutage kein Handy hatte. Vor allem, wenn es sich um die eigene Großmutter handelte. Was aber ein Skandal war: wenn diese Großmutter dann auf dem Präsidium anrief und behauptete, sie habe eine Leiche gefunden. Denn das hatte Edith getan. Oder?
Der Wagen vor ihm verlangsamte und setzte den Blinker,

und Jan trat fluchend in die Bremsen. Er hatte es eilig. Er hatte es sogar verdammt eilig.
Bei Ninas Versuch, den Anruf in sein Büro umzuleiten, war irgendetwas schiefgegangen. Jeden anderen Menschen auf der Welt hätte man zurückrufen können, nicht aber Edith Herzberger. Sie hatte aus einer öffentlichen Telefonzelle angerufen, welche genau, hatte niemand auf die Schnelle gewusst. Erstaunlich genug, dass Münzfernsprecher noch existierten.
Nina berichtete auf seine aufgeregten Nachfragen, Edith habe es offenbar eilig gehabt. Sie habe ihrem Enkel nur ausrichten lassen, dass sie Margit Sippmeyer gefunden habe und dass er zum Haus der Sippmeyers kommen solle. Nina habe Edith gebeten, in der Leitung zu bleiben, und danach sei Edith verschwunden gewesen.
Endlich tauchte die Altstadt von Königswinter vor ihm auf. Jan bog rechts ab zur Rheinpromenade. Er war nervös. Teils fürchtete er sich vor der Leiche, die ihn erwartete, teils davor, dass möglicherweise alles ganz anders war. Vielleicht hatte Edith gar nichts gefunden? Vielleicht hatte sie sich irgendwie in Schwierigkeiten gebracht? Auf jeden Fall wollte er der Erste sein. Natürlich hatte er sofort Elena zum mutmaßlichen Fundort bestellt, aber das würde dauern, weil sie noch bei Koller und mit der Suche nach Lara beschäftigt war. Es hatte ein ziemliches Wirrwarr gegeben, als er versucht hatte, die Einsatzkräfte zu koordinieren, und schließlich hatte er Nina beauftragt, ihm die Ermittler nachzuschicken, und war in seinen Mini gesprungen.
Erst als er endlich vor der Villa der Sippmeyers parkte, schoss Jan durch den Kopf, dass Edith vielleicht gar nicht mit ihm reden wollte. Hatte die Vermittlung deshalb

nicht funktioniert, weil sie aufgelegt hatte? Warum hatte sie ihn dann überhaupt angerufen und nicht einfach nur die 110 gewählt?
Weil niemand ihr geglaubt hätte, dachte Jan. Wenn eine Oma die Polizei anruft und von Mord und Totschlag erzählt, glaubt ihr keiner. Man bittet sie aufs Präsidium, um die Wahrscheinlichkeit zu minimieren, dass sie nur ein bisschen quatschen will. Genau dafür hatte Edith aber offensichtlich keine Zeit gehabt.
Niemand reagierte auf sein Klingeln. Einen Moment lauschte Jan dem melodischen Geklimper hinter der eindrucksvollen Haustür nach, dann drückte er noch einmal.
Klar, dachte er. Sippmeyer saß im Präsidium. Was war wohl mit dem Sohn? Und vor allem mit der Haushälterin? Und wo blieb eigentlich Edith?
Wahrscheinlich hatte sie die Leiche nicht im Haus selbst gefunden. Wie hätte Edith auch hineingelangen sollen?
Obwohl …, dachte Jan. Er traute ihr allerhand zu.
Der weiträumige Garten bot auf den ersten Blick viele mögliche Verstecke. Ein Pfad führte an einer Reihe von Ziersträuchern entlang, die jetzt struppig und karg aussahen. Hinten wuchsen hohe Platanen, die zu denen an der Rheinpromenade passten. Ein Goldfischteich, Schuppen, Pavillon, zwei Terrassen auf unterschiedlichen Niveaus. Was man halt so braucht, dachte Jan.
Irgendwo musste Edith sein. Warum kam sie ihm nicht entgegen? Vielleicht war sie wieder gestürzt. Ganz okay war sie ja noch nicht gewesen. Und dann die Aufregung über den erneuten Besuch der Altenheim-Frau, der Besuch, den sie seinem übereilten Anruf zu verdanken hatte …

Scheiße, dachte Jan. Ich bin so ein Idiot. Das muss ungeheuren Stress für sie bedeutet haben.
Er sah in den geräumigen Geräteschuppen. Nichts.
Er ging in den hinteren Teil des Gartens. Zwar schirmte eine hohe Mauer das Grundstück von der Rheinpromenade ab, aber von der Höhe des Pavillons aus hatte man einen wunderbaren Blick auf den Fluss. Hier konnte man beim Nachmittagskaffee ungestört sitzen und Schiffe beobachten, wenn man wollte. Ob die Sippmeyers das manchmal getan hatten? Irgendwie passte die Vorstellung nicht zu ihnen. Jan schritt das ganze Grundstück ab, bog Zweige auseinander und sah sogar hinter einen Kasten, der offenbar die Elektronik verbarg.
Edith fand er nicht.
Gefahr im Verzug, dachte er, als er die Terrassentür aufstemmte. Es ging leichter als erwartet, und einen Moment lauschte er, ob wohl eine Alarmanlage losschrillen würde.
Nichts. Warum war so ein großes Haus ungesichert?
Still lagen Wintergarten und Wohnzimmer vor ihm. Kein Stäubchen auf dem leeren Couchtisch, kein Zeichen von den Bewohnern. Er eilte durch das Erdgeschoss, den Blick auf den Boden geheftet. Sie musste gestürzt sein. Oder war ihr etwas anderes zugestoßen? Es ging immerhin um Mord. Sie hatte eine Leiche gefunden. Was, wenn jemand sie überrascht hatte, jemand, dem das nicht passte?
Die Küche sah auch heute aus wie aus einer Wohnzeitschrift. Unschlüssig sah er sich um. Sollte er oben suchen?
Er hätte nie zulassen dürfen, dass sie sich einmischte. Großmütter sollten in ihren warmen Wohnzimmern auf

ihrem Ohrensessel sitzen bleiben und Kriminalromane lesen.
Als sein Handy dudelte, schrak er zusammen.
Es war Nina. »Deine Oma hat noch mal angerufen, Jan. Margit Sippmeyer lebt! Die beiden sind auf dem Weg zu dir, sie müssten jeden Moment da sein. Ist Elena schon da?«
»Nein.«
Sie lebt, dachte Jan, und er meinte damit nicht Margit Sippmeyer.
Er fragte Nina nicht, warum der zweite Anruf so viel später kam, denn er konnte sich denken, was geschehen war. Edith konnte seine Visitenkarte nicht lesen. Sie konnte gar nichts lesen ohne ihre Lesebrille, und die lag vermutlich zu Hause neben dem Kreuzworträtselheft. Ehe sie einen neuen Versuch in der Telefonzelle gestartet hatte, hatte sie erst jemanden suchen müssen, der ihr wählen half.
Hauptsache war, dass es ihr gutging. Und Margit Sippmeyer lebte auch. Warum? Und wo war sie gewesen, während alle nach ihr gesucht hatten? Hatte Edith sie befreit? Und er selbst belauerte ein leeres Haus?
Egal. Sie lebten, alle beide, das war die Hauptsache.
Alles war gut.
Jetzt erst merkte Jan, wie warm es hier drinnen war. Er atmete tief durch, als er seine Jacke auszog. Er legte auch seine anderen Sachen ab und machte es sich in einem der Sessel bequem. Die beiden Frauen mussten jeden Moment da sein.
Auf der Anrichte stand eine Karaffe mit Quittenschnaps. Wie schön wäre es jetzt, auf den Schreck ein Gläschen davon zu trinken! Verdient hatte er es.

Ohne Haushälterin wirkte das Wohnzimmer leer. Wäre doch nur Cecilia Thomas da, sie würde ihm bestimmt etwas zu trinken anbieten.
Unschlüssig betrachtete Jan die Karaffe. Als er ein Geräusch vom Eingang hörte, atmete er auf. Da war sie.
»Edith?«
Keine Antwort.
Wahrscheinlich Elena und der Streifenwagen. Sie hätten längst hier sein sollen. Was war nur heute los, dass sich alle so viel Zeit ließen?
Er trat in den Flur, öffnete die Haustür. Niemand da.
Vielleicht hatte er sich geirrt?
Irgendetwas irritierte ihn.
Etwas roch.
Es stank, genauer gesagt. Schwach nur, aber doch deutlich zog der Geruch von kaltem Zigarettenrauch durch das Haus. Hatte jemand oben die Tür des Jungen geöffnet?
Plötzlich lag etwas in der Luft, eine Ahnung von Gefahr vielleicht. Er trat zurück in die Küche, suchte automatisch Deckung, horchte. Nichts. Er griff nach seiner Waffe.
Sie war weg.
Verdammt, dachte er. Verdammt, verdammt. Hatte er sie im Präsidium vergessen? Zu Hause? Verschwommen fragte er sich, wo zu Hause eigentlich war.
Wahrscheinlich hatte er sie im Wohnzimmer abgelegt, zusammen mit Jacke und Schal.
Er trat zurück in den Flur.
Und erst als etwas neben seiner Stirn klickte und er den kalten Druck seiner Walther spürte, wusste er, wo sie war.

*

Elena dachte gar nicht daran, zum Sippmeyer-Haus zu fahren.
Typisch, dachte sie. Drei Tage passiert beinahe gar nichts, und dann ist plötzlich die Hölle los. Die Tochter der Ermordeten verschwunden, der Ehemann der Verschwundenen geständig, Jan findet eine mögliche Tatwaffe, während Frenze endlich die Mordwaffe bestimmt, und parallel dazu rennen uns die Zeugen plötzlich die Bude ein.
Wie konnte Jan in so einer Situation auf die Idee kommen, derart viele Kräfte von der normalen Ermittlungsarbeit abzuziehen und zum Hause Sippmeyer zu schicken?
Überblick behalten, dachte sie. Alle verlieren den Überblick, das ist kein Wunder. Eine Leiche und zwei Vermisste, das sind zu viele Baustellen, solange wir keine Verbindungen finden. Umso wichtiger, dass wir uns auf saubere Polizeiarbeit besinnen, damit man uns keine Fehler nachweisen kann, sonst war Lohse die längste Zeit Dezernatsleiter.
Zeugen befragen und Spuren auswerten. Das ist das Einzige, was wir machen können. Und wenn es Hunderte von Zeugen und Hunderte von Spuren sind, dann ist das eben so, da brauchen die anderen nicht zu meckern. Im Meckern waren ihre Kollegen groß. »So ein Chaos hier«, hatte Reimann am Telefon gestöhnt. Und Jan hatte sich aufgeblasen wie wer weiß was, bloß weil er einmal im Leben halbwegs konzentriert bei der Sache war und jetzt meinte, er müsse gleich unter die Top-Ermittler gehen.
Wo das Mädchen wohl steckte? Koller war völlig durchgedreht, kein Wunder. Erst die Mutter, dann die Tochter. Allerdings hatte Elena seine Überzeugung, es müsse sich bei Laras Verschwinden um ein Verbrechen handeln,

nicht teilen können. Alles sah danach aus, als sei das Mädchen abgehauen. Spontan und ungeplant, aber doch freiwillig. Tee auf dem Tisch, der kitschige Lieblingsrucksack im Flur, keine warme Jacke dabei, vermutlich nur den Pullover, den sie morgens getragen hatte. Oder die Strickjacke, der Vater war sich da nicht sicher gewesen. Überhaupt hatte er nicht gewusst, was sie getragen hatte. Das machte die Sache natürlich nicht leichter. Väter waren als Gesprächspartner in solchen Fällen meist nicht sehr ergiebig. Die Mutter hätte die Kleidung ihrer Tochter vermutlich detailliert beschreiben können, ebenso hätte sie erkannt, was fehlte, dachte Elena und seufzte.

Laras Klassenkameradinnen waren alle telefonisch nicht zu erreichen gewesen. Oder hatten sie vielleicht nicht erreichbar sein wollen? Eigentlich waren Teenager heute doch rund um die Uhr in Rufbereitschaft.

Ohrenbetäubender Lärm schlug ihr entgegen, als sich die Aufzugstür öffnete.

Reimann trat ihr entgegen und rieb sich seinen stoppeligen Schädel. »Da hast du uns aber was eingebrockt! Seit Stunden belagern die uns!«

»Seid ihr noch nicht durch? Warum kümmert ihr euch nicht um die Schüler? Glaubt ihr, ich habe die zum Spaß herbestellt?«

»Mach mal locker, Elena. Es ist echt viel los. Die Durchsuchung vom Haus der Schleheck, und alle Verhörräume sind voll. Hast du … Hey! Sag mal, wolltest du nicht zu Jan ins Sippmeyer-Haus?«

»Wollte, sollte … Was Jan sich da so vorstellt.« Elena zuckte die Achseln, öffnete die Tür zum Büro und nickte ihm zu.

»Sie!« Ein grellblondes Mädchen fasste sie am Arm. »Haben Sie mal ’nen Moment?«
Elena schüttelte die Hand ab. »Mein Kollege wird Bescheid geben, wenn du an der Reihe bist.«
»Ich warte aber schon voll lange. Und …« Das Mädchen vollführte eine Schlängelbewegung, die Elena nicht zu deuten wusste. Hielt sie ihre Aussage für so wichtig? Hatte sie nachher eine Verabredung? Musste sie aufs Klo?
»Ist echt wichtig.«
»Okay«, sagte Elena und seufzte. »Dann komm rein.« Kurz überlegte sie, ob sie die Schüler siezen musste. Wahrscheinlich nicht, aber bestimmt fühlten sie sich dann ernst genommen und gaben sich mehr Mühe.
Siezen, beschloss Elena.
Das Mädchen nahm auf der äußersten Ecke des Stuhles Platz und befühlte einen Pickel an ihrer Stirn, als wolle sie sich vergewissern, dass er noch da war. Ihre Lippen glänzten grellrosa, und sie roch entschieden zu stark nach Parfüm. Sie stank, um genau zu sein.
»Erst einmal Ihr Name, bitte«, sagte Elena und zog ihren Block heran.
»Sandra Yilmaz.«
»In welche Klasse gehen Sie?«
»In Laras Klasse. Ich bin ihre beste Freundin.«
Elena stutzte. »Sandy?«, vergewisserte sie sich und kramte in ihrem Rucksack nach den Unterlagen.
»Genau die.« Das Mädchen strahlte.
»Ich habe eben versucht, Sie anzurufen. Ihr Handy ist ausgeschaltet.«
»Genau!« Empört funkelte das Mädchen Elena an. »Wir mussten unsere Handys ausschalten, alle. Das hat Ihr

Kollege gesagt.« Anklagend wies ihr Zeigefinger Richtung Flur.
»Verstehe.« Kein Wunder, dass Koller die ganze Telefonliste erfolglos durchgeklingelt hatte.
»Dabei sind wir ja dann alle nicht erreichbar, aber der Typ meinte, es wäre eh zu laut. Dabei ist das ja nicht unsere ...«
»Okay«, sagte Elena. »Jetzt sagen Sie mir bitte erst einmal, warum Sie hier sind.«
Das Mädchen nickte und strich sich mit bedächtiger Geste den Seitenscheitel glatt. »Alle, die was wissen, sollten kommen, hat die Gerb-Ferber gesagt. Und ich wollte das mit dem Freak sagen.«
»Mit ...«
»Sven. Der immer mit Lara lernt. Ihre Mutter ist doch Vertrauenslehrerin, und sie wollte, dass Lara sich um den kümmert. Den sollen Sie mal fragen, dachte ich nur. Weil der sie doch bestimmt zuletzt gesehen hat.«
»Lara?«
»Nee, ihre Mutter!«
Elena zwang sich zur Ruhe. »Wie kommen Sie darauf?«
»Na, der ist doch in ihrem Auto mitgefahren an dem Tag. Gleich nach der kleinen Pause, da habe ich die beiden gesehen.«
»Um wie viel Uhr war das?«
»Nach zwölf irgendwann. Wir hätten da eigentlich Sport gehabt, aber ich, also, mir war nicht so gut«, beeilte sich Sandy hinzuzufügen, als sei Elena Fahnderin für Schulschwänzdelikte. »Ich hatte meine Tage«, setzte sie vertrauensvoll hinterher. Dann fuhr sie fort, ihre Stirn zu befummeln und ihre blonden Strähnen über den Pickel zu legen.

Nach zwölf, dachte Elena.
Wo mochte der Junge sein? Zu Hause? War er gefährlich?
Jan war unterwegs zum Haus der Sippmeyers. Die anderen auch.
»Reimann!«, brüllte sie. Dann fluchte sie.

*

Wenn es so etwas wie eine höhere Instanz gab, die Dummheit bestrafte, dann war seine jetzige missliche Lage die faire Quittung für sein Verhalten, dachte Jan.
Wie hatte er nur so dämlich sein können? Wie genau Sven in das Geschehen verwickelt war, wusste er zwar nicht, aber der Junge war ganz offensichtlich gewaltbereit und musste dafür einen guten Grund haben.
Jan saß auf genau jenem himmlisch bequemen Sessel, auf dem er vorhin voreilig den guten Ausgang dieses verqueren Tages gerühmt hatte. Dann und wann warf er einen schnellen Blick auf den blassen Jungen ihm gegenüber. Wenn dessen Aufmerksamkeit nachließ, konnte er ihm vielleicht die Waffe abnehmen. Kräftig sah Sven nicht aus. Allerdings machte das weiche Polster, in dem Jan eher lag als saß, eine schnelle Bewegung beinahe unmöglich, und außerdem hielt Sven mit gleichbleibender Konzentration die Waffe auf ihn gerichtet.
Seine Walther.
Es war unverzeihlich, dass er so fahrlässig mit ihr umgegangen war, das wusste er, und im Geiste zählte er bereits auf, welche Konsequenzen das haben würde.
Abmahnung.
Disziplinarverfahren.

Es hatte nie gestimmt zwischen ihm und seiner Dienstwaffe. »Männlich, Jan, männlich«, hatte Clara gespottet, als sie ihn das erste Mal mit Holster gesehen hatte. Viel schlimmer aber war der zerstreute Blick seiner Mutter gewesen, der deutlich machte, dass sie seinen Polizeidienst nur als eine seltsame Episode in seiner psychosozialen Entwicklung betrachtete, die ihn eines Tages hoffentlich auf den rechten Weg führen werde, was in ihren Augen etwa ein Studium des Zulu-Afrikanischen bedeuten mochte oder eine Ausbildung zum Reiki-Therapeuten.

»Vielleicht braucht der Junge doch einen Vater«, hatte sie am Telefon seufzend zu ihrer Schwester gesagt, als er an der Polizeischule begonnen hatte, und er war fuchsteufelswild geworden, immerhin war er zu diesem Zeitpunkt bereits erwachsen gewesen.

Sie hatte seine Schimpftirade mit einem sprechenden Blick auf diese verdammte Waffe beantwortet, einem Blick, der ihm erklärte, dass in ihrer Welt eine Pistole niemals eine Pistole war, sondern ein eigenartiges Requisit patriarchaler Machtspielchen.

»Es gibt Menschen, die brauchen Waffen zu ihrem eigenen Schutz oder zum Schutz anderer«, hatte er gesagt und gewünscht, der distanziert-amüsierte Ausdruck würde endlich aus ihrem Gesicht verschwinden. »Während du auf deinen Tingelbühnen das bekämpfst, was du für das Patriarchat hältst, üben andere Menschen in der wirklichen Welt wirkliche Gewalt aus, und um sie daran zu hindern, helfen weder Gedichte noch Theater, sondern …«

Es war vergeblich gewesen.

Natürlich war es das.

Man konnte mit seiner Mutter nicht diskutieren, solange sie ihre überlegene Pose nicht aufgab, und die würde sie niemals aufgeben.
Wahrscheinlich hatte dieser ganze Mist ihn infiltriert, so dass er unbewusst seine eigene Waffe nicht ernst nahm, was dazu geführt hatte, dass er sie an einen kriminellen Teenager verloren hatte und sich nun von ihm bedrohen ließ.
Unbewusst, dachte Jan. Das war genau so eine Vokabel, die er eigentlich aus seinem Wortschatz verbannt hatte, sie klang verdammt nach seiner Mutter, bei der ein Mensch nie einfach das tat, was er tat, nein, er tat es unbewusst aus schauerlichen Beweggründen.
Er bewegte sich, schlug das rechte Bein über das linke, und prompt fuchtelte der Junge mit der Waffe herum.
»Keine Bewegung.«
Das wäre eigentlich mein Satz gewesen, dachte Jan.
Der Junge betrachtete ihn misstrauisch, schien zu überlegen, was er als Nächstes tun sollte. Oder wartete er auf etwas? Oder auf jemanden?
»Was soll das hier eigentlich werden, Sven?«, fragte Jan. Er achtete darauf, seine Stimme so ironiefrei wie möglich zu halten.
»Gar nichts wird das.«
»Wir können schließlich nicht ewig hier sitzen bleiben. Irgendwann wird dein Vater nach Hause kommen.«
»Ich habe keinen Vater«, sagte der Junge und spuckte auf den Boden. Es war eine beinahe rührende Geste, wie aus einem Western.
»Okay«, sagte Jan. Dann sagte er gar nichts mehr, er warf nur von Zeit zu Zeit einen ungläubigen Blick auf das besudelte Parkett.

»Mein Vater ist ein Arschloch«, sagte der Junge nach einer Weile. Offenbar wurde ihm das Schweigen zu lang. »Totales Arschloch, echt. Und zu mir ist er immer so … so …« Er brach ab. »Und meine Mutter ist tot. Ist vielleicht auch besser so. Die waren völlig daneben, alle beide.«
Der Junge blinzelte und zog die Nase hoch. Seine Augen blieben trocken, und er schien darüber so erleichtert, dass er sich sichtbar entspannte.
»Okay. Deine Eltern sind dir also egal. Trotzdem wird früher oder später die Polizei kommen. Du bedrohst einen Polizisten mit einer Waffe, das ist strafbar, das weißt du schon, oder?«
»Bin doch nicht bescheuert«, sagte der Junge und zog noch einmal die Nase hoch.
»Und warum sitzen wir dann hier?«
»Was fragen Sie mich denn! Sie sind doch einfach hier rein und haben mich gestört, sonst wäre ich schon längst wieder verschwunden.«
»Dann schlage ich vor, du nimmst jetzt die Waffe weg und wir gehen beide dahin, wo du hinwolltest.«
Der Junge lachte hell auf. »Sie halten mich wohl für blöd! Ich weiß genau, warum Sie hier sind. Koller hat Sie geschickt, damit Sie Lara suchen. Aber Sie werden sie nicht finden. Niemand wird uns finden.«
Das klang gruselig, nach einem Falco-Song. »Ihr könnt nirgendwohin«, sagte Jan. »Aus dem Land kommt ihr nicht, und die Flughäfen …« Er brach ab, als er das Lächeln des Jungen sah.
»Dort, wo wir hingehen, gibt es keine Flughäfen.«
»Was soll das heißen?«
Der Junge nickte. »Was ich gesagt hab.«
»Willst du dich umbringen? Ich meine, wollt ihr …«

Der Junge warf ihm einen langen Blick zu, in dem alles lag, jede mögliche Antwort. »Haben Sie Kippen?«, fragte er dann anstelle einer Erwiderung. »Meine sind oben, und ich kann Sie ja schlecht hier allein lassen.«

Jan schüttelte den Kopf. Er wünschte sich weit weg. Lauter dumme, abgedroschene Sätze gingen ihm durch den Kopf. Selbstmord ist keine Lösung. Es gibt immer einen Ausweg. Es wird schon wieder. Auch wenn es jetzt vielleicht nicht so aussieht, irgendwann …

Er müsste jetzt Vertrauen aufbauen, ihn ablenken.

Er war nicht der Richtige für dieses Gespräch. Gar nicht. Zwar fürchtete er die Waffe in Svens Hand, weil er sicher war, dass dieser sie zur Not benutzen würde, aber wesentlich mehr als vor seinem eigenen möglichen Ende grauste ihm im Moment vor dem Rotzfleck auf dem Parkett und den entzündeten Ohrläppchen des Jungen. Rote Beulen und Buckel. Eklig. Ihn schauderte.

Nein, er war wirklich der Falsche, um das Vertrauen dieses Jungen zu gewinnen.

Elena hätte jetzt irgendwelche kernigen Sprüche über Eltern und Kinder gebracht, hätte sich auf das sprachliche Niveau des Jungen begeben und ein wirkliches Gespräch begonnen, und ganz bestimmt hätte Sven ihr zugehört.

»Der Tod ist nicht so schlimm, wie alle denken«, sagte Sven und biss auf seinem Daumennagel herum. »Sie denken das doch auch, oder? Dass der Tod schlimm ist.«

Die Stille vibrierte zwischen ihnen, und Jan begriff, dass das tatsächlich eine Frage gewesen war. Er wollte antworten, aber etwas war in seiner Kehle, und er musste sich räuspern.

»Ja«, sagte er dann. Es klang wie ein Krächzen.

»Ich glaube, wenn ich tot bin, komme ich ins Auenland«,

sagte der Junge. Seine Stimme hatte einen verträumten Klang. »Lauter so grüne Hügel und so, alles voll friedlich, und keiner nervt. Kennen Sie überhaupt *Der Herr der Ringe?*«
»Klar«, brachte Jan heraus. »Kennt doch jeder.«
»Alle drei Teile?«
»Ja. Im zweiten waren viel zu viele Schlachten.«
»Finden Sie?« Sven überlegte eine Weile. »Jedenfalls, dann haben Sie ja auch den Anfang gesehen. So war es nämlich bei meiner Mutter. Diese Party, ein riesiges Fest halt, und dann war sie plötzlich weg. Ein schöner Tod. Wie bei Bilbo.«
»Moment«, sagte Jan. »Deine Mutter ist vor der Party verschwunden, nicht mittendrin. Und Bilbo war außerdem nicht tot, sondern nur unsichtbar.«
»Das ist ja symbolisch.« Sven kaute weiter auf seinem Daumen herum. »Verstehen Sie das nicht? Das mit dem Ring, meine ich. So ist nämlich der Tod. Als ob man den Ring ansteckt. Man selbst ist weg, und die anderen sind noch da. Sie können einen nicht mehr sehen und denken darum, dass sie allein sind.«
Für einen Moment folgte Jan dem Bild, dachte an die fröhliche Geburtstagsfeier aus dem Film, bunte Lampions, die an einer Schnur tanzten, schwatzende Gäste, die das Essen genossen. Dann schüttelte er den Kopf.
»Es ist keine Party, von der du hier verschwindest, Sven. Guck dich um! Keine Freunde, keine Musik. Niemand feiert mit dir.«
Das Gesicht des Jungen verdüsterte sich. Er sah sich um, als wolle er die hohen Decken seines Elternhauses um Rat fragen. Auf diesen Moment hatte Jan gewartet.
Er sprang.

Und wäre der Sessel unter seinem Hintern nicht so sagenhaft weich und nachgiebig gewesen, hätte sein Sprung vielleicht sogar Aussicht auf Erfolg gehabt.

*

Sie schwiegen. Reimann fuhr schnell, zu schnell eigentlich, aber Elena hoffte, dass ein Wunder geschehen und er noch ein wenig beschleunigen würde. Das tat er nicht. Stattdessen rieb er sich die rötlichen Stoppeln und sah zu ihr rüber.

»Also der Junge.«

»Er hat Valerie Koller zuletzt gesehen, sagt die Schülerin. Sie hat beobachtet, wie die beiden mit dem Auto weggefahren sind. Das war gegen zwölf, also kurz vor dem mutmaßlichen Todeszeitpunkt.«

»Was hatte der Junge denn gesagt, wo er war?«

»In der Schule.«

Reimann zog die Zigarettenschachtel aus seinem Parka, sah sekundenlang darauf. Dann steckte er sie wieder ein und umklammerte das Lenkrad noch ein wenig fester.

»Und du meinst wirklich, der Junge ist unser Täter? Was ist mit Sippmeyers Geständnis?«

»Sippmeyer hat erst gestanden, als wir ihn mit Frenzes Ergebnissen konfrontiert haben. Die Mordwaffe war ein Bügelschloss, höchstwahrscheinlich. So eins hat Sippmeyer, warum nicht auch sein Sohn? Ihm muss sofort der Gedanke an Sven gekommen sein, darum sein Geständnis. Er wollte ihn schützen.«

»Obwohl er ein Mörder ist?«

»Was weiß ich denn, Väter und Söhne. Du bist doch hier der Familienmensch, Reimann.«

»Elena, ich wollte dir längst …«
»Halt einfach den Mund und fahr, okay?«
»Okay.«
Endlich tauchte das Ausfahrtsschild rechts von ihnen auf.
»Und wie passt die Mutter des Jungen da rein? Hat er die auch beseitigt?«
»Das werden wir sie fragen, sobald wir sie sehen. Sie müsste gleich da sein.«
»Wo?«
»Im Haus. Nina hat eben durchgegeben, dass Jans Oma Margit Sippmeyer befreit hat und mit ihr im Sippmeyer-Haus ist.«
»Jans WER?« Reimann verschluckte sich, der Wagen schlingerte. Er griff wieder nach den Zigaretten, klappte sein Benzinfeuerzeug auf und inhalierte gierig. »Jans Oma befreit unsere Verschwundene, ich glaub's nicht!«
»Reimann! Mach das Ding aus!«
»Ich brauche die jetzt. Und wenn dir das nicht passt, kannst du aussteigen.«
Elena presste die Lippen aufeinander. »Fahr weiter«, sagte sie.

*

Immer denkt man, dass die anderen sterben, dachte Jan, während sich der warme rote Fleck langsam auf seinem Hemd ausbreitete, um von dort aus in den weichen Sessel zu sickern, den Sessel, aus dem er nun nie mehr aufstehen würde. An sich selbst denkt man dabei nie. Edith. Er hatte gedacht, dass Edith sterben würde und er selbst noch viel Zeit hatte, zu viel, um sie genauer ins Auge zu

fassen. Warum war das so? Weil er noch jung war und dachte, darum sei er auf magische Weise vor Schusswaffen geschützt?
Es tat nicht weh.
Er lauschte den davoneilenden Schritten, hörte zu seiner eigenen Überraschung ihr Knirschen auf dem Kies, als habe etwas seine Sinne geschärft. Dann war da Stille. Es war eine Stille, die sich ausdehnte und immer lauter wurde. Bald würde aus ihr etwas emporsteigen, das wusste er.
Seine rechte Hand tastete, aber da war kein Stock wie der, mit dem er als kleiner Junge dem Drachen entgegengetreten war. Da war nur der Sessel, der klebrig war von seinem Blut. Er hätte so gern einen Stock gehabt, um nicht allein und schutzlos im Dunkeln zu sein.
Dann zerriss die Stille, und alles wurde schwarz.

*

Es war alles schiefgegangen. Alles.
Selbst die Tabletten waren nicht mehr im Badezimmer, nur noch Kopfschmerztabletten und anderer Quatsch, aber nicht das, was er brauchte.
Sven räumte das Fach leer, warf achtlos alle Schachteln auf den Boden und fluchte. Dann trat er ins Schlafzimmer und zögerte kurz, ehe er an das Nachtschränkchen seiner Mutter ging.
Er musste sich beeilen, ehe die Bullen kamen. Der Typ auf dem Sessel war erledigt, aber es würden bestimmt noch mehr kommen, und bis dahin musste er weg sein. Er hatte keinen Bock auf Gefängnis, schon wegen Lara. Konnte man überhaupt ins Gefängnis kommen für etwas,

das so schnell und so leicht ging? Normalerweise war alles, was verboten war, echt anstrengend. Für Kiffe musste man nach Holland fahren, mit Grenze und so. Und wenn man in den Fun-Park wollte, musste man erst den Ausweis fälschen, damit die Gorillas von Türstehern einen reinließen. Und falls man dann doch erwischt wurde, passierte auch nix Schlimmes außer Herumgequatsche und Wichtigtun, keine wirkliche Strafe. Und gefälschte Ausweise und Kiffe waren dabei viel schwieriger zu beschaffen als ein Fahrradschloss oder eine blöde Knarre, die irgendein Idiot auf einen Sessel legte in einem Wohnzimmer, das nicht mal seines war.

War da ein Geräusch gewesen? Sven horchte, dann suchte er weiter.

Er musste die Tabletten finden, damit Lara schlief. Nur wenn sie schlief, würde sie bei ihm bleiben. Sonst würde sie früher oder später über das mit dem Buch nachdenken. Das Buch bewies nämlich gar nichts, und wäre Lara nicht so durcheinander und verunsichert gewesen und hätten sie sich vorher nicht so genau vorgenommen, jede mögliche Verbindung zwischen ihren Eltern aufzudecken, dann wäre sie niemals darauf reingefallen. Es war ein Kinderspiel gewesen, das Buch gestern ins Regal zu stellen, als Lara auf dem Klo war. Sie war auf dieses vermeintliche Beweisstück angesprungen, weil sie nach genau so etwas gesucht hatte, aber irgendwann würde sie nachdenken und ihren Vater zur Rede stellen. So machte man das in Laras Familie, da sprach man über alles, auch über das Unangenehme. Und wenn sie mit ihrem Vater reden wollte, hieße das, sie würde weggehen, so wie seine Mutter weggegangen war.

Am Morgen, nachdem seine Mutter verschwunden war, hatte sich in seinem Kopf alles gedreht. Er hatte zu viel gekifft in der Nacht und ganz diese Mathearbeit vergessen, dabei war die doch superwichtig. Er hatte mit Lara dafür gelernt, und er hatte ihr einen Rieseneisbecher versprochen, falls er eine Drei schaffte. Sie hatte gelacht, als er das gesagt hatte, und das hieß ja wohl, dass sie einverstanden war und dass sie mitkommen würde ins Eiscafé.

Normalerweise pennte er immer ein, wenn er zu viel gekifft hatte, aber das durfte er nicht, darum hatte er ein paar Nasen Pep gezogen, nur für die Mathearbeit. Das war ja ein Notfall, quasi. Weil jetzt, da seine Mutter weg war, Mathe natürlich noch wichtiger war als vorher, wegen Lara. Für seinen Kreislauf war das aber alles echt zu viel gewesen.

Die Mathearbeit hatte er gerade noch geschafft. Nach der Pause war Sport, das konnte er ausfallen lassen. In seiner Raucherecke hinter dem Fahrradschuppen hatte ihn dann das große Zittern überkommen, und er hatte sich auf den Boden legen müssen, um nicht umzufallen. Und genau in dem Moment war Laras Mutter vorbeigekommen, weil sie Pausenaufsicht hatte. Total erschreckt hatte sie ihm aufhelfen wollen, das war ja eigentlich nett von ihr gewesen. Dummerweise hatte sie auch seine Jacke aufgehoben und zusammengelegt, typisch Mutter halt, und dabei war das Tütchen mit dem Pep rausgefallen.

Die Koller war völlig ausgetickt.

»Was ist das?«, hatte sie gekreischt. Er hatte versucht, sie zu beruhigen, denn er hatte gleich kapiert, dass sie jetzt dachte, er wäre ein Junkie oder so, aber sie hatte überhaupt nicht zugehört. Hektisch hatte sie seine Arme ab-

gesucht, während er ihr zu erklären versuchte, dass man Pep durch die Nase zog und dass das kein Heroin war.
Sie hatte immer weiter geschrien. Woher er das Zeug bekam, und seit wann er das nahm, und ob er das an seine Freunde verteilte.
Er hatte ihr gesagt, dass er gar keine Freunde habe. Und da hatte sie ihn angesehen, total weiß im Gesicht, und hatte dasselbe gedacht wie er.
Keine Freunde außer Lara. Lara war seine einzige Freundin.
Sie hatte nach der Nummer seiner Eltern gefragt, und er hatte sie ihr gesagt, es war ihm total egal gewesen. Seine Mutter war in den Rhein gegangen oder sonst wohin, und sein Vater war ihm scheißegal. Aber während die Koller mit hysterischer Stimme in ihr Handy schrie, man habe Sven mit Drogen erwischt und das werde Konsequenzen haben, wurde ihm klar, dass die Sache doch noch eng für ihn werden konnte.
Wegen Lara.
»Ich habe deinen Eltern auf den Anrufbeantworter gesprochen«, hatte sie gezischt. »Sie wissen Bescheid.«
Er hatte nur die Achseln gezuckt, aber dann hatte sie etwas gesagt, das wirklich nicht ging. Gar nicht.
»Wenn du noch ein einziges Wort mit meiner Tochter sprichst …« Und wieder hatte sie nach ihrem Handy gegriffen. »Die siehst du nie wieder. Ich rufe jetzt die Polizei.«
Da hatte er gewusst, dass alles vorbei war. Nicht die Polizei, damit kam er klar, schließlich war es ja echt nur Pep, und wegen Pep machten die sicher keinen Aufstand, wo doch sogar Kiffe legal war. Aber wenn die Koller Lara verbieten würde, ihn zu sehen …

Lara war so brav. Sie gehorchte ihren Eltern eigentlich immer. Wenn sie das auch diesmal tat? Das konnte er nicht riskieren. Dann wäre sein Leben echt vorbei.
»Rufen Sie ruhig an«, sagte er. »Dann kann ich den Bullen zeigen, wo ich das Zeug herhabe. Da ist nämlich noch mehr davon. Und Lara ist da auch. Sie wartet auf mich.«
Eigentlich hatte er das nur gesagt, damit sie nicht die Bullen rief. An mehr hatte er nicht gedacht. Da noch nicht.
Er hätte nicht erwartet, dass es klappen würde, aber an ihrem Gesicht hatte er sofort erkannt, dass sie Riesenschiss bekam. So war das bei strengen Eltern mit braven Kindern. Sie hatten dauernd Schiss, dass ihre Kinder ausbrachen. Dass die Leine riss. Und für die oberkorrekte Studienrätin Koller wäre das natürlich der Super-GAU, wenn die Bullen ihre brave Tochter mit Drogen erwischten.
Er hatte einfach ein Riesenschwein gehabt. Lara hatte ihr Handy ausgeschaltet, weil sie beim Sport war, sonst hatte sie es im Unterricht immer lautlos, aber beim Sport lag das Handy ja auf der Bank und brachte ihr nix. Darum flippte die Koller auch so aus, als nur die Mailbox dranging.
»Wo ist sie«, schrie sie, »wo ist meine Tochter?«
Das war echt der Witz bei strengen Eltern. Sie trauten ihren Kindern alles zu, das Schlimmste und noch mehr. Klar, sonst müssten sie denen ja nicht alles verbieten. Die Koller hatte ihn gepackt und geschüttelt, und dann hatte sie ihn angebrüllt, er solle sie zu ihrer Tochter bringen. Da hatte er gewusst, dass er es tun musste. Weil sie alles daransetzen würde, um ihn und Lara auseinanderzubringen. Darum hatte er das Schloss von seinem Fahrrad mit-

genommen. Die Koller hatte das gar nicht richtig registriert. »Los jetzt, los!«, hatte sie geschrien.
Und als Sven dann neben ihr im Auto saß, um ihr den Weg zu Lara und den vielen gefährlichen Drogen zu zeigen, erzählte er lustig von den Partys, die er heimlich mit Lara feierte, und sie schaffte es einfach nicht, ihr Gehirn einzuschalten und mal logisch nachzudenken, obwohl sie ja eigentlich clever sein musste als Lehrerin. Aber er redete und redete, und er wusste genau, solange er weiterredete und ihre mütterliche Phantasie mit solchen Schreckensbildern fütterte, würde sie ihm zuhören und weiterfahren, einfach nur, um mehr zu hören. Weil sie pervers neugierig darauf war, was unartige Teenager so trieben.
Der Weg von der Schule zum Nachtigallental war nicht weit.
Da hinten, in den Höhlen, hatte er gesagt. Wo früher die Bunker waren. Toter Briefkasten und so. Das nutzen wir schon lange.
Und heimlich hatte er gedacht, dass diese Höhlen für das, was er tun würde, genau richtig waren. Mehr hatte er nicht gedacht. Er hatte schließlich keine Wahl. Es war wie mit den Orks. Wenn Orks hinter einem her waren, hatte man auch keine Wahl, oder? Er oder die Orks. In dem Fall hieß es: Er oder die Koller. Dass es absolut keinen anderen Ausweg gab, weil ein Leben ohne Lara absolut undenkbar war … Darüber hatte er gar nicht nachdenken müssen.
Wie ein Schaf war sie ihm ins Tal gefolgt. Wie ein Schaf zur Schlachtbank.
Er hatte später ganz vergessen, den Anruf vom Anrufbeantworter zu löschen, wahrscheinlich hatte sein Vater

ihn abgehört, aber das war egal, sein Vater hatte sowieso nicht die Eier, ihn danach zu fragen. Hatte er nie.
Mit Schwung schloss Sven die Nachttischschublade. Es gab keine Tabletten in diesem Zimmer. Dafür hörte er unten Stimmen. Das mussten die Bullen sein.

*

Sie sahen Jans reglose Gestalt durch das Wohnzimmerfenster. Die Terrassentür war aufgehebelt, und so mussten sie wenigstens keine Zeit damit verschwenden, sich Zutritt zu verschaffen.
»Scheiße, Scheiße, Scheiße!«, fluchte Elena, während sie neben ihrem Kollegen auf die Knie ging und seinen Ärmel hochschob. Blut, überall. Und es war ihre Schuld.
Sie hätte auf Jan hören und sofort kommen sollen. Ihre Finger fuhren unruhig seinen Unterarm auf und ab, ehe sie den Puls fanden. Er schlug stark und gleichmäßig. Der Atem entfuhr Elena als lautes erleichtertes Keuchen. Jan lebte.
Während sie Reimann erregt in sein Handy schreien hörte, riss sie Jans Hemd auf. Die Kugel hatte auf wundersame Weise den Weg zwischen Oberarm und Brustkorb ins Polster des Sessels gefunden. Ein Streifschuss, sonst nichts.
»Jan!« Die alte Dame, die an der Tür zum Flur lehnte und mit verkrümmter Hand ihre Perlenkette umklammerte, musste seine Großmutter sein.
Elena richtete sich auf, sah das Blut an ihrer Rechten und verbarg sie hinter ihrem Rücken. »Er lebt. Es ist nur ein Streifschuss, sieht schlimmer aus, als es ist.«

»Der Krankenwagen kommt in etwa zehn Minuten.« Reimann klappte sein Handy zu. »Sie müssen Jans Oma sein. Reimann, Kriminalpolizei. Und das ist meine Kollegin Vogt.«
Die alte Dame nahm keine Notiz von ihnen. Sie sah uralt und sehr zerbrechlich aus, als sie neben ihrem Enkel auf den Boden sank. Vorsichtig griff sie in das blutige Hemd und vergewisserte sich, dass Elena die Wahrheit gesagt hatte.
»Es ist wirklich alles in Ordnung«, beteuerte Elena und hoffte, dass ihre Stimme beruhigend klang.
»Warum ist er dann ohnmächtig?«, zischte Reimann ihr viel zu laut zu.
Trampel!, dachte sie und warf einen besorgten Blick auf die alte Dame, um zu ihrer Überraschung festzustellen, dass diese lächelte. Sie entnahm ihrer altmodischen Handtasche ein Stofftaschentuch und versuchte, sich damit zu säubern, doch vergeblich. Das Blütenweiß des Taschentuchs wurde fleckig vom Blut, ohne dass die Hände der alten Dame sauberer wurden. Schließlich gab sie auf.
»Er konnte schon als kleiner Junge kein Blut sehen. Immer, wenn er geblutet hat, ist er ohnmächtig geworden.«
»Oh«, machte Elena.
»Wir sollten einen Lappen nass machen, das hat immer geholfen.«
Elena spürte, wie sich ein Grinsen auf ihr Gesicht stahl, und kämpfte es nieder. Die Situation wurde unfreiwillig komisch, aber das hieß nicht, dass keine Gefahr mehr bestand.
»Wo bleiben die Kollegen?«, fragte Reimann, der offenbar ähnlich empfand. »Wir müssen das Haus sichern. Ich

gehe da jetzt hoch. Der Junge muss irgendwo sein.« Er zog seine Walther.
»Warte. Geh da nicht allein hoch. Wir warten auf Verstärkung«, sagte Elena.
»Dann haut er ab. Falls er überhaupt noch da ist.«
»Geh nicht, Reimann«, sagte Elena. Sie biss sich auf die Lippen. Was war das, hatte sie etwa Angst um ihn?
»Ich hole erst mal einen nassen Lappen für Ihren Kollegen.« Die Stimme kam aus der Ecke. Elena richtete sich auf und sah auf die schmale, unscheinbare Frau, die in der Küche verschwand, ehe jemand etwas erwidern konnte.
Wer war die Frau? Die Sache lief jetzt endgültig aus dem Ruder.
»Wie kommt diese Frau hier rein?«, zischte Elena.
»Diese Frau«, sagte die alte Dame, »ist Margit Sippmeyer.«
Frau Sippmeyer kam mit einem Tuch zurück und beugte sich über Jan. Sie sah anders aus als auf den Fotos, und selbst wenn sie neben einem der Suchplakate gestanden hätte, Elena hätte sie nicht erkannt. Ohne Schminke waren ihre Augen in dem blassen Gesicht kaum auszumachen, ihre Haare klebten farblos am Kopf. Man sieht jedes ihrer vierzig Jahre und noch einiges dazu, dachte Elena.
Jan öffnete die Augen, kaum dass ihn der nasse Lappen berührte. Er sah verwirrt aus.
Elena nickte Margit Sippmeyer zum Dank knapp zu. »Mein Name ist Vogt, Kriminalpolizei.«
»Margit Sippmeyer, angenehm.«
Jan gab ein leises Husten von sich, und sofort kniete Elena neben ihm nieder. »Geht es dir gut, Jan?«

Er nickte, ohne zu sprechen.
»Was ist passiert?«
Jans rechtes Lid zuckte, aber er hielt ihren Blick fest. »Der Junge«, sagte er. »Sven. Er hat meine Waffe. Und das Mädchen hat er auch.«
Aus der Ecke, in der Margit Sippmeyer stand, erklang ein hoher klagender Laut, aber Elena achtete nicht auf sie.
»Passen Sie auf Jan auf«, sagte sie zu Edith. »Hoch, Reimann. Ich komme mit.«
Aber sie fanden den Jungen nicht.
Die angeforderten Kollegen waren eingetroffen und gleich darauf wieder ausgeschwärmt, um bei der Suche nach Sven und Lara zu helfen. Auch der Krankenwagen war nach geraumer Verspätung eingetroffen. Die Sanitäter hatten Jans Wunde behandelt und seine Weigerung, sich ins Krankenhaus fahren zu lassen, vergleichsweise widerstandslos hingenommen, woraus Jan schloss, dass die Verletzungen tatsächlich nur oberflächlich waren.
»Der Klebeverband reicht fürs Erste«, sagte der glatzköpfige Sanitäter und klappte seine Tasche zu. »Lassen Sie den Mullverband darüber, und achten Sie darauf, dass Sie sich nicht ruckartig bewegen. Von Rechts wegen müssten wir Sie mitnehmen, weil Sie den Krankenwagen gerufen haben.«
»Das war mein Kollege«, sagte Jan und hob probeweise den Arm. Es tat weh. Er überlegte, ob er zur Sicherheit seinen Dienstausweis zücken sollte. »Wir sind in einem wichtigen Einsatz, da kann ich nicht ins Krankenhaus.«
Im Einsatz, dachte Jan. War er das noch, ohne Dienstwaffe? Und würde er es jemals wieder sein, wenn seine Fahrlässigkeit erst zu Protokoll gegeben worden war?

Als er den Sanitäter verabschiedet hatte und zurück ins Wohnzimmer trat, hatte Margit Sippmeyer Kaffee und Kuchen auf den Tisch gestellt. Zwar sah sie so glanzlos und unscheinbar aus wie zuvor, aber die Gastgeberrolle, in die sie sich mit bemerkenswerter Selbstverständlichkeit gefunden hatte, verlieh ihr eine gewisse Würde.

Die Geschichte von Margit Sippmeyers Verschwinden würde er immerhin als Erster hören, das konnte ihm niemand nehmen. Meine letzte Befragung, dachte er, ehe er das Wort an sie richtete. »Was ist in der Nacht passiert, in der Sie verschwunden sind?«

Margit Sippmeyer ließ sich mit ihrer Antwort Zeit. Sie legte die silberne Gabel neben das Stück Zitronenrolle, die sie nicht angerührt hatte, und starrte aus dem Fenster, wo hinter den dichten Hecken und Mauern unsichtbar der Rhein floss.

»Ich konnte nicht schlafen«, begann sie. »Mein Mann war nicht da, und ich dachte, nein, ich wusste, dass er bei der anderen war. Die Affäre läuft schon lang, einige Jahre, aber wir hatten uns alle irgendwie damit arrangiert. In dieser Nacht aber war das anders, ich wurde vierzig.«

Jan öffnete den Mund für eine Zwischenfrage und schloss ihn wieder. Keine Zwischenfragen. Das sollten seine Kollegen später tun, wenn sie das Protokoll aufnahmen.

»Vierzig war immer eine beängstigende Zahl für mich. Ab dann war ich alt. In dieser Nacht kam mir alles noch viel schlimmer vor. Nachts ist ja immer alles schlimmer, aber da, ohne Michael ... Verstehen Sie mich nicht falsch, ich habe im Leben alles erreicht, was ich wollte, ich habe ein wunderbares Haus, einen tollen Mann und einen

Sohn, aber in dieser Nacht wollte ich einfach nicht allein sein. Es ist so schlimm, allein zu sein, wenn man nicht schlafen kann.«

Jan registrierte die Reihenfolge von Margit Sippmeyers Schätzen ganz nebenbei und verkniff sich die Frage, die sich ihm aufdrängte.

»Ich kann oft nicht schlafen. Ich nehme regelmäßig Beruhigungsmittel, doch an diesem Abend wollte ich nichts nehmen, weil ich am nächsten Tag ja ausgeruht sein musste für die Party. Die Schlafmittel machen mich benommen, und man sieht so aufgequollen aus. Außerdem wollte ich keine Tabletten, sondern meinen Mann, und ich finde, in einer solchen Nacht steht das einer Frau auch zu.« In dem kaum merklichen Zögern, das ihre Forderung begleitete, verbarg sich so viel. Wie oft mochte sich Margit ausgerechnet haben, was ihr zustand und was nicht, was sie einfordern und was abtreten konnte, dachte Jan.

»Ich beschloss, meinen Mann dahin zu holen, wo er hingehörte. Ich war wohl ein wenig hysterisch. Natürlich weiß ich, wo Romina Schleheck wohnt. Als ich bei ihr ankam, war alles dunkel, und ich scheute plötzlich davor zurück, einfach Sturm zu klingeln und die Herausgabe meines Ehemannes zu verlangen. Ich ging um das Haus herum und sah in die Fenster, ob noch jemand wach war.«

Röte flog auf ihr Gesicht und verriet noch mehr als ihre Worte, welchen Anblick sie wohl tatsächlich erwartet – ersehnt? Gefürchtet? – haben mochte.

»Es war alles dunkel, aber ich fand das Atelier. Es war offen. Ich machte Licht. Das Bild lehnte an der Wand. Es war verhüllt, und das hat mein Interesse geweckt. Ich nahm die Decke herunter, und dann sah ich die drei Leinwände.«

Das Bild, dachte Jan. Sie hatte es gesehen. Ihren eigenen Ehemann, nackt, wie Gott ihn schuf. Strahlend, golden und kraftstrotzend, das Zentrum des Universums. Wie mochte das Bild, das selbst bei Jan so einen starken Eindruck hinterlassen hatte, auf die liebende Ehefrau gewirkt haben?

»Was haben Sie gesehen?«, fragte er. Er wollte es aus ihrem Mund hören.

»Ich sah …« Sie zögerte kaum merklich. »Ich sah mich. Eine verbitterte, eifersüchtige, alternde Frau, die mit ihrer Rivalin um einen Mann streitet wie zwei Hündinnen um einen Fetzen Fleisch. Ich hatte noch niemals …« Margits schmale Finger bedeckten ihr Gesicht, und Jan fiel die helle Stelle an ihrem Finger auf, an dem der Ehering fehlte.

»Ich liebe meinen Mann. Bei allem, was ich in den letzten Jahren durchmachen musste, war ich mir immer ganz sicher, dass es richtig war, DASS ich es tat. Weil ich wusste, ich liebe ihn, und er liebt mich auch, irgendwie. Er ist ein wunderbarer Mann, den ich aus Liebe geheiratet habe. Natürlich ist er schwach, wie die meisten Männer, aber er ist ein guter Mann. Einer, für den es sich zu kämpfen lohnt. In guten wie in schlechten Zeiten, so habe ich es ihm einmal versprochen. Ich hatte mich in den schlechten immer der guten Zeiten erinnert und mich darauf konzentriert, wie ich sie wiedergewinnen konnte. Nie hätte ich mir träumen lassen, dass die schlechten Zeiten aus mir eine andere machen könnten. Und diese andere sah ich plötzlich auf der Leinwand, und sie gefiel mir gar nicht.«

»Kriemhild«, sagte Edith. Ihr Gesicht war ganz konzentriert, und sie betrachtete Margit mit einem Ausdruck, den Jan noch nie an ihr gesehen hatte. »Die Brave, die Gute, die Blonde, die ihre wahre Kraft erst entdeckt, als man ihr den Mann nimmt.«

Margit ignorierte den Einwand und fuhr fort.

»Ich stand lange da und sah mein Bild an. Und dann beschloss ich, nicht zurückzukehren. Ich wollte das alles hinter mir lassen. Ich musste erst einmal darüber nachdenken, wie es weitergehen sollte.«

»Eine Dame verschwindet«, nickte Edith.

Jan sah von einer zur anderen, aber beide schwiegen. »Eine Dame verschwindet? Was ist das, ein Zitat?«

Edith lächelte zufrieden. »Es ist ein Roman, der von Alfred Hitchcock verfilmt wurde. Immer wieder fiel mir dieser Titel ein, aber sosehr ich mir den Kopf zerbrach, der Film hatte nichts mit unserem Fall zu tun. Dafür kam mir immer Agatha Christie in den Sinn. Und Ihnen?« Ediths Frage war an Margit Sippmeyer gerichtet. Diese schien verunsichert. Sie nahm einen Schluck von ihrem Kaffee, der inzwischen kalt gewesen sein musste, und zuckte die Achseln.

»Vielleicht«, sagte Edith, »sollte ich an dieser Stelle weitererzählen. Ihnen kam etwas in den Sinn, von dem Sie kürzlich erst gelesen hatten. Eine betrogene Ehefrau, die das Doppelleben ihres Mannes aufdeckt, indem sie einfach verschwindet und ihren Mann der polizeilichen Untersuchung preisgibt.«

Jan blickte von einer zur anderen. »Wovon sprichst du?«, fragte er verwirrt.

»Wie sind Sie darauf gekommen?«, fragte Margit Sippmeyer.

Edith faltete sorgsam ihre Papierserviette und tupfte sich damit die Lippen ab, ehe sie weiterredete.

»Sie besitzen viele Biographien, die meisten haben Sie mehrfach gelesen, wenn ich den Zustand der Bücher richtig interpretiere. Auf Ihrem Nachttisch aber lag eine, deren Geschichte eine verblüffende Ähnlichkeit mit Ihrer Situation aufwies.«

»Nämlich?«, fragte Jan. Er sah ungeduldig aus.

»Einen Moment noch«, sagte Edith würdevoll. »Erst einmal muss ich das mit dem Bücherregal erklären. Es ist so aufschlussreich, was jemand liest. Liebesromane in grellfarbigen Einbänden lassen auf gutgläubige, romantische Herzen schließen. Ihre Leser lassen sich leicht betrügen, weil sie zu gern hätten, dass die Welt so ist, wie sie sie erträumen. Leser von Sachbüchern sind ernsthaft und pragmatisch. Sie haben für alles, was sie tun, einen vernünftigen Grund. Manchmal denken sie auch nur, es sei vernünftig, aber einen Grund haben sie immer. Das gilt natürlich nur für Menschen, die ausschließlich Sachbücher lesen«, fügte sie erklärend hinzu. »Beinahe jeder Mensch hat das eine oder andere Koch- oder Heimwerkerbuch, ohne dass es etwas zu bedeuten hat.«

Jan sah etwas ungeduldig aus. »Das ist ja alles sehr interessant, aber …«

»Natürlich. Zu dumm, ich schweife immer ab.« Sie saß aufrecht, die Strickjacke um die Schultern gelegt. »Frau Sippmeyer liest viele Kriminalromane. Das interessierte mich deswegen, weil ihr Verschwinden selbst aussah wie aus einem Kriminalroman: ein umgestürzter Stuhl, eine flatternde Gardine. Weswegen sollte jemand, der sich die Mühe macht, durch ein Fenster im ersten Stock einzudringen, nicht das Fenster schließen und den Stuhl wieder aufheben? Dafür gibt es keinen guten Grund. Es sei denn, es geht um den dramatischen Effekt.«

Jan nickte zustimmend. So weit war die Polizei auch gekommen, wenn auch aus anderen Gründen.

»Zuerst hatte ich den Ehemann im Verdacht. Er hätte den Anschein erwecken wollen, dass jemand von außen Margit entführt hat.«

»Aber?«

»Viel zu theatralisch für einen Mann! Und dann war da eben diese Biographie. Über Agatha Christie.«

Jan sah ungläubig aus. »Und du willst ernsthaft behaupten, dieser Fall war genau wie in dem Buch?«

»Zuerst grübelte ich nach, ob in einem ihrer Bücher eine Dame verschwindet, aber so kam ich nicht weiter. Irgendwann fiel mir auch ein, weswegen: Es geht nicht um ihre Bücher, sondern um ihr eigenes Verschwinden. In ihren Memoiren schweigt sie sich darüber zwar aus, aber trotzdem weiß jeder Fan wenigstens ungefähr, was damals geschehen ist. Agatha Christie hatte in den zwanziger Jahren eine schwere Krise durchzustehen. Ihre Mutter war verstorben, ihr Mann beichtete ihr seine Affäre und hatte vor, sie zu verlassen, sie sollte ihr Haus verlieren. In dieser schwierigen Situation verschwand sie plötzlich spurlos, von einem Tag auf den anderen. Zehn Tage lang suchte man fieberhaft nach ihr, dabei wurde ihr Ehemann natürlich besonders unter die Lupe genommen, immerhin hatte Christie als erfolgreiche Autorin bereits ein erhebliches Vermögen verdient, und er war natürlich ihr Erbe. Schließlich fand man sie in einem schicken Hotel. Sie behauptete, sich an nichts erinnern zu können.«

»Warum behauptete? Glaubst du das nicht?«

»Was ich glaube, ist nicht wichtig. Tatsache ist aber, dass der Mann von der Polizei wie ein Verbrecher wieder und wieder verhört wurde. Das muss scheußlich für ihn gewesen sein, neben der Sorge und dem schlechten Gewissen. Eine gute Strafe für seine Untreue, finde ich. Agatha Christie als Krimiautorin wusste natürlich genau, was auf ihren Archie zukommen würde, wenn er als der Hauptverdächtige erschien.« Edith sah sehr zufrieden aus, als gönne sie dem längst verblichenen Archie diese Tortur von Herzen.

»Und?«

»Nun ja, eine gute Werbung war das Ganze außerdem.«

»Und so kamst du auf die Idee, Frau Sippmeyer habe es ebenso gemacht. Um ihren Mann zu bestrafen.«

Jans Wunde schmerzte, und er legte vorsichtig die Hand darauf. Dann warf er einen Blick auf Margit Sippmeyer, die ihrerseits Edith musterte. »Eins müssen Sie mir verraten«, sagte sie. »Woher wussten Sie, dass ich im Rheinhotel Dreesen eingekehrt bin? Stand das auch in einem Buch?«

»Ach das!« Abwertend wedelte Edith mit ihrer arthritisch gekrümmten Hand. »Das haben mir die Donna-Leon-Bücher verraten.«

»Nämlich?«

In diesem Moment klingelte Jans Handy. Es war Elena, und sofort kam ihm seine Walther in den Sinn. Bitte nicht, dachte er. Bitte keine weiteren Verletzten oder gar …

»Wir haben den Jungen, Jan. Er wollte den Drachenfels hinauf. Offenbar wartet dort Lara auf ihn. Die beiden haben sich in einem der abbruchreifen Häuser versteckt, und er war nur noch einmal in sein Elternhaus zurückgekehrt, um einige Sachen zu holen. Löhne und Meyer sind unterwegs zu der Stelle, die er uns beschrieben hat. Ich gehe davon aus, dass er die Wahrheit sagt. Erzähl seiner Mutter noch nichts davon, wir bringen ihn jetzt erst aufs Präsidium.«

»Habt ihr meine Waffe?«

»Ja. Was ist passiert, Jan?«

»Ich weiß es nicht mehr.« Ein kleiner Aufschub wenigstens. Immerhin war er ohnmächtig gewesen, das mochte ihn vor der Befragung schützen.

»Er behauptet, du habest sie ihm hingelegt.«

Jan gab ein Schnauben von sich, das seine Gefühle nur unzureichend wiedergab.

»Unter uns, Jan ...« Elenas Stimme wurde zu einem vertraulichen Gemurmel. »Haschpsychose. Ich tippe auf eine Haschpsychose. Er erzählt dauernd von einem Ring, der unsichtbar macht, und von Orks, die hinter ihm her sind. Psychotiker entwickeln erstaunliche Kräfte. Er hat dich überwältigt, schätze ich. Lass dich mal untersuchen, vielleicht hat er dir einen Schlag auf den Kopf gegeben.«

Das wäre schön, dachte Jan. Er brachte kein Wort heraus.

»Der Vater hat schon den Anwalt bestellt, wahrscheinlich werden die gleich einen auf unzurechnungsfähig machen. Jedenfalls glaube ich nicht, dass wir eine Aussage bekommen. Bis später, Jan. Ruh dich aus.«

»Mache ich.« Er klappte das Handy zu und sah die gespannten Gesichter von Edith und Margit Sippmeyer auf sich gerichtet.

»Gibt es etwas Neues?«, fragte Margit Sippmeyer, und erst da wurde Jan bewusst, dass sie keine Ahnung hatte, wie ihr Sohn in die Ereignisse verstrickt war.

»Nicht wirklich. Wo waren wir stehengeblieben?«
»Donna Leon«, sagte Edith. Sie lächelte Margit Sippmeyer an. »Sie besitzen alle, soweit ich sehen konnte. Auch die neueren, die immer schlechter werden. Wenn ein Leser einer Serie so lange treu bleibt, selbst dann, wenn sie keinen Spaß mehr macht, dann sagt das eine Menge über ihn aus. So jemand hängt am Vertrauten. Er geht nicht das Risiko ein, etwas Neues zu probieren, selbst dann, wenn die Glückserfahrungen längst ausbleiben. Man denkt einfach an die glorreiche Anfangszeit und zehrt davon, und man hofft, dass es noch einmal so wird wie damals.«
»Das klingt jetzt aber nicht nach Krimi«, sagte Jan.
»Das gilt nicht nur für den Venedig-Krimi, sondern auch für die Ehe. Am Anfang ist es aufregend und toll, und irgendwann ist alles immer gleich, nur unterbrochen von leckeren Mahlzeiten. Aber Frauen, die Donna Leon mögen, geben nicht auf. Und deswegen zahlen sie einen hohen Preis, um herauszufinden, ob sie irgendwann noch einmal das Feuerwerk vom Anfang erleben dürfen.«
Langeweile, unterbrochen von leckeren Mahlzeiten? Redete sie jetzt von Büchern oder Ehemännern? Jan war nicht sicher. »Nun ja, nicht jede zahlt so viel wie Frau Sippmeyer«, warf er ein.
»Aber ja! Wir haben in Deutschland Preisbindung!«
»Ich dachte jetzt an Beziehungen, nicht an Bücher, aber …« Jan gab auf. »Und das Rheinhotel Dreesen?«
»Das war im Hintergrund des Hochzeitsbildes zu erkennen, das auf dem Nachttisch stand. Sie hatte einmal sehr glückliche Tage in diesem Hotel verbracht. Eine andere Frau hätte ein Hotel gewählt, an dem nicht ausgerechnet Erinnerungen hängen an eine Zeit, als die Ehe noch in

Ordnung war, sondern sie wäre in die Karibik geflogen oder von mir aus in die Toskana. Aber diese andere würde auch nicht jede neue Donna Leon in der Originalausgabe kaufen. Gebunden!«
»Und warum haben die Leute vom Hotel sich nicht bei der Polizei gemeldet?«
»Mich hat niemand erkannt«, sagte Margit Sippmeyer. »Ich hatte mein Schminktäschchen zu Hause gelassen. Es war das erste Mal seit vielen Jahren, dass ich ohne Schminke und mit Mütze aus dem Haus gegangen bin, und mich hat niemand erkannt. Ich habe einfach diese Jeans hier getragen, und schon brachte mich niemand mit Margit Sippmeyer in Verbindung. Ist das nicht schockierend? Kaum trage ich keine Pumps mit Absätzen, da weiß niemand mehr, wer ich bin.«
»Die Leute haben eben ein bestimmtes Bild von Ihnen«, sagte Jan, aber er wusste selbst nicht, ob das ein Trost war.
»Ja, so ist es wohl. Es gibt aber noch eine Sache, die Sie mir erklären müssen. Ich habe in der Zeitung von diesem Mord gelesen. Was hat es damit auf sich?«
»Erst habe ich eine Frage«, sagte Edith. »Was haben Sie mit dem Bild gemacht?«
»Mit dem Bild? Ich habe es wieder zugedeckt, dieses scheußliche Ding. Und dann bin ich gegangen. Warum?«
»Nichts weiter«, murmelte Edith. Es klingelte an der Tür, und Margit Sippmeyer erhob sich, um zu öffnen.
»Ich würde zu gern dieses Bild sehen«, sagte Edith.
»Wenn es je wieder auftaucht.«
»Was ist bloß damit passiert?«
»Vielleicht hat ihr Mann es gestohlen.«

Margit Sippmeyer erschien mit einigen Beamten. »So wie es aussieht, muss ich jetzt erst mal mit aufs Präsidium, um diese Sache mit der Vermisstmeldung zu klären.«

Der Beamte hinter ihr räusperte sich. »Und die Dame, die Sie gefunden …«

»Sicher«, beeilte sich Edith und stand auf.

»Kann ich dich denn allein lassen, Jan?«

Er nickte. »Da ist nur noch eine Sache, die ich dich fragen will«, sagte er und wartete, bis die anderen das Zimmer verlassen hatten.

»Ja?«

»Kann ich eigentlich bei dir wohnen bleiben?«

Epilog

Die Ausstellung war bombastisch angekündigt worden, und am Tag der Eröffnung tummelte sich auf dem Platz zwischen den Museen alles, was Rang und Namen hatte.

»Nibelungen – Untergang und Auferstehung« lautete der Titel der Ausstellung. In blutroten Buchstaben flatterte er nicht nur von den Fahnenmasten der Museen, selbst die Nationalflaggen auf dem Platz der Vereinten Nationen hatten der flächendeckenden Werbung für diese Veranstaltung weichen müssen.

Die Besucher, die ihre Karten bereits im Vorfeld bestellt hatten, betrachteten zufrieden die zankenden Massen, die vergeblich Einlass begehrten: Diese Vernissage war nicht nur gut besucht, sie war überfüllt, und zahlreiche Kunstinteressierte mussten zähneknirschend den Heimweg antreten oder aber im Museumsrestaurant bei einem Gläschen oder zwei ihrer Enttäuschung Luft machen.

Die Glücklichen, die hineindurften, betraten die Ausstellungsräume mit einer Andacht, die zunächst dem Aufruhr am Eingang und erst später, als die Details der Aus-

stellungsarchitektur in ihr Bewusstsein drangen, ihrer Umgebung geschuldet war.
Das Museum hatte ganze Arbeit geleistet. Offene Wände, verkohlte Balken, denen eine Ahnung von Rauchgeruch anhaftete, Pfützen auf dem Betonboden und ziellos verstreute Trümmer verströmten eine irritierende Aura von Krieg und Verwüstung. Es schien, als sei das Reich der Nibelungen erst vor wenigen Tagen untergegangen – oder waren es nicht doch die verstörenden Bilder aus der *Tagesschau,* die hier Wirklichkeit zu werden schienen?
Wispernd und aufgeregt trippelten die Ausstellungsbesucher zwischen den Exponaten umher, unruhige Blicke glitten über großformatige Drachenkämpfe im Manga-Stil und die flammenden Inferno-Phantasien junger Leipziger Maler.
»Wo ist es denn?«, fragten die Besucher mit wachsender Ungeduld, und erst im letzten Raum, dem größten, wich das aufgeregte Getuschel einem bewundernden Raunen.
Die Fotografie des Bildes, zwei Meter mal zwei Meter, dominierte die Stirnseite des Raumes. Siegfried, strahlend und golden, wie er auf seinem Mantel hockte. Flankiert wurde es von zwei Originalen, auf denen zwei mordlüsterne Frauen einander belauerten. Eine umfangreiche Dokumentation der Presseartikel zum sogenannten Nibelungenmord hinterließ beim Besucher Verwirrung, gepaart mit prickelnder Erregung. Der Ausstellungskatalog mit ergänzendem Material war binnen dreißig Minuten ausverkauft, da die meisten in weiser Voraussicht gleich mehrere Exemplare erstanden.
Lauter Applaus begleitete die violett gewandete Kuratorin, als sie ans Rednerpult trat und die Gäste begrüßte.

»Wir sind hier im Siebengebirge den Schauplätzen nahe, an denen historische Kämpfe stattgefunden haben, Kämpfe, die die Sage des Nibelungenliedes bis in die Gegenwart hinein beflügeln. Letztes Jahr wurde einer dieser mutmaßlichen Schauplätze Tatort eines grausigen Verbrechens und bewies erneut, dass die Welt, in der wir leben, und die Welt der Kunst eins sind.« Wie um nach Bestätigung zu heischen, suchte ihr Blick in der Menge und blieb schließlich an einem schmalen jungen Mann im schicken, maikäferbraunen Anzug haften. Sein Arm stützte eine reizende alte Dame im rosafarbenen Twinset, die mit dem Ausdruck äußerster Befriedigung den Trubel um sich herum betrachtete. Beinahe widerwillig nickte der Mann der Kuratorin zu, und für einen Moment stahl sich ein triumphierendes Lächeln in ihr Gesicht, eines, das ihren Mund öffnete und ihre schiefen Zähne freigab. Dann hatte sie sich wieder gefangen und fuhr mit ihrer Rede fort, die heftig beklatscht wurde, obwohl ihr kaum jemand wirklich zugehört hatte, außer vielleicht die alte Dame im rosafarbenen Twinset.

Der *Generalanzeiger* würde sich später in dem Versuch, sich gegen die herablassende Dokumentation vergangener Presseartikel zur Wehr zu setzen, über die Ausstellung lustig machen: Hatte sie doch ein Bild zum Zentrum, das seit einem Jahr verschwunden war. Die anderen Zeitungen dagegen scheuten angesichts der Besuchereuphorie sogar den Vergleich mit dem Bernsteinzimmer nicht.

Die Künstlerin, der das Bild gestohlen worden war, ließ sich nur widerwillig interviewen. Ja, es sei furchtbar, dass die Suche nach dem Original nach wie vor ergebnislos geblieben war. Nein, sie sage nichts zu den Gerüchten, die ihr Gemälde in Zusammenhang mit dem Nibe-

lungenmord sehen wollten. Immerhin sei der Täter ja gefasst worden.
Im Übrigen arbeite sie gerade an einem neuen Zyklus. Nein, für Interviews dazu stehe sie grundsätzlich nicht zur Verfügung, ihre Galerie halte jedoch alle relevanten Informationen für die Presse bereit.
Endlich ließ man von der Frau mit dem graumelierten Haar ab und wandte sich jüngeren Künstlern zu, die die Fragen nach ihren Bildern mit wesentlich mehr Enthusiasmus beantworteten.

*

Sie hätte nie gedacht, dass sie so leicht auf ihn verzichten kann.
Vor zehn Monaten ist Michael ausgezogen, Margit weiß nicht, wohin, es interessiert sie auch nicht. Er arbeitet weiterhin in Königswinter, aber sie treffen sich niemals, weder zufällig noch absichtlich.
Komisch, denkt Margit. Beinahe zwei Jahrzehnte war sie einzig von dem Gedanken beherrscht, dass Michael sie nicht verlassen darf, und nun ist er weg, und ihre Gedanken sind frei.
Sie tut nicht viel mit ihrer Freiheit. Einmal in der Woche besucht sie Sven in der JVA. Sie bringt ihm Kuchen, den er isst oder nicht, und Zeitschriften, von denen sie nicht weiß, ob er sie liest, denn Sven spricht wenig. Wenn er spricht, fragt er nach Lara. Er wartet noch immer auf ihren Besuch, mit einer Ergebenheit, die Margit schmerzt. Er wird nicht aufhören zu warten, das weiß sie. Trotzdem scheint es ihm nicht schlechtzugehen, manchmal denkt sie, dass er sogar normaler wirkt als früher. Er trägt jetzt

normale Kleidung und hat einen normalen Haarschnitt. Draußen auf der Straße würde er jetzt wesentlich weniger auffallen als vorher. Ohne Eltern, gegen die er rebellieren muss, ist er in Windeseile zu einem ganz normalen Jungen geworden, der während der Haftzeit eine Ausbildung machen möchte und Sport treibt.
Ein ganz normaler Junge, denkt Margit. Nur dass er im Gefängnis sitzt, weil er getötet hat.
Sie denkt nicht oft daran. Sie quält sich nicht. Sie spart ihre Kraft auf für diese wöchentlichen Besuche. Das Entsetzen darüber, einen Mörder geboren zu haben, soll nicht zwischen ihr und ihm stehen, darum denkt sie nicht daran. Das funktioniert.
Sie lebt ihr Leben wie vorher auch, nur lebt sie jetzt allein. Sie läuft am Rhein entlang. Sie trifft Freundinnen. Sie geht zum Friseur. Sie wird ihren einundvierzigsten Geburtstag feiern, da ist sie sicher, nur wird er etwas kleiner ausfallen.
Abends, wenn es dunkel wird, tut sie es manchmal.
Dann geht sie in ihr Schlafzimmer, zieht die Vorhänge zu, öffnet ihren Schrank. Sie schenkt sich ein Glas Wein ein und wartet, bis ihr Atem sich beruhigt hat. Stellt das Glas auf den Nachttisch, tritt an den großen goldenen Spiegel und hält noch einmal inne, ehe sie den Spiegel herunternimmt.
Dahinter ist das Bild.
Da die beiden Frauen links und rechts fehlen, strahlt Michael in vollkommener Schönheit, leuchtet ihr entgegen.
Sie versenkt ihren Blick in die goldenen Haare, berührt seine bronzene Haut und verharrt zitternd auf seinem flachen Unterbauch.

Dieses Bild gehört ihr ganz allein.
Sie kann leicht auf Michael verzichten.
Auf seinen Anblick nicht.

*

Im Nachtigallental ist es still. Kein Vogel singt, kein Windhauch stört das Geflüster der trockenen Buchenblätter. Zwischen den Spitzen des Farnkrauts zittert die Stille, und lockere braune Erde deckt zärtlich die verschlungenen Wege.
Von dem Drachen tief unter dem Berg spürt man nichts, hier, im idyllischen Nachtigallental.
Er schläft.
Aber vielleicht wird er bald schon erwachen. Vielleicht wartet er nur darauf. Vielleicht lauscht er im Schlaf und lauert darauf, dass wieder Blut vergossen wird und den Boden dieses bösen alten Berges netzt. Der Geruch des Blutes wird ihn wecken.
Dann wird er kommen.

Bonusmaterial

Foto: © Atelier Herff / Bonn

Ein Interview mit Judith Merchant

Wann und wie haben Sie festgestellt, dass Sie ein Talent zum Schreiben haben?

Ich habe als Kind leidenschaftlich gern geschrieben. Im Teenageralter wurde ich dann eine sehr kritische Leserin und fand alles, was ich produzierte, grauenhaft. Darum habe ich das freie, erzählende Schreiben aufgegeben und nur noch Briefe und Hausarbeiten verfasst. Anderthalb Jahrzehnte später, in einer Schreibkrise meiner Doktorarbeit, erinnerte ich mich plötzlich wieder daran, wie viel Freude mir das Schreiben früher einmal gemacht hatte. So entstand meine erste Geschichte – zu dem Zweck, mich zurück an den Schreibtisch zu bringen. Und dann schrieb ich noch eine und noch eine und noch eine …

Planen Sie die Handlung im Voraus oder lassen Sie sich von der Story treiben?

Beides. Erst improvisiere ich und lasse meine Ideen wuchern, bis mir meine Figuren ganz deutlich vor Augen stehen, dann wird alles säuberlich in Form gebracht, geordnet und strukturiert. Erst danach geht es mit der eigentlichen Schreibarbeit los.

Wie gehen Sie vor: Sitzen Sie stundenlang vor dem Computer, bzw. wie müssen wir uns Ihren Arbeitsplatz vorstellen?
Ich würde mich liebend gerne nach dem Frühstück an den Schreibtisch setzen und dann Seite um Seite tippen. Das wäre so praktisch!
Leider fällt mir am Schreibtisch nichts ein. Wenn ich an einer Geschichte arbeite, setze ich mich nach der Arbeit oft in ein Café, beobachte die Leute und blättere in einem Buch. An den Tagen, an denen ich nicht unterrichte, bleibe ich zu Hause auf dem roten Sofa im Wohnzimmer, sehe dem Kater beim Schlafen zu und denke nach. Zwischendurch notiere ich mir alles Wichtige, so richtig altmodisch mit Füller und Notizbuch. Irgendwann muss ich natürlich doch an den Schreibtisch und alles abtippen … Das wird dann ausgedruckt, ich nehme es mit aufs Sofa, beobachte wieder den Kater und kritzle mit Tinte im Text herum. Zwar ist dieses mehrfache Schreiben furchtbar umständlich, aber so funktioniert es bisher am besten. Der Vorteil ist, dass der Text bei jedem Schritt ein wenig besser wird. Wenn irgendwann alle Denkarbeit abgeschlossen ist und es nur noch ums Schreiben geht, kann ich mich vor dem Computer natürlich nicht mehr drücken und setze mich zähneknirschend davor, meist so sechs Stunden am Tag.

Was ist Ihre größte Inspirationsquelle?
Der Rhein! Die ersten Ideen kommen immer bei Spaziergängen, durch Sachen, die ich sehe, Fragen, die ich mir dazu stelle. Die Landschaft des Siebengebirges ist da sehr ergiebig. Manchmal denke ich ganz alberne Sachen, etwa: »Oh, der Rhein sieht heute aber traurig aus!« Daraus

kann sich eine Geschichte ergeben. Manchmal ist es so, manchmal ergibt sich natürlich gar nichts, und man hat sich einfach nur einen Haufen dummer Gedanken gemacht, über die man im Nachhinein den Kopf schüttelt. Eine andere wichtige Quelle sind Bücher. Ich lese viel, und hin und wieder ergreift mich etwas so, dass ich selbst etwas dazu schreiben möchte.
Am wichtigsten ist Zeit, viel Zeit, am besten ein bisschen Langeweile. Manchmal ist es ganz schön schwer, sich diese Langeweile zu verordnen und sie dann auch herbeizuführen …

Welches war das erste Buch, das Sie gelesen haben? Weshalb ist es Ihnen in Erinnerung geblieben?
Zum Glück hatte ich Eltern, die mir viel vorgelesen haben. Darum war der Übergang vom Vorlesen zum Selberlesen fließend, und ich weiß nicht mehr, welches das erste Buch war. Ich kann mich aber noch gut an meinen ersten Kriminalroman erinnern: Ich war für die Ferien zu meiner Tante geschickt worden und fand dort auf der Waschmaschine so eine rot-schwarze Taschenbuchausgabe von Agatha Christies *Ein Mord wird angekündigt.* Der Anfang hat mich so gepackt, dass ich das Buch in einem Rutsch durchgelesen habe. Zum Glück hatte meine Tante reichlich Nachschub.

Welches Buch sollte jeder gelesen haben?
Die unendliche Geschichte von Michael Ende. Ich habe es als Kind zum Geburtstag geschenkt bekommen, und seitdem lese ich es immer wieder und wieder, und jedes Mal entdecke ich etwas Neues. Auf eine mysteriöse Weise sind beinahe alle guten Geschichten darin enthalten.

Welches Buch würden Sie jedem Krimileser empfehlen?

Gar keins! Krimileser sind sehr, sehr unterschiedlich. Sie alle wollen Spannung, aber was genau diese Spannung ausmacht, da scheiden sich die Geister. Ich würde vorsichtig nach den drei Lieblings-Krimis fragen und dann erst eine Empfehlung aussprechen.

Welche Person aus einem Roman oder Film würden Sie gerne kennenlernen? Und was würden Sie zu ihr sagen?

Ich glaube, ich würde gern ein Tässchen Tee mit Miss Marple trinken. Ich würde möglichst wenig sagen, sondern ihr zuhören, sie beim Stricken beobachten und mir heimlich Notizen machen.

Wie sieht für Sie ein schöner Tag aus, wenn Sie nicht schreiben?

Schöne Tage sind nie gleich, das ist ja das Schöne daran! Auf jeden Fall gehören das Stöbern in einer Buchhandlung, ein Spaziergang und leckeres Essen dazu.

Was war die beste Entscheidung in Ihrem Leben?

Keinen sogenannten vernünftigen Beruf zu ergreifen. Schreiben ist zwar viel anstrengender, als ich dachte, aber ich möchte nichts anderes mehr machen!

Was macht Ihnen schlechte Laune?

Radio und Fernseher im Hintergrund.

Was bereitet Ihnen Freude?

Blumen, am liebsten Tulpen oder Pfingstrosen.

Tee oder Kaffee?
Tee!

Klassik und/oder Pop/Rock?
Das kommt darauf an.

Sushi oder Sauerbraten?
Sushi! Noch lieber esse ich allerdings indisch oder thailändisch. Nudeln mag ich auch immer …

Kino oder DVD?
Beides ist unverzichtbar!

Ihre Kurzgeschichte *Monopoly* wurde 2009 mit dem renommierten Friedrich-Glauser-Preis ausgezeichnet. Inwiefern hat diese Auszeichnung Ihre nachfolgenden Projekte beeinflusst?
Der Preis hat mir den Mut gegeben, meine Doktorarbeit an einer entscheidenden Stelle abzubrechen und mich auf das Krimischreiben zu konzentrieren. Ich habe einfach darauf vertraut, dass schon alles klappen wird. Das war vermutlich ganz schön naiv, aber ich glaube, es war richtig so.

Aber nun zu Ihrem aktuellen Roman *Nibelungenmord*. Wie ist die Idee dazu entstanden?
Es war nicht eine, sondern ganz viele verschiedene Ideen, die irgendwie zusammengewachsen sind. Der Auslöser war ein Sonntagsspaziergang im Nachtigallental. Ich sah diese wunderschönen Höhlen und dachte mir, dass man darin doch wunderbar eine Leiche verstecken könnte. Und dann erinnerte ich mich daran, dass ich

früher als Kind in diesen Höhlen nach Drachen gesucht habe.
Eine andere Inspirationsquelle war das Nibelungenlied, das ich früher mal an der Uni gelesen hatte, so richtig im mittelhochdeutschen Original. Hier im Siebengebirge entfaltet die Geschichte um Siegfried, den Drachentöter, noch einmal einen ganz eigenen Zauber, das liegt zum einen an der märchenhaften Landschaft, aber auch daran, dass die Geschichte hier natürlich überall vermarktet wird. Im Schloss Drachenburg gibt es ein eigenes Nibelungenzimmer, in dem tatsächlich das Wandgemälde existiert, das Romina Schleheck als Vorlage für ihr Bild genommen hat.

Gibt es »reale« Vorbilder für Ihre Protagonisten?
Ja, für Edith Herzberger gibt es ein Vorbild: Miss Marple. Ich liebe Miss Marple! Meine eigenen Omas sind sicherlich auch mit eingeflossen.
Für die anderen Protagonisten gibt es keine Vorbilder, wohl aber auslösende Ereignisse. Mich hat die Ausstellung »paralysed spaces« in Mülheim an der Ruhr sehr beeindruckt, bei der ich die Bilder von Andrea Lehmann kennengelernt habe – Bilder, in denen sie echte Haare verwendet. Die Krimileserin in mir dachte sofort: Das sind ja alles biologische Spuren! Diesen Gedanken habe ich dann verfolgt. Damit alles stimmt, habe ich die verantwortliche Kuratorin mit Fragen gelöchert ... Zeitgleich fand eine Nibelungen-Ausstellung der Universität Bonn statt.
All diese Eindrücke haben sich vermengt, und daraus ist der Roman entstanden.

Wenn Sie für die Verfilmung Ihres Romans *Nibelungenmord* die Hauptdarsteller auswählen könnten, wen würden Sie für die Rolle von Jan und Edith besetzen?
Als Jan Seidel kann ich mir Barnaby Metschurat gut vorstellen. Für Edith kenne ich niemanden.

Haben Sie Pläne für neue Romane? Können wir in Zukunft mehr von Jan Seidel und Edith Herzberger lesen?
Auf jeden Fall! Ich bin sicher, dass die beiden mich noch eine ganze Weile begleiten werden.

Was ist schwieriger: der erste oder der letzte Satz?
Weder noch. Wirklich schwierig ist alles dazwischen.

Monopoly

Alles im Leben hat seinen Preis.
Nicht immer ist er fair und deutlich ausgezeichnet, aber zahlen muss man ihn früher oder später, irgendwo da oben sitzt ein Spielleiter, er führt Buch und passt auf, dass die Bilanzen stimmen.
Am besten funktionieren die Menschen miteinander, wenn sie sich über den Preis für das, was sie austauschen, einig sind.
Wer abschreiben lässt, bekommt auch eine Einladung zum Kindergeburtstag. Ein roter Sportwagen für die Ehefrau macht eine Reise mit der Geliebten nach Mallorca. Langeweile am Frühstückstisch, bis dass der Tod sie scheidet, aber sie sitzen beide nie alleine vor dem Fernseher.
Manchmal muss man zahlen, obwohl man denkt, man habe ein Geschenk bekommen.
Und manchmal hat man etwas verschenkt, und der andere will es bezahlen.
Das kann dann tödlich enden.

15.09 Uhr

An Mord und Totschlag denke ich noch nicht, als ich an diesem Freitag an der Kasse stehe, dafür bin ich viel zu sehr mit meinem neuen Mantel beschäftigt: Kirschrot und in der Taille ganz eng, reicht er mir fast bis zu den Stiefeln, geradezu unanständig gut sehe ich darin aus und bin hingerissen, eigentlich ist er ja zu teuer, aber ich habe ihn verdient, denn es ist mein dreißigster Geburtstag.

Hallo, Sie, sagt die Verkäuferin mit dem schillernden Augen-Make-up, und da merke ich, dass ich an der Reihe bin.

Ich behalte ihn gleich an, sage ich, mit spitzen Fingern reiche ich ihr einen Zipfel kirschroten Wollstoffs, an dem das metallene Sicherungsetikett hängt.

Neunundneunzig Euro, nuschelt sie, entfernt das Etikett und nimmt meine ec-Karte entgegen. Sie zieht sie durch den Schlitz des Lesegeräts, wartet, runzelt die Stirn und versucht es wieder. Geht nicht, sagt sie dann und reicht mir die Karte. Entweder das Konto ist leer, oder Ihre Karte ist gesperrt.

Kann nicht sein, sage ich, und das Rot, das fühlbar heiß in meine Wangen schießt, ist Wut und nicht Scham, aber ich weiß, dass man das von außen nicht sieht, und das nervt mich. Ich habe noch genug Geld drauf, das weiß ich genau.

Sie zuckt die Achseln, wirft einen Blick auf die Wartenden hinter mir und schürzt die Lippen. Dann müssen Sie wohl bar bezahlen.

Ich öffne mein Portemonnaie, obwohl ich genau weiß, dass nichts drin ist, seit ich kein Gehalt mehr bekomme, hebe

ich immer nur fünfzig Euro auf einmal ab, die ungeduldigen Blicke der Verkäuferin bedrängen mich, ich klimpere demonstrativ mit dem Kleingeld und greife suchend in meine Tasche, meine Finger ertasten einen Packen steifer, zweifach gekniffener Papierstücke, das Format stimmt, aber ich glaube nicht daran, ich ziehe sie hervor und starre ungläubig darauf, grüne Scheine, drei Stück.
Na also, geht doch, sagte die Verkäuferin und reißt mir einen der Scheine aus der Hand, dafür muss sie sich vorbeugen, sie schüttelt den Kopf, während sie in ihrer Kasse wühlt.
Ich gehe langsam aus dem Laden, die beiden verbliebenen Scheine in der Hand, die Tüte mit meinen alten Sachen schneidet mir ins Handgelenk, wie kommt das Geld in meine Tasche, gestern Abend war es noch nicht drin, ich erinnere mich, dass ich meinen letzten Zehner ausgegeben habe, außerdem, so viel habe ich niemals dabei, jemand anders muss es mir hineingesteckt haben.
Ich erstarre.
Dann gehe ich zurück zu der Verkäuferin, drängle mich vor, schiebe die anderen einfach aus dem Weg.
Geben Sie mir den Schein zurück.
In diesem Augenblick denke ich schon daran, dass es Tote geben wird, jemand wird aus dieser Nummer nicht lebend rauskommen, das Geld hätte nicht in meiner Tasche sein dürfen, aber vorerst habe ich ein anderes Problem zu lösen.
Hallo, Sie da? Wenn Sie das Geld zurückwollen, müssen Sie den Mantel ausziehen, sagt die Tusse.
Aber ich werde den Mantel nicht ausziehen, auf gar keinen Fall, wie kann ich das tun, wenn ich darunter nichts trage als nackte Haut und ein paar Liebesbisse.

Mittag, zwei Stunden zuvor

Wenn das Telefon nicht geklingelt hätte, wäre ich vielleicht gar nicht aufgewacht.
Das Zimmer schwankt ein wenig, als ich die Augen öffne, darum mache ich sie lieber wieder zu.
Das Telefon klingelt immer lauter, es ist die Art von Klingeln, das sich vervielfacht, wenn man es zu ignorieren versucht, darum rolle ich mich aus dem Bett und nehme den Hörer ab.
Schläfst du etwa noch?, fragt mein Vater.
Ja, sage ich.
Um ein Uhr?, fragt er.
Ich bin arbeitslos, sage ich. Das dürftest du doch inzwischen wissen.
Ich wollte dir nur gratulieren, sagt er. Alles Gute zum dreißigsten Geburtstag. Wir können leider nicht kommen. Aber ich habe dir dein Geschenk überwiesen, das müsste schon drauf sein. Kauf dir doch was Schönes.
Mach ich, sage ich, lege auf und schiebe den Gedanken an das Gespräch beiseite, etwas Neues bringt es für mich nicht, das Geld ist schon seit einer Woche auf meinem Konto, GEBURTSTAG hat er als Verwendungszweck angegeben, mit Worten war er schon immer geizig, mein Vater.
Geburtstag. Offenbar habe ich wild gefeiert, in meinem Kopf dreht sich alles, der gestrige Abend ist ein großes schwarzes Loch, ganz langsam taucht daraus etwas auf, erst nur ein glattrasiertes Männergesicht, dann der göttliche Körper, der daran hing.
Ich gehe ins Bad, ziehe die dreckigen Sachen aus und werfe sie auf einen Haufen. Ich drehe die Dusche auf,

stelle mich unter das prasselnde Wasser und seife mich ein.
Unter dem Schaum beginnen die Rosen auf meinem Körper zu blühen wie der allerschönste Geburtstagsstrauß. Ich streichle leicht darüber, dann fester, um zu überprüfen, ob es noch weh tut, das warme Wasser erweckt meine Erinnerung, und ich muss lächeln.
Er ist nicht so einer, der mir einen Strauß schicken würde, schätze ich, keine Sträuße, kein Parfüm, aber das, was ich mir vom nächsten Treffen verspreche, ist schöner als Rosen aller Farben. Ich lasse die Finger über meine Arme tanzen und bin glücklich, während das Wasser auf mich niederstürzt.
Was machst du denn so, habe ich gefragt, Berufe hatte ich dabei gar nicht im Sinn, mir fiel einfach keine andere Frage ein, er hätte mir von seinen Haustieren erzählen können oder von seinen Grundschuljahren, ich wollte einfach nur neben ihm an der Theke sitzen bleiben und ihm zuhören, dem Kerl im viel zu schicken Anzug, der zufällig den Barhocker neben mir besetzte. Er sah aus wie einer, den es nicht nach Hause zieht, frisch getrennt oder so, genau so einer, von dem man sich einladen lässt, einer, der die Dinge locker nimmt und nicht nachher rumstresst. Sein Anzug passte nicht zu meinen Jeans, sein exakter Haarschnitt biss sich mit meiner Zottelmähne, komisch, dass wir überhaupt ins Gespräch gekommen waren, und komisch, dass ich überhaupt in dieser Kneipe saß, romantische Naturen würden es Schicksal nennen, ich schob es darauf, dass Sonja mir in letzter Sekunde abgesagt hatte und ich keinen Bock hatte, an meinem Geburtstag meine eigene Bude vollzuqualmen.
Baubranche, sagte er.

Und was machst du da, in der Baubranche, habe ich gefragt, er hat gegrinst, bauen, hat er gesagt, Häuser, Hotels, was man halt so bauen kann, ich dachte an Monopoly und fühlte mich wie früher, die anderen haben Schlossallee, Parkstraße und die ganze Kohle, und ich habe nur noch Schulden, aber er sagte, ich habe wirklich keinen Bock, über die Arbeit zu reden, und ich sagte, gut, dann lass uns zu mir gehen, nein, stimmt nicht, das habe ich erst viele Stunden später gesagt, vorher haben wir stundenlang an dieser Theke gesoffen, ich weiß nicht mehr viel von dem Danach, aber wenn ich so unter der Dusche stehe und meinen Körper betrachte, fällt mir einiges wieder ein, und zwar das Beste.
Ich hatte schon beim ersten Kuss gewittert, dass ich es mit einem bestimmten Typ Mann zu tun hatte, ein wildes Aroma nach körperlicher Arbeit, Motoröl und Kernseife umgab ihn trotz des teuren Aftershaves, er war der Typ Mann, der einen Anzug trägt und großartig darin aussieht, und wenn man ihn auszieht, findet man den ehrlichen Körper eines jungen Bauarbeiters, mit harten Muskeln und Sonnenbrandflecken. Wenn solche Typen Karriere machen, dann vögeln sie nicht nur Kneipenbekanntschaften, sondern auch ihre Sekretärinnen, das wusste ich sofort, aber gestern in der Kneipe war es mir egal. Das habe ich ihm auch gesagt. Denk doch nicht immer in Klischees, hat er gesagt, er hat es noch mal wiederholt, als ich eine Bemerkung machte über seinen Anzug und sein teures Handy, und dann hat er an meinen Haaren gerochen, minutenlang, einfach so, als ob er noch nie etwas so Köstliches gerochen hätte, und ich habe kaum zu atmen gewagt.
Ich ziehe frische Wäsche an, springe in die Hose von gestern und verlasse meine Wohnung, um mir mein Geburts-

tagsgeschenk zu kaufen, was Tolles für heute Abend, bestimmt sehe ich ihn wieder, ich hab Geburtstag, hurra!
Bei Kaufhof laufe ich Slalom um die vielen Ständer mit blöden Klamotten, bis ich den Mantel sehe.
Es ist der perfekte Mantel für mich. Wadenlang und kirschrot umschließt er mich wie eine klammernde Umarmung, ein einziger blitzender Reißverschluss trennt mich sichtbar in zwei symmetrische Hälften, ich sehe fabelhaft darin aus, und noch dazu ist er reduziert.
Irgendwie fühle ich mich anders, erwachsener, etwas seriöser, trotzdem sexy, ich hätte mir schon früher einmal genau diesen Mantel kaufen sollen, wer weiß, vielleicht wäre mein Leben dann anders verlaufen, vielleicht hätte der strenge Schnitt dem Menschen unter dem dicken Wollstoff unweigerlich seine Form aufgezwungen und ihn zur Disziplin genötigt, aber was soll's, ich habe dreißig Jahre meines Lebens ohne diesen Mantel verbracht, ab heute ist er dabei, fast genauso lang wie der Mann von letzter Nacht.
Der Mann … Es müssen Resthormone von letzter Nacht sein, die mich in die Umkleidekabine schicken, wo ich mir die Sachen vom Leib reiße und nackt in den Mantel schlüpfe, die Klamotten wickle ich in meine alte Jacke.
Während ich mich in die Schlange an der Kasse einreihe, male ich mir den heutigen Abend aus, ein kurzes Zögern, als ich überlege, ob wir überhaupt verabredet sind. Und: Ist er überhaupt so ein Mann, dem man mit nichts unter dem Mantel entgegentritt?
Hallo, Sie, sagt die Verkäuferin mit dem schillernden Augen-Make-up, und da merke ich, dass ich an der Reihe bin.
Ich behalte ihn gleich an, sage ich.

15.26 Uhr

Mit einem endgültigen Klack hat sich die Kasse der Verkäuferin geschlossen, sie selbst wendet sich der nächsten Kundin zu.

Die zwei Scheine brennen in meiner Hand, ich will sie loswerden, aber erst muss ich den Mantel ausziehen, ich renne in die Umkleidekabine und zerre mir das Teil vom Körper, so hastig, dass ich mit dem Saum an der Schnalle meines Stiefels hängenbleibe, Vorsicht, es darf nichts kaputtgehen, sonst kann ich es nicht umtauschen, und dann bekomme ich den Hunderter nicht zurück, und dann kann ich ihn nicht zurückgeben, nein, das ist undenkbar, ich müsste dann einen anderen Schein zurückgeben, es könnte einer aus dem Automaten sein oder einer, den ich mir leihe, Sonja würde mir Geld leihen, das tut sie öfters, aber nein, es muss derselbe Schein sein, es ist von großer Bedeutung, dass es genau derselbe ist, angenommen, es wäre ein anderer, da würden seine grauen Augen sofort erkennen, dass ich von den Scheinen Gebrauch gemacht habe so wie er von mir, ja, Else, werden die Augen sagen, auch wenn du mir den Betrag zurückgibst, in der Zwischenzeit hast du deinen Kredit genutzt, wir sind also quitt, die Zinsen eines Tages, so günstig bist du, Else, waren drei Hunderter zu viel für eine Nacht voller Ferkeleien?

Ich wäre nicht frei, wenn es nicht derselbe Schein ist. Kann man überhaupt noch einmal frei sein, wenn man unwissentliche Hurendienste geleistet hat, oder versklavt so etwas einen Menschen auf ewig?

Durchatmen, ganz tief. Ich werde den Schein zurückbekommen. Notfalls mit Gewalt. Ich könnte die Tusse zur

Herausgabe zwingen, vielleicht erschlage ich sie ganz einfach.
Durchatmen, noch mal. Vielleicht ist es ein Missverständnis. Auf jeden Fall muss ich ihn anrufen, sofort. Zum Glück steckt seine Visitenkarte in meinem Portemonnaie, als ich sie herausziehe, fällt mir ein, weswegen. Als er pinkeln war, habe ich seine Jackentaschen durchsucht, ich wollte wissen, ob sich darin etwas Verräterisches findet, ein Hinweis darauf, dass dieser Traummann vergeben oder ein Arschloch ist oder beides. Ich weiß nicht, was ich zu finden hoffte, ich fühlte mich wie in einem Film, also benahm ich mich auch so, ich wäre über eine Knarre nicht überrascht gewesen oder über geheime Dokumente, ich fand aber nur einen Stapel identischer Visitenkarten, die alles bestätigten, was er gesagt hatte, winzige Häuser waren als Logo darauf, ich steckte eine davon ein, und dann kam er zurück, und wir knutschten und tranken weiter.

16.22 Uhr

Ich habe meine alten Sachen aus der Tüte geholt und angezogen.
Als ich endlich zu Hause ankomme, bin ich erschöpft, ich habe den Schein, nach dem Umtausch bin ich noch mal rein und habe mir den Mantel einfach genommen, der Alarm hat applaudiert, als ich mit wehenden Haaren aus dem Laden gerannt bin, ich werde ihn nie mehr ausziehen, den Mantel, er ist fast unbezahlbar, er kostet ein Drittel der letzten Nacht.
Es ist komisch, bei ihm in der Firma anzurufen, ich bin

aufgeregt und verhasple mich, als ich der kühlen Stimme am anderen Ende erkläre, wen ich sprechen will.
Bedaure, sagt die Stimme, die Herren sind in einer Besprechung.
Sagen Sie ihm, es ist wichtig, sage ich, Else ist hier, von gestern. Ich höre das Getrippel hoher Absätze, warum schaltet sie nicht das Gedudel von der *Kleinen Nachtmusik* an oder was sonst so in der Warteschleife läuft, will sie, dass ich ihre Absätze höre? Klack, klack, klack, ich kann mir den Rest vorstellen, es ist genau die Sekretärin, die ich vorhin schon im Kopf hatte, als ich überlegte, welche Typen Mann ihre Sekretärinnen vögeln, sie sieht aus wie eine Hitchcockblondine, im einundzwanzigsten Jahrhundert haben diese Frauen Brillen auf in Pink oder Türkis, Brillen, die mit der Berufstätigkeit ihrer Trägerin prahlen, ich hasse sie durch das Telefon mit einer Inbrunst, die mich das Gespräch vergessen lässt, hören Sie, hören Sie, erst da merke ich, dass sie mit mir spricht, er lässt Ihnen ausrichten, Sie mögen doch bitte in Ihre Handtasche sehen, das, was Sie finden, dürfte die Angelegenheit erledigen.
Das war es wohl.
Ich lege auf und gehe ins Bad, lasse Wasser laufen und sinke auf den Rand der Badewanne, meine Beine zittern.
In einer Ecke liegt zerknüllt die Wäsche von gestern, feucht, mit einem leisen Dunst aus Liebe und Alkohol, aus ihr steigen Worte auf und klingeln in meinem Ohr, es sind die Worte, die gestern wie von selbst über meine Lippen geflossen sind, bei der Erinnerung lodert Hitze in mir auf, ich denke an die drei Scheine, die ich schon wegen dieser Worte loswerden muss, es dürfen keines-

falls bezahlte Worte gewesen sein, solche Worte darf man nur freiwillig sprechen, ein Geschenk müssen sie sein, sonst verhuren sie einen.
Ich gehe in die Küche, nehme das Wasabimesser aus der Schublade und stecke es in meine Manteltasche, es gibt ein scheußliches Geräusch, als die scharfe Klinge, vom Gewicht des Metalls nach unten gezogen, den Wollstoff durchtrennt, ich nehme ein Geschirrtuch und wickle es um das Messer.
Dann stecke ich es ein und gehe los.

Feierabend

Er sitzt hinter einem großen gläsernen Schreibtisch, das Telefon in der Hand, hinter seinem Rücken leuchten aus dem Dunkel der Nacht alle Lichter dieser Stadt, und als wäre diese Glasfront noch nicht genug an Protz, prangt neben seinem Flachbildschirm eine große Vase mit weißen Callas, bestimmt das Werk seiner engagierten Sekretärin. Küssen werde ich dich nachher erst, sagt er ins Telefon zu jemand anderem und lacht, dann sieht er mich, steht schnell auf, Überraschung breitet sich auf seinem Gesicht aus wie eine Minute später die Blutlache auf den grauen Steinfliesen.
Na so was, sagt er und versucht mich zu umarmen, ich drehe mein Gesicht weg, obwohl, noch eine schnelle Nummer hier im Büro, wieso nicht, hier vor dem riesigen, riesigen Fenster, alle könnten uns sehen, die ganze Stadt kann zuschauen, aber hast du auch das Geld, um es zu bezahlen, Süßer, hast du so viel? Das kostet dann nämlich pro Zuschauer 300, das werden mindestens 300 000,

ach, was sage ich, das lässt sich doch keiner entgehen, dreißig Millionen.
Ich hole weit aus und schlage wie zur Probe erst mal die Vase vom Tisch, Wasser und Scherben spritzen uns entgegen.
Er reißt die Augen vor Überraschung weit auf und schreit meinen Namen, seine Hände schnellen vor und zerquetschen meine Oberarme, ich biege den Kopf zurück und knalle mit aller Kraft meine Stirn in sein Gesicht, der Schmerz nimmt mir für einen Augenblick den Atem, aber ich höre trotzdem das Knacken seines Nasenbeins, es klingt gut.
Bevor er etwas sagen oder ich es mir noch einmal überlegen kann, ziehe ich das Wasabimesser aus meiner Manteltasche und schneide ihm die Kehle durch, normalerweise schneide ich damit den Fisch, ich habe das Messer von einem Exfreund bekommen, mit dem ich immer Sushi gemacht habe, auch für dich hätte ich Sushi gemacht, wenn du gewollt hättest, so aber mache ich Sushi aus dir, haha, nein, für Sushi bist du nicht gut genug, ich bin sicher, du schmeckst eklig, lass mich mal nachdenken, wie hast du geschmeckt? Ich weiß es nicht mehr, so doll kann es nicht gewesen sein.
Ich setze mich auf den Boden, fange den zusammensinkenden Körper auf und bette ihn in meinen Schoß, ich streichle sein Gesicht und sehe zu, wie er stirbt.
Die grauen Augen rollen, und sein Mund öffnet sich, um mir etwas zu sagen, aber es gurgelt nur wie aus einem verstopften Abfluss, und mir spritzt noch etwas Blut entgegen.
Als die breite, blutgetränkte Hemdbrust aufgehört hat, sich zu heben und zu senken, sind die Augen noch im-

mer auf mich gerichtet, es steht eine stumme Frage darin, die mich rasend macht, warum dieser verständnislose Blick, er hat nichts kapiert, er hat keine Ahnung, was diese dreihundert Euro für mich bedeuten, wollte er mir mit seinen letzten verschluckten Worten noch mehr Geld anbieten, vielleicht die Mehrwertsteuer drauflegen?
Ich ziehe ihn aus, das geht schwerer als gedacht, ich muss dafür die kleinen Knöpfe seines Hemdes durch die winzigen Laschen ziehen, und meine Hände zittern doch so, beide sind wir voll Blut, doch endlich liegt er nackt und bloß vor mir auf den Fliesen, die drei Scheine zwischen den schlaffen Lippen.
Was hätte ich für eine Nacht mit diesem Körper gezahlt, denke ich, während ich langsam um ihn herumgehe, in meiner Erinnerung war er schöner.
Dort stehe ich noch immer und betrachte ihn, als die Polizei eintrifft, das hat man von so einer Fensterfront, jeder Spanner kann sehen, was man gerade so macht.

Schön wäre, wenn der Spielleiter da oben, der Buch führt und darauf achtet, dass die Bilanzen stimmen, wenn der mir einen guten Rat geben würde, etwa: Gehen Sie ins Gefängnis.
Gehen Sie direkt dorthin.
Gehen Sie nicht über Los.
Ziehen Sie keine 4000 Euro ein.
Vor allem aber gehen Sie nicht nach Hause zu Ihrem Anrufbeantworter.
Was, wenn Sie zwei Nachrichten darauf finden:
Sonja. Huhu, Else, alles Gute zum Geburtstag! Na, ich habe dir ja schon heute Nacht gratuliert, falls du dich erinnerst, so blau, wie du warst. Du bist jetzt sicher mit

dem neuen Typen unterwegs, ich hoffe, ihr habt Spaß auf eurem Kurzurlaub. Du brauchst mir das Geld dafür übrigens erst Ende nächsten Monats zurückzugeben. Bis dann! – Ach ja, das nächste Mal, wenn ich dir was leihen soll, klingle mich bitte nicht mitten in der Nacht aus dem Bett.

Seine Stimme. Hallo, ich hab dich heute früh nicht wach gekriegt, du warst ja voll wie eine Haubitze. Meine Assistentin hat gesagt, du hättest angerufen. Ich hab dir meine Handynummer extra in die Tasche gesteckt, hast du die nicht gefunden? (Geraschel, Pause) Na ja, ich hab jetzt Feierabend und hoffe, du holst mich wie vereinbart ab. (Klingeln im Hintergrund, das Piepsen der Gegensprechanlage) Tschüss dann. Küssen werde ich dich nachher erst.

Und angenommen, ich griffe dann in meine Tasche, und dort fände ich einen Zettel: Meine Süße, hier ist meine private Handynummer. Habe heute den ganzen Tag Konferenz, aber jedes Mal, wenn ich aufs Klo gehe, werde ich nach einer SMS von dir schauen.

Das wäre doch wirklich schlimm.